De draagmoeder

KATHRYN MACKEL

De draagmoeder

Karakter Uitgevers B.V.

Oorspronkelijke titel: *The Surrogate*
Uitgegeven door Westbow Press / Thomas Nelson, Inc.

Vertaling: Jolanda te Lindert/Vitataal
Redactie en productie: Vitataal, Feerwerd
Zetwerk: Erik Richèl, Winsum
Omslag: Select Interface

ISBN 978 90 6112 788 8
NUR 332

Voor Steve,
die gewoon onvervangbaar is

Proloog

De pijn sneed door haar heen.

Met haar ene hand greep Bethany de bok vast en met de andere bleef ze dirigeren. *Niets aan de hand*, zei ze tegen zichzelf. *Blijven dirigeren!*

For unto us a child is born... Ze vormde de woorden met haar lippen, maar zong niet hardop mee.

For unto us a son is given, antwoordde het koor. Het Forge Hill Chorale bestond uit veertig kinderen met verschillende huidskleuren en stemmen als engelen. De organisatoren hadden gehoopt dat het programma van het koor van de school de redding voor deze kinderen zou betekenen.

And his name shall be called...

Michael, dacht Bethany terwijl ze probeerde de stekende pijn in haar zij te negeren. Ze hadden al besloten hem naar haar vader te noemen, de beroemde Michael Testamarta. Had hij nog maar geleefd, zodat hij zijn eerste kleinkind kon zien. Bethany leunde met haar heupen tegen de bok en negeerde de pijn.

Wonderful, zongen de kinderen.

Counselor, zong Bethany met hen mee. Haar stem was niet meer dan een gefluister. Alleen de stemmen van de kinderen mochten te horen zijn. Zij moest er alleen maar voor zorgen dat hun talent tot uiting kwam.

... *the Mighty God*. Er ging een pijnscheut door haar zij. Ze ademde snel en oppervlakkig.

For unto us a child is born...

Kyle zou ontzettend teleurgesteld zijn als er iets... Nee, dat mocht ze niet denken. Die pijn was niets, hooguit voedselvergiftiging of misschien constipatie door de vitaminen die ze slikte omdat ze zwanger was. Deze keer was alles anders, ze had zelfs geen last van ochtendmisselijkheid. Het was gewoon de wet van Murphy dat ze uitgerekend op de avond van het kerstconcert last had van een buikgriepje.

Het zweet droop langs haar gezicht. Misschien moest ze gaan zitten, eventjes maar. Nee, ze kon niet stoppen, niet nu. Ze had niet voor niets maandenlang keihard gewerkt en de kinderen met vleierij en bezieling omgeturnd van hiphop naar Händel.

De solisten zouden al gauw gaan zingen. Anthony Martinez stond er stijfjes bij, met zijn blik op Bethany gericht en zijn vingers wit om zijn muziekmap geklemd. Je stem slaat bij de A echt niet over, had ze tegen hem gezegd, ook al was dat bij elke repetitie gebeurd. Glimlachend gaf ze hem het seintje dat hij mocht opkomen.

Rejoice greatly, O daughter of Zion, zong Anthony perfect zuiver met vibrato in zijn tenorstem.

Ze liet de andere tenoren opkomen. *He shall speak peace unto the heathen.* Ze zag dat Tyler zijn hoofd draaide zodat hij Charissa kon aankijken. Ze zeiden dat ze zwanger van hem was. Het leek wel of deze kinderen even gemakkelijk kinderen kregen als ademhaalden.

He shall gather in the lambs with His arm, and carry them in His bosom.

Ze genoot van hun muziek.

And gently lead those that are with young.

Bethany ontspande zich terwijl ze hen naar het einde van het stuk leidde. Met een glimlach sloeg ze de laatste noot af. De muziek stopte. We tellen tot drie, had ze tegen de muzikale begeleider gezegd. Als we langer wachten, begint het publiek te applaudisseren. Ze hief haar dirigeerstokje – twee, drie, nu!

Hallelujah! De kinderen zongen het vol vreugde, omdat ze blij waren dat het afgelopen was of omdat ze trots waren op hun eigen talent. Maar allemaal zongen ze beter dan wie dan ook had verwacht.

For the Lord God omnipotent reigneth. Het publiek ging staan.

Hallelujah! Nu waren ze bij het trage stuk gekomen, ingezet door de bassen met zekere, sterke tonen. De tenoren zongen helder. De alten zongen zoals altijd terughoudend maar perfect qua toonhoogte. De sopranen vielen in – hoog, nog hoger.

Ze hield van hen, van deze kinderen die zich eindelijk hadden overgegeven aan het goddelijke, aan de muziek. Bethany zong met hen mee, uit volle borst.

And He shall reign...

Opeens voelde ze dat ze warm werd. Voordat ze haar greep had kunnen verstevigen, vloog het dirigeerstokje uit haar hand. Ze bleef dirigeren, tot de pijn door haar lichaam schoot en ze tegen de bok viel.

... *forever...*

Toen kwam het bloed, een gruwelijke golf.

... *and ever*, zong ze wanhopig, en ze zakte door haar knieën.

Mijn wezen was voor u niet verborgen

toen ik gemaakt werd op een geheime plek.

Toen ik geweven werd in de schoot der aarde

zagen uw ogen mijn ongevormde lichaam.

PSALMEN 139, VERS 15 EN 16

1

Kyle Dolan was ervan overtuigd dat zijn vrouw probeerde hem te vermoorden. Het was vier graden en er waaide een koel briesje, maar hij zweette als een otter.

Een meter of tien voor hem uit liep Bethany met haar stok te prikken, steun zoekend tegen glibberige rotsen. Ze had oortjes in en dirigeerde een onzichtbaar orkest dat al lang geleden zijn instrumenten had neergelegd.

'Bethany!' Als zijn longen nu niet explodeerden, deed zijn hart dat wel. Hij was een fanatieke squasher, maar zijn vrouw hield een moordend tempo aan. Had ze dít de afgelopen maand gedaan, bergpaden op- en afrennen alsof het snelwegen waren? Hij had haar nooit zonder hem naar de boerderij in New Hampshire moeten laten gaan.

'Ik moet er even tussenuit. Alleen zijn,' had ze gezegd. De overvloed aan goedbedoelde troost van vrienden en collega's in Boston verstikte haar.

Eind maart was ze naar het noorden vertrokken. Nu, eind april, was het volop lente in de Mount Washington Valley. Het gras oogde mals en groen, de rivier de Saco stond hoog door het smeltwater en stroomde snel, de aardbeiplantjes zaten al in het blad en zouden over een paar weken gaan bloeien.

Heel mooi natuurlijk, maar Kyle wist dat in de White Mountains de lente de gevaarlijkste tijd van het jaar was. Op de hogergelegen hellingen lag nog sneeuw. Van het ene op het andere moment kon er een sneeuwstorm opsteken om wandelaars te verrassen die in T-shirt en korte broek uit de vallei waren vertrokken. Zelfs sterke, ervaren bergbeklimmers waren niet veilig voor de lawines in de ravijnen.

En zijn vrouw had hier wekenlang geklommen, helemaal in haar eentje. Er had van alles kunnen gebeuren. 'Bethany!' brulde Kyle.

Ze trok haar oortjes uit en klauterde naar hem toe. 'Je ziet eruit alsof je een hartaanval krijgt, Southie.'

'Het lachen zou je snel vergaan als je mijn lichaam van deze berg af moest tillen.'

Ze kneep in zijn zij. 'Zeker nu je zo'n tien kilo bent aangekomen.' Ze prikte met haar wijsvinger in zijn maag en kietelde hem een beetje.

'Op zoek naar *lovehandles*?'

Bethany zei vlak bij zijn oor: 'Op zoek naar liefde.'

Hij trok haar tegen zich aan, zijn handen gleden onder haar rugzak. Onder haar rugzak was ze warm, maar haar handen tegen zijn borst voelden koel.

'Je hart gaat als een gek tekeer,' zei ze. 'Is dit wandelingetje soms te veel voor je?'

'Jij, jij bent te veel voor zo'n Southie als ik.'

'Slijmerd. Ik ken je toch, Dolan, lekkere lunches, met veel vlees. Chinese afhaalmaaltijden, extra mie en dubbele porties kippenvleugeltjes. En koekjes na. Hoewel ik blijf vinden dat niemand een toetje nodig heeft na het ontbijt.'

'Die koekjes heb je me zelf gestuurd!' protesteerde hij.

'Om aan je personeel uit te delen, niet om ze 's avonds voor de tv allemaal zelf op te eten!'

'Ik ben alleen maar een goede echtgenoot geweest. Het was mijn plicht om ze allemaal op te eten.'

Ze zoende hem op het puntje van zijn neus. 'Jij bent de beste echtgenoot, hoor. Ik heb je gemist, Kyle.'

'Ik jou ook. O, ik heb je zo gemist.'

Nu kon hij het voelen, die lichte trilling in haar taille – die vernietigende angst dat deze pijn eeuwig zou duren. Hij zou alles willen doen om die last van haar af te nemen. Hij wilde dat hij haar mocht helpen die last te dragen.

Hij krioelde met zijn vingers door haar haren. Bethany had nog geen enkele grijze haar; het was nog diepbruin, zo donkerbruin dat het bijna zwart leek, en glanzend, als van een elegant katje. En net als een katje vond ze het heerlijk als hij over haar hoofd wreef, stevig met zijn vingertoppen over haar hoofdhuid.

'Beth, ik had je hier nooit zo lang alleen moeten laten.'

'Die tijd had ik nodig. Maar ik ben blij dat je er nu bent,' zei ze met een overtuigende glimlach. 'Goed, wat zeg je ervan, ouwe? Voor twaalf uur moeten we boven zijn, zodat we voor het donker weer naar beneden kunnen.'

'Naar beneden kunnen?' Hij deed net alsof hij geen adem meer kreeg. 'Wil je soms beweren dat er boven geen auto klaarstaat?'

'Er zijn daar niet eens toiletten, liefje!'

'En ik houd het de hele ochtend al op! En nu vertel je me...'

'Daar staat een mooie boom. En daar, en daar, en daar...' Lachend liep ze door.

'Hé. Je hebt mijn vraag nog niet beantwoord!' riep hij haar achterna.

'Welke vraag?'

'Kies zelf maar.'

'Waarom is de hemel blauw?' De standaardvraag waar hun *waarom*-spelletje altijd mee begon. Het *wie*-spelletje begon met 'Wie is als eerste aan de beurt?' Het *wat is er aan de hand*-spelletje begon met '*What's up, doc?*'

'Waarom zweten mannen en blozen vrouwen?' Slappe vraag; Kyle was nooit zo scherp als zij. Bethany zei altijd dat hij nooit kon winnen omdat hij geen vragenman was; hij had alle antwoorden. Tja, was dat maar waar...

'Waarom besproeien mensen hun gazon als het regent?' vroeg ze.

'Waarom beklimmen mensen bergen voor de lol?'

'O, gaan we persoonlijk worden?' Bethany klom op een rots en nam een theatrale houding aan. 'Vertel me dit, zoon van de berg.'

Hij maakte een buiging met een ernstig en aandachtig gezicht. 'Spreek, dochter van de hemelen.'

Ze beet op haar lip, probeerde niet te grijnzen. 'Waarom, waarom verknallen de Red Sox het elk jaar weer?'

Hij greep naar zijn hart, strompelde achteruit. 'Waarom moedig ik hen eigenlijk aan?'

'Waarom ben je zo'n lieve domkop?' Op dit soort momenten leek Bethany niet ouder dan zestien, met haar gave huid zonder rimpels en die ondeugende blik op haar gezicht.

Hij rende het pad op. Te snel; hij gleed uit en schaafde zijn hand. Toen hij bij haar was, pakte ze zijn hand en kuste de schaafwond.

'Waarom hou ik zoveel van je?' vroeg hij, in de wetenschap dat er eindeloos veel antwoorden op die vraag waren.

Ze zweeg.

'Beth, jij bent aan de beurt,' drong hij aan.

'Waarom...' Ze drukte haar gezicht tegen zijn borst.

'Waarom wat?'

'Gewoon waarom,' fluisterde ze tegen zijn hart.

Het briesje zwol aan, was koud en guur nu, en kwam van de noordzijde van de bergketen; de schaduwkant waar de zon nooit scheen. Kyle hield zijn vrouw zo stevig mogelijk vast.

Het was geen geweldig antwoord, maar het was het enige antwoord dat hij had.

Bethany genoot van dit moment, de gladde rots onder haar rug, de zon op haar gezicht. Kyle slapend naast haar, zachtjes snurkend. Ze rekte zich uit, van haar tenen tot haar vingertoppen, en genoot van de warmte in haar lichaam, de nieuwe kracht. Kyle had haar gisteravond 'gebeeldhouwd' genoemd, en onderzocht met liefde maar ook met omzichtigheid; hij wilde zeker weten dat ze niet te mager was. Hij was de atleet, zij de kunstenaar, maar door het van zonsopgang tot zonsondergang door de bergen dwalen had ze een gespierd lichaam gekregen.

Haar hart bleek lastiger te onderwerpen.

'Beth?' Kyles ogen waren wazig van de slaap, zijn haar was aan een kant tegen zijn hoofd geplet. Die lijntjes rondom zijn ogen waren nieuw. Maar ze waren onvermijdelijk: hij was eenenveertig, zij negenendertig. Volgens allerlei maatstaven waren ze nog jong, maar de laatste jaren telden mee als een compleet mensenleven.

Ze zoende hem op zijn wang. 'Het is bijna twee uur. We moeten verder.'

'Nog niet,' zei hij en hij trok haar naar zich toe.

'Hé joh, iedereen kan ons hier zien!'

'Laat ze maar kijken.' Hij kuste haar, heerlijk en innig. En ondanks alles wat ze hadden meegemaakt, ondanks het feit dat ze hem had teleurgesteld, wist ze dat hij nog steeds van haar hield.

Hij ging rechtop zitten, tegen het rotsblok geleund. Hij trok haar tegen zich aan, met haar rug tegen zijn borst. 'Bethany, we zouden nu allerlei leuke dingen kunnen doen.'

Bethany duwde zich van hem af. 'Zoals deze berg afdalen voordat de zon ondergaat en we bevriezen van de kou.'

'Elke dag dat we niet praten, worden we een dag ouder. Een dag verder verwijderd van wat we willen.'

'Er valt niets te praten.' Onbewust legde Bethany een hand op haar buik.

'We hebben nog één embryo over. Het zou nog steeds onze baby zijn als we een draagmoeder kunnen krijgen.'

'Zo simpel ligt het niet, Kyle.'

'Misschien is het niet simpel, maar het is wel heel normaal geworden. Weet je nog wat we laatst op het nieuws zagen, over die vrouw van zestig die zwanger was van de baby van haar dochter?'

Ze knikte, keek naar een roodstaartbuizerd in de lucht. Voor Kyle was altijd alles zo eenvoudig. Iets ging zoals je wilde, of niet. Hun huwelijk was een groot succes. De gevierde pianiste Bethany Testamarta en de energieke ondernemer Kyle Dolan vormden een aantrekkelijk, opwindend stel. Zelfs als ze alleen waren, pasten ze perfect bij elkaar. Zijn temperament kalmeerde haar, haar passie inspireerde hem. Hun lot verbond hen.

'Wil je er niet op zijn minst over nadenken?'

'Dat kan ik niet.' Ze hees haar rugzak op haar rug en trok haar capuchon over haar voorhoofd om haar gezicht te verbergen.

Hij draaide haar om en trok haar tegen zich aan. 'Hé, het is al goed,' fluisterde hij. 'We praten er later nog wel over. Je draait vast wel bij als je er rustig over hebt kunnen nadenken.'

Bethany omhelsde hem, keerde zich om en begon te lopen. Ze zou het nooit goedvinden. Ze had al haar moed nodig gehad om de dood van haar baby en de hysterectomie te overleven. Ze had geen energie meer om te hopen. God had Zijn hand opgetild en de natuur haar gang laten gaan.

Een gruwelijke gang.

2

Sable Lynde rende voor haar leven.

Stommerik. Er is geen enkele reden om bang te zijn, zei ze tegen zichzelf.

Stommerik. Er is alle reden om bang te zijn.

Een natte straat, glad door regen en motorolie. Een slechte buurt, boordevol misdadigers, drugsdealers en hoertjes. Een laat uur, waarop respectabele mensen zich hebben verschanst achter de tralies voor hun ramen en nachtsloten.

De duisternis. Altijd de duisternis. Je schuilhouden in stegen, trappenhuizen, deuropeningen. Talmend tussen de door de lantaarns geel gekleurde plassen. Ze wist wat voor verschrikkelijks er in die duisternis in elkaar gedoken zat, wachtend tot ze uitgleed. Verwachtend dat ze viel.

Sable moest terug naar haar appartement. Ze had tralies voor de ramen, nachtsloten en een geavanceerde alarminstallatie geïnstalleerd. Maar dat alles kon haar geen veiligheid bieden als ze daar niet was. Ze had een snelle internetverbinding in haar appartement, maar met die klus van vandaag mocht ze geen sporen nalaten. Ze had maar een uur in de Internet Connection willen blijven, maar toen ze zes uur later wegging, schrok ze omdat het al zo donker was.

Sable ging tot Ninth Street met de bus en moest het laatste stukje lopen. Toen het begon te regenen en het steeds donkerder werd, leek het ineens beter om te gaan rennen. Het was eind april, maar de wind was kil. Haar longen deden pijn. Er schuifelde iets in een smalle steeg die ze passeerde, het gromde. Ze was zo verstandig niet te kijken.

Haar flatgebouw stond nog maar drie lantaarns verderop. Sable vertraagde haar pas en concentreerde zich op het tik-tik-tik van de regen. Toen werd dit ritme verstoord door een stap-stap. Voetstappen. *Niet achteromkijken, niet laten zien dat je bang bent*, wist ze, maar de adrenaline spoot door haar lichaam. Ze rilde ervan.

Sable wipte de dop van haar pepperspray, maar haar flat was nog te ver weg. Als ze de spray nu al zou gebruiken, had hij nog tijd om haar in te halen, haar dubbel te straffen. Bovendien waren er dingen in het donker waar pepperspray niet tegen hielp. Nee, zo mocht ze niet denken. De medicijnen en haar eigen wilskracht hadden hém verdreven. Dit was alleen maar iemand die een wandelingetje maakte.

Nog maar een paar meter, ze was al bij de zijmuur van haar flatgebouw. Sable rende naar de voordeur. Ze was binnen, op de trap, al bijna boven, toen ze struikelde. Ze voelde meer de schok dan de pijn toen haar borst de vloer raakte.

Ze schoot door de branddeur en wist onmiddellijk dat deze duisternis voor haar was voorbereid, dat de gloeilamp in zijn fitting was verbrijzeld. Met haar vingers tastte ze langs de deuren toen ze snel de gang door liep. Bij de vijfde deur zocht ze het belpaneel en toetste haar code in. Het rode lichtje flitste op.

De branddeur achter haar ging open. Weer toetste ze de cijfers in. Eindelijk, groen. Een voor een ontsloot ze de nachtsloten en richtte de pepperspray naar de trap. 'Stop!' riep ze zo vastberaden mogelijk. 'Ik ben gewapend.'

Haar achtervolger bleef staan, schoot in de lach. Toen hoorde ze andere voetstappen, achter zich, die haar klemzetten in de duisternis.

O God, als U bestaat, laat het dan iemand anders zijn dan hij.

Zand in een sok. Bernard was een professional: hij wist hoe hij de boodschap moest overbrengen zonder sporen achter te laten. Sable kon de pijn negeren die in hete golven over haar heen spoelde, maar ze wilde schreeuwen: Nee, ik smeek je, stop me daar niet in! Voordat er iets meer dan een kreet aan haar gezwollen lippen kon ontsnappen, had Bernard ze al dichtgetapet. Nadat hij haar polsen en enkels had vastgebonden, smeet hij haar in de kast. Hij smakte de deur dicht en liet haar achter in een muffige duisternis. De enige geluiden waren haar snikken, er uitgeperst via haar neus. Ze rook hém eerst, die stank van verrotting die even vochtig was als het bloed waaraan het ontsproot. De schaduwen verplaatsten zich en ze voelde hem opstaan van de plek waar hij had gelegen.

De wanhoop overmande haar als een ijzige klem – ze had gevochten en gewerkt en geprogrammeerd en medicijnen geslikt en alarmsystemen en nachtsloten aangebracht, maar híj vond haar toch. *Ik zal niet bang voor je zijn*, wilde ze schreeuwen toen een koude vinger langs haar wang gleed. Maar nu stond hij boven haar, een schaduw werpend die donkerder was dan de duisternis.

Welkom terug, liefje.

Sterke handen trokken Sable uit de duisternis. 'Wat doe je in die kast, Sable? O, mijn god! Wie heeft je dit aangedaan?'

Haar maag trok samen. Bernard had haar geslagen en achtergelaten. Dat kon ze begrijpen, business was business, en zij was te laat geweest met betalen. Maar het was onbegrijpelijk wreed om haar achter te laten op een plek waar híj haar kon vinden.

'Kom op, meid. Koppie erbij!' Cade Parker stond over haar heen gebogen, groot, gespierd, hoogblond, knap. Hij leek sprekend de ridder op het witte paard, maar Sable wist beter.

Zodra Cade de tape van haar mond had getrokken, zei ze: 'Ga weg!'

'Zal ik je eerst maar losmaken?' Hij trok de tape van haar polsen. 'Gaat het?'

Ze sloeg zijn hand weg, trok haar knieën op tegen haar borst om hem tegen te houden. 'Prima. Nu moet je gaan. Ik kan wel voor mezelf zorgen.'

'O ja, ik zie dat je prima voor jezelf zorgt.'

'Wat heb jij daarmee te maken?'

'Wat? Denk je dat het mij niets kan schelen? Niemand kan je dit ongestraft aandoen...'

'Bernard DuBois kan iedereen alles ongestraft aandoen.' Precies wat ze had verwacht: Cade hield op met dreigen.

'Hier. Laat me je tenminste overeind helpen,' zei hij en hij wilde haar helpen.

Sable schudde hem van zich af. Hoe aardiger Cade was, hoe meer het haar zou kosten. Ze krabbelde overeind en strompelde via de gang de badkamer in.

Cade liep mee naar binnen. 'Je ziet eruit alsof je moet overgeven.'

'Laat me even alleen, alsjeblieft.'

Hij maakte een theatrale buiging. 'Ik kijk even rond, ga je gang. Ik zal kijken of er niets is weggenomen.'

'Er mist niets!' gilde ze en ze stak haar arm uit om de deur dicht te smijten.

Nog niet, tenminste.

Sable was vast weer bezig met een zwendelzaakje, wist Cade. Was ze altijd. Maar nooit eerder op dit niveau, waar een belangrijke speler als Bernard DuBois bij betrokken was. Ze mocht blij zijn dat ze in die kast was gesmeten en niet in een of andere stinkende container.

Het had iets met computers te maken. Het internet was haar Vegas, zei Sable vaak. De enige plek waar ze de kansen in haar voordeel kon dwingen.

Ze zat tegenover hem aan de keukentafel, met haar hoofd in haar handen. Cade maakte een biertje open en schoof een flesje pillen naar haar toe. 'Ik zou die pijn weg kunnen nemen.' Toen Sable het flesje wilde pakken, legde hij zijn hand erop. 'Ga je me nog vertellen wat er aan de hand is?'

'Wou je beweren dat ik een keus had?'

'Tuurlijk. Je kunt hier blijven zitten pijn lijden.'

Ze zuchtte, stak haar hand uit. 'Het was het perfecte plan, Cade.'

'Het is altíjd het perfecte plan.' Hij gaf haar het flesje.

Sable nam drie pillen en toen een slok van Cades bier. 'Voicemail.'

'Voicemail?' Cade schudde een sigaret uit een pakje en stak hem op, liet de rook tussen zijn lippen naar buiten kringelen. Hij wist dat ze van zijn glimlach hield, van hem hield, op haar eigen vreemde manier.

'Bij bepaalde voicemailproviders kun je als gebruiker overal vandaan telefoneren en de kosten op je rekening laten zetten,' zei Sable.

'Als een soort telefoonkaart?'

'Ja.'

'Je hackt dus in de voicemailaccount van andere mensen. Daardoor kun jij...?'

'Overal vandaan internationale gesprekken voeren.'

Cade vond het fantastisch. 'Dan verkoop je die accounts.'

'Voor honderd dollar mag je een jaar lang onbeperkt telefoneren. Jij geeft me je creditcardnummer en ik geef je een telefoonnummer dat je als toegangscode kunt gebruiken.'

'En wat heeft Bernard DuBois hiermee te maken?'

'Ik had tien mille startkapitaal nodig, voor een sterke server die deze transacties aankon, plus enkele schakelaars, routers, afluister- en controleprogramma's...'

'Ja, ja. Vertel me nu maar wat het oplevert.'

'Twaalfduizend tot nu toe.'

'Twaalfduizend dollar?'

'Twaalfduizend accounts.'

'Voor honderd dollar per... Hoeveel is dat?'

Sable grijnsde. 'Dat is 1,2 miljoen dollar.'

Het duizelde Cade bij de gedachte dat Sable zoveel cash had. 'En *dán* accepteer je een pak slaag van Bernard? Betaal die klootzak toch, dan kun je daarna lekker leven waar je maar wilt.'

'Dat kan niet. Ik kan niet bij het geld komen.'

'Waarom niet?'

'Voor mijn creditcardtransfers ben ik heel lang op zoek geweest naar een bank met een onzorgvuldig rapportagebeleid. Uiteindelijk vond ik een bank in het zuiden van Florida. Ik heb mijn accounts opgezet, de transfers geprogrammeerd. Het geld stroomde binnen.'

'Wat is het probleem dan?'

'Die kleine, onopvallende bank die ik heb gevonden... die heeft de overheid ook gevonden. De Autoriteit Financiële Markten heeft alle transacties stilgelegd tijdens de twee maanden waarin ze een audit doen.'

'Die cijferjongens gaan je zwendelrekening daar dus vinden,' zei Cade.

'Misschien wel, misschien niet. Het is legaal, tot een of andere rotzak ontdekt dat ik in hun vaarwater zit en me erbij lapt. Ach, ik heb de tijd. Ik weet alleen niet hoelang.'

'Kun je Bernard niet overhalen te wachten?'

'Als hij wist hoeveel ik verdiende, zou hij een groter aandeel eisen. Misschien vindt hij dan zelfs een manier om me buiten spel te zetten zodat hij alles in handen krijgt. Het is een tijdbom: accountants aan de ene kant, Bernard aan de andere.'

'Wat ben je nu van plan?'

'Een plekje zoeken waar ik me schuil kan houden tot die audit voorbij is. En hopen en bidden dat het me deze keer eens meezit.'

Cade grijnsde. *O ja, hij gaat ook hopen en bidden. Hopen en bidden dat iets van dat geld zijn kant op komt.*

3

'Wat is ze mooi!' zei Bethany. 'Hoe oud is ze?'

'Drie maanden.' Charissa tilde de baby iets hoger op, alsof Bethany's goedkeuring haar baby lichter had gemaakt. 'En kijk! Ze heeft al een tandje! Dat is heel vroeg, hè? Misschien betekent dat wel dat ze heel slim is of zo. Kijk maar eens, mevrouw Dolan.'

Gehoorzaam duwde Bethany haar vinger in het mondje van Tawndra. De baby begon er meteen op te zuigen.

'Kijk, ze vindt u aardig!'

'Ik vind haar ook aardig.' Bethany probeerde te blijven glimlachen.

Het was goed dat de sponsors van de achterstandsschool betaalden voor kinderopvang, begeleiding bij de opvoeding, juridisch advies, doorverwijzing naar maatschappelijke organisaties en wat ze verder maar konden doen om te zorgen dat de kinderen naar school bleven gaan. Kyle en Bethany hadden de school van harte gesteund. Het koor was Bethany's idee geweest, een manier om talent te ontdekken en discipline en muziekstudie te stimuleren.

'Je zou weer moeten gaan dirigeren,' had Kyle die ochtend gezegd. 'De kinderen missen je.'

'Geoffrey doet het fantastisch,' had ze gezegd. 'Ze merken niet eens dat ik weg ben.'

Charissa bood haar de baby aan. 'Wilt u haar even vasthouden?'

'Ik heb niet zoveel tijd,' zei Bethany. 'Ik ben op zoek naar Anthony Martinez.'

'Hij was niet op school vandaag.'

'Weet je dat zeker? Bij hem thuis deed niemand open. Ik heb zijn moeder op haar werk gebeld en zij zei...'

Charissa boog zich naar haar toe en fluisterde: 'Dus Mr. Perfect drukt z'n snor?'

'Nee hoor. Hij zou nooit spijbelen.'

Anthony Martinez was dol op zingen en hij genoot van het oefenen en optreden.

'Zijn ma dacht dus dat hij hier was? Ik hoop dat er niks mis is met 'm.'

'Dat weet ik zeker. Luister, ik moet weg, want ik moet naar de dokter. Misschien zie ik Anthony een andere keer wel.' Bethany gaf Charissa snel een knuffel.

'Gaat het wel goed met u, mevrouw Dolan? We waren zo ongerust, we schrokken zo toen...'

'Gewoon een controle, meer niet. Leuk je even gezien te hebben, net als Tawndra trouwens.'

Bethany was al bijna weg toen Charissa haar terugriep. 'Mevrouw Dolan, wacht!' Met trillende lippen zei het meisje: 'Ik ben bang.'

'Om Anthony? Volgens mij is er niets met hem aan de hand, hoor. Hij spijbelt alleen maar.'

Charissa schudde haar hoofd. 'Niet om Anthony. Om mezelf.'

'Wat is er dan met je?'

'Met mij is er niks. Dat is het juist. Met mij is er niks, maar nu heb ik dit kleine meisje. Wat moet ik nou doen? Ik kan haar niets geven, ik kan niets voor haar doen.'

Bethany trok Charissa naar zich toe. De warme tranen van het meisje druppelden op haar schouder, de baby tussen hen in voelde zacht en mollig aan.

'Hou van haar,' zei Bethany.

'Wat?' vroeg Charissa.

'Hou van je baby, dan komt het wel goed. Echt.'

'Ik wil zo niet zijn, Patrick. Ik kan er niet tegen om baby's te zien. En ik ben bang dat ik Kyle nooit kan geven wat hij verdient.'

'Ik ken Kyle. Hij vindt dat jullie huwelijk hem al meer heeft gegeven dan hij verdient.' Pastoor Patrick Drinas hing in zijn stoel, met zijn benen uit elkaar. Hij leek wel een student, met zijn weerbarstige krullen, gescheurde spijkerbroek en wandelschoenen. Maar hij was wijs, wijzer zelfs dan zijn vijftig jaren, en vroom – een man die Bethany kon vertrouwen.

Bethany stond op en liep naar het raam. Ze hield van Patricks kantoor in de oude stenen kerk, een koel, groen toevluchtsoord midden in Boston. Ze hield van de oude begraafplaats, omheind door granieten palen met ijzeren kettingen en omzoomd door oude eiken.

Blessed are those who mourn, for they will receive comfort.

'Ik ben de weg kwijt, Patrick. Ik doe mijn best, maar...' Ze kreeg geen adem, haar tranen verstikten haar. 'Ik kan God nergens vinden.'

Patrick stond op en kwam bij haar staan. 'Als we ons geloof niet kunnen vinden, als we God niet kunnen vinden, kunnen we maar één ding doen.'

'Wat dan?'

'Wachten tot God ons vindt.'

Het was heel druk in Boston Common, het oudste park van Boston. De mensen wandelden, skeelerden en duwden wandelwagens voor zich uit. De lucht was strak blauw en de bomen zaten dik in het blad. Niet dat het iets uitmaakte dat het zo'n fraaie dag was. Dr. Nora Hemlow wist dat Kyle het niet eens zou hebben gemerkt als er opeens een gure sneeuwstorm was opgestoken. Niets kon hem afleiden van de weg die hij had gekozen.

'Waarom is Bethany er niet?' vroeg ze.

Kyle keek naar de grond. 'Ze zei dat ze details niet wilde weten tot we de juiste vrouw hebben gevonden. Ze wil dat ik er een begin mee maak, alles voorbereid. En daarom ben ik hier. '

Niets kon Kyle tegenhouden, wist Nora, nu zijn vrouw hem aarzelend toestemming had gegeven. 'Goed dan. Wat kan ik voor je doen?'

'Hoe vind ik een draagmoeder?'

'Ik zal het je nog één keer vertellen: een bemiddelingsbureau...'

'Ik heb naar die bemiddelingsbureaus gekeken. We hebben geen zeggenschap meer als we zo'n bureau inschakelen.'

'Zo is het nu eenmaal, Kyle. We kunnen niet alles in eigen hand houden.'

'Maar dat wil ik wel. Er staat te veel op het spel. Ons laatste embryo. En Bethany's privacy.'

'Bemiddelingsbureaus hebben strenge privacyrichtlijnen.'

Kyle zei met een bitter lachje: 'Zeg dat maar tegen de roddelbladen. Je hebt toch gezien wat er vorig jaar december is gebeurd: "Beroemde pianiste krijgt miskraam tijdens concert..." En dan die foto's...'

Twee dagen na de operatie had Bethany eindelijk woorden gevonden om haar verdriet uit te drukken. 'Dat iedereen het heeft kunnen zien, Nora. Dat ik op zo'n dramatische manier ben mislukt als moeder...'

Nora vond het verschrikkelijk wat haar vriendin had doorgemaakt en wilde alles doen om de pijn weg te nemen. Maar of dit de beste manier was?

'De meeste bureaus zijn er voorstanders van dat je een vrouw neemt die al een kind heeft gebaard. Maar als je wilt dat de draagmoeder tijdens de zwangerschap bij je in huis woont, zal het een zware klus worden zo'n vrouw over te halen haar eigen kinderen in de steek te laten.'

'De draagmoeder zal de hele tijd bij ons moeten wonen. Dat is een absolute voorwaarde. Of vind je dat ik overdrijf?'

'Wil je het echt weten, Kyle? Je overdrijft. Als je elk aspect van het leven wilt controleren, wat zegt dat dan over je geloof?'

'Mijn geloof schrijft me voor dat ik mijn plicht moet doen als echtgenoot. God wil dat ik mijn best doe om mijn vrouw te geven wat ze wil. De draagmoeder zal het echt niet erg vinden en zal ons die negen maanden gunnen. Ik zal elke minuut ervan compenseren. Nora, dit is onze laatste kans, onze laatste kans op een kindje...' Zijn stem stierf weg.

'Oké. Maar je moet me maar niet kwalijk nemen dat ik niet erg enthousiast ben over het feit dat je zelf op zoek wilt gaan naar een draagmoeder, zonder zelfs maar een bureau te consulteren.'

'Ik ben me bewust van je bezwaren. Maar vertel eens, wat zouden jullie doen? Jij en David?'

Hoe kon Nora daar antwoord op geven? Jenny was geboren toen Nora en David geneeskunde studeerden, en met grote regelmaat waren er nog vier kinderen gevolgd. Zelfs als alles tegenzat, gevangen tussen de woedeaanvallen van peuters en tieners, zou Nora alles voor haar kinderen overhebben.

'Ik zou op zoek gaan naar iemand die net is afgestudeerd,' zei ze ten slotte. 'Een jonge vrouw met onberispelijke antecedenten. Iemand die de tijd en de motivatie heeft om negen maanden van haar leven op te geven, maar die ook goede toekomstverwachtingen heeft, zodat ze haar leven graag weer oppakt als het allemaal voorbij is. Maar het zal moeilijk worden om zo'n vrouw te vinden.'

'Dat krijg ik wel voor elkaar. Hoe dan ook.'

Lieve God, daar ben ik juist zo bang voor, bad Nora. *Geef Kyle en Bethany alstublieft de vrouw die U zou kiezen.*

4

Forge Hill was een van de slechtste buurten van Boston. Anthony's straat was alleen van de snelweg gescheiden door een hek van harmonicagaas en een strook afval. De drie verdiepingen hoge portiekflat waar Anthony in woonde, was al jaren niet meer geschilderd. De voortuin lag vol kapot speelgoed, autobanden en afval.

Toen Bethany op de voordeur klopte, zwaaide hij open. De grendel hing uit de deurpost. De portiek stonk naar zure melk en frituurvet. Op een strookje papier op de deur aan de rechterkant stond *Martinez*. Bethany klopte aan en wachtte, maar ze hoorde in het huis geen voetstappen en geen geluiden van een televisie of radio.

Ze zou Anthony een andere keer moeten opzoeken. Maar ze had toch al te lang gewacht, vond ze. Hij was steeds zo lief geweest, hij had kaarten gestuurd met zelfgetekende muzieksleutels en noten.

Ik vind het zo erg, mevrouw D., van uw baby. Echt balen... de groetjes van iedereen. De groetjes dus, mevrouw Dolan... We zullen nog meer van dat Bach-gedoe zingen als u maar terugkomt... We bidden, zoals u vroeg...

Wat had ze zijn scheve glimlach gemist, en zijn grote, onschuldige ogen. Hij struikelde altijd overal over, hij was een ontzettende kluns, behalve als hij zong. Dan verdween alle onhandigheid, dan verhief Anthony zich. Bethany kon gewoon niet vertrekken zonder hem gezien te hebben.

Ze haalde haar notitieboekje en een pen uit haar tas, ging op het stoepje zitten en begon te schrijven.

Krak...

Ze kreeg kippenvel op haar armen. Wat een raar geluid. Bethany liep de oprit een stukje op, moest over de geulen en een verbogen velg stappen. 'Hallo? Is daar iemand?'

Krak...

Uit de achtertuin kwamen twee mannen aangerend, met de capuchon van hun trui over hun hoofd getrokken. Voordat ze ook maar iets kon zeggen, stormden ze op haar af en duwden haar omver. Ze viel op de grond, was even verdoofd van de schrik – *Wat moet ik doen? Wat gaan ze met me doen? Wat gebeurt er? Help, red me!* – voordat ze de pijn voelde. Een van de mannen trok haar tas onder haar arm vandaan, terwijl de andere haar alleen maar met een kille blik aankeek. Toen waren ze weg. Ze liepen naar de straat alsof er niets was gebeurd.

Bethany hield haar adem in, ze hoopte dat ze niet terug zouden komen. Ze hoorde de auto's op de snelweg en het gepiep van banden toen haar Lexus wegscheurde. Zou ze nu veilig naar de straat kunnen lopen om iemand aan te houden? Stel dat ze alleen maar aan het joyrijden waren en straks weer terugkwamen? Misschien was het veiliger om achterom te gaan.

Bethany stond op en strompelde naar de achtertuin, op zoek naar een manier om op de weg achter het huis te komen. De achtertuin lag vol kapotte tuinmeubels, een verbogen fiets, een kapot kinderbadje. In een hoekje van de tuin lag nog een autowrak, en naast het wrak lag een stapel vodden.

O, lieve god, nee! Dat waren geen vodden! Anthony lag tegen het wrak aan, met zijn handen boven zijn hoofd gebonden en met een prop in zijn mond. Bethany rende naar hem toe en trok de prop uit zijn mond.

Bijna wenste ze dat ze dat niet had gedaan.

Sable kon Cades ogen wel uit zijn kop krabben. 'Vijfhonderd dollar?' gilde ze. 'Die server had een superprocessor, verschillende gigabyte drivers met foutprotectie...'

'Mijn mannetje interesseert zich geen zak voor die giga-troep van je. Je mag blij zijn dat je vijf krijgt. '

'Is dat zo? En hoeveel heb jij in je zak gestoken?'

'Een paar dollar, alleen maar voor de transportkosten.' Cade haalde zijn schouders op en keek haar met een onschuldige blik aan.

Eerder vierhonderd, wist Sable. Cades hulp was altijd duur. Maar ze had immers geen keus? Als zijzelf de straat op ging om die apparatuur te verkopen, zou Bernard het te horen krijgen.

'Hé, waar ga je heen?' vroeg Cade.

'Gaat je niks aan.' Sable stopte het geld in de zak van haar spijkerbroek.

'Je mag hier wel blijven. Gratis. Ja toch, Hailey?'

Hailey Slonik keek op van haar pocket. 'Ja hoor.'

Waarom liet Cade die slet blijven? vroeg Sable zich af. Het kon niet om haar uiterlijk zijn: dat mens had een kop als een hyena en helemaal geen smaak. Maar ze wist wat er te koop was, dat moest Sable toegeven.

'Je zou je bij ons moeten aansluiten,' zei Cade.

'Nee. Geen sprake van,' zei Sable.

'Vertel dan tenminste waar je naartoe gaat. Stel dat mij iets overkomt? Dat zou je toch willen weten, hè?' Cade trok haar naar zich toe. De geur van rook en muskus drong zich op.

'Goed dan. Ik ga naar Buffalo. Ik bel je wel als ik me daar geïnstalleerd heb.'

'Wat ga je daar doen?' Hailey was ook naast Sable komen staan, ze sloten haar in.

Sable pakte haar tas en liep naar de deur. 'Een baan zoeken.'

'O, dát is leuk!' Cade schoot in de lach, net als Hailey.

Laat ze maar lachen. Sable zou hun wat laten zien. Ze zou iedereen wat laten zien.

De wachtkamer van het ziekenhuis was bomvol kinderen. Ze waren op school geweest toen ze het nieuws over Anthony hadden gehoord. Bethany was met hem meegegaan in de ambulance en bij hem gebleven tot de dokters van de afdeling eerste hulp echt met hem aan de slag gingen.

Te veel bloedverlies... het versplinterde bot stak in de ader... we kunnen pas opereren als hij stabiel is... kunnen niet beloven dat we zijn voet kunnen redden... beesten zijn het... om een honkbalknuppel te gebruiken... op zijn enkel slaan alsof het een stuk vlees is...

Maria kroop naast Bethany. Het meisje had rode ogen van het huilen. 'Ze zeggen dat zijn ma dealde.'

'Ik weet niet wat je bedoelt,' fluisterde Bethany.

'Drugs. Mevrouw Martinez had een grote deal opgeblazen, ze heeft de politie gebeld. En dus hebben deze lui van zich laten horen. Zo blijven ze aan de macht, mevrouw Dolan. De laatste domkop die hen belazerd heeft... Ze zeggen dat ze zijn hele gezin hebben verbrand. Een paar jaar geleden, het was steeds op tv... Weet u nog?'

Bethany's hand schoot naar haar keel. Drie kinderen, verbrand in hun bedjes.

De kinderen kwamen om haar heen staan. Charissa en Tyler, hun baby was nog op de crèche. Antwone, Shyla, Evie, Juan. Ze kende elke noot in hun octaaf, elke kant van hun stem. Maar had ze hen eigenlijk wel geholpen? Ze had hen kennis laten maken met mooie muziek, ze ontwikkelde hun talent, trainde hun stem. Maar was dat niet zinloos? Haar lessen hadden Anthony niet tegen die misdadigers kunnen beschermen.

'Wat moeten we doen, mevrouw Dolan?' vroeg Maria.

Maar één ding.

'We kunnen bidden,' zei Bethany.

Charissa boog meteen haar hoofd. Maria sloeg een kruisje. De anderen keken naar Bethany en wisten niet goed wat ze moesten doen. Ze keek hen aan, stuk voor stuk, en boog toen haar hoofd.

Ze zei niets, maar begon te zingen. Bethany begon en de kinderen vielen in.

Amazing grace, how sweet the sound...

5

Sable had gedacht dat Worcester, zo'n vijftig kilometer ten westen van Boston, het begin was van de hightechhemel. Maar in plaats daarvan was het een begraafplaats van dotcoms en beginnende biotechbedrijfjes.

Dit motel was typerend voor die hele rattenval van een stad. Sable had veel liever een chic hotel genomen met een snelle internetverbinding, maar als ze toch moest wachten tot de gegevens via de telefoonlijn werden uitgewisseld, had ze alle tijd van de wereld.

Echt balen dat de server was verkocht. Als ze haar website nog een week open had kunnen houden, had ze nog een half miljoen kunnen meepakken. Maar er was natuurlijk geen enkele reden om zo hebberig te zijn. Ze had nu al één miljoen. Zodra ze bij het geld kon, kocht ze een huis en de nieuwste computerspullen. En misschien wel een leuke auto. Dat kon. Als haar bankrekening door de mazen van de audit slipte. Als ze Bernard kon ontlopen. Als Cade en Hailey haar niet kapotmaakten.

Als *hij* niet te dichtbij kwam. Altijd als ze hem helemaal niet had verwacht, was hij er. Een gezicht in een raam. Een persoon achter in de bus. Een nevel die uit de schaduw opdoemde. Overdag kon ze hem wel uit haar gedachten bannen, door berekeningen te maken en algoritmen te creëren. Maar als ze alleen was in het donker, voelde ze zijn ijskoude vingers langs haar ruggenwervel glijden.

Nee! Niet nu! Nooit weer! Niet nu ze opnieuw was begonnen. Haar plan was goed. Ze zou afwachten of haar bankrekening onopgemerkt zou blijven. Ze zou wegblijven uit New York, een baantje zoeken, genoeg geld verdienen zodat Bernard haar niet kon vinden.

Maar wie had kunnen voorspellen dat het economisch zo slecht zou gaan, vooral in Massachusetts? Urenlang was ze bezig geweest met het doornemen van alle vacatures op internet. Er stond geen enkel baantje onder de kop Programmeren of MIS. Misschien moest ze ook eens bij de universiteiten kijken; zowel Boston als Worcester had een grote universiteit. Ook al ging het economisch gezien slecht, dan bleef een universiteit toch gewoon draaien?

Waarom zou ze niet bovenaan beginnen? Sable typte in *Harvard.edu*. De homepage van Harvard verscheen. Ze klikte op *Vacatures. Algemeen kok. Parkeerwacht. Docent Frans. HVAC-specialisten. Rugbycoach. Elektricien. Senior onderzoeker neuropsychologie.* O, zouden ze niet dolgraag in haar hoofd willen kijken?

Dan maar eens kijken bij HULP GEVRAAGD. *Kindermeisje voor tweeling, moet Frans kunnen spreken. Hondenuitlater. Docent Russisch.* Toen viel haar blik erop: *Gevraagd: negen maanden van je leven.*

Misschien was het een aanbieding om op een huis te passen. Dat zou perfect zijn! Sable klikte de advertentie aan. Ze schoot in de lach toen ze de advertentie las. *Nooit,* dacht ze in eerste instantie. *Misschien,* dacht ze toen. *Onzinnig,* dacht ze daarna.

En ten slotte: *Dat is perfect. Helemaal perfect.*

De aanval op Anthony was nu drie weken geleden. Bethany was tot de vorige maandag in Boston gebleven. Het was een opluchting weer in New Hampshire te zijn en omhoog te kunnen kijken naar de saffierblauwe sterrenhemel. Overal om haar heen zag ze de White Mountains, die nooit veranderden. Kon zij dat ook maar, accepteren wat het leven voor haar in petto had zonder ooit terug te deinzen.

Ze zou naar binnen moeten gaan, oefenen, inpakken – wat ze maar wilde. Ze zou niet buiten moeten zijn, in een ligstoel in het donker liggen kijken. Maar ze was zo moe en ze voelde zich helemaal slap. Het was een lange week geweest.

Die dinsdag had ze de familie Martinez helpen verhuizen naar een oud victoriaans huis in Conway Village. Joan was net zo lief naar Cambridge verhuisd, naar de overkant van de rivier, maar Kyle had erop aangedrongen dat het gezin meeging naar New Hampshire. 'Je moet afstand scheppen tussen jou en die misdadigers.' Hij had een paar telefoontjes gepleegd, sollicitatiegesprekken voor Joan geregeld en een veilig plekje gevonden waar ze konden wonen.

Die woensdag had Bethany Anthony meegenomen voor een auditie bij de Cornish Academy. Hij was weliswaar al bijna achttien, maar in zijn rolstoel zag hij er ellendig uit, met het gips tot halverwege zijn dijen. Maar zijn talent sprak wel uit zijn steeds grotere bereik en de expressie in zijn stem. De toelatingscommissie had hem een volledige beurs aangeboden, vanaf september. Ze hadden zelfs een gezin voor hem gevonden met wie hij mee kon rijden naar school en weer terug.

Die donderdag had Bethany Anthony's broertje meegenomen op een wandeltocht. Jacob was twaalf, maar hij had al zo veel slang opgepikt dat ze hem nooit had kunnen verstaan als ze niet met het koor had gewerkt. Ook al mopperde Jacob erover dat hij was meegesleept naar wat hij 'koeienland' noemde, Bethany was ervan overtuigd dat het goed voor hem was dat ze hem uit zijn geliefde straat hadden gehaald.

Maar hoe zat het met de kinderen die ze in Forge Hill had achtergelaten? Zouden Shyla en Antwone en Maria nog steeds zingen als de school in de herfst weer zou beginnen? Ging het wel goed met Charissa en Tylers baby? Kinderen die kinderen opvoedden, dat leek gewoon niet logisch.

Weer kwam die bittere gedachte in haar op, ongevraagd en onverbiddelijk. *Waarom anderen wel en wij niet?*

Zij en Kyle hadden gebeden om reageerbuisbevruchting, ze hadden zelfs een christelijke ethicus geconsulteerd. Ze kwamen tot de conclusie dat het prima was als ze besloten om alle embryo's te implanteren. Ze hadden er grapjes over gemaakt, dat ze vijf kinderen zouden krijgen. Drie jaar geleden was dat allemaal een heerlijke droom geweest. Dat was vóór hun vier pogingen een kind te krijgen, die allemaal waren mislukt. Nu hadden ze nog maar één embryo over.

Diepgevroren met vloeibaar stikstof; het kleine wezentje was in aanleg helemaal compleet, ook al had het nog geen enkele keer geademd.

Zou het de snelle handen van een musicus hebben of de slimme geest van een uitvinder? Was het voorbestemd Italiaans donker haar of Iers blond haar te krijgen? Zou ze saxofoon gaan spelen? Zou hij bij de Boston Red Sox gaan spelen? Zou hij lekker tegen haar aan kruipen of zich in allerlei bochten wringen? Zou ze zachtjes zingen of met een luide stem? Zou er ooit een kind zijn dat Bethany 'mama' noemde?

Ze staarde naar de duisternis, waar de sterren eindeloos en de antwoorden verborgen waren.

Bethany schrok wakker. De hemel was pikdonker, de sterren glinsterden boven de bergen. Haar huid was vochtig van de dauw, ze had kippenvel op haar benen. Ze moest een warm bad nemen, de antimuggenspray er afwassen. Ze stond op en schudde haar stijve spieren los.

Ze hoorde gejammer in de duisternis.

Misschien had ze het gedroomd. Maar nee, daar was het weer, een hoge, angstige kreet, aan de westkant van het huis. Was er een ongeluk gebeurd? Bethany rende om de boerderij heen en de oprit af.

De weg was stil. Misschien had ze het zich maar verbeeld. Ze wandelde om de tuin heen, ze was klaarwakker geworden van de heldere nachtlucht. Was het misschien een coyote geweest, diep in de bossen? Of een droom?

Ze liep het huis in, gerustgesteld door de vertrouwde geur van citroenolie en kookluchtjes. Daar, alweer dat langgerekte, hoge gejammer. Ze stond in de gang, rillend van angst. De schaduwen onder de trap waren zo diep, ze leken eindeloos.

Alles kon zich daar verstoppen.

Bethany deed het licht aan. De gang was leeg, op de kersenhouten tafel, de tinnen lamp en de gebeeldhouwde jassenboom na. De entourage was al veertig jaar onveranderd.

Tante Mary had altijd spookverhalen over dit huis verteld. Bethany's favoriet – en meest gevreesde – was het verhaal over de boer die zijn vrouw vermoordde en haar lichaam vervolgens onder het weiland achter het huis ploegde. *De vrouw van de boer liep door het huis, riep luidkeels dat iemand wakker moest worden en haar botten moest vinden.* Niet echt gebeurd natuurlijk. Maar elke keer dat tante Mary dat verhaal vertelde, had Bethany onder haar gewatteerde deken gelegen, met haar kussen tegen haar oren gedrukt zodat ze het gejammer niet zou horen. Haar vader zei dat het de wind in de oude wilg was, meer niet. Niets om bang voor te zijn.

Kyle had de wilg jaren geleden al gekapt.

Daar was het weer, in de woonkamer hoorde ze het minder luid. Bethany rende naar boven, ze keek in alle slaapkamers en deed ondertussen alle lampen aan. Niets. En dat was maar goed ook, dacht ze. Ze zou geen partij zijn voor een verwarde inbreker of voor een verbitterd spook.

Ze kon maar beter de autosleutels pakken en naar de Hemlows gaan. Maar nee, ze was er al vaak genoeg vandoor gegaan. Ze sloop de trap op naar de zolder. Diep in de duisternis boven aan de trap trok ze aan een koord. Het gloeilampje flitste even, plopte toen uit.

Bethany hapte naar adem, klemde de trapleuning vast. *Het is alleen maar een geluid*, zei ze tegen zichzelf. Ze stapte de zolder op, tastte langs de muur tot ze het lichtknopje vond. Hierboven klonk het gejammer nog verder weg. Waar kwam dat in vredesnaam vandaan? Ze had het hele huis gecontroleerd, op één kamer na.

Ze liep weer naar beneden en bleef even voor de deur van de babykamer staan. Dat hongerige gehuil klonk precies als een...

Nee. Dat was onmogelijk. Maar waarom eigenlijk? Misschien waren de afgelopen drie jaar alleen maar een gruwelijke droom geweest? Misschien was ze zojuist wakker geworden na een lange nacht? Heel langzaam deed Bethany de deur open en gluurde naar binnen. In de babykamer kon ze het geluid heel goed horen.

Het was allemaal een nare droom geweest, en nu was ze wakker.

Nu had haar baby haar nodig. Ze zou hem oppakken en...

Het ledikantje was leeg!

Bethany liet zich op de vloer zakken, sloeg haar handen voor haar oren. ‘STOP! Stop, stop, stop...!’

En dat gebeurde ook, zomaar. De stilte golfde over haar heen, een ijskoude stroom niets.

Bethany kroop in elkaar, rolde zich op met haar knieën tegen haar borst. En zo bleef ze nog heel lang liggen.

6

Het gescheurde papier was zo scherp dat het bijna pijn deed. Bethany was begonnen het behang van de muren te trekken, in de hoop dat ze de bron van dat gejammer kon vinden. Ze was er de hele nacht mee bezig geweest en vond het ontmantelen van de babykamer vreemd bevredigend.

Toen ze dit behang vorig najaar hadden aangebracht, was ze vijf maanden zwanger geweest. De World Series waren aan de gang en Kyle had grapjes gemaakt over hoe het over vijfentwintig jaar zou zijn. Michael Dolan was aan slag voor de Boston Red Sox. 'Boston's Own' werd hij genoemd door de sportverslaggevers. Bethany had lachend gezegd dat haar zoon een supersportman van eigen bodem mocht zijn, op voorwaarde dat hij ook een begenadigd klassiek musicus was.

Maar dat was verleden tijd.

Ze had elke deal met God gesloten die ze maar kon verzinnen: meer dienen, meer geven, meer bidden, meer studeren, meer geloven. Ze had berouw van elke zonde die ze zich kon herinneren en van een paar die ze zich alleen maar verbeeldde. Als het Gods wil was dat zij en Kyle geen ouders zouden zijn, waarom...

Geen waarom meer.

De zomerzon vulde de kamer, hij schitterde door de bladeren van de esdoorn die voor het raam stond. Wanneer was december overgegaan in juni? Het was vast niet Gods bedoeling dat Bethany bang was voor haar eigen schaduw terwijl het leven doorging.

Bijna twintig jaar geleden was ze haar leven gaan delen met Kyle

Dolan. Alles was niet zo gelopen als ze hadden gepland, of waarvoor ze hadden gebeden. Maar ze waren nog altijd bij elkaar, als ze tenminste niet zou weglopen.

Ze moest naar hem toe, nu meteen. Waar haar liefde was, moest ook Gods liefde zijn.

Bethany liet de repen behang gewoon aan de muur hangen en liep de babykamer uit zonder nog één keer om te kijken.

Pilgrim Road rook naar geld en stijl. Langs de granieten trottoirs stonden BMW's en Infiniti's. Goedgeklede mensen lieten hun hond, hun kinderen en elkaar uit. Sable liep er rond alsof ze er thuishoorde.

Het had haar geen enkele moeite gekost om Laurel Bergins rol te spelen. Articuleer duidelijk, mix *slang* met serieuze terminologie, voeg een beetje blond en hooghartigheid toe, en een uit een inrichting ontsnapte gek was veranderd in een afgestudeerde van Southwick. Het had haar een dag gekost om de administratie van Southwick te hacken. Toen ze daar eenmaal was, had ze volledige toegang tot alle cijferlijsten, referenties en medische dossiers. In de alumni-directory verving ze Laurel Bergins gescande foto door die van haarzelf en daarna printte ze een officieel ID-pasje van Southwick.

Ze had de aanbevelingen van de toelatingscommissie, het geneeskundig onderzoek en zelfs de psychologische test doorgebladerd. Geen probleem, ze had het grootste deel van haar leven besteed aan het voor de gek houden van dit soort idioten.

Het had de meeste moeite gekost om clean te worden. Ze kon best leven zonder hasj en pijnstillers, maar om van de Xanax, de Ritalin en dat andere spul af te blijven, dat was een bijzonder nare trip geweest. Tien dagen lang diarree en krampen... maar ze had immers geen keus? Niemand zou een draagmoeder inhuren die de medicijnen van een psychiatrisch patiënt slikte.

Het zou de moeite waard zijn. Dit was een zwendeltje dat niet mis kon gaan, omdat het niet echt een zwendeltje was. Ze zou dat rotkind voor de Dolans krijgen, het afstaan, hun geld aanpakken en uit hun leven verdwijnen. Dat is alles wat zij wilden en alles wat zij wilde. Iedereen zou er beter van worden.

Bethany zette de auto in de carport achter hun huis. Kyle dacht dat ze pas de volgende dag thuis zou komen. Ze hoopte dat hij niet die vettige chow mein had laten bezorgen die hij zo graag at als zij niet thuis was. Na zeventien jaar huwelijk had ze hem zijn voorliefde voor junkfood nog altijd niet kunnen afleren.

Ze liep over het kleine stukje gras en langs de bloemen van hun achtertuin. Nora zei vaak plagend dat ze landelijk woonden in het hart van Back Bay. Bethany en Kyle waren dol op de cultuur van Boston en op de elegantie van Pilgrim Road. Jaren geleden hadden ze Nora en David gesmeekt het huis naast dat van hen te kopen.

'De kinderen hebben een echte achtertuin nodig,' had Nora gezegd. Zij en David vonden het altijd heerlijk op de boerderij en waren uiteindelijk in North Conway gaan wonen. Kyle en Bethany hadden als welkomstcadeau voor Jenny en Kate een schommel gekocht. In de jaren daarna hadden de Hemlows Benton, Melissa en Dorothy gekregen om hun 'echte achtertuin' te vullen.

Voor Nora en David was het zo eenvoudig geweest kinderen te krijgen. *Waarom...* nee! Geen waarom meer. Vanaf vandaag wilde ze vooruitkijken.

Dank U Heer, dank U voor deze dag. Voor dit huis, voor deze echtgenoot. Voor mijn muziek en...

Kyle was in de keuken, hij was thee aan het zetten. Hij keek geschrokken om toen ze binnenkwam.

Ze bleef even staan, ze voelde zich een vreemdeling in haar eigen huis. 'Ik ben vroeg.'

'Dat geeft me een extra dag om dit te doen,' zei Kyle. Hij sloeg zijn armen om haar heen, warm en veilig en sterk. 'Bethany, ik ben bang dat ik een afspraak heb... Die heeft niets met Dol-Pak te maken, maar het is een afspraak met een kandidaat-draagmoeder.'

Bethany had dit wel verwacht, maar niet vandaag en al helemaal niet op het moment dat zij thuiskwam. Ze drukte hem steviger tegen zich aan en liet deze informatie even op zich inwerken.

'Als jij dat niet prettig vindt, kun je beter boven wachten terwijl ik met haar praat,' zei hij.

'Nee. Het was een slecht idee om je te vragen dit zonder me te doen. Toe maar, vertel me alles maar.'

Kyle vertelde haar dat Nora alle kandidaten had gescreend, dat hij een psycholoog had ingehuurd, dat de achtergrondscreening al was gebeurd, en dat deze kandidate helemaal perfect leek. Hij liet Bethany de referenties van het meisje zien, haar cijferlijsten, haar toelatingsbewijs voor de studie geneeskunde, zelfs haar foto. Ze was knap, met zongebleekte lokken en een lieve glimlach.

Diep in Bethany vlamde een klein vonkje op. Ze probeerde het weg te drukken voordat het haar te pakken zou krijgen, maar met elke hartslag werd het vonkje groter. Hoe graag ze het ook wilde wegduwen, ze kon het niet. Daar was het weer en ze liet het toe, nog één keer: hoop.

Wat zeg je tegen een onbekende die misschien je baby gaat dragen?

'Hou je van sport?' vroeg Kyle.

Laurel Bergins ogen lichtten op. 'Daarom ga ik naar de University of Connecticut. Dan kan ik naar de wedstrijden van de Sox luisteren.'

'Je maakt zeker een grapje?'

'Alleen een masochist zou net doen alsof hij een Red Sox-fan is. Nee, het is echt zo,' zei Laurel.

'Kom je dan niet van de westkust?' vroeg Bethany.

'Jawel, maar mijn grootvader kwam uit Worcester en is opgegroeid met Williams en Pesky van de Sox. Hij heeft mij opgevoed met Roger Clemens, die Yankee-overloper.'

Kyle schoot in de lach. Nora had hem gewaarschuwd, gezegd dat hij streng moest zijn, lastige vragen moest stellen. Maar Laurel had zo'n open gezicht en ze gedroeg zich zo ontspannen dat het onmogelijk was dat ze iets verborg.

Laurel keek vol bewondering om zich heen. 'Hier zou ik dus komen wonen?'

'Niet hier,' zei Kyle. 'We hebben een boerderij in de Mount Washington Valley van New Hampshire. Elk seizoen een paradijs te midden van glooiende akkers, boerderijen en bossen.'

'Je lijkt wel een reclamefolder.'

'Dat weet ik, maar ik kan er niets aan doen. Bethany heeft die boerderij van haar tante geërfd. We vinden het daar heerlijk. In de lente, als de sneeuw smelt, stroomt de rivier de Saco over de rotsen, allemaal wit water. Daaromheen liggen de bergen, met zonsopgangen en zonsondergangen waar je helemaal stil van wordt.'

'Is dat een probleem, Laurel?' vroeg Bethany. Ze zat er stijfjes bij.

'Misschien is het wel een leuke verandering, op het platteland wonen.'

'Maak je geen zorgen, we hebben echte toiletten en satelliet-tv,' zei Kyle.

Ze lachten allemaal.

'Heeft dokter Hemlow je alle voorwaarden duidelijk gemaakt?' vroeg Bethany. 'Negen maanden, meer eigenlijk, met de voorbereiding en de hersteltijd meegerekend... Het is niet niks om je eigen leven zo lang stil te zetten.'

'Ik heb goed over alles nagedacht.'

'We zullen je ruimschoots compenseren, maar toch...' Kyle zweeg, keek naar Bethany. Ze was bleek geworden. Drie jaar geleden was een kind van henzelf een gegeven geweest. Nu was het een stap van het lot voor haar. Hij pakte haar hand.

'Jullie hebben een zware tijd achter de rug, hè?' vroeg Laurel zacht.

Bethany pakte Kyles hand steviger vast. 'Zware tijd' is veel te zacht uitgedrukt, wist Kyle. Hij moest hopen en bidden dat dit meisje hen kon helpen te krijgen wat hij en Bethany op eigen houtje niet voor elkaar konden krijgen.

God, laat dit meisje ons helpen een gezin te vormen. En alstublieft, help ons haar in ons huis te verwelkomen.

'Wie is de eerste?' fluisterde Kyle.

Bethany trok de deken op tot haar gezicht. Ze was niet in de stemming voor het spelletje, maar ze wilde ook niet over iets anders praten. Ze moest nog over van alles nadenken. Nadenken en bidden. Ze rilde, dacht weer aan die kreet in de boerderij, dat onmogelijke gejammer. Was dat nog maar één nacht geleden? Het was vast inbeelding geweest. Of een stomme droom. Hoe dan ook, ze moest er niet meer aan denken. Ze moest thuis zijn bij Kyle. Zo eenvoudig was het.

'Ik weet het niet,' fluisterde ze. 'Wie is de eerste?'

'Elke speler in de line-up van de Sox. Het probleem is dat de meesten daar zijn blijven staan. Het is bijna een record.'

'Bij hen is het bijna altijd een record,' zei Bethany glimlachend.

Kyle kroop tegen haar aan, maar bleef op de dekens liggen. Daar sliep hij altijd, in zijn Boston College T-shirt en voetbalbroek. Hij had de pest aan lange mouwen en sokken, zelfs 's winters. 'Wie is dus de eerste, Beth?'

'Jenny Hemlow. Nora heeft haar gisteren mee naar Brown genomen, kennelijk heeft ze diepe indruk gemaakt tijdens haar interview.'

'Ik voel me oud nu kleine Jenny gaat studeren.'

'Oeroud. Het is verbazingwekkend dat ik je nog niet heb gemummificeerd.'

'Haha! Alsof jij nog maar net van school bent!'

'Het maakt niet uit hoe oud ik ben, want jij bent altijd ouder.'

'Dat is zo,' zei hij. Hij begon haar te kietelen.

Ze sloeg zijn hand weg, lachend. 'Wie is dus de eerste, Methusalem?'

Kyle gromde. 'Ik heb geen idee wie dat is, maar de Yankees willen eerste worden. Dat had ik moeten weten. Het is bijna juli, de hoogste tijd dat de Sox aan hun slide beginnen. Wie is de eerste, Beethoven?'

Bethany zei vlak bij zijn oor: 'Laurel Bergin. Denk ik...'

Hij trok haar dichter tegen zich aan. 'Ik weet het.'

'Echt waar, Kyle?' fluisterde ze.

'Sst,' zei hij. 'Ga maar slapen.'

Het laatste wat Bethany zich herinnerde was Kyles warmte, die door haar huid naar haar hart sijpelde.

U was het die mijn binnenste vormde,

die mij weefde in mijn moeders buik.

Ik loof U omdat ik prachtig en indrukwekkend ben gemaakt;

Uw werk is wonderbaarlijk, dat weet ik heel goed.

PSALMEN 139, VERS 13 EN 14

7

Zo ziet het gezinsleven er dus uit, dacht Kyle. *Schreeuwende kinderen, jachtige ouders, rondvliegende ballen. Lawaai. Chaos. Gekkenhuis. Heerlijk.*

Hij was blij dat Bethany had bedacht dat ze op de Dag van de Arbeid konden gaan picknicken. 'We hebben Nora en David met hun kinderen, en het gezin Martinez. Misschien dat Laurel zich dan niet zo alleen voelt op de boerderij.'

Meteen nadat Laurels zwangerschapstest positief was geweest, waren ze naar het noorden gegaan om het appartement boven de boerderij op te knappen. Laurel bleef in het huis in Boston tot ze klaar waren met de renovatie. Kyle had een gigantische tv- en geluidsinstallatie besteld bestaande uit een flatscreen-tv en een stereo dvd/cd-speler. Bethany had behangen, geschilderd en gordijnen opgehangen, en allemaal nieuwe meubels gekocht.

Het was een prachtig weekend. Dat het herfst was, kon je alleen zien aan de gouden omlijsting van het moerasland. Bij de grote attracties als Thor's Falls was het smoordruk. Kyle had beloofd dat hij de jongste kinderen van de Hemlows en Anthony's broertje vlak voor zonsondergang ermee naartoe zou nemen, als de meeste mensen al weg waren.

Hij strekte zich uit in de tuinstoel en zette de radio aan. Het was een veel te mooie dag om naar binnen te gaan om naar de wedstrijd van de Sox te kijken, vooral sinds die sukkels hun voorsprong van vijf wedstrijden hadden verspeeld. Nu stonden ze vier runs voor. Maar het was de tweede inning nog maar en er kon dus nog van alles gebeuren.

Ach, dát is een leuke analogie, dacht Kyle. *Negen innings, negen maanden.* Hij moest tegen Laurel zeggen dat ze in de tweede inning van haar zwangerschap was. Ze zou plagend antwoorden dat ze dan net zou moeten doen of ze een Yankee was, zodat ze konden hopen dat ze kampioen zou worden.

Hun draagmoeder had zich probleemloos in hun leven gevoegd, alsof ze er hoorde.

Sable had gedacht dat het een waardeloze picknick zou worden. Maar dit was bijna leuk, vooral nu ze wat hasj had genomen. Omdat ze rekening hield met haar zwangerschap had ze maar een halve joint gerookt. Bovendien moest ze zuinig aan doen, want het voorraadje dat ze in Boston had gekocht was al bijna op.

Ze was boven en zat op de veranda van haar appartement, waar ze het briesje kon voelen. Beneden, in de achtertuin, was Bethany bezig met de picknicktafels, terwijl Nora's man op het vuur lette. David Hemlow leek wel een professor met zijn baard, zijn brilletje en zijn sandalen. Kyle lag in een tuinstoel te doezelen. Hij leek wel een kind met zijn rossige haar en zijn zonverbrande neus.

De oudere dochters van de Hemlows kletsten Anthony de oren van het hoofd. Dat arme joch kon niet eens weglopen met dat gips om zijn voet. De jongere kinderen renden gillend rond. Die Jacob Martinez was wel cool. Sable dacht dat ze niet meer bijkwam toen hij Benton Hemlow een kleine klootzak had genoemd. De jongste dochter van de Hemlows was gekleed als een kostschoolmeisje. Sable zou dat haar eigen kinderen nooit aandoen. Ze hoopte maar dat Bethany en Kyle het hun baby ook nooit zouden aandoen.

Baby. Hoe zou het zijn als haar baby groter werd in haar buik, als hij begon te bewegen? Niet belangrijk natuurlijk; voor het geld dat Kyle haar hiervoor betaalde, zou ze zelfs een poedel willen baren. Tienduizend dollar, alleen maar voor die implantatie en nog eens zesduizend voor elke maand dat ze zwanger bleef.

Sable had verwacht dat het verschrikkelijk zou zijn om bij de Dolans te wonen, maar het was cool geweest. Bethany was wat zweverig, maar kon heerlijk koken. En Sable vond Kyle geweldig, met zijn gemakkelijke charme en zijn eindeloze grapjes. Gisteravond had ze hem gevraagd: 'Waarom ben je eigenlijk altijd zo gelukkig?'

Hij had er niet eens over na hoeven denken, maar antwoordde glimlachend: 'Omdat God goed is.' Goed dan, misschien was Kyle Dolan een misleide gek. Maar als Sable hem nog gelukkiger kon maken dan hij toch al was, nou, dan zou ze zelf ook een goede daad verrichten.

Er werd op de deur geklopt. Sable stond op en ontdekte Nora op de veranda.

'Het spijt me dat ik je stoor, Laurel, maar ik wil een urinemonster hebben.' Ze drukte een plastic bakje in Sables hand.

'Je zei dat de uitkomst van het bloedonderzoek prima was. Goed en zwanger, al die hormonen.'

'In je contract staat dat ik je af en toe op drugs zal testen. Dat heb je toch wel begrepen, Laurel? Kyle zei dat je je advocaat hierover hebt geraadpleegd.'

Sable had de tienduizend dollar die Kyle haar voor een advocaat had gegeven in eigen zak gestopt en in plaats daarvan via internet een stoomcursus recht gevolgd. Ze had nooit gedacht dat iemand haar echt om een urinemonster zou vragen. Zou de marihuana al in haar bloed zijn opgenomen? Hij zat in elk geval al in haar hersenen; ze kon niet in haar normale tempo nadenken.

Opeens hoorden ze dringende kreten door de glazen schuifdeuren van de veranda. Beneden in de tuin had Jacob Benton in een halve nelson. Sable vroeg glimlachend: 'Waarom maak je geen einde aan dat worstelpartijtje? Dan neem ik een glaasje fris, zodat ik je over een halfuurtje een urinemonster kan geven. Misschien kun je dat bakje maar beter hier laten, dan gaat niemand over zijn nek.'

'Ja, tuurlijk.'

Gelukt! dacht Sable.

Die Laurel was hot! *Wat een wijf!* Dus toen ze Jacob kwam zoeken, dacht hij: *Wow!*

Een paar minuten later zat hij boven in Laurels appartement videogames op haar PlayBox en haar breedbeeld-tv te spelen. Hij was verdiept in een lasergame die zo realistisch was dat hij de stinkende adem van de draak kon ruiken en het zwaard van de Annihilator kon horen zoeven. Laurel had gezegd dat hij maar een tijdje in zijn eentje moest spelen. 'Het wordt geen eerlijke strijd als je nog niet hebt kunnen oefenen.' Ze kwam binnen toen hij net Gorgonetta's vier hoofden wilde afhakken. Ze drukte op Pauze.

'Wat is er?' vroeg hij, protesterend.

'Ken je dat mens van Hemlow?'

'Ze zit me de hele dag achter de vodden omdat die losers van haar me niet kunnen bijhouden. Wat denkt ze wel niet? Als je een kind Benton noemt, weet je toch dat hij een slome sukkel wordt?'

Laurel schoot in de lach. 'Je moet wat voor me doen, J. Bethany wil dat ik voor haar in een potje ga plassen, voor een medische test of zo. Maar ik kan er geen druppel uit krijgen. Zenuwen, denk ik. Daarom dacht ik, als jij het nu eens voor me doet? Ik geef je er vijf dollar voor, maar het moet ons geheimpje blijven.'

Jacob lachte. Wat lief, Laurel dacht zeker dat hij nog een klein jochie was. 'Ach, ik doe het wel voor niks. Als ik dan wel zo vaak als ik wil met je games mag spelen.'

'Deal,' zei ze. 'Opschieten dan, want dokter FrankenSlime komt er alweer aan.'

Nadat Jacob zijn goede daad had gedaan, deed Laurel het deksel op het potje en wasten ze hun handen. Ze rook echt lekker en toen hij even langs haar arm streek, voelde ze ook heel lekker. Van al die volwassenen bij de picknick was zij wel mooi de enige die had gemerkt dat hij de pest had aan al die bomen en bergen, en aan deze plek die zo uncool was dat hij gewoon kon wegsmelten door al die frisse lucht die hij hier inademde.

Maar nu vond Jacob het opeens niet meer zo erg om in New Hampshire te wonen. Hij en Laurel hadden samen iets wat uniek was in deze koeienstad.

8

'Ze begint zich te vervelen,' zei Kyle op smekende toon tegen Bethany. 'Ze moet er even tussenuit.'

'Als je haar een auto geeft, wordt ze misschien – ik weet het niet – roekeloos,' antwoordde Bethany. 'Het heeft al gevroren, Kyle. Ze hebben vanochtend zout gestrooid...'

'Dat zal elke keer weer gebeuren zodra de wegen glad worden. We kunnen haar niet gevangenhouden en ik zie niet in waarom we geen auto voor haar zouden kopen.'

'Omdat ik haar overal naartoe wil rijden. Daarom...' zei Bethany.

Nadat ze nog een minuutje hadden gediscussieerd, verbraken ze de verbinding zonder dat het probleem was opgelost. Kyle zou het liefst naar het noorden gaan, maar hij was nodig op zijn werk. Dol-Pak zou de verpakking gaan doen voor Trade Winds, een van de grootste postorderbedrijven ter wereld. Het zou niet nodig moeten zijn dat hij de details regelde, maar nu Ron zijn been had gebroken en Bev met zwangerschapsverlof was, was hij degene die de deal in de gaten moest houden.

Kyle had Dol-Pak van de grond af opgebouwd. Hij had een lijn biologisch afbreekbare verpakkingsmaterialen ontwikkeld die nu standaard waren in de industrie. Hij hield van ontwerpen en genoot van het werken met medewerkers en klanten, maar had de pest aan het juridische gedoe eromheen.

Sterker nog, hij had er de pest aan om zonder Bethany in Boston te zijn. Kyle miste alles van haar: haar muziek, die hij nog altijd niet vanzelfsprekend vond, haar verrukkelijke stoofschotels en stijlvolle hapjes, haar lichaam 's nachts als hij haar vasthield, vooral nu ze zoveel te vieren hadden.

Over een paar dagen was Laurel twaalf weken zwanger. Twaalf weken; dat kritieke moment waarop de kans groot was dat de baby zou blijven leven. Kyle kon bijna niet wachten om de Trade Winds-deal af te sluiten en naar North Conway te gaan. Hij wilde bij Bethany zijn zodat ze samen konden kijken hoe Laurel en hun baby groeiden.

De bel ging. Kyle keek op zijn horloge. Halftien. Wie zou er nu nog langskomen? Hij rende naar beneden en keek door het spionnetje. Er stond een politieagent op de stoep. Kyle schoof de grendel van de deur en zwaaide hem open: 'Kan ik u help...'

De agent drukte zijn knuppel tegen zijn hals. Kyle wilde hem instinctief van zich af slaan, maar de agent sloeg met de knuppel tegen zijn ribben. Kyle viel keihard op de grond, er schoot een pijngolf door hem heen, toen een paniekgolf.

De agent deed hem handboeien om. Voordat Kyle zelfs maar kon trappen of zich kon omrollen, pakte de man nog een stel handboeien en maakte hem vast aan de radiator.

'Wat moet je?' hijgde Kyle. 'Arresteer je me?'

'Ja, tuurlijk. Je hebt het recht je bek te houden, klootzak!' De man – geen agent, realiseerde Kyle zich – trapte hem tegen de ribben en verdween vervolgens het huis in.

Kyle probeerde zichzelf te bevrijden, maar gaf het algauw op. Tijdens zijn jeugd in South Boston had hij een paar keer trappen moeten incasseren en hij had er zelf ook een paar uitgedeeld, maar hij maakte geen enkele kans tegen een beroepsmisdadiger.

Nog geen minuut later was de man weer terug met de diamanten halsketting die Kyle Bethany voor hun tiende trouwdag had gegeven. Ook droeg hij Kyles Rolex.

'Wat denk je...' protesteerde Kyle.

'Wat zei ik tegen je over je mond houden?' De agent-inbreker sloeg met zijn knuppel tegen Kyles slaap. 'Nu moet je eens goed luisteren. Ik wil dat je een boodschap overbrengt.'

Kyle probeerde zich ondanks de pijn te concentreren. 'Een boodschap voor wie?'

'Laten we zeggen, voor iedereen die het wil horen.'

'Welke boodschap?'

'Bernard.'

'Bernard? Wat heeft dat te betekenen?'

De man bukte zich tot zijn gezicht vlak bij dat van Kyle was. 'Dat betekent dat je niet wilt dat ik terugkom. De volgende keer zal minder prettig zijn.'

Ze moest hier meteen weg. *Niet in paniek raken, rustig nadenken!* dacht Sable terwijl ze door haar appartement ijsbeerde. Maar het was zo moeilijk. Waarom was ze de laatste tijd zo warrig?

Bernard had kennelijk relaties waar ze geen rekening mee had gehouden, zodat hij haar in Pilgrim Road had kunnen traceren. Maar de Dolans hadden er geen idee van dat dit iets met haar te maken had. Bethany was doodsbang geworden, ze dacht dat het dezelfde kerels waren die dat joch van Martinez te grazen hadden genomen. Kyle had geluk gehad, hij had er alleen gekneusde ribben en een verschrikkelijke hoofdpijn aan overgehouden. De politie zei dat die vent niet terug zou komen, dat de inval in het huis gewoon een geval van persoonsverwisseling was.

Sable wist wel beter. Kyle had de boodschap doorverteld, maar had geen idee dat die voor haar bestemd was. *De volgende keer zal minder prettig zijn!*

Als Bernard haar in Boston kon vinden, hoe moest ze dan voorkomen dat hij haar in North Conway vond? Het zou het verstandigst zijn de afstand tussen haarzelf en de Dolans zo groot mogelijk te maken. Sable had nu al tweeëntwintigduizend dollar; twee maanden salaris plus de implantatiebonus. Daar kon ze het wel mee uitzingen terwijl ze wachtte op de audit van haar bank in Florida. De rekeningen waren niet meer geblokkeerd, maar Sable durfde nog steeds geen grote bedragen op te nemen, niet nu de accountants alle transacties nog in de gaten hielden.

Tweeëntwintigduizend dollar was voldoende om ergens comfortabel af te wachten. Maar wat moest ze met de baby? Ze kon hem nog niet voelen, maar ze wist dat hij er was. Haar buik begon al wat dikker te worden en haar spijkerbroek ging niet meer dicht.

Misschien kon ze ertussenuit knijpen naar Concord, voor een snelle abortus. Dan kon ze daarna tegen Kyle en Bethany zeggen dat ze een miskraam had gehad. Dat mens verwachtte toch al het ergste, dat kon je wel zien aan haar opgejaagde blik. Ze konden zoveel bidden als ze wilden, maar dit ging niet lukken, dat was wel duidelijk. Sables leven bestond uit de ene horrorscène na de andere.

Maar wacht eens even, ze wás Sable helemaal niet meer. Hoe zou Laurel hiermee omgaan?

Natuurlijk. Als ze niet zo warrig was, had ze dat meteen ingezien. Waarom zou ze Bernard niet betalen zodat hij verdween? Dan konden Sable en Laurel nog lang en gelukkig leven. En als dat ook gold voor de Dolans, nou, dan was dat fijn voor hen.

De New Yorkse wijk Troy was niet zo ruig als Forge Hill, maar het was ook niet geweldig, dacht Bethany. Sajewski's rouwcentrum was gelegen tussen het Tattoo Emporium en de Nite-Delite Exotic Dance Club. Opgelucht constateerde ze dat er een hek om de parkeerplaats stond en dat die bovendien werd bewaakt door een beveiligingsagent.

De week was één lange nachtmerrie geweest. Eerst was Kyle mishandeld. De dag daarna was Laurel in tranen bij haar gekomen. 'Mijn kamergenote uit mijn studietijd is overleden. Ik moet naar New York.'

'O, wat erg. Kan ik iets voor je doen?' had Bethany gevraagd.

'Kun je me naar een busstation brengen? Ik moet naar Albany voor de rouwdienst.'

'Ik breng je er wel naartoe.'

Laurel had er bijna een uur lang tegen geprotesteerd, maar Bethany was blij dat ze voet bij stuk had gehouden, vooral nu ze de plek had gezien. Het idee dat Laurel in haar eentje door die verschrikkelijke buurt zou lopen – met hun baby in haar lichaam – was angstaanjagend.

'Ik loop wel met je mee naar binnen,' zei Bethany toen ze de motor uitzette.

'Dat hoeft niet.'

'Ik doe het graag.'

'Alsjeblieft, Bethany. Mijn vrienden weten niets van mijn draagmoederschap. Als ze ons samen zien, gaan ze allemaal vragen stellen. Ik wil dit onder ons houden en volgens mij wil jij dat ook. Haal me over een uur of drie maar weer op. Kan dat?'

Bethany bleef Laurel nakijken tot ze in het gebouw was verdwenen. Wat erg dat ze op haar leeftijd al naar de rouwdienst van een vriendin moest. Ze zette de rugleuning naar achteren, ze wilde even gaan slapen of wat lezen. Maar opeens zag ze in de verte een explosie van kleuren.

Troy lag dicht bij de uitlopers van de Adirondack. Half oktober was de herfstige kleurenpracht op z'n mooist en het was een heldere, frisse dag. Ideaal voor een wandeltocht. Het hele voorjaar had Bethany door de bergen gewandeld om aan de leegte te ontsnappen en nu kon ze wandelen en God danken dat Hij Laurel Bergin had gebruikt om haar wensen te vervullen.

Toen Sable stokstijf in de deuropening bleef staan, kwam er een vrouw naar haar toe. 'Ik ben de dochter, Samantha. Dank je wel voor je komst.'

Sable gaf haar een hand. 'Ik heb samengewerkt met...' welke naam had Cade ook alweer genoemd? '... met Sally.'

'We missen haar ontzettend,' zei Samantha.

'Ja, natuurlijk. Gecondoleerd.' Sable was niet van plan geweest naar de kist te lopen, maar daar stond hij. Ze wilde net wegglippen toen er een oudere vrouw naast haar kwam staan. 'Samantha zegt dat je hebt samengewerkt met mijn zuster. Wat deed jij bij het Centorr?'

Sable keek naar het lichaam, ze zag zoiets nu voor het eerst. De woorden bleven haar in de keel steken. 'Ik wil... eh... neem me niet kwalijk.' Ze liet zich op het bidbankje zakken, vouwde haar handen. Hoe kón Cade! Was dit een zieke grap of zo? Deze dode vrouw – deze Sally – leek precies op Sables moeder.

Sable kon niet naar de dode vrouw kijken, maar ze kon haar blik ook niet afwenden. De wangen van deze vrouw waren voller, het neuspuntje zat iets hoger. Maar het droge haar, kapot doordat ze het steeds had gebleekt, en de sterke kin waren hetzelfde. Ze had zelfs dezelfde kleur lippenstift op en was gekleed in zachtroze, de favoriete kleur van Angela Lynde.

Haar moeder was niet knap geweest, maar wel een warme en vriendelijke vrouw. 'Hoe kom ik toch aan zo'n schat van een kind?' vroeg ze altijd aan Sable. Angela Lyndes leven was hard geweest en ze had stomme fouten gemaakt. Maar ze had zielsveel van Sable gehouden – tot het einde toe.

Sable sloeg haar handen voor haar gezicht. Waar was haar moeder nu? Had God haar in de dood met meer goedheid behandeld dan toen ze nog leefde? Ach, dit soort vragen hadden geen enkele zin. Als God goedheid bezat, zou Hij lang geleden al zijn verschenen.

Mama's nieuwste vriendje rook naar bier en koude pizza. Hij was de hele week elke avond langsgekomen. Hij had een slecht gebit en zijn tanden staken over zijn onderlip heen als hij glimlachte.

Als ze 's nachts bleven, verstopte Sable zich altijd in de kast. Daar was het stiller dan in de gang. Ze hield van mama, maar ze haatte dat smakkende geluid dat mannen altijd maakten als ze haar kusten. Alsof ze haar helemaal opslokten. Mama vond die kast ook een goed idee. Daar had Sable haar boeken en haar deken en een zaklamp; alles wat ze nodig had.

Slecht Gebit had die avond eten van Ling Pao meegenomen. Hij en mama hadden zich op de bank voor de tv geïnstalleerd. 'Hé meissie, wil je ook wat?' had hij gevraagd. Sable schudde haar hoofd. Haar avondeten had bestaan uit cornflakes, met sinaasappelsap omdat er helemaal geen melk was. Sable fluisterde iets over dat ze even naar achteren ging. Mama wist dat ze daarmee bedoelde dat ze naar de kast ging; ze keek niet eens toen Sable naar de keuken liep om via de achterdeur te verdwijnen. Sable had haar hand al op de deurknop toen de deur openzwaaide. Ze schrok zich rot.

Er stormde een grote man naar binnen; hij was zelfs nog groter dan die gorillaman van het benzinestation. Grote Man keek niet eens naar haar, hij stormde de woonkamer binnen alsof die van hem was. Sable rook hem toen hij haar passeerde: zweet, drank, veel sigaretten. De geur van haar hele leven, zo leek het.

Wat haatte ze die.

'Gaat het wel goed met je, meisje?' Iemand raakte haar schouder even aan.

'Eh... ja hoor. Alleen verdrietig.' Ze probeerde overeind te krabbelen. Hoelang had ze al geknield gezeten?

De onbekende was een man met wit haar en zachte ogen. 'Verdrietig ja, omdat we haar zullen missen. Maar ook gelukkig, omdat we weten dat Sally naar huis is gegaan, naar Jezus.'

'Nou... ja.' *Lul maar een eind weg,* dacht ze. *Maar laat mij er alsjeblieft buiten.*

'Gaat het echt wel?'

Ze ontdekte Cade. Hij kwam binnenlopen samen met een paar andere rouwenden. 'Goed hoor. Dank u wel.' Sable liep bij de oude man vandaan en baande zich een weg door de groep mensen.

'Dat was een indrukwekkende show,' zei Cade toen hij haar omhelsde.

Ze duwde hem van zich af. 'Hou je bek. Heb jij Bernard gebeld?'

'Tuurlijk.'

'Ik ook. Dus er is geen... vergissing mogelijk in wat je gaat afgeven.'

Cade fronste zijn wenkbrauwen. 'Vertrouw je me niet?'

'Ik ken je veel te goed om je te vertrouwen. Goed, wanneer zie je hem?'

'Hij haalt hier het geld op, tijdens de avonddienst. In dit vertrek.'

'Ben je gek geworden! Waarom heb je niet op een andere plek afgesproken?'

'Het is toch nergens veiliger dan hier? Bernard zal hier heus niets uithalen. Bovendien ben je allang weer weg als hij komt.' Hij grijnsde, trok haar naar zich toe. 'Ik pas wel op je, meid.'

'Mooie oppas,' snauwde ze.

Ze had tegen Bethany gezegd dat ze haar over drie uur moest ophalen. Als Bethany ook maar een halfuurtje te laat was, zou het een nachtmerrie worden... Bernard en Bethany, met Sable tussen hen in.

9

Bethany's handen gleden over de toetsen. Gedachteloos speelde ze etudes die ze al sinds haar jeugd kende. Ze dacht aan Laurel, die drie maanden zwanger was en goed groeide.

'Mijn kindje is min zes maanden oud,' had Kyle die ochtend gezegd, vol zelfvertrouwen. Bethany wilde dat ze datzelfde zonnige optimisme kon uitstralen, maar elke nacht moest ze vechten tegen haar gevoelens van angst en spijt. Hoe moest ze Kyle duidelijk maken hoe moeilijk ze dit vond, dat het hartje van haar kind in het lichaam van een andere vrouw klopte? Zelfs de leeftijd van het kindje was een puzzel: dertien weken na de implantatie. Maar het embryo was al meer dan drie jaar geleden gecreëerd, dus in een bepaald opzicht had de baby sinds dat moment al bestaan.

En hoe zat het eigenlijk met de ziel van de baby, dat kostbare geschenk van God? Was die al die jaren diepgevroren geweest? Of schonk God de ziel nadat het hartje van de baby de eerste keer had geklopt? Was het manipuleren van de conceptie tegen Gods wil? God kende de wens van Bethany en God was genadig; dat wist ze met elke vezel van haar lichaam.

Bethany's vingers vonden een melodie die op de een of andere manier rechtstreeks van haar geest naar haar handen was gegaan. Ze liet de muziek haar gang gaan, ze speelde door met haar blik naar het raam gericht. Ze hield van deze tijd van het jaar, van de naargeestigheid die helemaal niet naargeestig was. Het was een tijd van rust, tot de lente in New Hampshire ontplofte met zonlicht en zingende vogels.

Ze kón dit. Ze kón geloven dat ze haar kindje zou vasthouden als de lente weer terugkwam naar dit dal. Ze kón wachten op Gods genade. Nu kwamen de woorden bij de melodie.

When the birds of spring
Come alive to sing
in their golden wonderland

Nog meer melodie en nog meer beelden, ze putte hoop uit haar muziek, uit de plek waarvan ze wist dat de glorie en de gratie van haar liefhebbende Vader zich bevond.

I will dance for you
Under skies of blue
'Cause I will love you forever
And I'be here with you,
For always.

Bethany had nooit eerder een wiegeliedje geschreven. Maar nu was de tijd daarvoor gekomen. Ze zou moeder worden. Tijd om te geloven in wat zou komen, in wat voor eeuwig zou zijn.

'Denk je echt dat ze zwanger is?' vroeg Cade.

'Ik weet dat ze zwanger is. De vraag is alleen: hoe?'

Cade trok Hailey op schoot. 'Zal ik je dat eens laten zien?'

'Ik zal jóu iets laten zien; ik heb niet voor niets een hele middag in die stripteasetent tegenover dat rouwcentrum gezeten.' Ze gaf hem een paar foto's.

Hailey had een duidelijke foto gemaakt van Sable die in een grote, glanzende Volvo stapte. En een andere foto waarop ze werd omhelsd door een vrouw met donker haar.

'Dat mens is wel heel erg blij dat ze Sable ziet,' zei Cade.

'We kunnen ons later wel druk maken over Sables liefdesleven,' zei Hailey. 'Maar eerst moet ik duizend dollar hebben voor die knul bij Rensselaer Polytech.'

'Die deal heeft me al driehonderd gekost.'

Hailey had Cade overgehaald om de server te houden, zodat ze konden proberen uit te vinden op welke bankrekening Sable al dat geld had gezet. Hailey had een beeldscherm en een toetsenbord moeten jatten, zodat ze konden zien wat er op de harde schijf stond. Op het scherm verscheen maar één eenvoudige boodschap: *Geen bestanden gevonden.*

'Iemand heeft de harde schijf geformatteerd,' had die knaap van het college tegen Hailey gezegd. 'Dan wordt alle informatie gewist. Maar misschien kan ik toch een paar bestanden terughalen.'

'We moeten het proberen. Het is echt de moeite waard,' had Hailey tegen Cade gezegd. 'Als we die rekeningnummers kunnen opsporen, kunnen we misschien zelf een stukje van de taart krijgen.'

'Ik zou Sables gezicht wel eens willen zien als ze haar miljoen dollar wil opnemen en het er niet meer is.'

'Ach, misschien kan het haar niets schelen,' zei Hailey.

'Hè?'

'Zij heeft straks een baby die haar warm kan houden.'

Hier gaat het dus allemaal om. Tot dat moment had Sable er niets van begrepen: de fascinatie van Kyle, de toewijding van Nora, de aandacht die iedereen aan Bethany schonk.

Het ging allemaal om de muziek! Sable zat buiten op het balkon, maar ze kon Bethany piano horen spelen en zingen, zoals ze al zo vaak had gedaan. En toch was er die dag iets anders. Iets waardoor Sables geest helder werd en haar hart opzwol.

Het ging allemaal om de muziek en het ging allemaal om de schoonheid.

Geen fysieke schoonheid, hoewel Sable moest toegeven dat Bethany erg knap was. Op de een of andere manier wist deze vrouw het beste te halen uit alles wat ze deed. Dat bleek uit de muziek, maar ook uit de manier waarop ze haar huis had ingericht, uit de variatie en de smaak van alles wat ze kookte. Zij zorgde ervoor dat Anthony rechter stond, dat Kyle harder lachte, dat Nora zich ontspande.

En nu zorgde Bethany's muziek ervoor dat Sable voor eeuwig in dat strookje zonlicht wilde blijven zitten.

Voor eeuwig.

Nu kwamen de woorden op de wind naar haar toe. Sable spande zich in om te luisteren.

I will bring a light to your darkest night.
Because I will love you forever and I'll be here, with you, for always.

Opeens werd Sable overmand door een bijna ondraaglijke pijn. Haar mama had haar een belofte gedaan: 'Ik zal bij je blijven, Sable. Ik zweer je dat ik je niet zal verlaten.'

Maar dat laatste had ze wél gedaan.

Anthony vond Sable in tranen op het balkon.

'Wat is er?' vroeg hij. Hij wilde haar omhelzen, maar wist niet hoe.

Waar hij vandaan kwam wás je niet lief voor vrouwen, je nám gewoon wat je wilde hebben. Tenzij je een muziekfanaat was zoals Anthony. Hij was nu eenmaal anders, hij zou zo nooit zijn. En daarom nam hij niets.

Opeens lag Laurel toch in zijn armen, begroef haar gezicht in zijn jasje. Hij klopte op haar rug, streelde haar haar, probeerde te bedenken wat hij moest zeggen zodat ze ophield met huilen. Ze rook naar seringen en ze voelde aan als fluweel. Hij was niet in staat helder na te denken.

Toen maakte ze zich opeens van hem los, glimlachend. 'Hai.'

'Wat is er mi...'

Laurel stopte zijn woorden door haar hand tegen zijn lippen te drukken. Zelfs met haar natte wangen en rode ogen was ze prachtig. Haar haar had een zachte honingkleur en haar ogen waren zo blauw als een zomerochtend. 'Is je been goed genoeg voor een wandeling, Anthony?'

Eerlijk gezegd deed zijn been aldoor pijn en droeg hij nog steeds een beugel. Maar nu was dat allemaal totaal niet belangrijk. Vanaf het moment dat hij haar op de Dag van de Arbeid voor het eerst had gezien, had Anthony een excuus willen hebben om alleen met Laurel Bergin te kunnen zijn. Jacob zei dat ze zwanger was, maar wat gaf dat? Thuis in Forge Hill was de helft van alle meisjes die hij kende zwanger of al moeder.

'Het gaat steeds beter met dat been. De fysiotherapeut wil dat ik het meer gebruik.' Anthony zou naar de maan willen lopen, en weer terug als dat moest. Alles om maar alleen te kunnen zijn met Laurel Bergin.

Anthony Martinez was verliefd op haar, dat wist ze zeker. Mannen werden door allerlei oorzaken verliefd. Waarom dan niet door zwangerschap? Sable moest toegeven dat ze er best goed uitzag. Dat kwam zeker door al die groenten die Bethany haar opdrong. Of door al die wandelingen. Ze was nooit een liefhebber van sport geweest, maar ze begon het prettig te vinden er elke middag opuit te gaan: haar spieren strekken, de frisse lucht opsnuiven, naar iets anders kijken dan naar een computerscherm.

Hij had haar op een slecht moment gevonden, daar op het balkon. Bethany's muziek had haar kwetsbaar gemaakt. Sable wist dat het dom was om haar pantser te laten vallen, ze wist dat ze zich nergens door mocht laten raken. Als Anthony niet bij haar was gekomen en haar had vastgehouden, nou, dan had er van alles kunnen gebeuren.

Hij had wel kunnen komen. Hij hield van tranen, hij was gek op elk vertoon van zwakte. Was hij dat, daar in die bosjes? Nee, dat was gewoon de wind die van de heuvel waaide.

Sable mocht niet aan hem denken. Dat was veel te gevaarlijk. Ze moest haar aandacht gericht houden op Anthony en op de heldere dag. Ze wandelden in de richting van Thor's Falls, een kleine kilometer bij de boerderij vandaan. Het was prachtig, de sparren en de berken, de eekhoorntjes die door het loof renden, de vogels die over hen heen vlogen. Nu de toeristen weg waren, ging Sable er graag naartoe, om te soezen in de middagzon terwijl het water over de rotsen klaterde.

'Waar kom je vandaan, Laurel?'

'Washington State, Spokane, uit een stadje, Gantry. '

'Hoe ben je hier verzeild geraakt?'

Sable bleef staan. 'Weet je dat echt niet?'

Anthony schudde zijn hoofd.

Sable zei lachend: 'Je liegt, domkop. Je weet heel goed waarom ik hier ben.'

'Zij gaan je baby adopteren, hè?' vroeg hij.

'Waarom denk je dat?'

'Ik was erbij, die avond dat mevrouw Dolan haar baby verloor.' Hij deed zijn ogen dicht, draaide zich om.

'Vertel eens, Anthony.' Ze pakte zijn hand.

'Het was afschuwelijk, Laurel. Ons concert was bijna afgelopen, we zongen het 'Hallelujah' uit de *Messiah*. Mevrouw Dolan dirigeerde en toen BOEM! Ze verdween gewoon achter de bok. Ik sprong van de verhoging en was als eerste bij haar.'

'Wat was er gebeurd?'

'Er zat bloed tussen haar benen, zo helderrood dat het bijna pijn deed om ernaar te kijken. Ze belden een ambulance, maar meneer Dolan wilde daar niet op wachten. Hij tilde haar op en droeg haar weg. Later vertelden ze dat ze haar baby had verloren en daarna geopereerd moest worden om te voorkomen dat ze doodbloedde. Ze kan nu nooit meer een baby krijgen.'

'Wat vreselijk.' Sable had genoeg gehoord, ze wilde dat Anthony zijn mond hield. Maar dat kon hij niet.

'Er was zoveel bloed, Laurel. Overal...'

Ze rilde toen Anthony het tafereel beschreef. *Al dat bloed...*

'Daarom dacht ik dat jij hun jouw baby ging geven,' zei Anthony.

'Niet mijn baby,' zei Sable. Ze kon de woorden amper uitspreken, want ook zij zag nu al dat bloed. *Zo helderrood, dat het bijna pijn deed...*

'Sorry,' zei hij. 'Ik wilde niet lullig doen.'

Sable haalde diep adem, probeerde zich te vermannen. 'Het is hun baby, helemaal. Bethany's ei en Kyles sperma. Ik ben wat ze een draagmoeder noemen. Ik ben zwanger van de baby omdat Bethany zelf niet zwanger kan worden.'

'Wow! Wat cool van je, dat je zoiets bijzonders voor hen wilt doen.' Anthony's blik ging naar haar buik, toen omhoog naar haar gezicht. Hij keek haar aan alsof ze even prachtig was als de hemel.

Bij Anthony zijn was bijna even fijn als slapen in de zonneschijn, dacht Sable. *Maar dan moest hij wel zijn mond houden over dat bloed.*

10

Thanksgiving. Er was zoveel om dankbaar voor te zijn dat Bethany wel moest zingen tijdens de afwas.

Let all things now living, a song of thanksgiving...

De Hemlows en de familie Martinez waren bij hen en Laurel komen eten, zodat de eetkamer helemaal vol had gezeten. De kalkoen was verrukkelijk geweest. Zelfs Jacob had de vulling van wilde rijst naar binnen geschrokt, hoewel hij bezwoer dat die op vogelzaad leek.

To God the Creator, triumphantly raised...

Het was een fantastische dag, kil maar helder. De bergen waren al bedekt met een winters wit laagje.

God's banners are o'er us, His light goes before us...

Kyle was nu zeker de helft van de tijd op de boerderij. Hij beweerde dat Dol-Pak zichzelf runde, hoewel hij urenlang aan de telefoon zat. Joan Martinez genoot van haar baan, nachtdiensten draaien in het ziekenhuis. Jacob was humeurig en stil, behalve bij Laurel. Joan was geduldig, ze hoopte dat hij zich zou aanpassen aan een leven weg van de straat.

Till shadows have vanished and darkness is banished...

Anthony was aangekomen, hij leek wel een eik met zijn brede schouders. Hij had een levendige stem, met een steeds groter bereik. Hij studeerde Italiaans en Duits als voorbereiding op een opleiding tot operazanger.

As forward we travel from light into light.

Laurel was nu achttien weken zwanger. Haar buik was al dik, reikte al tot boven haar taille. De baby was gezond en groeide als kool. Kyle en Bethany zouden in april een dochtertje hebben.

Glimlachend stapelde Bethany de borden op elkaar. Iedereen, behalve Jacob, had aangeboden de afwas te doen, maar ze had hen allemaal weggestuurd. Ze schonk zichzelf een kop thee in, ging zitten en boog haar hoofd om God te bedanken. Ze rook de appeltaart in de oven, de hete pruttelende chocolade en de gekruide appelwijn in de aardewerken pot.

Bethany deed haar ogen open, de muziek welde al in haar op.

Till all things now living unite in thanksgiving...

Ze stond weer op, ging verder met de afwas. Als haar moeder nog had geleefd, zou ze hebben gerild als ze Bethany de afwas had zien doen. Claire Testamarta was opgegroeid met bedienden en had haar dochter op dezelfde manier opgevoed. Kyles moeder had Bethany geleerd van een huis een thuis te maken. Hannah Dolan was een heilige geweest. Haar naam had bij haar gepast, die had een aardse en eenvoudige schoonheid.

Hannah. Alleen al de klank van die naam had gratie. Bethany hoopte dat haar dochter net zo zou zijn als de grootmoeder die ze nooit zou leren kennen: vrolijk, liefhebbend en wijs.

Hannah. Ja, zo zou ze gaan heten.

Volgend jaar om deze tijd zou ze Hannah in bed leggen voor haar middagslaapje. Bethany kon haar zien: een baby met roze wangen, donker haar, blauwe ogen en met haar vaders ondeugende grijns. Kyle zou Hannah plagen en zij zou terug plagen en appeltaart op haar gezicht smeren om hem aan het lachen te maken.

Laurel zou dan al geneeskunde studeren, maar Thanksgiving zou ze bij hen kunnen doorbrengen. De afspraak was dat ze na de geboorte van de baby nooit contact met hen zou opnemen, maar nu Bethany en Kyle haar kenden was dat toch geen probleem?

God, zegen deze jonge vrouw zoals zij ons zegent, bad Bethany, zoals ze elke ochtend had gebeden sinds Laurel in hun leven was gekomen.

Ze pakte haar jasje en liep naar buiten om Kyle te zoeken. Zingend.

De zon stond laag, ook al was het nog maar halverwege de middag. Het gras was al bruin geworden en de bloembedden waren tot de lente bedekt met een laag mulch. Bethany zou geen groen meer zien tot de lente. Als Hannah was geboren.

Kyle was in het weiland en speelde met de kinderen. Hij dook naar een voetbal en sprong overeind voordat Benton hem kon grijpen.

'Geef hier!' riep Laurel.

Kyle krabbelde overeind zodat hij de bal weg kon gooien. Kleine Dorothy greep hem bij zijn arm, maar hij draaide zich om en zwaaide haar in het rond voordat hij haar weer op de grond zette.

'Kom op, man! Ik sta vrij!' Laurel zwaaide met haar armen.

Bethany's maag draaide zich om. Kyle was toch zeker niet zo stom dat hij het goedvond dat Laurel...

Hij schopte de bal naar Laurel. Ze rende erop af, liet zich erbovenop vallen. Meteen dook Jacob boven op haar, gevolgd door Melissa.

Jacob sloeg zijn armen om Laurels middel. 'Kom op! Afgeven die bal!'

'Pak hem dan, mafkees!' zei Laurel lachend.

'Hou op! Ga van haar af!' Bethany probeerde Jacob van Laurel af te trekken.

Jacob worstelde zich los. 'We zijn gewoon aan het spelen, hoor.'

Kyle was er nu ook. 'Wat doe je nou? De kinderen zijn gewoon aan het spelen.'

'Ik? Wat doe jíj, zul je bedoelen! Dat je het goedvindt dat Laurel wordt getackeld!'

'Niemand tackelt mij.' Laurel rolde op haar rug en gooide de voetbal naar Kyle.

'We gooien de bal alleen maar in het rond,' zei Kyle. 'Dat is een goede oefening.'

'Je bent aan het voetballen met een zwangere vrouw!' Bethany moest Laurel van de koude grond af krijgen, dat kón niet goed zijn voor de baby. Ze probeerde haar bij de arm vast te pakken. 'Gaat het wel?'

Laurel drukte haar hakken in de grond en duwde zichzelf naar achteren. 'Rustig aan, oké?'

'Rustig aan? Jij bent degene die het rustig aan moet doen!' Bethany hoorde haar stem schril worden, maar ze kon zich niet inhouden. 'Stel dat er iets was gebeurd?'

'Er kon niets gebeuren,' zei Kyle.

'O nee? En als iemand haar nu eens in haar maag had getrapt? Of haar op de grond had geduwd? Ze had ook kunnen vallen, te hard. Hoe zou ik het je kunnen vergeven als er iets gebeurt?'

Kyle pakte Bethany bij haar arm. 'Bethany, kalmeer alsjeblieft. Je overdrijft.'

'Mag dat soms niet?' Ze werd woedend. Ze wist dat ze dat beter niet kon doen, maar ze kon zich niet beheersen.

Kyle probeerde zijn armen om haar heen te slaan, maar ze sloeg hem. En ze bleef hem slaan, ze wist niet waarom, ze wist alleen dat ze hem wilde straffen omdat hij haar dit weer liet doormaken: die gruwelijke angst doordat het leven zo kwetsbaar was dat de baan van een voetbal of het spel van een kind haar hoop in duizend stukjes kon versplinteren.

Ze sloeg Kyle omdat ze God niet kon slaan.

Kyle hield Bethany stevig vast terwijl zij het uitschreeuwde. De zon zakte al achter de bergen toen zij eindelijk zover was dat ze mee naar binnen kon. 'De taart. Hij is vast helemaal verbrand!' zei ze.

'David heeft hem uit de oven gehaald,' zei Kyle.

'Hoe weet jij dat?' Ze liepen samen naar de boerderij, met de armen om elkaar heen.

'Hij zat op de achterveranda met een grote hap taart in zijn mond. Hopelijk heeft hij nog wat voor ons overgelaten.'

'Ik moet Laurel mijn excuses aanbieden. En de kinderen.'

'Zij begrijpt het wel. Wij allemaal trouwens.'

'Toch moet ik haar zeggen hoe erg het me spijt.'

Even later waren ze bij haar appartement.

'Het spijt me,' zeiden Bethany en Laurel tegelijk.

'Nee hoor, er is niets om spijt van te hebben,' zei Laurel.

'Ik was gewoon...' Bethany's woorden stierven weg toen ze zag dat Laurel naar haar maag greep.

'Wat is er?' Ze duwde Kyle van zich af.

'Ben je ziek?' vroeg Kyle.

'Nee. Ik voel...' Laurels gezicht lichtte op, werd een glimlach. 'Nee hoor, geintje!'

Laurel drukte Bethany's hand tegen haar buik en Bethany voelde een schopje. Ze stak haar hand uit naar Kyle, maar Laurel leidde zijn hand ook al naar haar buik.

Kyle concentreerde zich en begon toen te lachen. 'Dit is zó mooi!'

'Ja hè?' vroeg Laurel. Ze lachte met hem mee. 'Ze schopt!'

Bethany lachte door haar tranen heen. *Het is niet mooi,* dacht ze. *Het is een wonder.*

11

Sable Lynde kon haar ogen niet geloven. 'Het Ministerie van Financiën kan u tot haar genoegen mededelen dat...'

'Ja!' gilde ze. Dertien december zou een datum zijn die ze zich altijd zou herinneren. Haar bankrekening had het overleefd, en ze was miljonair!

Sable typte furieus. Er was zoveel werk te doen. Ze was al begonnen met het openen van verschillende bankrekeningen verspreid over New England, zogenaamde zakelijke bankrekeningen met Sable Lynde of Laurel Bergin als financieel beheerder. Nu de blik van de overheid niet meer op haar was gericht, kon ze langzaam maar zeker geld naar deze fictieve bedrijven overmaken. Dat zou maanden kosten, maar uiteindelijk zou noch de overheid noch iemand anders haar spoor kunnen volgen.

Haar computer pingde. Ze kreeg een e-mail van een adres dat ze niet herkende. GUNGHO@smartsend.com. Ze dubbelklikte en las:

Hallo Kid, hoe gaat het? Waar zit je? Hailey en ik maken ons zorgen over je. Schrijf terug. Zeg dat je oké bent. Liefs en kusjes, Cade.

PS Hailey denkt dat je een kind krijgt. Volgens mij is ze gestoord. O ja, wie is die vrouw in die Volvo?

Sable had het gevoel alsof ze een klap op haar hoofd had gekregen. Ze zou nooit veilig zijn. Ze liet zich op de vloer glijden en rolde zich op, voor zover haar dikke buik dat toeliet.

Hij zou haar komen halen. Ze kon geld verdienen en weglopen naar North Conway, ze kon zwanger worden, maar ze kon *hem* niet bij haar uit de buurt houden. Sommige mensen dachten dat ze een beschermengel hadden, maar dat waren stomkoppen. Sable had de waarheid gezien. *Hij* was altijd standby, verstopt in een van de hoeken van een kamer of onder de bal van je voet. Wachtend tot hij tevoorschijn kon komen.

Hij wachtte tot hij zich kon voeden. Hij had haar leeggezogen. Wat kon hij dan nog meer willen?

De baby.

Nee, jammerde ze gesmoord.

Zo lief.

Mama, probeerde ze te roepen, maar de kreet bleef in haar keel steken. De baby begon te bewegen, rolde zich op net zoals zij zich had opgerold. Ze moest hier weg, voordat hij een greep in haar deed en de enige onschuld die ze nog bezat van haar afpakte. De onschuld die ze zou baren.

Zijn vingers streken langs haar nek, zodat de koude rillingen over haar rug liepen. Haar schedel voelde verdoofd, daarna haar geest, en haar armen, en haar vingers.

Dat is goed, liefje. Voel maar niets. Dat is beter. Weet je nog?

Mama, herinnerde ze zich. Mama had tussen hem en haar baby in gestaan.

Sable drukte zichzelf overeind en liep naar de deur. Ze liep de trap af, de winterse nevel in, maar het kon haar niets schelen. Ze huilde, ze wilde dat iemand haar kwam redden. 'Mama! Alsjeblieft! Waar ben je?'

Bethany was boven, in haar kantoor. Ze zat achter haar bureau en keek naar de kalender: 13 december. Een jaar geleden was haar placenta gescheurd, was haar baby, Michael, doodgegaan en was haar baarmoeder verwijderd.

Bethany liep naar het raam. Het was een mistige, koude ochtend. Die middag zou er regen of natte sneeuw vallen. Een druilerige dag, maar toch moest ze deze dag veranderen in een mooie dag, ter ere van Michael en in afwachting van Hannah.

Misschien moest ze nog wat componeren. Ze had haar slaapliedje opgenomen op een cassettebandje en dat aan Laurel gegeven, samen met een cassetterecorder. Bethany had zich onnozel gevoeld toen ze Laurel had gevraagd het liedje vaak voor haar buik af te draaien. Het leek stom, maar tegelijkertijd ook goed. Een baby moest de stem van haar moeder horen.

Bethany liep naar de kast, ging op zoek naar haar compositieboek. Het zou goed zijn om bezig te zijn, zich nuttig te maken. Dat was belangrijk, ja toch? Mensen hadden soms grootse plannen om de wereld te veranderen, maar uiteindelijk ging het erom dat je je nuttig maakte voor een ander.

Mmm... Wat was dat? Dat leek wel een stem.

Mammm... Bethany liep naar de overloop. 'Wie is daar?'

Mama. Mama. Bethany rende naar beneden. 'Wie is daar? Wat wil je?'

Geen antwoord. Ze rende weer naar boven, keek in alle kamers. Soms was dit huis gewoon te groot. In de slaapkamer van haar en Kyle was het gehuil minder goed te horen. Bethany controleerde de badkamers, de linnenkast, de andere slaapkamers. Nergens was het geluid erg duidelijk te horen.

Mama. Mama...

Haar hart maakte een sprongetje. Die kreet had ze vorige zomer ook gehoord. Maar dat was zeer zeker een droom gewest. Wat – of wie – was dit dan?

Ze rende door de gang, keek in de logeerkamers, in Kyles kantoor. Terug naar de achterkant van het huis, de trap af, door de keuken. Ze keek zelfs op de achterveranda. Niets.

Weer naar binnen, waar de smeekbede van heel ver weg klonk. *Mama, ben je nog steeds hier bij mij?*

Bethany zwaaide de voordeur open. Er kwam een vlaag koude lucht binnen, ze hoorde een auto voorbijrijden, toen nog een. Ze haalde diep adem, vulde haar longen met de winterse lucht. Nog meer gezegende stilte. Ergens in huis moest een tv of radio aanstaan.

Ze liep de trap van de kelder af en schakelde de elektriciteit in het hele huis uit. Tot dat moment had ze alle achtergrondgeluiden niet opgemerkt: het gezoem van de koelkast, het zachte geronk van de oven, het gepruttel van de luchtbevochtiger. Nu hoorde ze niets meer.

Dat moest het geweest zijn: een zacht signaal, misschien, van het onderzoeksstation hoog op Mount Washington. Door een luchtwerveling was dat signaal op de een of andere manier in de boerderij te horen geweest. Bethany keek naar haar handen, ze wilde dat ze ophielden te trillen.

Ze liep naar boven, ging achter de piano zitten, spande en ontspande haar vingers.

Mama! Alsjeblieft! Laat me hier niet achter!

Bethany sloeg met haar vingers op de toetsen. Zware akkoorden, sombere muziek. Ze overstemde alle geluiden met haar eigen muziek.

12

Als Laurel hem altijd zo bleef vasthouden, was Jacob in een betere hemel dan die waar mevrouw Dolan altijd over leuterde.

'Bedankt,' fluisterde ze toen ze hem losliet. 'Ik wist wel dat je me zou helpen.'

'Dat heeft Switch gedaan. Die man heeft de juiste connecties.' Hij vond die reus met al dat haar en die tatoeages een engerd, maar dat zou hij Laurel nooit vertellen.

'Hoe duur?'

'Tien. Wacht, ik heb je wisselgeld nog.' Ze had Jacob een briefje van twintig gegeven. Geen van beiden had geweten wat de straatprijs in North Conway was. Hij graaide in zijn zak om het geld te pakken.

'Hou het maar. Voor de moeite.'

'Heb je het niet nodig voor...'

'Hou je mond nu maar!'

'Bedankt!'

Ze gaf hem een blikje fris en ging tegenover hem aan tafel zitten. 'Je weet toch dat ik zelden iets gebruik? Een beetje hasj af en toe, alleen maar om de ergste spanning weg te nemen.'

In Forge Hill had hij een heleboel zware gebruikers gezien. De vrouwen leken oude papieren zakken, te vaak gebruikt en versleten. De mannen waren mager en slecht. 'Tuurlijk. Jij bent wat ze een gelegenheidsgebruiker noemen.'

Ze lachte. 'Jij snapt het. Maar dat is inderdaad zo. Het is verstandig om je kop helder te houden, daar moet je altijd voor zorgen. En ook al fungeer je als tussenpersoon tussen Switch en mij, je moet er zelf pas aan beginnen als je wat ouder bent, hoor. Ongeveer zo oud als Anthony.'

Hij knikte weer, probeerde eruit te zien als de koorknaap die zijn moeder in hem wilde zien. Laurel was zijn vriendin, misschien wel zijn beste vriendin ooit, maar zijn leven ging alleen hemzelf aan.

'Op jou, Jacob. De coolste knul die ik ken.' Toen Laurel haar glas sinaasappelsap tegen zijn blikje frisdrank tikte, trilde haar hand.

Ze heeft echt een shot nodig, dacht Jacob. *Fijn dat ik haar kon helpen.*

Sable nam een stevige trek van haar joint. Ze moest haar zenuwen tot bedaren brengen. Ze had die dag even een black-out gehad en was vervolgens jammerend onder de seringen weer tot zichzelf gekomen. Maar goed dat Bethany haar niet had gevonden. Het was de schuld van die verdomde Cade, die weer in haar nek hijgde, die haar overal waar ze naartoe ging opjoeg.

Misschien had ze zich voor niets druk gemaakt. Cade had geen straatnaam of telefoonnummer. Want als dat wel zo was, zou hij haar al hebben opgezocht, bedelend om een aalmoes. Maar ja, Bernard had haar tot in Boston opgespoord. Ze kon zichzelf wel voor de kop slaan omdat ze haar borgsom naar Pilgrim Road had laten doorsturen. Gelukkig liep het spoor daar dood. Bethany had haar verteld dat ze de boerderij op naam van haar tante hadden laten staan zodat haar fans haar niet zouden kunnen vinden. Kennelijk konden zelfs liefhebbers van klassieke muziek irritant zijn.

Faam, fortuin en fans – alsof dat de ergste dingen waren in het leven! Bethany Dolan had er geen idee van hoe het leven iemand kapot kon maken, iemand gewond en bloedend kon achterlaten. Haar ergens achterlaten waar *hij* kon...

Hou op, zei Sable tegen zichzelf. *Hou op en denk na.* Wat wist Cade nog meer, behalve haar e-mailadres? De vrouw in de Volvo. Hij had haar natuurlijk bij Bethany in de auto zien stappen, bij dat rouwcentrum. Dat mens hield haar continu in het oog.

Net zoals dat cassettebandje en die cassetterecorder. Bethany had een opname gemaakt van een of ander slaapliedje dat ze had geschreven. Ze stond erop dat Sable het liedje zeker twee keer per dag afspeelde met de recorder tegen haar buik gedrukt. Af en toe zong ze dat slaapliedje rechtstreeks tegen Sables buik, terwijl ze iets mompelde over dat de baby haar moeders stem moest leren kennen.

Nou, de baby kende Sables stem. Sable was nu de mama, hoewel zowel Kyle als Bethany dat feit negeerde. Soms kon Bethany niet genoeg krijgen van Sables buik, dan wilde ze de baby voelen bewegen, nam ze de maat op van Sables buik. En soms was Bethany zo somber dat ze het niet eens kon opbrengen om naar Sable te kijken. Dat was begrijpelijk. Sable, als Laurel Bergin, deed iets wat Bethany niet kon.

Hou op, dacht ze weer. Over vier maanden was dat allemaal niet meer belangrijk. *Denk weer aan Cade.* Maar ze kon zich niet concentreren, niet nu haar hoofd aan de buitenkant van glas leek en vanbinnen op puree. Misschien kon ze maar beter gaan slapen.

En bidden dat *hij* weg zou blijven.

Anthony was niet blij met wat hij zag, en hij was al helemaal niet blij met de emoties die hij voelde. Laurel lag uitgestrekt op haar bed, met haar mond halfopen. Een halfopgerookte joint lag te smeulen op een schoteltje op het nachtkastje.

'Laat haar toch,' zei Jacob en hij probeerde Anthony naar de deur te duwen.

'Ik kan haar zo toch niet laten liggen, stomkop!' snauwde Anthony.

'Ze is alleen maar een beetje high. Een beetje hasj kan echt geen kwaad.'

'O? Wat weet jij daarvan?'

Jacob grijnsde. 'Wie is hier nu de echte man, hè? De man die levert!'

'Ga weg, voordat ik je vermoord. Of het tegen mama zeg. Jij denkt misschien dat North Conway overal ver vandaan is, maar voor je het weet stuurt ze je naar Siberië!'

Jacob rende vloekend de slaapkamer uit en even later hoorde Anthony de buitendeur dichtslaan.

Anthony wreef over de binnenkant van Laurels pols. 'Laurel! Kom op! Wakker worden. Alsjeblieft!'

Dit was waanzin, hij moest een ambulance bellen. Maar als hij dat deed, zouden ze haar misschien arresteren. Hij zou mevrouw Dolan moeten halen. Nee, vergeet het maar. Misschien stuurde ze Laurel dan wel weg. Anthony kon die gedachte niet verdragen.

Laurel knipperde even met haar ogen. 'Hé, Anthony. Wat doe jij hier?'

'Niets. Gewoon even zien of het wel goed met je gaat.' Hij stond op van het bed, dacht dat hij die joint maar beter door de wc kon spoelen voordat mevrouw Dolan boven kwam. Laurel pakte zijn hand, trok hem naast zich op het bed.

'Niet weggaan,' zei ze en ze drukte haar lippen op de zijne.

Ga weg, zei hij tegen zichzelf. Maar zijn armen hadden andere plannen, omhelsden Laurel, hielden haar stevig vast. Toen gleden haar lippen langs zijn hals, waardoor er een schok door zijn lichaam stroomde die zo sterk was dat hij alleen nog maar aan haar kon denken.

Daarna kón hij niet eens meer denken.

13

Sable was geschrokken toen de Dolans haar hadden gevraagd hoe zij thuis altijd Kerstmis vierden. 'Ik ben niet bepaald in een gelovig gezin opgegroeid,' zei ze. Dat was niet gelogen.

Kyle vertelde weer dat Jezus ooit zou terugkeren als een Koning voor Zijn mensen. Sable had geglimlacht en geknikt, maar had stiekem gedacht dat Jezus maar beter pas kon komen als zij al het geld in handen had.

De dag voor kerst begon al vroeg. Kyle, Bethany en Sable wandelden door de bossen tot ze de perfecte spar voor de woonkamer hadden gevonden. Terwijl Kyle hem omhakte, zei Bethany plagend: 'Je zwaait beter met je bijl dan de meesten van die Red Sox-spelers van je met een bat.'

De boom was zo hoog dat Kyle een ladder nodig had om de lichtjes erin te doen. Bethany had de kerstversiering van de zolder gehaald: glazen ballen, engelen, herders, sterren en klokjes.

'Familiestukken en aandenkens,' zei ze. 'En omdat jij bij ons gezin hoort, hebben we er ook eentje voor jou.' Ze gaf Sable een doosje, verpakt in rode folie en met een goudkleurig lint erom.

Er zat een zilveren klokje in, met de inscriptie: *God zegene je, Laurel, omdat je ons zoveel vreugde schenkt. Kyle en Bethany.*

Tot haar verrassing voelde Sable dat er tranen over haar wangen liepen.

Voor het diner had Bethany biefstuk van de haas gemaakt, gevuld met jonge spinazie en paddenstoelen, en gebakken aardappelen met geitenkaas erover. Daarna ging Kyle helemaal uit zijn dak, alsof de brownies die Sable van een kant-en-klare bakmix had gemaakt het verrukkelijkste dessert waren dat hij ooit had geproefd.

Na het eten was Bethany achter de piano gaan zitten en had kerstliedjes gespeeld. Sable leunde achterover op de bank, vol van het eten en de baby. Kyle lag op de grond onder de kerstboom en staarde omhoog naar de lichtjes.

'Dit deed ik ook altijd toen ik nog een klein jochie was,' zei hij.

'Je bent nog steeds een klein jochie,' zei Bethany zonder een noot te missen.

'Betekent dat dat de kerstman vanavond langskomt?'

'Hooguit met een zak kolen, Southie.'

'Toe nou, ik ben heel lief geweest. Heb je wel gezien dat ik mijn bordje helemaal heb leeggegeten?'

'Ja hoor, je hebt je bordje en de schaal brownies leeggegeten. Misschien moet de kerstman je een hometrainer komen brengen.'

Kyle rolde onder de boom vandaan en liep naar de piano. Hij tilde Bethany's haar omhoog en zoende haar in haar nek. 'Kom op zeg, de kerstman is dikker dan ik.'

'Nou, morgen kun je nog dikker worden, want dan eten we ravioli met ham.' Bethany draaide zich om en zoende Kyle op de lippen zonder een noot te missen. Toen zag ze dat Sable naar haar keek. 'Oeps. Sorry!'

'Geen probleem hoor,' zei Sable. 'Ik ben gewoon blij dat iemand in dit huis een dikkere buik heeft dan ik.'

'Hé!' protesteerde Kyle.

'Wie de schoen past...' zei Sable.

'Je bedoelt, wie niets meer past...' zei Bethany lachend terwijl ze gewoon doorspeelde.

Kyle rolde weer onder de boom en sloot zijn ogen.

Zo ziet een tevreden man er dus uit, dacht Sable verbaasd. Cade was de enige man die ze ooit goed had gekend en hij was nooit tevreden, wat hij ook kreeg. In deze wereld wilde ze wonen. Als het zo simpel was dat ze hiervoor een briefje naar de kerstman kon sturen, dan had ze hem gevraagd of de avond eeuwig mocht duren.

Het vuur in de open haard loeide; het gekraak van het hout was een perfecte begeleiding van de muziek. De schoorsteenmantel was versierd met sparrentakken en gouden linten. Op elke vensterbank stonden rode kaarsen in bronzen standers. Sable trok haar voeten op, genoot van deze avond: van Bethany's sfeervolle muziek, van de geur van de kerstboom en brandend hout, van de schitterende lichtjes en de feestelijke kerstversiering.

'Wanneer gaan we de cadeautjes openmaken?' vroeg Kyle.

'O? Krijg je dit jaar cadeautjes?' vroeg Bethany plagend.

'Jij wel.'

'Tja, in dat geval moeten we het nu maar doen. Wacht even, de kerstman heeft nog iets voor iemand anders gebracht. Iemand die zich veel beter heeft gedragen dan jij, Kyle Dolan.' Bethany grijnsde naar Sable.

'O, je bedoelt Hannah,' zei Sable. 'Zij heeft helemaal geen problemen veroorzaakt. Nog niet in elk geval.'

Bethany pakte Sables hand. 'Ik bedoel jou, Laurel.' Ze leidde Sable naar een krukje dat naast de kerstboom stond. Kyle haalde een grote zak uit de tuin en legde neuriënd vrolijk verpakte cadeautjes om haar voeten.

Sables hart klopte haar in de keel. Ze had wel iets verwacht natuurlijk, maar niet dit allemaal. Niemand had dit ooit voor haar gedaan. Haar mama had het geprobeerd, maar er was altijd zo weinig geld. 'Deze zijn niet allemaal voor mij, hoop ik.'

'Bijna allemaal,' zei Bethany. 'Misschien zijn er ook een paar bij voor de allergrootste Red Sox-fan ter wereld.'

'Een kampioenschap voor het komende jaar?' vroeg Kyle zogenaamd onschuldig.

'Sorry, de kerstman doet niet aan wonderen.'

'Ga je gang, Laurel. Begin maar,' zei Kyle.

'Ik weet niet waar ik moet beginnen.' Met trillende handen nam ze het eerste cadeautje van Bethany aan.

Bethany greep haar handen. 'Gaat het wel, Laurel?'

'Waarom hebben jullie dit allemaal gedaan?' fluisterde Sable.

Bethany kuste haar op de wang. 'Omdat we van je houden. Goed, maak nu je cadeautjes open zodat je de kerstman niet van slag maakt.'

Sable maakte doosjes open tot haar vingers pijn deden. De meeste bevatten zwangerschapskleren: flanellen nachtponnen, zachte wollen broeken met elastiek in de taille, corduroy overalls, handgebreide truien, zijden bloesjes, katoenen T-shirts. Zelfs lange onderbroeken en zwangerschapsokken.

Er waren ook andere cadeautjes: een gouden ketting, een marineblauwe blazer, een kasjmieren trui, een grijze wollen broek, allemaal in haar maat. Een draagbare tv. Een gouden ketting met een klein gouden kruisje.

Bethany gaf Kyle een foto van een satellietschotel. 'Ik krijg hier misschien spijt van, maar ik geef je twee volledige sportpakketten: een voor hier en een voor Pilgrim Road, zodat je op elk willekeurig moment naar elke sportwedstrijd kunt kijken. Ze zeggen dat je zelfs naar curling in Canada en naar cricket in Europa kunt kijken.'

Kyle deed alsof hij omviel. 'Ik ben dood en in de hemel!'

Hij gaf Bethany een diamanten armband en halsketting. 'Ik weet dat ik de ketting die gestolen is niet kan vervangen, maar ik hoop dat je deze mooi vindt.'

Sable rilde. Bernard had Bethany's sieraden meegenomen toen hij bij hen inbrak. Dat leek eeuwen geleden. Ze duwde de gedachte weg.

'Nu ben ik aan de beurt,' zei ze. 'Ik heb iets voor jullie beiden.'

'O, maar dat had je niet hoeven doen,' zei Bethany.

Sable pakte haar rugzak. 'Dat wilde ik graag.' Dat was niet helemaal een leugen. Anthony had eraan gedacht, maar nu was ze blij dat ze niet met lege handen stond. Ze haalde het doosje uit haar rugzak en gaf hem aan Bethany. 'Ik hoop dat jullie dit mooi vinden.'

'Natuurlijk vinden we het mooi. Je hebt zo'n...' Bethany's stem stokte toen ze het pakje opende.

'Wat is het?' riep Kyle, die overeind krabbelde.

'Een doopjurk. O, Laurel, dat is...' Bethany hapte naar adem.

'Anthony's moeder heeft me geholpen die te maken,' zei Sable. Eerlijk gezegd had Joan Martinez het meeste werk gedaan. Ze had Sable geleerd hoe ze de linten en knoopjes erop moest naaien en had erop gestaan dat Sable alle eer zelf opeiste.

'Ik vind hem prachtig,' zei Bethany. 'Wat is hij mooi.'

'Dank je wel. En vrolijk kerstfeest.' Kyle omhelsde haar.

'Gelukkig kerstfeest.' Sable omhelsde hem ook, daarna Bethany. 'Alles komt goed. Het gaat prachtig worden.'

Het zou toch prachtig worden, of niet dan? Waar was anders die 'vreugde voor de wereld' voor, dacht Sable, als je niet alles kreeg wat je wilde?

14

Kyle reed op de Route 93, richting Boston. Hij moest nog stapels paperassen ondertekenen om de deal met Trade Winds af te ronden. Als alles goed ging, zou hij bij Dol-Pak geen actieve rol meer spelen en al zijn tijd met zijn gezin kunnen doorbrengen.

Zijn gezin. Dat was een fijne gedachte! Voor een man die getrouwd was met de knapste, verrukkelijkste, meest getalenteerde vrouw ter wereld was dit toch geen manier om Valentijnsdag door te brengen. Hij had rozen voor Bethany en lelies voor Laurel besteld, die later op de dag zouden worden bezorgd.

Hij had geprobeerd hen over te halen om met hem mee naar Boston te gaan. 'Een verandering van omgeving zal je goeddoen. Een paar toneelstukken zien, een concert.'

Laurel had geweigerd. 'Ik ben een beer, tot de lente hou ik een winterslaap.'

En waar Laurel was, was Bethany ook. Maar gelukkig zou ze die dag wel naar Bridgton gaan om op te treden tijdens het liefdadigheidsconcert voor het kunstencentrum.

Kyle zou het lome tempo van de boerderij missen. Naar de sneeuw kijken die op de bergen viel. Op sneeuwschoenen over de paden lopen. Snowboarden. Skiën. Samen met Bethany bij de open haard zitten.

Laurel was nu zeven maanden zwanger. Maar de implantatie vorig jaar juli leek voor zijn gevoel al zeven eeuwen geleden.

'Vind je nu al dat de tijd langzaam verstrijkt?' had Joan Martinez hem die zondag bij de kerk plagend gevraagd. 'Wacht maar tot die baby van jullie de hele nacht ligt te krijsen. Je gaat nog terugverlangen naar deze tijd waarint ze geen kik geeft en alleen maar in de buik van haar mama zit.'

Maar de baby zat niet in de buik van haar mama. Ze zat in Laurels buik. Bethany zei er nooit iets over, maar Kyle wist dat ze het heel erg vond dat ze haar eigen kind niet kon dragen.

Kyles mobieltje ging. Hij keek op de display en nam op. 'Nora. Wat is er? Is de baby...?'

'Met de baby gaat het prima. Het gaat om Laurel. Ze heeft een iets verhoogde bloedsuikerspiegel.'

'Diabetes?'

'Het voorstadium. We willen haar dieet aanpassen en haar bloedsuiker elke paar dagen controleren. We moeten het in de gaten houden, maar het is niet iets waar we ons zorgen over moeten maken.'

'Toch hoor ik een *maar...*' zei Kyle.

'Maar er zat geen suiker in haar urine. Dat betekent dat of de bloedtest of de urinetest fout was. We hebben beide monsters opnieuw getest, met dezelfde uitkomsten. Daarom heb ik het lab gevraagd een zwangerschapstest op Laurels urine te doen. Die was negatief.'

'Wacht even.' Een vrachtauto die achter hem reed, knipperde. Kyle reed naar de vluchtstrook en stopte. 'Oké. Je zegt dus dat het lab de boel verwisseld heeft.'

'Ik heb het lab het oorspronkelijke urinepotje laten testen. Daar stonden mijn initialen op, dus weet ik zeker dat het Laurels urine was. Of in elk geval de urine die ze mij heeft gegeven.'

'Wat wil je daarmee zeggen, Nora?'

'Dat dit niet de urine van Laurel Bergin is.'

'Maar ik heb haar zelf de badkamer binnen zien gaan en eruit zien komen met het potje. Dus hoe...?'

'Dan had ze urine van iemand anders klaarstaan en heeft ze die in het potje gedaan.'

'Waarom zou ze dat doen?'

'Doe niet zo naïef, Kyle.'

Hij greep het stuur beet met zijn vrije hand. 'Als ze drugs heeft gebruikt, hoe zit het dan met de baby?'

'De echo was in orde. Er zijn natuurlijk dingen die we niet weten tot Hannah is geboren. We moeten er maar het beste van hopen.'

'Bethany gaat helemaal door het lint als ze dit hoort.'

'Nee hoor, dat doet ze niet. Niet als we dit op de juiste manier aanpakken. Ik wil dat je met Laurel gaat praten, dat je precies uitzoekt wat ze heeft gebruikt. Zorg dat je vandaag een urinemonster van haar krijgt, ook al moet je naast haar staan als ze in het potje plast.'

'Ik wil de waarheid weten, Nora. Hoe gevaarlijk is dit voor Hannah?'

'Als Laurel zwaar aan de drugs was, had Bethany het wel gemerkt. Ze is de hele dag bij haar. Praat eerst maar eens met Laurel, zorg dat ze je vertelt wat ze gebruikt.'

Kyle deed zijn mobieltje dicht. Dat bekende gevoel – angst – bekroop hem weer. Hij zou alles voor Bethany doen, als het maar mocht van God. Hij reed van de snelweg af en keerde toen om, terug naar het noorden.

Anthony stond op de stoep met een bos rozen.

'Ik heb niets voor jou,' zei Sable.

'Ik wil alleen jou.' Anthony zoende haar terwijl zij hem meenam naar de slaapkamer.

Wat zei hij lieve dingen! Natuurlijk geloofde Sable hem niet. Ze moest haar uiterste best doen om haar rol bij Anthony goed te spelen, om zichzelf ervan te overtuigen dat hij maar een korte onderbreking was van deze negen maanden durende verveling. Dat was liefde immers? Een vonkje in een verder volstrekt saaie dag?

Twee uur later was de lucht loodgrijs geworden. Sable lag tegen Anthony aan op de bank, ze voelde zich veilig en warm. In december was hij achttien geworden. Hij werd steeds minder jongen en steeds meer man. De ironie was dat deze schooljongen minder in leeftijd verschilde van Sable dan alle andere minnaars die ze ooit had gehad. Niet dat die anderen minnaars waren geweest – verre van dat.

Opeens hoorde Sable de terugslag van een auto op straat. Geschrokken ging ze rechtop zitten. Bethany had Kyle gisteravond aan zijn hoofd gezeurd dat hij de knalpot moest laten repareren als hij toch in Boston was.

Waarom was hij teruggekomen? Misschien was hij bepaalde papieren of zo vergeten. Dan zou hij snel even de boerderij binnenlopen en dan weer weg zijn. Maar nee, ze hoorde hem de trap op rennen, gevolgd door een klopje op de deur van de keuken.

Kyle mocht haar niet samen met Anthony zien, niet met z'n tweeën op de bank zoals nu, met de helft van zijn kleren nog op de grond in haar slaapkamer. Ze kon haar halve bonus verspelen als bleek dat ze zich niet aan haar contract hield door welke vorm van seksueel contact ook.

Ze had geen tijd meer om hier goed over na te denken, Kyle was al in de keuken. 'Laurel? Waar ben je?'

Anthony, uitgeput door school en werk, lag doodstil. Zelfs als ze hem al wakker kreeg, kon hij nooit op tijd verdwijnen.

Sable moest zichzelf beschermen, hoe dan ook. Ze moest slim zijn, en snel. Ze hoopte maar dat Anthony het haar zou vergeven. En zo niet, nou, jammer dan...

Ze ging op de grond liggen, trok Anthony over zich heen en begon te gillen alsof de wereld verging.

Kyle was verbijsterd toen hij Anthony Martinez halfnaakt boven op Laurel zag liggen.

'Niet doen! Alsjeblieft! Ga van me af!' gilde ze.

Kyle sleurde Anthony overeind, draaide hem om en gaf hem een stomp. Anthony viel op één knie, het bloed stroomde uit zijn neus.

Laurel stond op en probeerde Kyle weg te trekken. 'Niet doen! Je vermoordt hem nog!'

'Dat klopt! Ik vermoord die klootz...'

'Stop! Hou op!' Bethany's stem sneed door de chaos. 'Wat is hier aan de hand?'

Waar kwam zij vandaan? vroeg Kyle zich af in dat ene hoekje van zijn geest waar hij nog rationeel mee kon denken.

'Die kleine lieveling van je probeerde Laurel te verkrachten.'

Bethany werd lijkbleek. 'Nee.'

'Nee!' echode Anthony. Hij was als een gewond dier naar een hoekje van de kamer gekropen. 'Meneer Dolan, dat is niet waar! Dat zou ik nooit...'

'Wel waar, smeerlap! Ik heb je op heterdaad...'

'Kyle, rustig aan, alsjeblieft!' Bethany duwde met haar handen tegen zijn borst. Laurel stond lijkbleek en trillend achter haar.

'Laurel, vertel het ze!' smeekte Anthony. 'Dat zou ik nooit doen.'

'Hij begreep me verkeerd,' zei Laurel. 'Ik zei dat ik van zijn muziek hield. Hij dacht dat ik iets anders zei. Ik had hem niet moeten omhelzen, maar ik had niet door dat hij meer wilde...' Ze zweeg, hapte naar adem.

Bethany trok haar naar zich toe. 'Heb je pijn?'

'Nee!' riep Anthony. 'Ik zou haar nooit pijn doen. Hoe kunt u dat zelfs maar denken?'

'Met mij is alles goed, hoor,' zei Laurel.

Kyle draaide helemaal door, elk geluid hoorde hij versterkt: Anthony's ademhaling, Laurels gejammer, het kloppen van zijn eigen hart. Anthony mompelde een verklaring, maar één blik op Laurels gezicht, haar trillende lichaam en haar zwangere buik met zijn kind erin maakte dat hij Anthony wel kon verscheuren. In plaats daarvan klapte hij met trillende handen zijn mobieltje open.

'Wat doe je?' vroeg Bethany.

'De politie bellen.'

'Laurel!' riep Anthony. 'Zeg dat...'

'Kyle, niet doen!' zei Laurel.

'We moeten kalmeren en even goed nadenken,' zei Bethany.

'Hij viel Laurel aan!'

'We waren gewoon samen. Vertel het ze dan, Laurel!' riep Anthony. 'Ik zweer het, mevrouw Dolan. Ik zweer dat het zo was. Laurel, waarom vertel je ze niet wat er echt is gebeurd? Wat we deden en wat we voor elkaar voelen?'

'Het is mijn schuld,' snikte Laurel. 'Niet die van Anthony. Hij heeft me verkeerd begrepen. Ik heb hem op het verkeerde been gezet, zonder...'

Kyle drukte de handen tegen zijn hoofd. Zijn schedel barstte bijna. 'Was dit de eerste keer dat hij iets probeerde?'

Laurel keek hem met een vaste blik aan, haar ademhaling was nu rustiger. 'Ja. Laat hem maar naar huis gaan.'

'Laat hem gaan,' fluisterde Bethany.

Kyle sleurde Anthony naar zich toe, zodat ze oog in oog stonden. 'Ik wil je smerige kop nooit weer zien. Begrepen?'

'O, ik begrijp het wel hoor.' Anthony pakte zijn overhemd en jasje en liep de deur uit.

Niemand zei iets tot de deur dichtsloeg.

'Het spijt me zo,' huilde Laurel.

'Zullen we Nora bellen?' vroeg Kyle. 'Haar vragen of ze langskomt en Laurel even onderzoekt?'

'Nee, dat is echt niet nodig, geloof me. Ik ben echt in orde.'

'Kyle, maak even iets te eten voor haar klaar, dan ruim ik de boel hier op,' zei Bethany.

Kyle ging naar de keuken, dankbaar dat hij iets kon doen. Toen hij een pan zocht om wat soep op te warmen, zag hij de rozen. Ze stonden in een glas water op de vensterbank. *Stomme bloemist, de rozen waren voor Bethany. Laurel had lelies moeten krijgen.* Toen zag hij het kaartje: *Lieve Laurel – je bent als muziek in mijn oren – harmonie in mijn hart. Ik hou van je, Anthony.*

Hij deed de achterdeur open en smeet de rozen in de sneeuw.

Wat was ze stom geweest, dacht Sable, om met Anthony te rotzooien. Gelukkig waren de Dolans nog stommer dan zij. Het idee alleen al dat een onschuldige jongen als Anthony Martinez een verkrachter kon zijn! Maar als je er goed over nadacht, was dat immers wat alle mannen echt wilden? Sable durfde te wedden dat zelfs Kyle wel eens vreemdging. Zoveel weken alleen in Boston – dacht Bethany nou echt dat Kyle zijn kruit drooghield terwijl zij op de boerderij voor moederkloek speelde?

Er werd geklopt. Kyle stond op de veranda. Ze keek hem met een gekwetst glimlachje aan. 'Fijn dat je nog even langskomt. Ik wilde nog zeggen hoe erg het me...'

'We moeten praten.' Hij ging aan de keukentafel zitten en gebaarde dat zij dat ook moest doen.

'Wil je wat fris of zo?'

'Nee.' Kyle ontweek haar blik.

Ze ging tegenover hem zitten, keek hem met een open en onschuldige blik aan.

'Je bloedsuikerspiegel is verhoogd.' Kyle vertelde over haar zwangerschapsdiabetes. Het kwam erop neer dat ze een streng dieet moest volgen, zonder suiker en wit meel. 'Bethany's koekjes zijn nu dus taboe, vrees ik.'

'Nou, dát is jammer!' zei ze lachend. Waarom lachte *hij* niet?

'Dit is geen grapje.'

'Sorry, Kyle. Ik ben een beetje opgewonden na... je weet wel.'

'Ja, ik weet het. Ik weet meer dan ik zou willen weten, vrees ik.'

'Hoe bedoel je?'

'Ik weet dat je niet je eigen urine hebt ingeleverd.'

'Wat? Hoe kom je daarbij?' vroeg Sable op vlakke toon.

'Je had ook suiker in je urine moeten hebben. Maar de urinetest was negatief. Daarom heeft Nora het lab een zwangerschapstest op je urine laten uitvoeren. En die was ook negatief.'

Ze kon er niets aan doen. Ze schoot in de lach. 'Dat is geweldig! Een zwangerschapstest doen op Jacobs urine!'

'Je hebt de urine van Jacob Martinez gebruikt? En dat vind jij grappig?'

'Het spijt me,' zei ze, terwijl ze wanhopig probeerde een smoes te verzinnen. Toen bedacht ze iets, snel en perfect. O ja, ze was nog altijd sneller dan wie dan ook.

'Ik moet de waarheid weten. Ben je aan de drugs, Laurel?'

Ze knikte. 'Vermageringspillen.'

'Wat?'

'Ze zijn van natuurlijke ingrediënten gemaakt. Daarom ging ik ervan uit dat het geen kwaad kon voor de baby.'

'Waarom slik je in vredesnaam vermageringspillen?'

'Kijk dan naar me! Mijn maag is nog dikker dan een volleybal. Ik wilde mijn gewicht op peil houden. Ik wist wel dat Nora het er niet mee eens zou zijn, daarom heb ik Jacob gevraagd me wat urine te geven voor mijn vorige test.'

'Laat me die pillen eens zien!'

'Die heb ik een paar dagen geleden door het toilet gespoeld. Op internet las ik iets over een onderzoek waaruit bleek dat efedrine de hartslag versnelt. Daar werd ik bang van... Ik zou nooit iets doen om Hannah in gevaar te brengen.' Sable begon te huilen.

Het was een gave dat ze dat op commando kon doen. Hoewel ze het ergens, diep vanbinnen, wel erg vond dat ze Kyle dit aandeed.

Kyle gaf haar een nieuw urinepotje. 'Ik wil een urinemonster van je. Nu.'

Even later kwam ze de badkamer uit en gaf Kyle het potje. Het verbaasde haar, het imponeerde haar eigenlijk, dat hij de badkamer binnenliep en het afvalbakje controleerde om te zien of ze er niet mee had gesjoemeld. Ze hoopte dat haar eigen urine deze keer de test doorstond. Drie weken geleden was ze gestopt met de hasj. Daar had Anthony haar toe gedwongen.

'Ik kan je nu maar beter alleen laten. Dan kun je naar bed,' zei Kyle. 'Je ziet er uitgeput uit.'

'Ja, dat ben ik ook.'

Kyle bleef bij de deur staan, draaide zich naar haar om. 'Laurel, gaat het echt wel goed met je? Na dat gedoe met Anthony?'

Ze haalde haar schouders op. 'Ach, dat ben ik alweer vergeten. Vergeet jij het nou ook maar.'

Hij glimlachte en deed de deur achter zich dicht. Sable legde haar hoofd op de keukentafel, ze was te moe om in beweging te komen. Ze zou Anthony missen, maar ja. Wat had ze dan gedacht?

Aan goede dingen kwam altijd een eind.

15

Laurel had hem in haar armen getrokken en 'verkrachting' geschreeuwd.

Ze had dat woord niet echt gebruikt, natuurlijk niet. Dat had ze aan Kyle Dolan overgelaten. Die conclusie was al snel getrokken, wist Anthony. Nadat Laurel had geschreeuwd en gehuild, had Dolan hem in zijn gezicht gestompt en had mevrouw Dolan hem teruggegooid op de afvalhoop waar hij vandaan kwam.

Anthony kon het beeldscherm amper zien. Hij wist dat hij de computer moest afsluiten, dat hij moest vergeten dat Laurel Bergin ooit had bestaan. Maar er moest een reden zijn dat ze hem de schuld had gegeven.

Het beeldscherm flikkerde. SearchMaster.com liet wel honderd hits zien. Anthony rechtte zijn schouders, knipperde een paar keer met zijn ogen en begon te lezen. De meeste hits waren van de website van Southwick University. Daar stond ze, in het alumni-register, die leugenaarster met haar gouden haren en blauwe ogen. Hij las alle informatie over haar vierjarige studie- en sportresultaten, hij las elke regel om een verklaring te vinden voor haar gedrag. Nadat hij uren had zitten lezen, was hij niet dichter bij de oplossing gekomen van het mysterie dat Laurel Bergin heette.

'Anthony, jij bent al vroeg wakker! Of ben je nog laat op?' Zijn moeder stond in de deuropening. Ze droeg nog steeds haar ziekenhuiskleding, kennelijk net terug van haar nachtdienst op de eerste hulp.

'Huiswerk aan het maken,' zei hij en hij draaide het beeldscherm opzij.

'Gaat het?'

Eerlijk gezegd was hij helemaal op. Maar dat kon hij zijn moeder niet vertellen. Ze had vanaf het begin alle hulp van de Dolans afgewezen.

'Rijke lui zoals zij laten je altijd een keer voor hun hulp betalen,' had ze gezegd toen Kyle voor het eerst bij hen op bezoek was gekomen, na die aanval op Anthony, en ze had voorgesteld dat ze de staat zouden verlaten.

Was dit de prijs? *Dat een blond meisje gilt 'Ga van me af!' en de Dolans de voor de hand liggende conclusie trekken over een knul met een latino naam en een donkere huid?*

'Anthony, ik vroeg of het wel goed met je gaat...'

'Eerlijk gezegd voel ik me niet zo goed. Misschien kan ik maar beter thuisblijven. Weet je wat, ik zorg wel dat Jacob naar school gaat, dan kun jij vroeg naar bed. Dan ga ik daarna zelf slapen.'

Ze sloeg haar armen om hem heen. Ze werkte keihard om haar zonen op het juiste spoor te houden. 'Goed, jongen,' fluisterde ze. 'Maar als je me nodig hebt, moet je me wel gewoon wakker maken.'

Eén uur later zat Jacob in de schoolbus en Anthony weer achter de computer. Hij las de informatie over Laurels schooltijd nog eens door. Ze was aanvoerster geweest van het softbalteam toen het kampioen werd van de staat. Hij riep haar foto op, nieuwsgierig hoe ze eruit had gezien toen ze even oud was als hij nu.

Maar dat wás ze niet. Hoewel, de foto was vaag en van opzij genomen, maar dát meisje was te breed en te donker om het meisje te kunnen zijn dat hij kende. Anthony klikte op een nog oudere verwijzing. Het jaar daarvoor was Laurel uitgeroepen tot de beste atlete van het jaar. Hij las een lang artikel over alle records die ze had gebroken en over de prijzen die ze had gewonnen. Met een bijzonder duidelijke foto van een ernstig kijkende Laurel Bergin.

Anthony bleef wel een uur naar de foto staren, helemaal van slag en woedend. Zelfs toen hij zich op zijn bed had laten vallen en zijn ogen had gesloten, keek Laurel Bergin hem nog aan.

'Je weet hoe ik denk over seksuele roofdieren,' zei Nora. 'Het liefst zou ik een mes pakken en...'

'Maar Anthony toch niet. Hij is altijd zo lief, ik wil graag geloven, ik móet geloven dat het gewoon uit de hand is gelopen en dat Anthony zich niet kon...' Eerlijk gezegd had Bethany geen idee wat ze moest geloven.

'Iedere man kan en moet ophouden. Er is geen enkel excuus voor verkrachting, Bethany. Hoewel het de vraag is of je alles moet geloven wat Laurel zegt. Nou ja, dat is een ander onderwerp.' Nora sloeg een paar lage akkoorden aan.

Ze hadden samen aan de piano gezeten en een paar stukken voor vier handen gespeeld, iets wat ze als jonge meisjes al heerlijk hadden gevonden. Nora speelde meestal de akkoorden en Bethany de meer ingewikkelde melodieën.

'Waarom zeg je dat? Denk je soms...'

'Eerlijk gezegd heb ik geen idee wat ik moet denken.' Nora gaf een kneepje in Bethany's hand. 'Kom op, meid. Laten we daar nu maar even niet aan denken. Welk stuk zullen we eerst spelen? Niet te moeilijk hoor.'

'*Arioso* van Bach? Dat is gemakkelijk.'

Terwijl Bethany de bladmuziek klaarzette, kneep Nora omstandig haar handen open en dicht. 'Ik vind dit altijd zo leuk, tot ik begin en allemaal verkeerde noten speel.'

'Je hebt alleen wat meer oefening nodig.'

'Wat ik nodig heb, is twintig uur extra in een dag. Of misschien een paar klonen,' zei Nora lachend. 'Een, twee, drie...'

Ze speelden het stuk twee keer. Niet hun beste spel tot nu toe, dacht Bethany, maar ze genoot alleen al van de muziek en het gezelschap. 'Zullen we hierna Clementi spelen?'

'Het "Allegro"? Volgens mij ben ik daar nog niet klaar voor.' Nora sloeg een paar toetsen aan en speelde iets van Schubert.

Bethany viel in, improviserend.

'Hoe gaat het met Jenny en Kate?' vroeg ze toen ze een aangename cadans hadden gevonden.

Nora praatte Bethany bij over het leven van de meisjes: Kates verhaal over dode bergbeklimmers die rondspookten in Cathedral Ledge en Jenny's romance met een Roemeense prins die een pizzabezorger bleek te zijn. Ze lachten zo hard dat ze de bel eerst niet hoorden. Hun gelach verstomde toen Bethany de deur opende.

Anthony stond op de stoep.

'Waarom? Vertel op! Waarom doe je ons dit aan?' vroeg Bethany met broze stem.

'Dat kan ik niet. Misschien als de baby er is, maar nu niet. Ik smeek het je, Bethany, laat het nu alsjeblieft rusten. Ik beloof je...' Sable had gehoopt dat dit ogenblik nooit zou komen, maar ze had zich er wel op voorbereid. Toch bleef haar goed doordachte verhaal haar in de keel steken, uit pure angst. En ja, uit spijt omdat Bethany en Kyle erachter waren gekomen.

Sable had het vreselijk gevonden, de eerste keer dat Bethany haar had omhelsd, ze had zich moeten beheersen om de vrouw niet weg te duwen. Ze had geleerd Bethany's aanraking te verdragen, haar vingers die haar haar streelden, de zusterlijke kusjes op haar wang. Ze was gewend geraakt aan Kyles grapjes, zijn constante stroom sportfeiten en zakelijke wijsheden, zijn Southie-verhalen, zijn totale overgave aan God, die zoveel van hem hield.

Kyle had ook gezegd dat God veel van Sable hield. Misschien was dat de reden dat ze het zich niet kon voorstellen. Waar was God nu, op dit moment nu Bethany's angst en Sables angst zich met elkaar verstrengelden tot een touw dat hen beiden wurgde?

'Bethany, je loog toch niet toen je zei dat je...' Sable wilde de woorden wel tegenhouden. En toch, het leek of ze een eigen leven leidden, aarzelend uit haar mond kwamen. 'Toen je zei dat je me aardig vond en dat ik deel uitmaakte van jullie gezin?'

'Ik zei dat ik van je *hield*. Net als Kyle.'

'Loog je toen?'

'Nee. Maar jij wel.' Bethany's gezicht was gruwelijk om te zien, zo totaal kleurloos en levenloos.

'Goed, ik heb dan misschien Laurel Bergins naam geleend. Maar ik was het. En ik ben het nog steeds. Laat me gewoon nog twee maanden lang Laurel zijn. Dat is toch niet zo erg?'

Bethany liep naar haar toe. Instinctief tilde Sable haar hand op. Ze verwachtte een klap. Bethany duwde Sables hand weg en legde haar eigen hand op Sables schouder. Niet om haar pijn te doen, maar toen Bethany Sables appartement binnen was gerend, had de woede door haar huid heen gestraald zodat Sable de hitte gewoon had kunnen voelen.

'Vertel jij me maar wat wél erg is,' zei Bethany. 'Vertel me waar je voor wegloopt.'

'Dat kan ik niet.'

'Vertel me dan maar wie je wel bent. Alsjeblieft.'

Heel even wilde Sable dat doen, maar nee, dat kon niet. Bethany en Kyle konden zich de duisternis die daar was niet eens voorstellen. Hun levens waren te perfect, te goed om ooit te zijn aangeraakt door...

Hij was nu vlakbij. Sable kon hem niet zien, maar ze voelde zijn adem, vochtig en heet, in haar nek. Ze liep de woonkamer door, probeerde afstand te scheppen tussen haarzelf en het gat waar hij nu uit gleed.

Bethany liep achter haar aan. 'We weten wie Laurel Bergin is. Vertel me nu alsjeblieft wie jij bent. Als je in de problemen zit, kunnen we je misschien wel helpen.'

'Luister, laat me gewoon nog een paar weken met rust, oké? Dat is toch niet te veel gevraagd?' Sable keek naar buiten. Dankzij de stormwolken was de middag al vroeg in de avond overgegaan.

Ze voelde Bethany's vingers op haar schouder. 'We hebben jou onze dochter toevertrouwd. Alsjeblieft...'

Sable wilde Bethany's hand wegslaan, maar voordat ze dat kon doen liet Bethany haar al los. Ze verliet het appartement, verdween als een spook in de eerste sneeuwbui die uit de bergen kwam.

'Is het te veel gevraagd om jullie te vragen me te vergeven? Zonder vragen te stellen?' fluisterde Sable tegen het raam.

Maar Bethany was al niet meer te zien.

16

Kyle was woedend. 'Zeg wat je echte naam is!'

'Waarom? Vind je Laurel niet mooi dan? Ik vind dat die naam heel goed bij me past.'

Laurel – of wie ze ook was – zat op een mondvol chips te kauwen, even ontspannen en nonchalant alsof Kyle haar zojuist had gevraagd welke speler van de Red Sox haar favoriet was.

'Ik heb geen idee wie je bent, maar Laurel Bergin ben je in geen geval.'

Bethany had hem op zijn werk gebeld, helemaal hysterisch. Kyle had zichzelf vervloekt omdat hij het verleden van Laurel Bergin niet verder had gecheckt dan haar collegetijd. Hij was woedend op zichzelf omdat hij haar verhaal had geslikt over dat haar ouders dood waren en dat ze het geld voor dat draagmoederschap nodig had om geneeskunde te kunnen studeren. Natuurlijk hadden haar referenties geklopt, omdat de echte Laurel Bergin zo'n geweldige meid was. Niemand had er meer dan vierduizend kilometer hiervandaan aan gedacht te vertellen dat ze donker haar had en bruine ogen. Waarom zouden ze ook? En waarom had Kyle dat moeten vragen, als het meisje op de website van Southwick blond was en blauwe ogen had?

Eén blik op de websites die Anthony hun had laten zien, gevolgd door een telefoontje naar Laurel Bergins echte geboortestad, had bevestigd dat de vrouw die hun baby droeg een bedriegster was. De echte Laurel Bergin was als kind geadopteerd en kwam oorspronkelijk uit Korea. Ze deed nu een jaar zendingswerk in Afrika voordat ze geneeskunde zou gaan studeren.

Toen Kyle terugkwam uit Boston, was Bethany sprakeloos van verbijstering. Nora bood aan om naar Laurels appartement te gaan om met haar te praten. Kyle móest de waarheid uit haar krijgen. Wie weet wat voor geheimen die meid nog meer had?

Kyle liep rusteloos heen en weer. Als hij stil bleef staan, zou hij ontploffen. Hun draagmoeder was nu even onverzettelijk als de bergen om hen heen. Hij kon geen enkele manier verzinnen om haar te dwingen te zeggen wie de echte Laurel was, of hoe ze ook maar heette. Maandenlang had ze zich liefjes en vrolijk gedragen en de keiharde vrouw onder het oppervlak verborgen gehouden.

Nora zat tegenover het meisje. 'Wat was de echte reden dat je je hebt aangeboden als draagmoeder?'

'Vorig jaar zomer heb ik jullie de waarheid al verteld, en die is niet veranderd. Om wat geld te verdienen. En om Kyle en Bethany een baby te kunnen geven.'

'Waarom heb je tegen ons gelogen?' snauwde Kyle.

'Wat denk je?' Laurel wees naar een kussen op de stoel onder het raam. 'Kun je dat kussen even voor me pakken? Mijn voeten zijn opgezet.'

Kyle smeet het kussen naar haar toe. 'Ik ben niet in de stemming voor raadseltjes. Vertel op.'

'Hm... het spijt me, maar dat ben ik niet van plan. Dat zou niet goed voor me uitpakken, voor jullie ook niet trouwens.'

'We kunnen er gemakkelijk genoeg achter komen,' zei Nora. 'Advocaten, privédetectives...'

'Daar zou niemand iets mee opschieten. Jij en Bethany niet, en de baby al helemaal niet.'

'Het is míjn baby. Ik maak zelf wel uit of de baby ergens iets mee opschiet of niet,' zei Kyle.

'Ja, het is jouw baby, maar ze zit in mijn buik. Hoe zeggen ze dat ook alweer: bezit is negen tiende van de wet?' Laurel stond op en maakte haar rug hol om haar evenwicht te bewaren.

'Wat ga je doen?' vroeg Kyle.

'Een stukje wandelen.'

'Waarnaartoe?'

'Misschien loop ik even naar de badkamer. Of naar Conway Village. Of terug naar waar ik vandaan kom. Gaat je niks aan.'

'Je kunt niet zomaar vertrekken.'

'Waarom niet?' vroeg ze overdreven onschuldig.

'Je hebt een contract ondertekend,' zei Nora.

'Laurel Bergin heeft dat contract ondertekend. Jij zei net dat ik Laurel Bergin niet ben, dus ben ik vrij om te vertrekken.'

Kyle pakte haar bij de arm. 'Dan laat ik je arresteren.'

'Blijf van me af!'

'Kyle, rustig aan.' Nora duwde hem bij het meisje vandaan.

Laurel liep naar de relaxfauteuil, liet zich er zwaar op vallen en trok aan de hendel zodat het hoofdeinde naar achteren en het voeteneind omhoogging.

Alsof ze totaal geen zorgen heeft, dacht Kyle.

'Waar zou je me voor willen laten arresteren?'

'Bedrog misschien?' antwoordde Kyle.

'Dat gaat je niet lukken. Ik doe wat ik heb beloofd te doen: je baby krijgen. Jouw kleine meisje, Kyle. Ik kan haar nu voelen, ze schopt. Ze kan ons horen, weet je. Als je blijft schreeuwen, is ze straks bang voor haar papa.'

Kyle probeerde zich te beheersen. Het liefst zou hij met zijn vuisten tegen de muur slaan. Hij ontspande zijn handen, hij schaamde zich dat hij Anthony had geslagen, zowel met zijn vuisten als met zijn smerige beschuldigingen. Hij had beter moeten weten, hij wist hoe aardig Anthony was, een zachtaardige knaap die ook in de ban was geraakt van deze – Kyle had amper de moed om het woord zelfs maar te dénken – bedriegster.

'Diefstal dan,' zei Nora, alsof ze hetzelfde had gedacht als Kyle. 'Daar ben je zeker schuldig aan.'

'Ja, misschien kun je me daar wel van beschuldigen. Maar omdat ik geen cent van Laurel Bergin heb gestolen, zou ik hooguit een tik op mijn vingers krijgen. Aan de andere kant zou die publiciteit heel winstgevend kunnen zijn. Boeken en filmcontracten, dat soort dingen.'

'Wat denk je van ontucht met minderjarigen?' vroeg Kyle. Hij deed zijn uiterste best zijn woede in te houden die uit elke cel van zijn lichaam leek te barsten. 'Je hebt een schooljongen verleid. Vervolgens had je het lef hem van verkrachting te beschuldigen.'

Laurel lachte. 'Kyle, jíj hebt beweerd dat Anthony mij verkrachtte. Ik ben alleen maar meegegaan in jouw vooroordelen waarvan je zelf niet gelooft dat je ze hebt. Bovendien is Anthony in december achttien geworden, dus is hij niet minderjarig. Bovendien...'

'Bovendien wat?' snauwde Nora.

'Je weet niet eens hoe oud ík eigenlijk ben. Zou dat niet geweldig zijn, als ik in deze puinhoop degene zou zijn die minderjarig was?'

Kyle liet zich op een stoel vallen. Hij had het gevoel dat zijn hoofd uit elkaar zou barsten. *God, help me me te beheersen. Geef me geduld, wijsheid, advies. Alles waar ik om had moeten vragen voordat we met dit meisje in zee gingen.*

'We zullen de politie vragen of er een arrestatiebevel tegen je loopt. Volgens mij is de kans groot dat je ergens voor op de vlucht bent,' zei Nora.

'Ga je gang. Maak maar een foto van me. En neem mijn vingerafdrukken. Verhoor me maar. En als er een arrestatiebevel tegen me loopt, of twee, of drie, dan stoppen ze me maar in de gevangenis. Lieve help, ik krijg al weeën als ik eraan denk!'

'Wat wil je?' vroeg Kyle.

Laurel liet haar stoel naar voren klappen. 'Hetzelfde wat jullie willen. Jullie een gezonde baby geven en jullie vervolgens een fijn leventje laten leiden met die gezonde baby van jullie.'

'Oké. Stel dat we alles zo laten als het is. Ga je er dan mee akkoord om hier te blijven en alles te doen wat goed is voor de baby?' vroeg Nora. 'Zul je clean blijven? Geen problemen veroorzaken?'

'Als de randvoorwaarden in orde zijn, dan wel.'

'Welke randvoorwaarden?'

Het meisje lachte alleen maar.

'Kennelijk moet je de vraag anders formuleren, Nora,' zei Kyle. 'Hoeveel?'

'Laat ik niet hebberig zijn. Laat ik het netjes houden. Laat ik zeggen, het dubbele.'

'Dat is diefstal!'

'Dat is een goede deal. Dat begrijp je natuurlijk wel, Kyle.'

Een deal. Dát was het nu dus geworden en dat was allemaal zijn schuld. Als er iets met zijn baby zou gebeuren, zou hij het dit meisje nooit vergeven, wie ze ook was. En hij zou het zichzelf nooit vergeven.

Sneeuwvlagen dwarrelden in de wind. Vanaf de veranda kon Kyle Laurel op de bank zien liggen. Ze keek naar een van die stomme spelletjes op tv. Zo ontspannen en de situatie meester. Hij sloeg met zijn vuist tegen het hek van de veranda. 'Hoe heeft ze die screening eigenlijk overleefd?'

'Door motivatie. En kennelijk door haar hoge intelligentie.'

'Maar de vragenlijsten, het medisch onderzoek, de psycholoog... we hebben haar van alle kanten gescreend. Ze is medisch helemaal goedgekeurd!'

'Pathologische leugenaars en psychopaten kennen onze testen door en door. Ze verslaan ons met onze eigen spelregels als ze dat willen. Als ik het me goed herinner, heeft ze zich net voldoende zenuwachtig gedragen om normaal te lijken.'

'Kunnen we geen keizersnee doen, de baby eruit halen en haar daarna gewoon laten stikken?'

'Dat is te riskant bij tweeëndertig weken.'

'Je zei dat de baby nu levensvatbaar was.'

'Levensvatbaar wel, maar optimaal? Absoluut niet. Waarom denk je eigenlijk dat ze akkoord zou gaan met een keizersnee? Of ben je soms van plan haar vast te houden terwijl ik haar opensnijd?'

'Dolgraag!'

'Het beste is dat je doet wat ze wil en wacht tot de baby er is. Dat ben je toch met me eens, Kyle?'

'Ik maak me zorgen, ik vraag me af waarom ze heeft gelogen over haar identiteit.'

'Denk je dat ze zich ergens voor verstopt? Of voor iemand?'

'Ik ben bijna bang voor het antwoord,' zei Kyle. Had die inval in zijn huis afgelopen oktober misschien iets met Laurel te maken? Hij was de kwaadaardigheid in de stem van die crimineel van kortgeleden nog niet vergeten. *De volgende keer zal minder prettig zijn.*

De wind nam toe. De avond was gevallen en nu begon het te stormen. 'We kunnen maar beter naar binnen gaan, voordat we doodvriezen,' mompelde Nora. 'Ga maar even met haar praten en spreek iets af.'

'Doe jij dat maar. Ik wil even alleen zijn.' Hij greep het hek vast en staarde naar de wolken.

Wat moet je zeggen tegen een onbekende die je baby draagt?

Het was een wonder dat Sable stand had gehouden toen Kyle en Nora haar ondervroegen, maar ze had geen keus gehad. De Dolans en Nora waren niet bepaald in een vergevingsgezinde bui.

Nu waren ze eindelijk weg. Ze haatten haar nu, dat was wel duidelijk. Wat had ze dan verwacht nu ze zich met deze mensen had ingelaten? Ze had de relatie zakelijk moeten houden. Verder gaan was vragen om problemen. Problemen en ongemak en ellende.

Dat had haar moeder haar toch geleerd?

Ze kon horen dat Slecht Gebit probeerde Grote Man over te halen om te vertrekken. 'Hé man, je moet een nummertje trekken en later terugkomen.'

'Ik had een afspraak. Ja toch, Angie?'

'Wacht een minuutje.' Toen kwam mama de keuken in en stak zachtjes vloekend een sigaret op. Grote Man kwam haar achterna, met gebalde vuisten en een rode kop. Sable maakte zich zo klein mogelijk, probeerde in de muur achter het fornuis te kruipen.

'Hé cowboy, sorry hoor,' zei mama. 'Ik heb twee avonden door elkaar gehaald. Als je heel even wacht, stuur ik die klojo wel weg.'

Grote Man greep mama's arm. 'Ik kan hem er veel sneller uit gooien dan jij.'

'Alsjeblieft, liefje. Geen problemen. Ik zorg wel dat hij... Wat is er? Waar kijk je naar?'

Sable. Hij keek naar Sable.

17

Bethany was verdwenen.

'De Volvo staat in de garage,' zei Nora.

Kyle liep de veranda op. 'Haar sneeuwschoenen zijn weg.'

'Is ze naar buiten gegaan, in deze storm? Moeten we iemand bellen? De politie of zo?'

Kyle wreef over zijn gezicht. 'Nee, nog niet. Kijk, haar sneeuwspullen zijn ook weg. Ze heeft het niet impulsief gedaan.' Hij trok zijn skibroek aan. 'Ik denk dat ik wel weet waar ze is.'

'Misschien kun je maar beter wachten, Kyle. Ik wil niet dat jullie strakjes allebei weg zijn.'

'Ik wil niet dat ze nu alleen is. Ik bel je wel als ik haar heb gevonden of hulp nodig heb.' Hij trok de capuchon over zijn hoofd en verdween.

Nora keek hem na. Hij ploeterde door de achtertuin naar de bossen. De sneeuw viel nu schuin door de harde wind. Ze deed de deur dicht, ging naar binnen en begon te bidden.

Zelfs in de verblindende sneeuwstorm was het spoor naar Thor's Falls gemakkelijk te volgen. Sneeuwkatten hadden het pad platgedrukt tot een breed, verhard spoor tussen de bomen door. De wind gierde van de berg af, zodat de bomen krombogen en dode takken van de bomen braken. Over een uur zou het heel lastig worden vooruit te komen.

Kyle versnelde zijn tempo, hij begon te zweten. Het gerommel werd luider, het geluid van de storm werd overstemd door het lawaai van de waterval. Het water was een machtige kracht, denderde over de granieten keien en richels. Op sommige plaatsen had het water de rotsen gladgeslepen. Er zaten zelfs gaten in het keiharde gesteente, uitgesleten door de eeuwenlange invloed van het water, gaten die zo diep waren dat een volwassen man erin kon vallen en verdwijnen.

Bethany hield ervan hoog in de waterval te kruipen, zodat ze het water aan weerszijden van haar lichaam naar beneden zag denderen. *De wind kon haar nu gemakkelijk omverblazen, haar van haar plek tillen en in het ijskoude water duwen.*

Nu kwam de storm bulderend van de berg af. Kyle wist niet of het gebulder werd veroorzaakt door de wind of door het water. De wind en het water waren allebei zo woest dat hij zichzelf niet eens kon horen denken.

Maar toen hoorde hij het. De stem van een engel, zingend in de wind.

De eerste drie jaren had ze geprobeerd te ontdekken waarom. Had ze God gesmeekt haar te vertellen hoe ze over haar verdriet heen moest komen. Was ze op zoek geweest naar een plek waar ze misschien geen troost, maar in elk geval wel rust kon vinden.

Nu was ze allang niet meer op zoek naar logische antwoorden. Ze was naar boven gegaan om iets te vinden wat groter was dan zij. Maar haar hart was verblind door een wanhoop die veel sterker was dan de storm.

Gods gezicht was versluierd door een pijn die ze in haar hele wezen voelde.

Gods hart was even onleesbaar als het graniet van het hart van de berg.

Gods genade was moeilijker te vatten dan het water dat onder haar voeten door stroomde.

Gods wil was sterker dan de wind.

Haar hoop was gevestigd op de buik van een gevaarlijke onbekende. Haar gebeden bleven haar in de keel steken. Haar lot was bevroren onder een dikke laag pijn die was ondergeploegd als de sneeuw die nu als een vuile hoop op de grond lag.

Het enige wat ze nog had, was haar muziek.

Great is Thy faithfulness, O God my Father...

Ze bleef zingen, ze smeet flarden van woorden en noten de lucht in omdat ze, als ze ophield met zingen, ophield te bestaan. Het grootste deel van de tijd slokten het water en de wind en de storm haar lied op. Toen, vanuit de steeds dieper wordende duisternis, zong een andere stem met haar mee:

There is no shadow of turning with Thee...

Twee stemmen zongen samen, de ene rafelig maar sterk, de andere zwak maar zuiver.

Thou changest not, Thy compassions they fail not... Bethany voelde dat haar man haar hand vastpakte en naast haar bleef staan in de storm.

As Thou hast been, Thou forever wilt be...

Ze bleven samen zingen tot haar hart ontdooide. Toen liet ze zich door haar geliefde meenemen naar huis.

U omsluit mij, van achteren en van voren;

U heeft Uw hand op mij gelegd.

U kent mij veel te goed,

Onbegrijpelijk gewoon.

PSALMEN 139, VERS 5 EN 6

18

Terwijl Cade Parker naar één miljoen dollar staarde, mompelde hij een hele serie verwensingen.

'Ook goedemorgen,' lachte Hailey. 'Ik ben blij dat jij ook blij bent met onze nieuwe computer. Maar je hoeft die rekening niet elk uur te controleren, hoor!'

'Stel dat ze de stop eruit trekt?'

'Daarom moeten we haar ook vinden!' antwoordde ze.

'Als dat slaafje van jou dat wachtwoord eindelijk eens zou vinden, konden we zelf geld gaan opnemen.'

Het had Haileys computernerd een maand gekost om de rekeningnummers op de server te vinden. Die knul was nu al weken bezig met het hacken van het wachtwoord. Haileys geld was inmiddels op, maar ze had andere manieren ontdekt om de nerd aan het werk te houden.

'Ik weet wel dat het mijn eigen idee was, maar volgens mij duurt het te lang,' zei Hailey. 'Misschien is het geld allang verdwenen tegen de tijd dat we er eindelijk in slagen dat wachtwoord te vinden.'

'Bedenk dan een ander slim plan!'

'Je moet de druk opvoeren.'

Sable deed de luxaflex dicht en zette de deurkruk klem met een stoel. Terwijl ze haar laptop opstartte, verbond ze het modem met de telefoonlijn. Het was doodzonde dat ze een telefoonlijn moest gebruiken terwijl ze een snelle kabelverbinding had. Maar dit werk kon ze niet met haar gewone computer doen. Haar rekeningnummers en haar wachtwoorden moesten absoluut geheim blijven.

Ze ging verzitten, zocht een gemakkelijke houding. De baby was zo aan het bewegen dat ze het gevoel had dat er een puppy in haar buik zat. Ze wist maar één manier om het kleintje te kalmeren. Bethany zei steeds maar weer dat ze het cassettebandje moest afspelen. 'Dat doe ik ook,' zei Sable dan, en op een bepaalde manier was dat ook zo.

De eerste keren dat Sable de cassetterecorder tegen haar buik had gedrukt, was de baby gaan trappen en stompen, en had ze geprobeerd rond te draaien. Dat mens maakte iedereen dus nerveus, zelfs haar eigen baby. Daarom bracht Sable een paar veranderingen aan op het bandje. Een baby moest de stem van haar moeder horen. En dat was Sable, op dit moment nog wel tenminste.

Bethany zou helemaal hysterisch worden als ze dat wist, maar het moest gewoon, dat was zeker. Maar dat was dan ook het enige waar Sable zeker van was. Haar gedachten werden steeds warriger en verwrongen. Kwam dat door haar zwangerschap? Zelfs nu zag ze van alles vanuit haar ooghoek, zag ze bewegingen in de schaduw.

Nee! Dat moest ze niet doen. Ze was alleen maar moe, meer niet. Gespannen, nu Kyle en alle anderen haar continu op de huid zaten. Dit was het fijnste uur van de dag, als ze aan het werk was. Dan leek haar geest scherper, misschien doordat ze als ze met haar bankrekeningen bezig was, wist dat haar toekomst er beter uitzag. *Een miljoen dollar maakt je hoofd wel helder.*

Ze was van plan twintigduizend dollar over te schrijven, verdeeld in twaalf porties. Het was irritant om al die kleine bedragen te moeten overschrijven, maar het was wel de moeite waard als dit betekende dat haar spoor onmogelijk gevolgd kon worden. Nu ze uit de klauwen van Bernard, Cade en Hailey was ontsnapt, had Sable er geen enkele behoefte aan dat de overheid haar achter de broek zou zitten.

Toen ze klaar was met de overschrijvingen, wilde ze de laptop uitzetten. Opeens viel haar blik op haar e-mailaccount van de bank. GUNGHO@smartsend.com. *Cade.* Ze had hem uit haar leven gewist, dus kon ze zijn e-mail net zo goed wissen. Maar misschien was het wel belangrijk, misschien was Bernard weer aan het snuffelen en wilde Cade haar waarschuwen. Ze dubbelklikte erop om de mail te openen.

Hey Kid. Waarom negeer je me? Ik mis je. Alles goed met je? Heb je die baby nu al?
Liefs en kusjes, Cade.

PS Heb je nog een babyzitter nodig? Als je niet oppast, kan $ 1.104.934,35 heel wat problemen veroorzaken.

Sable voelde niet eens dat ze op de grond viel.

Ze had om hulp willen schreeuwen, maar ze wist dat het daarvoor al te laat was.

Ze had willen smeken om dood te gaan, maar al het goede in haar was al dood.

Hij werd sterker door haar zwakte. Ze kon hem horen praten: in het gezoem van de koelkast, in het gesnor van de klok. Een lage stem, die zichzelf feliciteerde omdat hij haar had teruggevonden. Zijn woorden kwamen van de plafondventilator, vlogen als de noten van een notenbalk, hergroepeerden zich als stofpluisjes met snijtanden.

Hallo, liefje.

Ze voelde zijn adem op haar wang. Ongelooflijk koud, gravend door haar huid. Kon ze haar hoofd maar omdraaien, dan kon ze ontsnappen. Maar nee, hij zou in haar achterhoofd graven en door haar hersenen woelen alsof ze van papier waren. Als ze zich naar hem omdraaide, zou ze zijn stem inslikken, die verwrongen symfonie van rauwe geluiden, een parodie van woorden die niemand snapte, behalve een ingewijde.

Sable begreep die woorden heel goed.

Kom terug. Kom maar weer bij papa.

Dezelfde macht die ervoor zorgde dat ze zich niet kon verweren – dat ze roerloos op de stenen vloer bleef liggen, koud en verlaten –

zorgde er ook voor dat ze het niet kon accepteren. Toch was ze nog niet zo verward om te beseffen dat nietsdoen overging in overgave.

Alleen al zíjn was acceptatie.

Ze voelde het kind in haar, bewegend waar zij niet naartoe kon vluchten, schoppend waar zij geen weerstand kon bieden. Beschermd door een hand die niet van haar was, een hand die de zíjne terugduwde.

Het kind weigerde hém. Daarom moest zij dat ook doen, ook al kroop hij nu door haar poriën naar binnen.

Niet tegenstribbelen, liefje. Dan wordt het alleen maar erger voor je.

Nu was hij in haar. Gravend in haar aderen, kloppend met haar hart. Hij kon zich op duizend voeten verplaatsen, zich door duizend tanden laten voeden, haar op duizenden manieren verorberen en toch terugkomen voor meer.

'Nee,' zei ze met haar laatste beetje wilskracht. 'Je kunt me niet dwingen.'

Dat heb ik al gedaan.

19

'Bloedvergiftiging,' zei Nora Hemlow.

'Wat is dat?' Laurel lag in bed, half bij bewustzijn, met de band van een bloeddrukmeter om haar arm.

'Dat is iets wat wel vaker voorkomt aan het einde van de zwangerschap,' vertelde Nora. 'Dan moeten je nieren harder werken. De symptomen zijn een hoge bloeddruk en eiwit in de urine.'

'Hm,' zei Laurel en ze rolde op haar zij.

Nora rolde haar zachtjes terug. 'Je moet naar me luisteren zodat je begrijpt wat er met je aan de hand is. En wat we moeten doen om je te helpen.'

Opeens begon Laurel te gillen. Haar ogen gingen zo ver open dat Bethany bang was dat ze eruit zouden vallen. Kyle stapte naar voren, maar er was geen tegenstander om te bevechten, in elk geval niet een die zij konden zien.

'Laurel, wat is er aan de hand? Heb je pijn?' vroeg Nora met kalme stem.

'Nee, alleen... Waar ben ik?'

'Je bent in het appartement. Ik ben dr. Hemlow. Kyle en Bethany zijn hier ook. We bespraken wat er met je aan de hand is, weet je nog?'

Ze knikte, haar ogen vielen bijna dicht. 'Ja, oké. Ik wist het even niet meer. Dat wat ik heb... is dat erg?'

'Dat kan het wel worden.'

Laurel deed haar ogen weer open en keek even met een heldere blik naar Bethany. 'Zie je? Zie je wat je hebt gedaan?' Ze rolde opzij, rolde zich zover op als maar kon met haar dikke buik.

Nora gaf Kyle en Bethany een teken dat ze weg moesten gaan.

'Waarom is ze zo onberekenbaar?' vroeg Kyle.

'Door het gif in haar bloed. Haar nieren worden daardoor overbelast. Dat zouden de medicijnen moeten verhelpen, zodat ze ook beter bij de tijd is. Kenden we haar echte medische verleden maar!'

'Dit is heel ernstig, hè?' vroeg Bethany.

Nora streek door haar haar. 'Het kan levensbedreigend worden. Veel te hoge bloeddruk, nierfalen, kans op een beroerte of een aneurysma. We kunnen de symptomen wel verlichten, maar we moeten haar goed in de gaten houden. Heel goed.'

Bethany was bang en boos. En ze voelde zich schuldig, een vochtige en benauwde emotie die haar paniek niet kon dempen, niet kon onderdrukken. Ze had eerst alleen aan Hannah gedacht. Bethany had amper aan haar draagmoeder gedacht, die nu doodziek was.

'Hoe kun je dit het beste behandelen?' vroeg Kyle.

'Ze is nu zesendertig weken zwanger. We zouden een keizersnee kunnen doen.'

'Nee!' Laurel stond in de gang, met een vuurrood gezicht.

'Laurel, ga alsjeblieft zitten.' Bethany wilde haar naar de bank leiden, maar Laurel schudde haar van zich af. 'Geen sprake van. Ik ga hier weg.'

Bethany wilde de deur blokkeren, Laurel hier houden tot ze akkoord zou gaan met een keizersnee. Maar ze durfde haar niet aan te raken. Stel dat Laurel terug zou vechten en dan een beroerte zou krijgen?

'Kalmeer alsjeblieft,' zei ze zo vriendelijk mogelijk.

'Kalmeren? Jullie willen me opensnijden als een stinkende vis en jij wilt dat ik ga liggen en me ondertussen koest hou?' Laurel wankelde naar het toilet.

Kyle liep naar de keuken en nam een slokje water. *Hij blokkeert de uitgang,* realiseerde Bethany zich. *Is het nu al zover gekomen? Dat we onze draagmoeder gijzelen?*

'Je wist dat de kans op een operatieve geboorte aanwezig was,' zei Nora, die voor de schuifdeur was gaan staan. De veranda was de nooduitgang van het appartement.

Laurel deed verwoede pogingen haar jas aan te trekken, maar door haar dikke buik kon ze de knopen niet dicht krijgen. 'Je gaat me niet opensnijden.'

'Laurel, niemand doet iets met je, behalve voor je zorgen,' zei Bethany, terwijl ze probeerde haar stem niet te laten trillen. Ze kon het meisje niet naar buiten laten gaan. Die nacht had het geregend en daarna was het gaan vriezen zodat alles met een laagje ijs was bedekt. Als Laurel geen beroerte of last van nierfalen zou krijgen, dan kon ze van de trap vallen en haar nek breken. Uitglijden op de oprit. Een auto-ongeluk krijgen. Longontsteking krijgen. Er kon van alles gebeuren.

Laurel stormde de keuken in en begon aan Kyle te trekken, ze sloeg hem, probeerde bij de deur te komen. Hij bleef staan waar hij stond, reageerde niet.

Bethany raakte haar nog eens aan, legde haar hand voorzichtig op Laurels rug. 'Je bent in gevaar. En we zijn bang dat je iets overkomt.'

'Niet waar.' Laurels stem was nu zwak. De wandeling van het toilet naar de keuken en haar tevergeefse klappen hadden haar uitgeput.

Bethany nam haar jas van haar schouders en bracht haar terug naar de bank. Ze trok de plaid over Laurels schoot en legde kussens onder haar voeten. Haar enkels waren zo gezwollen, haar huid leek wel een overrijpe tomaat. 'Dit is beter, hè?' vroeg Bethany.

Laurel haalde haar schouders op. Haar buik bolde onder de plaid, maar de rest van haar lichaam leek in de kussens te verdwijnen.

Bethany probeerde te glimlachen. 'Zal ik wat eten voor je maken?'

'Ga je gang maar,' zei Laurel. Haar stem was niet meer dan gefluister. 'Zo gaat het immers altijd? Mensen zoals jij krijgen altijd hun zin!'

Sable ging op de bank liggen. Haar hoofd bonsde, haar voeten voelden alsof ze zouden openbarsten. Ze was een gevangene, van Bethany en Kyle, van de baby in haar buik, van het gif in haar bloed en van de warboel in haar hoofd. Ze kon niet helder denken, maar één ding wist ze wel.

Geen messen. Een mes was een afschuwelijke manier om dood te gaan.

God, waarom gebeurt dit allemaal? bad Kyle. *Omdat we een draagmoeder hebben gebruikt? Als U ons wilt straffen, dan begrijp ik dat. Maar waarom straft U Hannah? Straf mij alstublieft, niet mijn baby.*

'Gaat onze baby dood?' vroeg Bethany. Haar stem was een rauwe fluistering.

'Niemand gaat dood,' zei Nora. 'We zullen Laurel nauwlettend in de gaten houden. We pakken haar chips af, zorgen dat ze in bed blijft en dan zul je zien dat haar bloeddruk weer daalt.'

'Het spijt me zo, Nora,' zei Kyle.

Ze keek hem met opgetrokken wenkbrauwen aan.

'Dat ik je hierbij heb betrokken.'

Nora's ogen lagen diep in hun kassen en ze had wallen onder haar ogen die er een jaar geleden nog niet waren geweest. 'Je hoeft je nergens voor te verontschuldigen.'

'Je hebt een gezin en een praktijk die je aandacht vragen, en nu moet je hier de hele tijd komen om op Laurel te passen.'

Nora haalde haar schouders op. 'Ik heb nu al zo lang op mijn petekind moeten wachten. Ach, als dit voorbij is, is het allemaal de moeite waard gebleken.'

Als dit ooit voorbij is, dacht Kyle.

20

Kyle klopte op de deur tot zijn knokkels pijn deden, maar Laurel deed niet open.

Hij stak zijn eigen sleutel in het slot, maar die wilde niet draaien. Het meisje had zes dagen op bed gelegen en was er toch in geslaagd de sloten te verwisselen zonder dat zij ervan wisten. Wat was zij eigenlijk voor iemand?

'Laurel? Doe open!'

Geen reactie. Kyle sloeg met zijn elleboog een raam stuk, trok de losse stukjes glas eruit en klom naar binnen.

Laurels laarzen en gymschoenen stonden nog in de kast. Ze was dus niet lopend vertrokken. De dure computer die hij per se voor haar had willen kopen stond aan. Het bureaublad stond vol snelkoppelingen voor spelletjes. Kyle dubbelklikte op de snelkoppeling voor internet. Misschien vond hij een paar aanwijzingen over wat ze deed als ze online was.

Het programma vroeg om een wachtwoord. Gefrustreerd begon Kyle te vloeken.

'Weet Jezus wel dat je dat soort smerige taal bezigt?'

Vliegensvlug draaide Kyle zich om en zag Laurel in de deuropening staan.

'Weet je, Kyle, iemand heeft hier ingebroken. Die beveiliging van je stelt dus niet zoveel voor!'

'Waar was je? Je zou in bed moeten blijven.'

'Ja hoor, tuurlijk.' Ze ging zitten, pakte haar broekspijp en trok haar linkerbeen op haar rechterknie. Ze probeerde haar voet te pakken.

'Wacht, ik help je wel.' Snel maakte Kyle haar veters los. Hij trok een laars uit en knielde toen om de andere uit te trekken. Hij vond het ongelooflijk dat ze naar buiten was geweest, nadat ze te horen had gekregen dat ze in bed moest blijven. 'Waar ben je geweest?'

'Mijn voeten stinken, hè? Ik moet in bad.'

'Het is gevaarlijk om in je eentje onder de douche te gaan of een bad te nemen. Bethany heeft aangeboden je te helpen.'

'Dan probeert ze me natuurlijk te verzuipen. Ze haat me, als je dat nog niet hebt gemerkt.'

'Laurel, alsjeblieft.' Kyle smeet de laarzen in de kast. 'Ze is teleurgesteld, ja, gekwetst en bang. Maar ze haat je niet.'

'Het vreet aan haar dat ik wel zwanger kan zijn en zij niet.'

'Bedankt voor je psychoanalyse. Als je daarmee klaar bent, laat ik het bad vollopen. Als jij dan in bad gaat, ga ik voor de deur zitten.' Kyle liep naar de badkamer, deed de stop in het bad en draaide de kraan open.

Een paar minuten later stak hij zijn hand in het water. Te heet. Hij deed er wat koud water bij.

'Is het klaar?' riep Laurel vanuit de woonkamer.

'Bijna.' Hij draaide de jets aan om het water te mengen. Nora had gewaarschuwd dat de lichaamstemperatuur door heet water steeg en dat dit gevaarlijk was voor de baby. Hij realiseerde zich hoe ironisch dat was, binnenkort zou hij de temperatuur van het badje van zijn baby controleren in plaats van voor deze vrouw die haar in haar buik had.

'Kan ik erin?'

'Ja hoor. Wacht, ik kom zo naar buiten, dan kun je erin.' Toen Kyle zich omdraaide, botste hij tegen Laurel aan. Ze droeg een dunne nachtpon die strak over haar zwangere buik spande.

'Sorry,' zei hij en hij wilde opzij stappen.

'Wacht.' Ze pakte zijn hand en legde die op haar buik. 'Voel je dat? Dat is Hannahs voetje.'

Snel trok hij zijn hand terug. 'Ga in bad, Laurel. Ik wacht wel buiten, ik hou je wel in de gaten.' Hij raakte haar arm even aan, probeerde haar opzij te duwen, maar zij pakte zijn beide handen en drukte ze weer tegen haar buik.

Kyle wilde zich lostrekken, maar was bang dat ze dan zou vallen. Ze hield zijn handen met een ijzeren greep vast. 'Als Hannah geboren is, wil je natuurlijk dat ze nog een broertje krijgt.'

'Laat me los!' Laurel viel bijna toen Kyle opzij stapte. Hij ving haar op en controleerde of ze in orde was voordat hij de badkamer uit liep.

'Niet te ver weg gaan, hoor!' riep ze hem lachend achterna. 'Misschien heb ik je nog nodig!'

Sable lachte in zichzelf. Kyle had haar appartement zo geïrriteerd verlaten dat hij pas uren later op het idee zou komen in te breken omdat ze verdwenen was. Ze genoot van het gevoel dat ze de situatie weer meester was. De nieuwe medicijnen zorgden ervoor dat ze weer helder kon denken. Oké, haar gedachten waren nog een beetje warrig, maar ze was wel bijdehand genoeg geweest om het huisje te huren.

Jacob had Switch die ochtend langs gestuurd, precies zoals ze had gevraagd. Ze had hem voorbij de bocht van de rivier getroffen, net uit het zicht van de boerderij en spiedende ogen. Switch bracht haar met de auto naar het prachtige plekje dat Sable drie weken eerder op internet had gevonden, voordat ze die bloedvergiftiging kreeg.

De Dolans gingen hun gang maar met hun gebazel over de hemel, zij had haar eigen stukje paradijs gehuurd. Haar nieuwe thuis was een verscholen cottage, een kilometer of vijfenveertig van North Conway vandaan. Het lag diep in het bos, was gemeubileerd en had een kabelaansluiting en snel internet. Ze had de huur contant betaald zodat ze geen papieren spoor zou achterlaten.

De cottage had heel veel ramen, zodat het zonlicht elk hoekje van het huis kon bereiken. Ze zou er het liefst blijven, vooral nadat Nora over die operatie was begonnen. Maar wat had ze in het bos te zoeken, vlak voordat de baby geboren zou gaan worden?

Bovendien zou Kyle haar nog twintigduizend dollar betalen, zodra ze de baby had gebaard. Het maakte niet uit dat ze een miljoen dollar op de bank had staan. Elke cent was belangrijk, wist ze. Je kunt immers nooit weten wanneer iemand alles wat je hebt van je afpakt en nog meer wil hebben. Ze zou het nog eerder uitspugen dan dat ze dat zou laten gebeuren.

Ze stapte in bed en trok de dekens over haar hoofd. Zelfs de whirlpool had haar rugpijn niet verlicht. Het grootste deel van de tijd deed haar lichaam pijn. Ze spreidde haar vingers over haar dikke buik, voelde aan één kant een voetje en het kontje van de baby onder haar ribben. Toen trok ze haar knieën zo ver mogelijk op, zodat haar buik vlak bij haar gezicht was.

'Ik ben je huurwoning, kleintje,' fluisterde ze. 'Een veilig plekje waar je kunt wachten tot het veilig is om eruit te komen.'

Sable was geen musicus, maar ze had wel gemerkt dat de baby het cassettebandje dat zij had gemaakt leuker vond dan het bandje dat Bethany had gemaakt. Waarom ook niet? Sable was haar mama, nu in elk geval nog wel.

'Sluit je oogjes en ga maar lekker slapen, droom maar zoete dromen,' zei Sable. Daarna legde ze de cassetterecorder op haar buik en drukte op PLAY.

Met een zelfvoldane grijns verschoof Cade zijn stoel. 'Het heeft een week geduurd, maar nu biedt ze aan ons het geld te "lenen". Maar we weten allemaal dat we het niet gaan terugbetalen.'

'Hoeveel?'

'Vijfduizend.'

'Niet genoeg,' zei Hailey.

'Dat is vijfduizend meer dan je hebt. Of ik.'

'We hebben meer nodig om Bernard te kunnen benaderen. Zeg dat we tien moeten hebben en dat we haar dan met rust laten.'

'Maar dat zijn we toch niet van plan?'

Hailey zei lachend: 'Zolang die kleine Sable boven op een miljoen dollar zit, blijven wij op haar zitten als een dorstige bloedzuiger. We zuigen haar helemaal leeg.'

21

Eerst was er de muziek. Of was het God, in de tonen die haar peuteroren hadden gehoord? Hadden engelen de liedjes gefluisterd die Bethany al kon zingen voordat ze zelfs maar kon praten? En was het de Heilige Geest die haar handen over de toetsen hadden geleid, nog voordat haar vader zijn kleine meisje aan zijn geliefde piano had gezet?

Ja, God was er en er was muziek.

Maar toen ze dacht dat haar leven op die manier compleet was, verscheen Kyle.

Kyle was twintig en Bethany negentien toen hij in haar leven kwam. Nora had haar meegesleept naar een feestje in een studentenhuis in Dartmouth, iets wat ze geen van beiden vaak deden. Maar ze waren hun examens zat en hadden behoefte aan ontspanning.

Kyles haar had toen zo'n gouden kleur gehad dat het leek of hij een halo had. Zijn blik was helder en fris, als een beekje in de bossen. Hij glimlachte zo vaak dat je had kunnen denken dat hij dom was.

Maar toen hij de eerste keer naar haar glimlachte, wist ze diep in haar hart dat zijn vreugde oprecht was, dat zijn glimlach de wereld kon veranderen. En haar. Ze bleven de volgende twintig jaar samen en ze zouden samen blijven tot hun dood.

Vier jaar geleden hadden ze een andere deur geopend. Ze begonnen vol hoop, eindigden in tranen. Toen Bethany dacht dat ze er niet meer tegen kon, kwam Hannah. Ongezien maar innig geliefd. Bethany moest geloven dat ze Hannah in haar armen zou houden, dat Kyle hen beiden in zijn armen zou houden, dat God hen allemaal in Zijn armen zou houden.

Ze wilde maar dat ze het geloof kon opbrengen om Hem te vragen de draagmoeder – wie ze ook was – in het gezin te brengen dat Hij had voorbestemd, een gezin dat de naam en de ziel en de liefde droeg van een ongecompliceerde man.

Bethany liet zich van de pianokruk glijden en ging op haar knieën zitten. *Genadige Vader, luister naar mijn gebed...*

Het appartement was een kloterig oorlogsgebied, dacht Jacob. De enige reden dat zijn moeder Laurel niet verrot sloeg, was de baby in haar buik. En de enige reden dat Laurel zijn moeder niet verrot sloeg was... de baby in haar buik.

Een paar dagen eerder had meneer Dolan moeten inbreken omdat Laurel verdwenen was. Daarom had hij Jacobs moeder ingehuurd als 'persoonlijk verzorgster' voor Laurel. Leuke titel, maar iedereen wist dat ze gewoon Laurels bodyguard was.

En dat betekende dat Jacob weer met Laurel kon optrekken. Toen Anthony Laurel had ontmaskerd, had hij Jacob er ook bij gelapt.

'Hasj kopen voor een zwangere vrouw! Voor wie dan ook!' Zijn moeder was woedend geweest en dat was ze een week lang gebleven. Ze verbood hem om zelfs maar in de buurt van Laurel te komen.

Als zijn moeder op Laurel ging passen en hem van de straat wilde houden, moest ze dat combineren. Zijn moeder was natuurlijk altijd in de buurt, maar daar hadden ze iets op gevonden. Laurel had een geheim berichtencircuit opgezet tussen de gewone computer en haar laptop. Zijn moeder dacht dat hij met zijn huiswerk bezig was, maar in werkelijkheid chatte hij dan met Laurel.

De twee gevangenen hadden elkaar heel veel te vertellen. Als zijn moeder snel even naar de boerderij ging om schoon wasgoed te halen of om iets in de keuken te doen, glipte hij naar Laurels slaapkamer. Meestal kletsten ze erover hoe cool ze allebei waren en hoe stom de rest van de wereld was. Soms praatten ze over wat ze zouden doen als ze waren ontsnapt, over het leven dat ze dan zouden leiden.

Laurel was de enige in de hele stomme wereld die begreep hoe Jacob echt was. En wat hij echt wilde.

Joan was nu in de keuken, ze testte Laurels bloed op bloedsuiker. Zodra ze de uitslag had, zou ze een injectie klaarmaken. Ze genoot ervan om met die naald in Laurel te prikken.

'Joan, als je toch naar de keuken gaat, kun je dan een broodje ei voor me maken?' had Laurel gevraagd. 'Misschien ook een groene salade. O, en wat aardappelpuree.'

Zijn moeder had iets terug gemompeld, maar zodra ze naar de keuken was gegaan, glipte Jacob Laurels slaapkamer in.

Laurel vertelde hem wat ze nodig had en wat hij daarvoor moest doen. 'Ik geef je duizend dollar,' zei ze. 'Contant. Switch heeft hiervoor ongeveer vijfhonderd nodig, dus de rest mogen jullie delen.'

Jacob kon niet meer uitbrengen dan: 'Maar, maar, maar...'

'Maar niets. Dit is New Hamsphire, iedereen doet dit soort dingen. Switch kan dit met zijn ogen dicht. Het enige wat jij moet doen, is hem het geld geven en mij het pakje brengen.'

'Ik weet het niet, hoor. Misschien dat Switch...' Hij had het lef niet om haar te vertellen dat hij dit niet kon doen omdat hij het doodeng vond.

'Jij kunt Switch heus wel overhalen, geen enkel probleem. Jij bent de slimste vent die ik ken.'

Door de manier waarop ze hem aankeek, geloofde hij haar.

'Schiet op. Pak dit aan voordat je moeder terugkomt.' *Dit* was een rolletje bankbiljetten.

'Ik begrijp niet waarom je zoiets nodig hebt,' zei hij.

'Dat heb ik je al eens verteld! Er zit een boos ex-vriendje achter me aan! Zo'n vent die je verrot slaat als je volgens hem iets verkeerd doet. Begrijp je wat ik bedoel?'

'Jawel...' Dat had hij in Forge Hill ook vaak gezien.

'Ik heb gehoord dat hij me dicht op de hielen zit. Ik wil... nee, ik móet er klaar voor zijn als hij me onverwachts toch vindt. Nou, Jacob, kom op, wil jij dit voor me doen?'

'Tuurlijk,' zei Jacob. Hij zou alles voor Laurel doen.

Ze omsingelden haar, dacht Sable, ze kwamen nu van alle kanten Ze had Cade en Hailey betaald, maar ze wist dat ze haar weer lastig zouden vallen als die tienduizend dollar op was. Kyle hield haar elk moment van de dag in de gaten, of door zelf op haar te passen of door Joan Martinez op haar dak te sturen. Als dat mens de kans kreeg, zou ze haar ondersteboven uit het raam hangen. Als Jacob er niet was geweest, was ze helemaal gek geworden.

Maar Anthony miste ze echt. Hij had haar e-mails en telefoontjes niet beantwoord. Ze dacht vaak aan hem, vooral 's nachts. Zijn aanraking, alsof ze even mooi was als de muziek die hij maakte. Ze hield zichzelf voor de gek, dat realiseerde ze zich heel goed. In werkelijkheid was het zo dat alle mannen hetzelfde wilden.

Zelfs de baby viel Sable lastig. Ze drukte met haar voetjes tegen haar ribben of ze duwde met haar hoofdje tegen haar bekkenbodem. Dat kleintje wilde eruit, dat was wel zeker. Sable zou ook niets liever willen. Maar wel op de juiste manier, niet via een operatie.

Nora had beloofd dat de bevalling door een ruggenprik pijnloos zou verlopen. Daar had Sable geen enkel bezwaar tegen. Maar ze ging onder geen enkele voorwaarde akkoord met een keizersnee. Alleen al bij het idee dat iemand haar zou opensnijden, voelde het alsof er een strakke, hete draad om haar hoofd zat.

Dat was het ergste, dat haar eigen hoofd haar gijzelde. Nora zei dat ze een beetje warrig kon worden door de bloedvergiftiging en de medicijnen, maar dit was meer dan warrig. Sable verloor de controle en dat vond ze maar niks. Ze moest zeker weten dat ze ervandoor kon gaan als dat nodig was. Daarom had ze Jacob gevraagd om nog één keer iets voor haar te doen.

Dat huisje in de bossen stond gewoon op haar te wachten. Op haar en misschien, heel misschien, op de baby. Dat zou ze later wel beslissen.

22

Bernard DuBois kende mannen als Cade Parker wel: knap uiterlijk, zoete praatjes, zelfverzekerde houding. Schoften als Parker waren aantrekkelijk voor vrouwen en leidden meestal een lui leventje. Bernard vermorzelde mannen als Parker zonder gewetenswroeging.

Maar vandaag niet. Bernard rook een groots zaakje. Een winstgevend zaakje. 'Hoeveel bied je?'

'Tweeduizend dollar.' Parker leunde achterover in zijn stoel, grijnzend.

'En wat schiet jij daarmee op, Parker?'

'Ik wil informatie.'

'Waarom denk je dat ik die wil verkopen?'

Cade keek Bernard strak aan. 'Jij bent een zakenman, meneer DuBois. Jij zou je neus nooit ophalen voor een leuk bedragje.'

'Voor tweeduizend ga ik niet eens een gesprek aan.'

'Vijf dan.'

'Zeven.'

'Zeven? Maar je weet niet eens...'

'Je zult versteld staan over wat ik weet,' zei Bernard. 'Laat me het geld zien.'

'Maar we hebben nog geen deal.'

Bernard sprong op en liep snel om zijn bureau heen. Hij sleurde Parker richting deur en drukte hem halverwege tegen een stalen boekenkast.

'Wacht!' schreeuwde Parker.

'Of je laat me het geld zien, of ik smijt je eruit!'

Parker duwde Bernard een envelop onder de neus. Bernard maakte hem open, telde het geld en toonde voor het eerst een glimlach. 'Wat wil je weten?'

'Ik ben op zoek naar iemand,' zei Parker. 'En volgens mij weet jij waar ze zit.'

Sable werd wakker uit haar middagslaapje, doornat van het zweet. Haar geest leek wel bevroren glas: hij liet wel licht door maar geen vormen. Waar was ze? In de andere kamer snurkte een vrouw als een houthakker, met de tv als achtergrondgeluid.

Was ze terug in de inrichting? Waarom had ze zo'n dikke buik?

Toen wist ze het weer: ze kreeg een baby. En die grote vrouw was haar babysitter. 'Gevangenisbewaarder' was een betere benaming. Hoe heette die vrouw? En waarom hielden ze haar hier vast? Waarom kon ze zich dat niet herinneren?

Sable wankelde naar de badkamer en trok haar T-shirt uit. Zelfs haar bh was nat. Ze maakte hem los, kromp in elkaar omdat haar borsten zo gevoelig waren, en stijf en vol. Wat was dat voor witte vloeistof die eruit lekte?

Ze strompelde naar de wc, ging snel zitten voordat ze viel. Had ze een of andere enge tumor? Ze raakte de druppel aan, rook aan haar vinger. Opeens wist ze alles weer.

Zij was de mama. En dit was haar moedermelk.

Met het mes zou het moeten lukken, dacht Bethany. Ze was in de babykamer en maakte een grote doos wegwerpluiers open. De luiers waren het probleem niet, maar de inrichting van de kamer bleek een onmogelijke opgave; er waren gewoon te veel mogelijkheden. Chic of landelijk? Lila of mauve? Ballonnen of konijntjes?

Kyle had aangeboden te helpen, maar Bethany wilde het alleen doen. Eerst zou ze de wanden roomwit verven. Tot zover was ze gekomen, meer kleuren wilde ze niet. Maar de rest kon ze nog niet beslissen.

'Tegen de tijd dat Hannah naar school gaat, heb jij nog steeds geen besluit genomen,' had Kyle de vorige avond over de telefoon gezegd. Hij zou met de auto uit Boston hiernaartoe komen en blijven tot de baby er was. Dan zouden ze met z'n allen teruggaan naar Boston. Dat zou nu niet lang meer duren. Laurel was over een week uitgeteld.

Bethany maakte een snee in de zijkant van de doos. Opeens viel haar blik op een straal zonlicht op de eiken vloer. Die was honingkleurig. Zonnebloemen! In de behangwinkel had ze de perfecte behangrand gezien, maar omdat de kleur te opvallend was, had ze hem niet genomen. Maar voor Hannah was die kleur misschien wel perfect. Zij was ondanks alles sterk en levendig, en ze zou over een paar dagen – of uren – in haar moeders armen liggen.

Bethany begon opeens te zingen, de babykamer werd gevuld met de klanken van Hannahs slaapliedje.

When the birds of spring come alive to sing...

De zon scheen fel en warm. Mount Washington lag onder een dik pak sneeuw, maar de bossen achter de boerderij waren grotendeels sneeuwvrij. Uit de natte laag bladeren kwamen groene scheuten tevoorschijn. Sable hoorde het geluid van de beek die zich aftakte vanaf Thor's Falls en door het achterste weiland stroomde. Toen hoorde ze iets anders.

When the birds of spring come alive to sing, in the golden wonderland.

Een slaapliedje, wist ze, ook al kon ze zich niet meer herinneren hoe ze dat wist.

I will dance for you as the sky turns blue.

Ze volgde de muziek tot in de boerderij. De trap op.

Close your eyes and sleep, dream of wishes sweet.

Op de overloop bleef ze staan voor de kamer waar het gezang vandaan kwam.

Because I will love you forever and I'll be here with you, for always.

Sable duwde de deur open. Een vrouw met donker haar stond over een wieg gebogen, met een lang mes in haar hand.

'Laurel? Lieve help, volgens mij heb ik me gesneden!' Er kwamen bloedvlekken in de mouw van de vrouw toen ze haar hand tegen de wond drukte.

Sable schoot een hoek van de kamer in. Een ijskoude hand greep haar enkel. Ze keek naar beneden, verbijsterd. *Hij* was gekomen. Aangetrokken door het bloed.

'Gaat het wel goed met je? Je hoort in bed,' zei de vrouw.

Het ijs zat nu in haar hersenen, versplinterde haar gedachten. Ze probeerde haar gedachten te ordenen, maar nadenken deed pijn.

'Kijk eens, wat een rotzooi.' De vrouw pakte een wegwerpluier en wikkelde die om haar arm. 'Wat doe je hier? Waar is Joan?'

'Dat weet ik niet.' Ze wist niet waar Joan was en ook niet wie Joan was. Het enige wat ze wist was dat het bloed *hem* had laten komen. Of had hij het bloed laten komen? Waar was hij nu? Daar, achter die vrouw met het mes.

'Wat ben je bleek. Ga maar even zitten.' De vrouw liep naar Sable toe, nog steeds met het mes in haar hand. Er zat bloed op het lemmet, bloed op haar arm, en opeens was alles wat Sable zag rood.

De vrouw kwam dichterbij. Te dichtbij. Er zou bloed op Sable komen als ze niet iets deed om die vrouw tegen te houden.

Hij glimlachte.

Doe het, nu!

Kyle bleef maar ijsberen. 'Ze moesten haar opsluiten!'

'Nee! Als je Laurel, of hoe ze ook maar heet, laat opsluiten, gaat onze baby met haar mee,' zei Bethany.

'Dan moet ze naar een inrichting.'

'Vind je dat een betere oplossing? Dat onze dochter in een inrichting wordt geboren?'

'Je bloedt alweer.'

'Ik weet het.' Ze propte een stukje tissue in haar neus.

'Zij beweert dat jij haar bedreigde,' zei Nora. 'Ze rende terug naar het appartement om de politie te bellen. Joan heeft het snoer eruit getrokken.'

'Ze is gek. Bethany zomaar in haar gezicht slaan,' zei Kyle.

'Ze heeft bloedvergiftiging,' zei Nora. 'Misschien is ze wel psychotisch... Maar zonder nader onderzoek komen we daar niet achter.'

'Wat moeten we nu doen?' Bethany zag lichtflitsen. Misschien had ze wel een hersenschudding opgelopen toen ze met haar hoofd tegen de grond sloeg. Maar dat kon ze Kyle maar beter niet vertellen.

Nora schudde haar hoofd. 'Haar bloeddruk stijgt alweer, en ze heeft eiwit en albumine in haar urine. We moeten de bevalling opwekken en, als dat niet helpt, een keizersnee doen.'

'Daar zal ze nooit mee akkoord gaan,' zei Bethany.

'Ik ben haar gevolmachtigde en daarom kan ik namens haar ook medische beslissingen nemen. Kunnen we ons daar niet op beroepen? Het is immers niet zo dat we iets doen waar zij slechter van wordt. Ze is zelf net zozeer in gevaar als de baby,' zei Kyle.

'Daar kun je geen gebruik van maken, tenzij ze in coma ligt of een hersenbeschadiging heeft,' zei Bethany.

'Of niet in het bezit van haar geestelijke vermogens. En dat is nu het geval.'

'Rustig aan, jullie. Aan die volmacht hebben we nu niets,' zei Nora.

'Waarom niet?' vroeg Bethany, ook al kende ze het antwoord al.

'Omdat zij Laurel Bergin niet is,' zei Nora. 'Daardoor zijn alle contracten die ze heeft ondertekend ongeldig.'

'Maar alleen wij weten dat. Ja toch?' vroeg Kyle.

Nora boog haar hoofd. 'Kyle, vraag me alsjeblieft niet om een of ander trucje uit te halen...'

'Ze heeft ons immers zelf gevraagd dit spelletje mee te spelen? Daardoor is het in feite haar keuze, niet die van ons. Het probleem is dat we niet veel langer kunnen wachten,' zei Kyle. 'Ik heb Peter Muir al gebeld. Hij dient morgen al een verzoek in bij de rechter.'

Bethany kon de gedachte dat Hannah gevangenzat in dat vergiftigde lichaam niet langer verdragen. 'Nora, kun je haar niets iets toedienen om de weeën op te wekken?'

'Wacht eens even, jullie. Dit kan niet. Ik kan mijn baan wel kwijtraken en jullie kunnen de bak wel indraaien. Bovendien is het ook nog eens heel zondig.'

‘Het is niet zondig als je een onschuldige beschermt,’ zei Kyle. ‘Toe, Nora, dat weet jij ook.’

Nora zweeg, maar haar geschrokken blik zei genoeg.

Bethany omhelsde haar. ‘We hebben je wel bij een puinhoop betrokken, zeg!’

Nora zuchtte. ‘Laten we er eerst maar eens een nachtje over slapen. Laat Joan maar naar huis gaan, ik blijf wel bij Laurel. Als het dan slechter met haar gaat, ben ik hier tenminste. Laten we maar hopen dat de bevalling vannacht op gang komt. Zo niet, dan moet Kyle er maar voor zorgen dat Peter dat rechterlijke bevel krijgt. Ik reserveer alvast een operatiekamer voor morgenmiddag.’

‘Dank je wel, Nora,’ zei Kyle. ‘Voor alles.’

Bethany ging weg, zodat de anderen even konden telefoneren. Ze liep naar de veranda en ging in een schommelstoel zitten. In het bos hoorde ze een uil roepen die zich voorbereidde op een hele nacht jagen. De eerste ster verscheen, een zwakke glinstering tegen de inktzwarte hemel. Ze liet haar gezicht in haar handen vallen. Haar neus bloedde weer, het bloed vermengde zich met haar tranen.

Lieve God, we kunnen hier niet meer tegen. Zorg er alstublieft voor dat mijn kleine meisje morgen wordt geboren.

Het mes! Deze keer was het die vrouw niet gelukt, ook al had ze haar handlangers – Kyle en Nora – op Sable afgestuurd. Ze eisten dat Sable een keizersnee zou ondergaan.

Misschien was het wel een truc. Misschien wilden ze haar verdoven en Bethany dan het smerige werk laten opknappen. Nu werd haar alles duidelijk. O ja, nu wist ze het weer. Bethany tijdens het kerstfeest bijvoorbeeld, met een vleesmes. Die vrouw kon heel goed snijden.

Al dat geklets over religie en geloof en God. Sable had die andere woorden ook gehoord. *Opoffering. Bloed. Het bloed van een perfect Lam.*

Wat had Bethany haar over God verteld? Dat die lieve kleine baby Jezus was geboren om opgeofferd te worden. *Hij* zou een ander offer willen, dat wist Sable. Ze had Bethany immers boven het ledikantje zien staan met een mes in de hand. Sable kon dat niet laten gebeuren.

Jacob was ontzettend bang. Zijn moeder dacht dat hij buikgriep had doordat hij steeds moest overgeven. Het was begonnen toen ze thuiskwam na een lange dag bij de Dolans, met afhangende schouders.

'Ik heb ze in de steek gelaten, na alles wat ze voor ons hebben gedaan. Ik kan gewoon niet geloven dat ik in slaap ben gevallen.'

Joan liep naar haar kamer en viel op haar knieën. Ze ging bidden, wist Jacob, hoewel hij niet begreep waarom, tot Anthony hem dat vertelde. Laurel had mevrouw Dolan aangevallen en haar een bloedneus geslagen. Misschien lieten ze Laurel ergens opsluiten, in de gevangenis of in het gekkenhuis. Zijn broer had dit allemaal met rode ogen aan Jacob verteld.

Niemand ging Laurel opsluiten, wist Jacob, omdat hij ervoor had gezorgd dat dit niet kon. Hij en Switch. Nu was hij bang. Bang voor haar, bang voor de Dolans, bang voor zijn moeder, bang voor Anthony.

Bang voor de hele wereld, zo leek het wel. En waarom ook niet? De hele wereld kon morgen wel vergaan. De wereld kon wel vergaan nu hij hier zat, terwijl zijn maag in opstand kwam.

Hij rende naar de badkamer, waar hij zichzelf probeerde te verlossen van nog een portie angst.

23

Het was een maanloze, donkere nacht. Het was tijd om te vertrekken. Sable schoof naar de rand van het bed en liet haar arm langs de matras hangen.

'Alles oké?' mompelde Nora vanuit de leunstoel in de hoek.

'Hm.' Sable had alle pillen geslikt die Nora haar had opgedrongen, behalve het valium. Nora had eerst gekeken of Sable ze had doorgeslikt en vervolgens of zij ze niet onder haar tong had verstopt.

Maar op haar dertiende had Sable al geleerd hoe ze pillen moest verstoppen. De andere pillen zouden haar helpen om helderder na te denken, maar ze weigerde het valium te slikken. Ze wilden dat ze bewusteloos raakte zodat ze haar konden opensnijden en haar baby stelen. Dat ging dus niet gebeuren. Ze moest hier weg, nu.

Sable liet haar hand tussen de matras en de boxspring glijden.

'Is er iets? Wat doe je daar?'

Sable ging rechtop zitten. 'Ik stap uit bed.'

'Nee, je gaat...' Nora's woorden bleven in haar keel steken toen ze zag dat Sable een pistool in haar hand had.

'Waar heb je het valium?' vroeg Sable.

'In mijn dokterstas.'

Sable smeet het flesje pillen naar Nora. 'Ik wil dat je er vijf neemt.'

'Vijf! Maar dat is...'

Sable drukte het pistool tegen Nora's slaap. 'Minder erg dan een kogel in je kop, denk je niet?' Ze pakte het glas water van haar nachtkastje en controleerde of Nora ze allemaal innam.

'Doe open!' zei ze. Nora deed haar mond open.

'Tong omhoog.' Sable keek tevreden. 'Goed. Nu wachten we tot je in slaap valt.'

'Alsjeblieft, Laurel, doe dit niet. Je hebt geen idee hoe gevaarlijk dit voor je kan worden.'

'Hier blijven is gevaarlijker voor me.'

'Denk dan aan de baby. Doe wat het beste is voor haar.'

'Dat doe ik,' zei Sable. 'Echt.'

Bethany liep als verdoofd door het huis. Toen zij en Kyle met het ontbijt naar het appartement waren gegaan, hadden ze ontdekt dat Nora bewusteloos was en dat Laurel verdwenen was. Kyle was snel met Nora naar het ziekenhuis gegaan. Bethany was op de boerderij gebleven voor het geval Laurel terugkwam.

De telefoon ging. Bethany schrok zo dat ze de hoorn bijna uit haar hand liet vallen. 'Laurel?'

'Ik ben het.'

'O Kyle, hoe is het met Nora? Is ze in orde?'

'Het komt wel goed. Ze was alleen verdoofd.'

'Weet ze waar Laurel naartoe is gegaan?'

'Ze weet niet eens welke dag het is.'

'We moeten haar vinden.'

'Dat gaat ook gebeuren. Ik heb de politie de foto's gegeven die we met kerst hebben gemaakt. Ze hebben een opsporingsbericht voor Nora's auto uit doen gaan. Ik heb een piloot en een privédetective ingehuurd die op zoek gaan naar de auto. Peter Muir schakelt op dit moment een aantal andere privédetectives in die vliegvelden, busstations en autoverhuurbedrijven gaan checken voor het geval ze de auto ergens achterlaat.'

'Kyle, wat heb je hun over haar verteld?'

'De waarheid. Dat ze negen maanden zwanger is, dat ze geestelijk onevenwichtig is door de bloedvergiftiging en dat haar leven in gevaar is.'

'We moeten hun ook vertellen dat ze Laurel Bergin niet is en dat we niet weten wie ze wel is. Misschien heeft ze wel een crimineel verleden of zo. Overal zitten haar vingerafdrukken op, dus zouden we... '

'Bethany, hou op! Hou je mond en denk na. Als wij tegen iedereen zeggen dat zij Laurel Bergin niet is, dan zijn de adoptiepapieren die ze heeft getekend – waarin staat dat wij de ouders van de baby zijn – niet geldig.'

Bethany drukte de telefoon tegen haar hoofd, in een poging haar gedachten te ordenen.

God, ziet U dan niet wat dit meisje ons heeft aangedaan? Ik ben zo uitgeput, zo heen en weer geschud en zo van slag dat mijn lichaam straks barst.

'Bethany? Dat ben je toch met me eens? Dat we het nog niet moeten vertellen?'

'Zelfs zwijgen kan liegen zijn.'

'Denk je soms dat ik dat niet weet? Maar wil je dat Hannah in dezelfde hel terechtkomt als wij?'

Bethany ademde de lucht uit die ze voor haar gevoel al had ingehouden vanaf het moment dat ze hadden ontdekt dat Laurel weg was. 'Zij heeft ons hiertoe gedreven. Ja toch, Kyle? Dat we ons hebben verlaagd tot haar niveau!'

'Ja, dat is zo. Luister, ik moet nu naar het politiebureau.'

'Wat kan ik gaan doen? Ik kan hier echt niet niks blijven doen.'

'Ga maar naar het appartement. Misschien vind je in de prullenmand wel een busdienstregeling of een hotelreservering. Controleer haar computer. En Beth, bid alsjeblieft. God moet het begrijpen. Dat moet!'

'Oké.' Elke ademhaling, elke hartslag was nu een gebed dat Hannah veilig zou zijn. Later, als dit allemaal voorbij was – als het ooit voorbij zou zijn – zou ze smeken om vergeving.

Bethany ging naar boven, naar het appartement en liep meteen door naar de computer. Tijdverspilling, dat had ze meteen geweten. Laurel had de harde schijf geformatteerd en al haar bestanden gewist.

Ze liet zich op de bank vallen, rook Laurel op de kussens: de seringenhampoo die ze altijd gebruikte, de zoutige smaak van haar chips.

Bethany sloot haar ogen, probeerde zich in Laurel te verplaatsen. Maar ze zag alleen maar duisternis.

Mevrouw Dolan zag eruit als een lijk. Haar gezicht was wit, haar ogen waren wijd open maar zagen niets. Jacob had al zeker een minuut door het raam gekeken voordat hij de tranen zag. *Oké. Goed. Ze was dus niet dood.* Hij haalde diep adem en klopte aan.

Mevrouw Dolan veegde haar gezicht droog, stond op en deed de deur open. 'Jacob?'

De woorden die hij moest zeggen, zaten heel diep.

'Laurel is hier niet,' zei ze.

'Dat weet ik.'

'We weten niet waar...' Mevrouw Dolan wankelde, viel tegen de deur aan.

Jacob greep haar arm om haar op te vangen. Ze leek wel een veertje dat zomaar weg kon waaien.

'Weet jij waar ze is, Jacob?'

Hij schudde zijn hoofd.

'Kun je me iets vertellen? Iets wat kan helpen...?'

Het verstikte hem nu, vanbinnen. Hij moest van deze misselijkheid afkomen, dit idiote idee dat dit allemaal zijn schuld was. 'Ik heb het opgehaald,' fluisterde hij.

'Wat heb je opgehaald?'

'Het pistool.'

'Heeft ze een pistool?' Mevrouw Dolan begon te trillen alsof iemand plotseling ijskoud water over haar heen gooide.

'Het spijt me. Echt.'

Ze beet op haar lip, maar ze kon het geklapper van haar tanden niet tegenhouden.

'Het spijt me,' zei hij weer.

Ze boog zich voorover, zoende hem op zijn voorhoofd en drukte haar handen tegen zijn gezicht in een poging het trillen tegen te gaan. 'Dat zie ik. Ik vergeef het je.'

Het was alsof ze een dam in hem had gebroken en de woorden

stroomden naar buiten. Hij begon met de tijd in Forge Hill, toen zijn moeder het niet had begrepen, niet had begrepen wie hij wilde zijn. Tegen de tijd dat hij Bethany over het pistool vertelde, was hij degene die trilde.

'Ze was doodsbenauwd. Een ex-vriendje probeerde haar te vermoorden. Daarom verstopte ze zich ook en gebruikte ze de naam van iemand anders. Hij zat haar op de hielen, zei ze, en deze keer zou hij haar vermoorden. Ze was bang dat u zou denken dat ze een zondaar was...'

'Jacob! Zei ze dat?'

Hij knikte. Eigenlijk had ze andere woorden gebruikt, maar hij wist dat wat Laurel echt had gezegd mevrouw Dolan van slag zou maken. 'Hoe dan ook, ze was bang dat jullie haar zouden wegsturen. Ze zei dat ze bescherming nodig had. Vroeg of ik een pistool voor haar kon regelen.'

'Waarom vroeg ze dat aan jou? Je bent immers nog maar een kind!'

'Dat maakt niet uit, niet als je geld hebt en de juiste mensen kent. En dat is zo. We zijn dan misschien wel uit Forge Hill vertrokken, maar weet u, mevrouw Dolan, de mensen hier zijn net zo.'

Ze stond daar maar, met haar ogen dicht en haar gezicht afgewend alsof hij haar een klap had gegeven. Hij had haar geen pijn willen doen, maar ze moest weten wat er echt aan de hand was. Deze keer in elk geval wel.

'Het spijt me, mevrouw Dolan. Sorry.'

Ze omhelsde hem. 'We maken allemaal fouten, Jacob. Ik heb er ook heel veel gemaakt. Verrassend genoeg houdt God toch van me.'

Hij knikte alleen maar.

'Heb je enig idee waar ze naartoe kan zijn gegaan?' vroeg mevrouw Dolan.

'Geen idee.'

'O.'

'Maar Switch wel.'

Switch was een bijzonder angstaanjagend iemand.

De man had overal haar: van zijn ongekamde baard via de grijze plukken haar die uit zijn T-shirt staken tot de pels op zijn rug. Hij torende hoog boven Bethany uit, één berg spieren, leer en kettingen. Switch' hol was een garage waar motoren werden gerepareerd, ten noorden van Main Street. De garage stond vol gebruikte motoronderdelen, vettig gereedschap en kapotte motoren. De lucht was dik van de motorolie en sigarettenrook.

'Ik weet niets,' zei Switch.

'Jij hebt Laurel overal naartoe gereden,' zei Jacob. 'Vertel deze mevrouw waarnaartoe.'

Switch greep Jacob bij de arm en tilde hem op. 'Een man houdt zich aan zijn woord, kleine snotaap.'

'Zet hem neer!' zei Bethany.

Switch deed zijn hand open en Jacob viel op de grond. Hij krabbelde achteruit tot hij vlak bij Bethany was.

'Met hoeveel kan ik je overhalen ons te helpen?' vroeg Bethany.

Switch loerde naar haar. 'Het woord van een man is niet goedkoop.'

'Wat heeft zij je betaald?'

Switch verpulverde zijn sigaret met zijn laars. 'Genoeg.'

'Duizend,' fluisterde Jacob.

Switch hield zijn hand op.

'Ik geef je tweeduizend als je me vertelt waar je haar naartoe hebt gebracht.'

'Ze heeft me nog eens duizend per maand beloofd als ik niet over haar zaken praat.'

'Drieduizend dan. Accepteer je ook creditcards?'

'Wat? Zie ik eruit als een supermarkt? Contant, mevrouw, anders gaat het feest niet door.'

'Goed. Als je me vijf minuten geeft, ren ik even naar de bank.'

'Ik ga met u mee,' zei Jacob.

Switch snoof.

Tien minuten later, met het geld in zijn zak, had Switch heel veel te vertellen. 'Die meid zag eruit als Mary Sunshine, maar ze weet hoe ze de engelen moet bespelen. Ze gebruikte me als haar sloofje. Ze belde me, dan pikte ik haar op bij de parkeerplaats van Thor's Falls en dan reed ik haar overal naartoe. Ze had een te dikke buik om op de motor te kunnen, dus gebruikte ik deze ouwe truck.'

Die 'ouwe truck' was een hoop roest. Bethany's knieën werden slap bij de gedachte dat Laurel – en Hannah – in dat stuk schroot rondreden.

'Waar heb je haar naartoe gebracht?'

'Je kunt het maar beter even opschrijven,' zei Switch. 'Het is niet gemakkelijk te vinden.'

'Het spijt me, meneer Dolan. De baby heeft het ongeluk niet overleefd.'

Kyle moest zijn uiterste best doen niet in te storten. 'Weet u zeker dat het Laurel Bergin is?'

'We zijn nergens zeker van. Op de plaats van het ongeluk was identificatie niet mogelijk. De verwondingen waren te... ernstig.' Commandant Rau wreef over zijn gezicht, het zweet brak hem uit.

Kyle was naar de barak van de staatspolitie in Concord gereden, omdat hij dacht dat ze als hij persoonlijk langskwam sneller in actie zouden komen. Rau had contact gehad met Maine, Vermont en Connecticut toen het telefoontje over een ongeluk in Nashua binnenkwam.

'Dit soort auto-ongelukken... met brand...'

'Lieve god, nee!'

'Luister, meneer Dolan. Het kan iemand anders zijn. Maar met een gestolen auto, al die jongelui zonder identiteitsbewijs, geen overlevenden... Misschien kunt u het beste zelf even gaan kijken, dan kunnen we daarna beslissen wat we gaan doen.'

Kyle knikte. Zijn handen deden pijn. Hij had zijn nagels in zijn handpalm gedrukt.

'Ik breng u zelf wel even naar Nashua,' zei Rau. 'Ondertussen blijven de andere units op de uitkijk.'

Kyle knikte en liep achter de andere man aan naar de surveillancewagen. Zijn mobieltje ging toen hij net was ingestapt. *Bethany.* Wat moest hij tegen haar zeggen? *Ons kindje is onderweg naar het mortuarium van Nashua, en ik ga daar nu ook naartoe?* Hij nam niet op.

'Autogordel?' vroeg Rau.

'O. Natuurlijk.' Alsof dat nu iets uitmaakte.

De telefoon ging weer.

'Neemt u niet op?'

'Mijn vrouw. Ik weet niet wat ik haar moet vertellen.'

Rau stak zijn hand uit. Kyle gaf hem de telefoon. 'Alstublieft, niet doen...'

'Het is oké, hoor.' Rau keek even naar de telefoon en klapte hem toen open. 'Met Rau, politie.' Het was even stil. Daarna zei Rau: 'Natuurlijk, mevrouw Dolan. Uw man is net even naar het toilet, maar hij heeft zijn mobieltje hier laten liggen voor het geval iemand zou bellen. Nee. Nog niets definitiefs. Nog niet.'

Kyle balde zijn vuisten.

'Moet u uw man meteen spreken of zal ik hem zeggen dat hij u terugbelt? Wij gaan nu naar Nashua. Er is mogelijk een positieve waarneming, en we willen hem in de buurt hebben voor het geval er een identificatie nodig is.'

Dit soort ongelukken... met brand...

'Over een paar uur zullen we u bellen. Dank u wel, mevrouw.' Rau gaf de telefoon weer aan Kyle. 'We weten niet zeker of dit uw draagmoeder is. Probeer dat in gedachten te houden.'

Dat probeer ik ook, dacht Kyle. *Maar dat hou ik niet lang meer vol.*

Bethany had Rau niets verteld over het adres dat Switch haar had gegeven. Ze schaamde zich een beetje omdat ze Switch drieduizend dollar had gegeven voor irrelevante informatie.

Ze zette Jacob af bij zijn huis.

Anthony had Jacob overal gezocht. 'Al iets bekend?'

'Ze denken dat ze haar in Nashua hebben gezien. Kyle gaat er nu naartoe om te kijken.'

'Het spijt me, mevrouw Dolan. Als ik eerder had geweten hoe ze echt was...'

'Anthony, ze heeft ons allemaal voor het lapje gehouden. Het is jouw schuld niet. Kyle en ik kunnen niet vaak genoeg zeggen hoe erg het ons spijt dat we je zo hebben behandeld.'

Hij hield zijn hoofd schuin en zei met een verdrietig glimlachje: 'Dat heeft u al gedaan. Laat maar zitten.'

Ze omhelsde hem en Jacob nog een keer. Toen reed ze naar het oosten, naar Maine. Ze had zeker een uur voordat Kyle in Nashua zou zijn om het meisje te identificeren dat Laurel kon zijn en haar te bellen. Ze kon nu net zo goed even naar het adres gaan dat Switch haar had gegeven.

Het was misschien wel interessant om te zien wat voor geheim leven hun draagmoeder had geleid.

24

Verbrand vlees.

Zelfs met de mentholzalf onder zijn neus kon Kyle de verkoolde lichamen ruiken. Er lagen drie lichamen in het mortuarium. Vier arme mensen, als je de ongeboren baby meetelde. Kyle zag de zwangere vrouw meteen, zelfs met een doek over haar heen.

'Te laat om zelfs maar te proberen de baby te redden,' vertelde de forensisch arts. 'Toen de ambulance er aankwam...'

Kyle kende het verhaal al. Een gestolen bestelwagen, met drie jongelui erin, waren boven op een vrachtwagen gereden met een kloofmachine en vier tanks met propaangas. De bestelwagen had klem gezeten onder de vrachtwagen en was in brand gevlogen. Dat had een enorme explosie tot gevolg.

'Meneer Dolan?' De arts knikte naar de middelste tafel, de tafel waar het zwangere meisje op lag. 'U weet dat ze behoorlijk verbrand is...'

'Ja, dat weet ik.' Maar hij wist niets. Hoe kon God hen zo ver tegemoetkomen en dan dit laten gebeuren? Hij ging naast de lijkschouwer staan, ademde door zijn mond om de stank maar niet te ruiken.

De arts tilde een puntje van het laken op. Kyle probeerde naar het lichaam onder het laken te kijken.

Hij zag plukken haar, blond, onder het bloed. Een naakte schouder, in een onmogelijke hoek. Zwarte plekken op de huid waar de verbrandingen waren begonnen. Slanke hals, vol sneden van het glas van de kapotte voorruit.

Haar oor...

'Dit is genoeg!'

'Gaat het wel, meneer Dolan?'

'Dat is Laurel niet! Godzijdank, ze is het niet!'

De arts keek naar Rau. De grote man kwam naast Kyle staan. 'Weet u het zeker? U heeft niet veel kunnen zien...'

'Ik weet het zeker! Ja, ik weet het zeker!' Kyle had het gevoel dat hij weer teruggleed in zijn eigen lichaam, dat hij weer tot leven kwam. 'Dit arme kind heeft gaatjes in haar oren. Laurel Bergin heeft dat niet.'

'U moet even naar haar gezicht kijken. Om helemaal zeker te zijn.'

'Natuurlijk,' zei Kyle. Hij wilde lachen, huilen, dansen, in elkaar zakken. Maar dat was niet netjes op deze plek, waar drie dode jonge mensen lagen.

De arts tilde het laken weer op. Kyle keek naar het meisje, maar wendde zijn blik snel weer af. Haar kaak en neus waren verbrand en vormden nu één zwarte massa, zodat alleen haar voorhoofd en een oogkas goed herkenbaar waren.

'Dat is zeer zeker niet Laurel Bergin,' zei Kyle.

'Dank u,' zei Rau.

Toon wat eerbied voor de doden, zei Kyle tegen zichzelf. Hij moest zich beheersen om het vertrek niet uit te rennen. 'Dank u wel, dokter. En u ook, commandant Rau.'

'Het spijt me dat u dit moest meemaken,' zei Rau.

Kyle wuifde zijn verontschuldiging weg. 'Het moest nu eenmaal gebeuren.'

De arts trok het laken weer over de verbrande onbekende vrouw. Het laken gleed er af, waardoor de zwangere buik van de vrouw zichtbaar werd.

Opeens schaamde Kyle zich diep. Ook al was dit niet zijn baby, het was wel de baby van iemand anders. Een baby die nooit het licht zou zien.

Sables hart klopte als een gek, zo uitgeput was ze. Ze was de hele nacht op geweest, ze had niet durven slapen voordat ze elk hoekje van het huis nog een keer had gecontroleerd. Het moest een veilig toevluchtsoord zijn, voor haar en voor de baby die ze had meegenomen.

Het was het beste geweest wat ze had kunnen doen. Dat wist ze nu wel. Ze had dit kleintje niet kunnen achterlaten bij die vrouwen – bij die dokter met die harde blik en die zangeres met haar zachte haar. Niet met die messen...

Ze liet zich op de bank vallen. 'Het duurt niet nu lang meer, kleintje.'

Ze vouwde haar handen onder haar buik, voelde het hartje kloppen in haar onderbuik. Twee harten, kloppend als één.

Haar gedachten waren weer warrig, maar één ding was duidelijk, even duidelijk als diepe voetstappen in de modder: zij zou alles doen wat ze moest doen om de baby te beschermen.

Want dat deed een moeder die van haar kindje hield nu eenmaal.

'Kom eruit, zodat ik je kan zien,' zei Grote Man.

'Laat haar toch. Ze is nog maar klein.'

Grote Man kwam iets dichterbij. 'Groot genoeg voor mij.'

Mama trok aan zijn jasje. 'Hé, kom op, dan bouwen we samen een feestje.'

Grote Man sloeg haar dwars door de keuken. Slecht Gebit kwam de keuken binnenlopen, met een verbaasde blik op zijn gezicht. Maar na één blik op Grote Man liep hij weer naar buiten, met zijn handen omhoog.

Grote Man kwam vlak bij Sable staan. 'Jij en ik gaan een feestje bouwen. Je houdt wel van feestjes, hè? Ja toch, liefje?'

Ze zat verstijfd op haar plekje. Ze wilde dat haar maag bevroor zodat ze niet misselijk werd. Ze wilde dat haar voeten ontdooiden zodat ze kon wegrennen.

Hij sloeg zijn hand achter haar nek en trok haar naar zich toe. Haar huid kromp door zijn aanraking, wilde zich binnenstebuiten keren. 'Mama,' fluisterde ze.

Mama stond rechtop, tegen de keukentafel geleund. Ze keek alleen maar.

'Mama.'

'Kom eens bij papa, liefje.' Hij drukte zijn lichaam tegen haar aan, stonk naar zout en rook. Ze kreeg geen adem. Wilde niet ademen, zag geen uitweg... behalve... op het fornuis...

Een mes. Het grote mes dat mama had gebruikt om een kip in stukken te snijden.

Ze stak haar hand uit. Te ver weg... Grote Man drukte haar tegen de muur. 'Blijf van haar af!' schreeuwde mama.

Ze zag mama's hand, die het mes pakte.

Zoals Switch al had gezegd, was het huis moeilijk te vinden. Bethany reed over achterafweggetjes North Conway uit, om de meren en plassen in Fryeburg heen, tot aan het dorpje Cornwall. Ze reed tussen akkers door, tot ze bij een onverhard weggetje kwam dat alleen gemarkeerd was door een kapotte brievenbus en een gerafeld geel lint.

Nadat ze zo'n anderhalve kilometer door het bos had gereden, om plassen en gaten heen, zag ze het huisje tussen de bomen. Ze liet de auto staan en liep ernaartoe. Onder een boom stond Nora's auto.

Betekende dit dat Laurel hier was, en niet in Nashua? Of had het meisje hier iemand ontmoet en was ze daarna met een andere auto weggereden? Ze *moest* even poolshoogte nemen.

Ze zag een huisje met een A-vormig skelet. Bethany liep naar de struiken om uit het zicht te blijven, ze merkte niet eens dat de doornstruiken aan haar broek bleven haken. Toen ze bij het huis was, sloop ze zachtjes langs de zijkant, waar het dak helemaal doorliep tot aan de grond. Toen ze aan de achterkant was, gleed ze onder de balustrade door de veranda op.

De hele achterwand was van glas, het was een driedelige schuifdeur met een groot raam erboven. Bethany kon goed naar binnen kijken, in de keuken en de eethoek die door een enorme stenen open haard gescheiden waren van de voorkant van het huis.

Ze drukte haar oor tegen de schuifdeur en hoorde mensen praten en schreeuwen en daarna applaudisseren. *Dat is vast een talkshow – Laurels favoriete amusement.*

Bethany drukte Kyles sneltoets in. Geen antwoord. Moest ze wachten en niet alleen naar binnen gaan? Nee, dat was niet slim. Stel dat Laurel bewusteloos was, of nog erger? Gebukt liep ze naar de voorkant van het huisje, gleed toen de veranda op en verstopte zich achter een ligstoel. Ze kon de tv tegen de muur zien staan.

Laurel lag languit op de bank, met gesloten ogen. Bethany wachtte een minuut, maar het meisje bewoog zich niet. *Bel de politie*, zei ze tegen zichzelf. *Laat hen dit maar afhandelen*. Maar stel dat het nu niet goed ging met Laurel? Het was al vijftien uur geleden dat ze door een arts was onderzocht. Stel dat ze een beroerte had gehad, of last had van nierfalen?

Bethany telde weer een lange minuut af. Nog steeds bewoog Laurel zich niet.

Ze rende terug naar de achterveranda, voelde aan de schuifdeuren. Allemaal op slot. Ze kroop onder de veranda en vond een steen die zo groot was als een honkbal. Ze liep een paar passen achteruit. Als Laurel ziek was, was dit echt noodzakelijk. Als ze alleen maar lag te slapen, was dit volkomen waanzin.

Zodra Bethany de steen door de ruit had gegooid, wist Laurel dat ze er was.

En zij had een pistool.

Ze hoorde eerst de klap, daarna het gerinkel van glas.

Dat kón niet. Dit was haar thuis. Hier was ze toch zeker veilig?

Je denkt toch zeker niet dat je je kunt verstoppen, liefje?

Sable liet zich van de bank rollen. Ze dacht dat ze hem in North Conway had achtergelaten. Maar ze kon zijn sigaretten en zijn zure zweetlucht ruiken.

Echt niet, liefje. Je kunt nergens heen.

Bethany hapte naar adem en probeerde het niet uit te schreeuwen. Ze had een stuk glas in haar onderarm gekregen, waardoor de snee weer was gaan bloeden. Was het echt pas gisteren dat Laurel haar in de babykamer had aangevallen? Het leek al jaren geleden.

Ze drukte haar gewonde arm tegen haar zij en trok de deur met haar andere arm open. Ze liep de keuken in, stapte voorzichtig over het gebroken glas. Terwijl ze naar de woonkamer liep, hoorde ze de televisie. Ze sloop om de open haard heen en keek naar binnen. De bank was leeg.

'Joehoe!'

Vliegensvlug draaide Bethany zich om. Laurel stond in de opening van de schuifdeur, met een pistool in haar hand.

25

Kyle had het gevoel dat de stank van verbrand vlees in zijn poriën was gedrongen. Rau zat met een uitdrukkingsloos gezicht achter het stuur. Maar voor hem was dit natuurlijk een gewone werkdag.

Kyle stopte twee stukjes kauwgum in zijn mond, controleerde daarna zijn telefoon. Weer drie telefoontjes van Bethany, allemaal vanaf haar mobieltje. Waarom was ze niet op de boerderij? Ze hadden afgesproken dat ze daar zou wachten, voor het geval Laurel terugkwam of opbelde.

Hij toetste haar nummer in. De telefoon ging wel over, maar toen schakelde hij over naar de voicemail.

'Uw vrouw?'

'Ik snap niet waarom ze niet opneemt.' Hij toetste het nummer van de boerderij in.

'Misschien zit ze op het toilet.'

'Dan zou ze beide telefoons meenemen. Stel dat Laurel is thuisgekomen en haar nu gijzelt of zo?'

'Wacht eens even. Weglopen is één ding, maar iemand gijzelen is heel wat anders hoor! Waarom denkt u dat dit meisje zover zou gaan?'

Kyle beet op zijn lip. Hij wist dat het verkeerd was, niet vertellen dat Laurel een bedriegster was. Maar de gedachte dat ze weer van alles moesten doen om te bewijzen dat zij de ouders van Hannah waren, terwijl ze de adoptiepapieren al hadden ondertekend, was nu gewoon even te veel. Zelfs zijn advocaat Peter Muir was niet op de hoogte van de details van het draagmoederschap. Op dit moment zag Kyle geen andere mogelijkheid dan om dit nu maar zo te houden.

'Ze heeft zich de laatste tijd zo vreemd gedragen! We wilden het eigenlijk niet vertellen, maar gisteren viel ze mijn vrouw aan.'

'Op hol geslagen hormonen, hè? Nou, geef uw vrouw maar een paar minuutjes. Als u geen contact met haar kunt krijgen, bel ik mijn mensen daar wel even, dan kunnen zij er even naartoe gaan. Oké?'

'Oké,' zei Kyle, verbaasd dat hij banger was dan hij tot nu toe was geweest.

Waarom bleef die vrouw niet staan zodat Sable kon zien wie ze was?

'Ben je in orde? We waren zó bezorgd om je,' zei de vrouw.

'Hou je bek!' Sable moest nadenken. Maar ze kón niet nadenken, er lag een wazige nevel over haar geest, als een spinnenweb dat alles ving, dat niets liet ontsnappen.

Dat was ook wat *hij* wilde, een teken van zwakte.

Ja, liefje.

De vrouw wreef over haar gezicht, smeerde bloed over haar voorhoofd. 'Wat wil je? Kunnen we je iets geven, geld of zo...?'

'Ik wil met rust gelaten worden, dát wil ik! Is dat soms te veel gevraagd?' Sable richtte het pistool op het voorhoofd van de vrouw. Ze zou niet lang meer leven, met al dat bloed. Het zat over haar hele gezicht en over haar buik gesmeerd.

Misschien zou ze zo aardig zijn om naar het bos te lopen om daar dood te gaan.

Hij zou nu komen, aangetrokken door het bloed.

'Weet je niet wie ik ben?' vroeg de vrouw.

Dat wist Sable wel, echt wel. Die vrouw was Slecht Gebit en Bernard en Bethany Dolan en Cade en ja, *hij*. Ze keek langs de loop. Ze wist hoe ze een pistool moest gebruiken, daar had Cade voor gezorgd.

De vrouw stapte achteruit tot ze tegen de stenen open haard stond. 'Doe dit niet,' fluisterde ze. 'Ik ben Bethany, weet je nog? Ik ben naar je toe gekomen om je te helpen.'

'Doe wat niet?'

'Schiet me niet dood, alsjeblieft!'

'Waarom niet?' Sable slikte moeizaam. Ze had dat niet op zo'n zielig toontje willen vragen.

'Als je mij wilt vermoorden, moet je dat maar doen. Maar alsjeblieft, daarna moet je naar een dokter of naar het ziekenhuis gaan, zodat jij en de baby alle hulp kunnen krijgen die jullie nodig hebben.'

Waarom bleef dit mens maar bazelen? Ze had allang doodgebloed moeten zijn.

Soms moeten we hen een beetje helpen, liefje.

Sable spande haar vinger om de trekker.

Eerst Laurel, nu Bethany. Waar waren ze allemaal naartoe?

Kyle reed als een gek Conway Village binnen, stopte met piepende remmen voor het huis van de familie Martinez. Jacob deed de deur al open voordat Kyle zelfs maar had aangeklopt.

'Heeft u Laurel gevonden?' vroeg de jongen.

'Het was iemand anders in Nashua. Waar is Bethany?'

'O jee,' zei Jacob.

Bethany probeerde Laurel zover te krijgen dat ze in elk geval weer een beetje in de realiteit stond. 'Als ik je verleden kende, kon ik je misschien helpen.'

'Als je mijn verleden kende, zou je me een kogel in mijn kop schieten. Maar ja, ik ben degene met een pistool in de hand.' Laurel hield de loop tegen haar eigen slaap. 'Dat wil *hij* in elk geval.'

Bethany deed een stapje naar voren. 'Niet doen. Wacht eens, wie is *hij*? Je bedoelt Kyle toch niet? Wij willen alleen maar het beste voor jou. Of bedoel je Anthony? Hij haat je heus niet, hoor. Hij wil dat het goed met je gaat.'

De loop kwam naar beneden, was nu op Laurels hart gericht. 'Ik weet niet hoelang ik dit nog vol kan houden... alsjeblieft, raak me niet aan! O, alsjeblieft...!'

Bethany moest met haar blijven praten, haar op de een of andere manier terugkrijgen in de realiteit. 'Ik begrijp het. Het leven kan zo verschrikkelijk zijn, zo wreed dat het soms onmogelijk is om nog adem te halen.'

Met een bitter lachje zei Laurel: 'Wat weet jij nou van het leven?'

Goed. Gelukkig keek ze nu weer naar Bethany, dat was beter dan naar een of andere onzichtbare boze geest.

'In mijn lichaam zijn vier kinderen doodgegaan. Je kunt je niet voorstellen hoe erg dat was. Ik vroeg steeds aan God wat ik had gedaan dat dit met mijn kinderen gebeurde. Sommige dagen waren zo vreselijk dat Kyle en ik gewoon tegen de volgende dag opzagen. Alleen ons geloof heeft ons op de been gehouden."

'Hoe zit dat met die alwetende, aldoende God van jullie? Waar is Hij als jullie Hem echt nodig hebben?'

God, bad Bethany, *help me.* 'Laurel, als je je gewoon een beetje openstelt voor Hem, het Hem vraagt, dan komt Hij echt meteen...'

'Hé God, waar verstop je je? Tijd om tevoorschijn te komen.' Het meisje rolde dramatisch met haar ogen. 'Oeps. Luister eens naar die stilte. Volgens mij is Hij naar huis gegaan zonder het tegen ons te zeggen.'

Bethany verafschuwde haar gelach, maar Laurel praatte nu tenminste tegen haar. 'Hij is hier, Laurel. En Hij houdt van je, houdt heel veel van je, ook al weet je dat niet.'

Laurel greep naar haar hoofd, drukte de loop keihard tegen haar slaap. 'Hou op met dat geklets. Ik krijg er hoofdpijn van.'

Laurel keek weer om zich heen. Haar hoofd schudde zo, dat Bethany naar voren stapte om te voorkomen dat er iets ergs gebeurde.

'Het komt door je bloeddruk dat je je zo voelt. Je bent in levensgevaar als...'

'Ik zei dat je je mond moest houden!' Laurel drukte het pistool tegen Bethany's gezicht.

Straks gaat dat pistool af en dan ga ik dood of zo – alstublieft God, Hannah niet!

'Alsjeblieft. Doe dit niet, vanwege de baby!'

'Hou je bek! Kun je je bek niet houden? Je hebt niets over mij te zeggen!' Laurel keek naar het pistool en verschoof iets.

Klik.

Nu was de veiligheidspal eraf, realiseerde Bethany zich. Ze deed haar ogen dicht en wachtte op de pijnscheut of de duisternis of de stilte die met de dood gepaard zou gaan. *God...*

Het pistoolschot leek wel een donderslag.

Hij had dood moeten zijn nadat Sable de kogel dwars door zijn gezicht had geschoten. Maar ze wist wel beter, ze wist hoe moeilijk het was hem te vermoorden, hoe onmogelijk het was zijn gelach te stoppen.

Je hebt het alweer verknald, liefje.

'Hou je bek of ik schiet weer! De volgende keer schiet ik misschien wel raak!'

'Ik snap er niets van. Heb je het tegen mij?'

De vrouw trilde als een rietje. Zij moest hem nu toch ook zien! *Hij* was overal, hing aan de plafondventilator, klom op de open haard, glipte zelfs in en uit het gat dat zij in de muur had geschoten.

'Hm. Hij zit me te pesten. Hij wil het hebben, weet je.'

'Wil wat?'

'Het bloed. O, hij doet heel aardig, maar hij komt voor het bloed. Hij heeft ontzettende dorst.'

'Wie? Wie komt?'

Sable kon wel gillen. Was dat mens stom én blind? Hoe kon ze hem niet zien? Hij likte met zijn tong het bloed van haar arm!

Wie gaat het worden, liefje? Zij of jij?

'Ik niet, alsjeblieft! Ik niet, deze keer niet!'

De vrouw stak haar hand uit. 'Laat me je alsjeblieft helpen, Laurel.'

Zij dus.

Dat leek logisch. De vrouw had zelf toegegeven dat ze haar eigen baby's had gedood, zelfs toen ze nog in haar lichaam zaten. Als zelfs goede moeders voor hun kinderen stierven, dan deden slechte moeders dat toch ook? Deze vrouw, Bethany-Bernard-Cade-Hailey-Nora-iedereen-LEGIOEN verdiende het om gestraft te worden voor al hun zonden, voor al haar zonden, voor alle zonden van de hele wereld.

Sable richtte het pistool op het gezicht van de vrouw.

Niet zo. Niet zo gemakkelijk.

'Waarom niet?' vroeg Sable. Ze was zo in de war. Als hij maar niet meer bewoog, zou ze het allemaal snappen. Maar hij zat boven op Bethany, boven op haar, wreef de hele wereld rood, leek het wel.

Het kan haar niets schelen of je haar vermoordt.

'Ja, echt wel!'

'Wat?' vroeg Bethany.

'Het kan je wel iets schelen als ik je vermoord. Ja toch?'

De vrouw zette grote ogen op. 'Het enige belangrijke is dat jij en de baby veilig zijn. Wat er met mij gebeurt, is niet belangrijk.'

Het enige belangrijke...

Nú denk je na.

'Ik en de baby. Veilig.' Sable genoot van het gevoel van die woorden in haar mond. Veilig. De klank ervan, de gedachte eraan. Het baby'tje was onschuldig. Zij had nooit meer gedaan dan af en toe tegen Sables ribben trappen.

Maar Sable had geprobeerd een veilig plekje voor haar – voor de baby – en voor haarzelf te vinden. Ja toch? En kijk eens wat ervan was geworden. De hele wereld leek hen te omsingelen.

'Dat heb ik geprobeerd,' zei ze.

Hij rende nu door haar poriën, liet een spoor van duisternis achter. Zij probeerde te denken, maar hij drukte op haar, blokkeerde haar gedachten, haar zintuigen.

'Wat geprobeerd?' vroeg Bethany.

'Kop dicht. Ik heb het niet tegen jou.'

Sable haalde diep adem en hield haar adem in. Oké, ze dacht dat ze een veilige plek had geregeld voor zichzelf en de baby. Ze had het huis gehuurd, een pistool geregeld, was er midden in de nacht naartoe gegaan. Ze dacht dat ze alles onder controle had. Ze had alles goed gedaan. Ja toch?

Ze heeft je gevonden. Net zoals ik je heb gevonden.

'Ze heeft me gevonden, ja hè? Jij had me met rust moeten laten. Waarom ben je achter me aan gekomen?' gilde ze tegen Bethany-Mama-Anthony-Kyle-LEGIOEN.

'Omdat ik bezorgd om je was.'

Leugenaar.

'Ja, leugenaar. Zij, jij. Een leugenaar, dansend in het gouden wonderland, onder luchten van *bloed bloed bloed.*'

'Ik zweer je...' De vrouw hijgde nu. 'Laurel, alsjeblieft, blijf bij me.'

Nee, liefje. Blijf bij mij.

Sable kon de trekker gewoon overhalen, zorgen dat die vrouw wegging. Ze wist hoe dat zou zijn – hoe het de vorige keer was geweest – toen hij voor haar mama was gekomen, maar voor haar was gebleven.

'Vermoord...'

'Vermoord wie?' O, alsjeblieft, Laurel! Alsjeblieft!

Ik kom gewoon achter je aan, liefje.

Sable was ontsnapt aan de een en daarna was er gewoon weer een ander geweest die haar opwachtte. Grote Man. Cade, steeds weer. Al die artsen. Bernard. Nora. Ze bleven maar komen. Zelfs als ze Bethany weg liet gaan, zou Kyle eraan komen. Waarom waren ze zo, zo vasthoudend?

Waarom had ze zich dat niet eerder gerealiseerd? Ze had dit huisje gehuurd in de hoop dat ze dan veilig zou zijn. Maar *hij* had haar gevonden, zou haar altijd vinden. Ze had de hele tijd gevochten, was weggelopen, bang geweest, maar ze kon maar één verstandig ding doen. Dat begreep Sable nu wel. Voor haar en voor de baby.

Waar wacht je op?

Ze drukte het pistool in haar buik. De baby duwde terug. Ja, de baby zou het wel begrijpen. Dit was de enige weg naar veiligheid.

De vrouw – Bethany – viel op haar knieën. 'Moet ik soms smeken? Alsjeblieft, alsjeblieft! Doe dit niet. Zeg wat ik moet doen om mijn baby te redden. Ik wil alles doen.'

'Ik ook. Zelfs dit.'

'Nee! NEE!'

26

Kyle reed de Mercedes aan gort, hij vloog over rotsen, stuiterde door het kreupelhout. Wat maakte het nu nog uit? Hij kon alleen zichzelf verwijten maken. Die draagmoeder was zijn idee geweest. Hij had Bethany willen troosten. Zijn koppigheid, zijn vasthoudendheid, zijn hardnekkigheid om alles op zijn manier te willen doen... Had hij er op de een of andere manier voor gezorgd dat God hen in de steek had gelaten?

Nora was bij hem, een ambulance reed achter hen aan. Nora was ervan overtuigd dat het meisje was doorgedraaid, vreesde dat Laurel het pistool zou gebruiken en dat Hannah in gevaar verkeerde. 'Laurel zal irrationeel worden door die opeenhoping van gif. Dat in combinatie met een onderliggende psychologische pathologie...

Kyle maakte de zin voor haar af: '... maakt dat we niet weten wat ze zal doen.'

Hij trapte het gaspedaal nog dieper in. De auto spoot naar voren, het gravel op. Hoe diep in de bossen stond dat huisje? Meer dan anderhalve kilometer, had die klootzak van een Switch hem verteld.

De langste anderhalve kilometer van Kyles leven.

Ze zat onder het bloed, de dood sijpelde uit haar terwijl zij zich aan het leven vastklampte.

Ademen.

Klap.

Nog een keer ademen.

Klap. Klap. Klap. Klap. Klap.

Kyle trapte de schuifdeur aan de voorkant in.

Hij rook het bloed al voordat hij de deur zelfs maar open had geduwd. Toen kon hij het zien: donkerrode spetters op de vurenhouten wanden.

Hij hoorde gesmoord gehijg voordat hij hen zag, Bethany en Laurel.

Badend in het bloed.

Nora ging snel aan het werk, gaf een ambulancebroeder opdracht drukverbanden aan te leggen terwijl zij de luchtpijp zocht. Het leek eeuwen te duren voordat Nora opkeek.

'De baby is in elk geval stabiel,' zei ze.

Kyle liet zich op zijn knieën vallen. 'Goddank,' fluisterde hij en hij sloeg zijn handen voor zijn gezicht.

Bethany stond onder de douche, liet het water het bloed wegspoelen. Er moesten beslissingen worden genomen, maar dat kon ze nu nog niet aan, nu niet. Ze moest geloven dat ze weer schoon zou worden. Het water zou haar bevrijden van al dat bloed op haar handen en haar gezicht en haar borst en haar benen en in haar haren en in haar mond.

Gezuiverd door het bloed. Zuiveren van het bloed.

Ze keek naar het afvoerputje en zag rood. Terwijl het bloed de duisternis in gleed, deed zij dat ook.

Hallo, liefje.

Nee, gilde ze. Haar stem kaatste terug naar haar.

Niet tegenstribbelen. We zijn voor elkaar bestemd.

Misschien wel, zuchtte ze, maar nee, die *ander* zuchtte. Het kleintje – niet door hem, door niets, alleen door het gouden wonderland en blauwe luchten.

Ze reikte diep naar binnen en vond algauw de hand die haar vasthield.

'Mijn hart kan dit niet aan,' zei Kyle. Hij kon amper op zijn voeten staan. De adrenaline tijdens de snelle rit naar het ziekenhuis had elke spier in zijn lichaam uitgeput.

Bethany lag op de brancard, een zwakke glimlach op haar lippen.

'Je had die snee moeten laten hechten voordat je onder de douche stapte. Je had wel een hersenschudding kunnen oplopen toen je flauwviel. Of je nek kunnen breken.'

'Zodra ik wist dat Hannah in orde was, kon ik dat bloed niet meer verdragen.' Tegen de tijd dat Nora en de ambulancebroeders haar hadden weer bij hadden gebracht, zat Bethany onder het bloed, het zat zelfs in haar neus en in haar mond.

Kyle drukte een kus op het voorhoofd van zijn vrouw. 'Ze willen per se eerst een MRI-scan doen. Daarna spreken we de neurochirurg. Waarom probeer je tot die tijd niet even te slapen?'

'Dat kan ik niet, Kyle. Steeds hoor ik dat pistoolschot weer, zie ik die blik op haar gezicht. Geen angst, eerder berusting. Ik heb nooit gewild dat zoiets zou gebeuren. Wat ze ons ook heeft aangedaan, ik heb haar nooit kwaad willen doen.'

Voorzichtig sloeg Kyle zijn armen om Bethany heen, vermeed haar gewonde arm. 'Beth, je hebt het enige gedaan wat je kon doen. Je hebt het leven gered van onze baby. En dat van Laurel.' Wat ervan over was tenminste.

Laurel lag in coma, met een kogel in haar hersenen.

Kyle had erop aangedrongen dat de artsen onmiddellijk een keizersnee zouden uitvoeren, maar Nora had gezegd dat ze deze beslissing aan de neurochirurg moesten overlaten.

'De toestand van de baby is stabiel. We kunnen niets afdwingen, niet voordat dr. Chasse haar heeft onderzocht.'

Nora kon Kyle niet eens aankijken. Ze was er vanaf het begin al tegen geweest, en nu wist hij dat haar ergste vrees was bewaarheid.

Het was veel erger dan wie dan ook had kunnen bevroeden.

'Een keizersnee zou juffrouw Bergins dood kunnen betekenen, zolang we niet weten welke verwondingen ze allemaal heeft,' zei dr. Chasse.

'Juffrouw Bergin? We weten niet eens...'

Kyle kneep in Bethany's hand, en ze zweeg.

Niemand, in elk geval niemand buiten het kringetje van hun beste vrienden, wist dat de draagmoeder niet Laurel Bergin was.

'De baby is nu natuurlijk het belangrijkst,' zei Kyle.

Bethany had bewondering voor de kalmte waarmee hij dat zei. Hij ging de strijd aan, wist ze. Hij gebruikte elk wapen dat hij tot zijn beschikking had, getraind door het jarenlange worstelen, eerst in de straten van Southie, daarna met verkopers en medewerkers en klanten.

Ze waren in het kantoor van dr. Chasse, de neurochirurge, Nora, Kyle en zij. Hoe was het mogelijk dat Chasse en Nora zo kalm waren? Nu Laurel op de intensive care lag en ook Hannahs leven aan een zijden draadje hing?

Alstublieft, God, herhaalde Bethany steeds maar weer.

'Volgens dr. Hemlow is ze nu stabiel,' zei dr. Chasse. 'Nu de moeder aan de beademing ligt...'

'Ik ben de moeder,' zei Bethany. 'Zij niet.'

'Bethany, alsjeblieft.' Nora raakte haar arm even aan.

'We zijn allemaal bijzonder gespannen,' zei dr. Chasse. 'Dat is precies de reden dat ik niet te snel wil opereren, verloskundig of neurochirurgisch. Nu ze geen weeën heeft, kan ik geen drastische maatregelen nemen tot ik een beter beeld heb van de hersenbeschadiging die ze heeft opgelopen. En omdat ze zelf geen beslissingen kan nemen, is het aan mij om...'

'Eigenlijk is het aan mij,' zei Kyle.

Dr. Chasse keek over zijn brillenglazen heen naar Kyle. 'Dat begrijp ik niet, meneer Dolan.'

'Ze heeft mij benoemd tot haar gevolmachtigde. Ik heb ook een medische volmacht.'

'Kyle, denk je echt dat het nu verstandig is die volmacht in te zetten?' vroeg Nora.

'Volgens mij is het zelfs onvermijdelijk.' Kyle vouwde een papier open en schoof het over het bureau. 'Toen Laurel het draagmoedercontract ondertekende, heeft ze mij ook voor medische zaken gevolmachtigd voor het geval ze in een situatie terechtkwam waarin ze zelf geen beslissingen meer kon nemen. Een situatie als deze hebben we natuurlijk niet voorzien.'

Dr. Chasse las met gefronste wenkbrauwen het document door.

'In paragraaf 2.4 ziet u dat de volmacht betrekking heeft op alle facetten van een medische behandeling,' zei Kyle.

Bethany zag aan dr. Chasses blik dat ze twijfelde.

'Ze is jong. Begreep ze wel wat ze ondertekende?'

'Ze is drieëntwintig jaar oud, afgestudeerd. En ja, we hebben elke paragraaf van het contract uitgebreid besproken. We hebben haar geadviseerd dit contract met een advocaat door te nemen en haar daar zelfs duizend dollar voor gegeven.'

'Hoe zit het met haar ouders? Heeft u, of heeft iemand anders, hen gebeld?'

'U ziet dat ze hen niet als naaste bloedverwanten heeft opgegeven. Ze hebben geen contact meer met elkaar, vrees ik. Ze heeft ons laten zweren dat we geen contact met haar familie zouden opnemen. Toch heb ik mijn advocaat opdracht gegeven hen zo snel mogelijk op te sporen.'

'Dit is gewoon te ongebruikelijk voor mij, meneer Dolan. Ik begrijp heel goed hoe wanhopig u en uw vrouw zijn, maar...'

Bethany viel haar in de rede: 'Nee, dat kunt u niet begrijpen. Wat dit meisje ons heeft aangedaan was een echte hel. We hebben haar in ons huis opgenomen, en zij...'

Kyle trok haar naar zich toe. 'Stop. Laat mij dit doen. Alsjeblieft.'

Bethany kneep hem even in de schouder om hem te laten weten dat ze het ermee eens was. Helaas moesten ze doorgaan met het bedrog, doen alsof ze echt Laurel Bergin was, de vrouw die alle contracten had ondertekend. Alleen zij, Kyle en de familie Martinez kenden de waarheid.

En Nora.

Bethany keek naar haar vriendin. *Verraad ons alsjeblieft niet,* smeekte ze haar zwijgend.

Nora keek naar haar handen.

'Ik ben niet alleen aangesteld als gevolmachtigde van Laurel Bergin, maar ik heb ook een rechterlijk vonnis waarin staat dat de baby zo snel mogelijk geboren moet worden,' zei Kyle. 'Mijn advocaat, Peter Muir, is vanochtend naar de rechtbank gegaan, voordat hij wist welke tragische wending deze situatie heeft genomen. Nora, jij hebt hem een medisch attest gegeven, hè?'

Nora knikte. Met haar lippen stijf op elkaar. Ze weigerde hem of Bethany aan te kijken.

'De rechter heeft besloten dat de bloedvergiftiging Laurel incompetent heeft gemaakt om voor zichzelf te beslissen, dat de belangen van de baby zwaarder wegen. Dit vonnis geeft dr. Hemlow toestemming om de bevalling op te wekken of om een keizersnee uit te voeren. Die voorwaarden gelden nog steeds. Ik ben er zeker van dat dr. Hemlow het met me eens is.'

Kyle wendde zich tot Nora, met een open en verwachtingsvolle blik.

'Ze is stabiel, maar buiten bewustzijn,' zei Nora. 'Haar bloeddruk is laag door het bloedverlies, maar haar nieren functioneren niet geweldig.'

'Het enige wat ik vraag is de procedure een paar uur op te schorten, nog één nacht, als dat kan,' zei dr. Chasse. 'Ik wil graag nog een paar testen doen en uitzoeken hoe ernstig haar verwondingen zijn. Tot nu toe is er nog geen sprake van significante zwellingen in de hersenen, en een snelle operatie terwijl ze neurologisch nog instabiel is zou elke hoop op herstel de grond in boren.'

'We hebben het hier over een onschuldig leven, een leven dat door dit meisje steeds weer in gevaar is gebracht, door haar drugsmisbruik en promiscuïteit, en nu door kidnapping en poging tot moord! De balans moet dan toch doorslaan naar de baby!' zei Kyle.

Dr. Chasse wendde zich tot Nora. 'Bent u van plan dit door te zetten, dr. Hemlow? Zelfs als ik adviseer dit niet te doen?'

Nora keek Kyle aan en zei: 'Uiteindelijk is het jouw beslissing. Wil je dit echt doen, Kyle? Opdracht geven voor een keizersnee tegen het advies van dr. Chasse in?'

'Ja. Ter wille van mijn kind moeten we dit echt doen.'

Nora wendde zich tot Bethany: 'Is dit ook wat jij wilt? Dit doorzetten, zodat de kans op herstel voor deze jonge vrouw heel klein wordt?'

Bethany deed haar ogen dicht. Ze zou moeten bidden, maar de enige richting waarin ze haar hart kon wenden was naar haar kind.

'Ja,' zei ze. 'Breng mijn baby ter wereld. En snel alsjeblieft.'

'We doen alleen maar wat het beste is voor Hannah.' Kyle hing tegen Bethany aan. Ze had haar armen om Kyle heen geslagen en verstevigde haar greep. Ze probeerde hem iets terug te geven van de kracht die ze uit hem had gezogen. 'Nora heeft ons gesteund. Ze weet dat het nodig is.'

'Ze houdt van ons,' fluisterde Bethany.

'En wij houden van Hannah. Ik weet niet hoe we haar anders moeten beschermen.'

'Misschien zouden we moeten bidden.'

'Wat denk je dat ik de hele tijd heb gedaan? En alles is alleen maar erger geworden.' Kyle nam haar gezicht tussen zijn handen. 'Beth, ik ben bang. Ik dacht dat ik dit alles in de hand had, dit proces dat Hannah het leven kon schenken en jou gelukkig kon maken. Dat heb ik God verteld, natuurlijk, maar daarna ben ik het gewoon gaan doen.'

Ze trok hem tegen zich aan. 'Dat doen we allemaal, Kyle.'

Hij begroef zijn gezicht in haar haren. 'Stel dat God ons... ik weet het niet... in de steek heeft gelaten? Dat Hij ons laat lijden voor wat we hebben gedaan?'

Zijn hart klopte tegen het hare. *Wat heeft hij toch een goed hart,* dacht Bethany. *En dat zou God ook weten.* 'Natuurlijk zou Hij ons – en Hannah – nooit in de steek laten.'

'Nee, dat zou Hij niet doen. Maar hoe zit het dan met Laurel? Hoe zit het met Gods genade voor haar?'

'Dat weet ik niet, Kyle. Dat weet ik echt niet.'

Over minder dan een halfuur zou Hannah geboren worden. Ondertussen was Bethany alleen met Laurel. Het was belachelijk, wist ze, om de wacht te houden, maar ze was doodsbenauwd dat het meisje alle slangetjes en buisjes zou lostrekken, uit bed zou stappen en gewoon zou verdwijnen.

Kyle zat bij de advocaat van het ziekenhuis en ondertekende verschillende documenten. Er werd een operatiekamer klaargemaakt en Nora was zich aan het wassen. Een neonatoloog was stand-by, net als een helikopter, voor het geval Hannah in levensgevaar verkeerde en naar de intensive care in Concord moest worden gebracht.

'Met Hannah lijkt alles in orde,' had Nora gezegd. 'Haar polsslag is een beetje laag, maar dat is logisch nu Laurel aan de beademing ligt.'

Bethany begon: 'Nora, kun je me vergev...'

Nora legde haar vinger op Bethany's mond. 'Nee, niet doen. Nu moeten we Hannah geboren laten worden, de rest zien we later wel. Ik moet me gaan wassen.'

Nora keek nog een laatste keer naar de monitoren. Daarna liet ze Bethany alleen met Laurel.

Het meisje zag er verloren uit te midden van alle buisjes en monitoren. De beademingsbuis zat aan haar mond vastgeplakt, dwong haar borstkas met regelmatige tussenpozen omhoog. In beide armen zaten intraveneuze buisjes. Het hoofdeinde van haar bed hing vol zakken met vloeistof en bloed.

Een verpleegkundige kwam de kamer in. 'Bent u familie?' vroeg ze Bethany.

'Nee.'

'O, maar ik ben bang dat de ic dan verboden gebied is, behalve voor...'

'Ze heeft geen naaste familie. Wij zijn... haar voogden.'

'O, sorry, dat wist ik niet. Wat erg hè, jong, zwanger, een heel leven voor zich. En dan wordt ze in haar hoofd geschoten. Al dat zinloze geweld van tegenwoordig!'

De vrouw stelde een van de infusen bij en controleerde de hartmonitor. De verpleegkundige boog zich over het bed heen en keek naar het gezicht van het meisje. 'We zullen goed voor je baby zorgen, liefje. Zorg jij nu maar dat je beter wordt. Je baby zal op je wachten.'

Bethany zei niets, slikte haar woede in. Ze was blij toen de verpleegkundige eindelijk was vertrokken. *Doe wat je moet doen*, zei ze tegen zichzelf. *Bidden.* Ze pakte Laurels hand. Die was ijskoud. Bethany sloot haar ogen en boog haar hoofd.

Lieve God, ik leg dit meisje – wie ze ook is – in Uw handen. Ik weet niet wat ik anders met haar moet doen. Maar als we dat doen, God, leg Hannah Hope Dolan dan in onze handen. Ik beloof U dat we goede ouders zullen zijn. Ik zweer...

Laurels hand voelde levenloos aan in de hare. Hoe heeft het zover kunnen komen, deze nachtmerrie van teleurstelling en angst en geweld? Er moest iets zijn wat ze hadden kunnen doen om dit te voorkomen. Maar wat? Ze hadden Laurel alles gegeven. Niet alleen computers en televisies en geld, maar hun tijd, hun aandacht. *O God, zelfs onze liefde. We hebben onze uiterste best gedaan!*

Dit kon haar schuld niet zijn, niet die van haar en Kyle. Hoe hadden ze moeten weten wat dit meisje nodig had als ze niet eens wisten wie ze echt was?

Klik.

Bethany schrok, gooide bijna een infuusstandaard omver. Het is de beademing maar, dacht ze. Maar ze wist dat ze dat andere geluid, de klik toen Laurel de veiligheidspal van haar pistool had geschoven, altijd zou horen – de *klik*, en daarna het schot.

Bethany sloeg haar ogen open. Laurel lag naar haar te kijken. Bethany hapte naar adem, probeerde zich los te trekken, maar het meisje hield haar hand in een bankschroef, haar vingers verstrengeld in die van Bethany. Strak als een kabel.

Bethany's hand gleed naar de rand van het bed en vond de alarmknop. De verpleegkundige kwam binnenrennen, met haar ogen op de monitoren gericht. Daarop was geen verandering te zien.

'Iets mis?'

'Haar ogen...' Bethany keek weer naar het bed. Laurels ogen waren dicht.

'Heeft ze zich bewogen?'

'Dat dacht ik, maar... misschien heb ik het me maar verbeeld. Maar...' Laurel hield haar hand nog steeds stijf vast.

De verpleegkundige boog zich over het bed, wreef over Laurels hand. 'Dat gebeurt onbewust. Dat heet een tonische kramp. Dan spannen de spieren zich.'

Laurels vingers ontspanden zich. Bethany trok haar hand terug.

'Nog iets?' vroeg de verpleegkundige met een brede glimlach.

'Nee hoor, dank u wel.'

'Ze komen haar zo halen. Nog even en dan kunnen we een nieuw leven op de wereld verwelkomen. Ik vind het zo verdrietig dat dit kleine moedertje dat moet missen.'

'Ja, dat is zo,' zei Bethany. De verpleegkundige glimlachte nog eens en verdween toen.

Even flikkerde er iets op de hartmonitor. Was er iets mis? De verpleegkundige had verteld dat er een alarm op deze apparatuur zat en dat het zou afgaan als de ademhaling of het hart van Laurel ermee op zou houden.

Weer geflikker.

Bethany bewoog zich dichter naar de monitor toe. De scherpe lijnen van Laurels hartslag schenen te veranderen, dichter bij elkaar te komen. Vormden een bepaald patroon. Letters leken het.

M. Toen een A. Toen een M. Bethany zag dat de lijnen op het beeldscherm één woord vormden, steeds weer hetzelfde woord MA MA MA MA MA MA.

Bethany boog zich over het bed, kwam met haar gezicht zo dicht bij dat van Laurel dat ze de lucht uit haar mond voelde komen. Ze kon het bloed zien, opgedroogd onder het verband op Laurels verwondingen.

Bethany keek weer naar de monitor. Het beeldscherm stond vol: MAMAMAMA. Ze boog zich dichter naar Laurel toe en zei, met haar mond vlak bij Laurels oor: 'Het is mijn baby en ik ben de mama.' Toen stond ze op en liep naar de deur.

'Vaarwel, Laurel. Of wie je ook bent.'

Hij hield haar klem terwijl hij het mes op haar buik zette. Als zij de baby niet zou laten gaan, zou hij haar uit Sable snijden.

Wat dan? Zou het kleintje dan vrij zijn? Was dit een plan van verdeel en heers? Twee voor de prijs van één? Te moeilijk om te denken. Te donker. Te warm te koud te laat te eenzaam te veel te scherp te bloederig bloederig bloederig.

Ze hield het kleine handje vast, maar hij trok te hard.

Laat los, liefje. Jullie komen uiteindelijk toch allemaal bij me.

O, mama, wat moet ik doen?

Hou haar stevig vast, liefje.

Nee, ze wist één ding in deze chaos van schreeuwendejammerendebijtendeknersende duisternis: het was niet aan haar vast te houden.

Ze liet los.

Het kleintje dreef in een stukje gouden wonderland. Ze wilde dat ze één keer haar gezicht kon zien, maar nee, de duisternis snelde naar het stukje dat het kleintje had gevuld.

Eindelijk van mij, liefje.

O *MAMAMAMAMAMAMAMAMAMAMAMA...*

Waar kan ik aan Uw geest ontsnappen?

Waar kan ik Uw aanwezigheid ontvluchten?

Als ik opstijg naar de hemel, bent U daar;

Als ik in de diepte mijn bed opmaak, bent U daar.

PSALMEN 139, VERS 7 EN 8

27

Hannah lag niet in haar ledikantje.

Ze huilde en huilde maar – luide, hartverscheurde kreten. Ze huilde niet omdat ze honger of een natte luier had of omdat ze zich alleen voelde. Dat geluid kende Bethany even goed als haar eigen stem, en ze wist zeker dat haar baby doodsbang was.

Ze rende door de babykamer, duwde dozen met luiers omver, trok laden open, keek zelfs in de speelgoedkist. Ze moest op de tast door de kamer lopen omdat het bijna helemaal donker was. Maar ze had het licht toch aangedaan? Toch?

Bethany draaide het lichtknopje nog eens om. Niets. De gloeilamp in de fitting was intact. Was de stroom eraf? Nee, ze kon het licht op de overloop zien, onder de deur door.

Hannahs gejammer werd luider.

'Mama komt eraan!' Ze kon binnen de kortste keren bij haar baby zijn, als ze maar wist waar ze was. Waar wás haar baby? Ze was nog maar zo klein, ze kon zich nog niet eens op haar zij draaien, laat staan dat ze kon wegkruipen.

Bethany rende de overloop op. Daar was het ook donker. Het enige licht kwam onder de deur van haar kantoor vandaan. Kyle was natuurlijk opgestaan en met Hannah in haar kantoor gaan zitten. Maar Kyle had toch nog in bed gelegen toen zij opstond? Het was te donker geweest om hem te kunnen zien, maar ze had zijn warmte gevoeld.

Ze smeet de deur open. Een loodzware duisternis wikkelde zich om haar heen, omhelsde haar met zulke ijskoude handen dat ze begon te rillen. Ze kon zich niet bevrijden, ze kon het lichtknopje niet vinden, ze kon haar baby niet redden.

Ze kon alleen maar gillen.

Kyle schudde Bethany wakker. 'Je droomt alweer.'

'Mijn keel...' Haar hand vloog naar haar hals.

'... kan niet meer pijn doen dan mijn oren. Je gilde zo hard, je had de doden wel kunnen wekken.'

Ze krabbelde overeind. 'Zeg dat niet. Nooit!'

'Het is een gewone uitdrukking, hoor.'

'Maar we mogen er geen grapjes over maken. Dat weet je best.'

'Je hebt gelijk. Sorry. Kan ik iets voor je doen?'

'Laat me maar even rustig zitten. Waar is Hannah?'

'Zij is in orde, dwars door je... gedroom heen geslapen. Was het dezelfde droom?'

'Ja, zo ongeveer. De duisternis is zo dik dat je erin rondwaart. Maar deze keer huilde Hannah en kon ik haar niet vinden.' Bethany probeerde haar tranen in te houden, maar ze kwamen toch.

'Oké, oké, Beth. Niets aan de hand. Het is nu voorbij. Het was maar een droom.' Kyle nam haar in zijn armen. Haar huid voelde koel aan, bijna koud. 'Zal ik de airco uitdoen?'

Zes uur nadat Hannah was geboren, waren ze samen met haar naar Boston gegaan. En daar waren ze nog. Het was zomer en bloedheet in de stad, maar het lawaai en het verkeer waren te verkiezen boven de herinneringen in North Conway.

'Nee, veel te veel lawaai buiten,' zei ze. 'Wanneer is die stomme verbouwing eindelijk klaar?'

'Hé Dorothy, je bent niet meer in Kansas, hoor. Zodra iedere zwager van iedere politicus een baan heeft, dan is het zover.'

Ze lachte en kroop tegen hem aan.

'We kunnen dit weekend wel naar North Canway gaan,' opperde Kyle.

'Nee. Nog niet.'

'Wanneer dan wel?'

'Binnenkort.'

'Wat vind je van 4 juli?'

'Misschien.'

Hij zoende haar in haar nek. 'Over vuurwerk gesproken...'

Ze kuste hem terug. 'Zullen we het wat eerder vieren?' Opeens verstijfde ze. 'Waar is de baby?'

'Ze slaapt.' Hij begroef zijn vingers in haar haren, masseerde haar schedel.

'Ik hoor haar niet ademen.'

Kyle drukte de babyfoon tegen haar oor. 'Hoor je wel? Ze snurkt nog harder dan ik.'

'Heb jij haar uit haar wiegje gehaald?'

'Ik wilde voorkomen dat ze wakker werd van jouw gegil. Bovendien past ze daar niet meer in. Ik heb haar naar de babykamer gebracht en had haar binnen een minuut in slaap gewiegd. In haar ledikantje, waar ze hoort.'

'Kyle, we hadden afgesproken...'

'... dat ze de eerste week bij ons zou slapen. Inmiddels is het al bijna twee maanden geworden.'

'Ik moet even naar haar kijken.' Bethany stapte uit bed.

Kyle liep naar de badkamer. Hij spatte koud water op zijn gezicht en droogde zich af. Hij wilde niet in dezelfde kamer slapen als Hannah, maar dat betekende niet dat hij een slechte vader was.

Toen hij weer in bed stapte, lag Bethany er al, met haar rug naar hem toe. Hij hoorde Hannah, haar kleine piepgeluidjes die hij zo lief vond klinken – maar niet midden in de nacht. 'Heb je haar opgehaald?'

'Ze lag geluidjes te maken.'

'Nee, dat deed ze niet. Lieve help, Bethany. Je moet een slapende baby nooit wakker maken! En ze lag heerlijk te slapen.'

'Maar ik niet.'

'En nu ik ook niet. Nou, bedankt hoor!'

Hannah was nu stil. Kyle hoorde dat ze aan de borst lag.

'Het spijt me,' fluisterde Bethany.

'Jahaa.' Kyle begroef zijn hoofd in het kussen.

'Kyle, soms ben ik bang. Het spijt me. Ik doe mijn best, maar...'

Kyle rolde naar haar toe, legde zijn arm op haar schouder. 'Ik ook, maar daar moeten we mee ophouden, ter wille van de baby.'

'Wat een stel zijn we, Kyle.'

'Nee, Beth, dat zijn we niet. We zijn een gezin.'

Bethany leunde achterover in de kussens, keek genietend naar Hannahs kleine hoofdje in haar armen, voelde haar warme lijfje tegen haar ribben. Ze vond het zo heerlijk als Hannah aan de borst lag. Niemand had gedacht dat ze dit zou kunnen. Nora had haar er zelfs voor gewaarschuwd. 'Zoveel hormonen slikken... Je vergroot de kans op kanker!'

'Volgens mij hoef ik me echt niet druk te maken over baarmoeder- of eierstokkanker. Die zijn immers weggehaald?'

'Maar borstkanker kan ook! En andere dingen die je niet moet vergeten, zoals botontkalking. Moedermelk opwekken bij een vrouw die niet zwanger is vereist een hormonale uitspatting die al je lichaamsfuncties kan verstoren.'

'Het is maar voor even, Nora, niet voor altijd.' Bethany was in maart begonnen met injecties en pillen, toen ze nog dachten dat Laurel Bergin was wie ze zei dat ze was.

Ze had Hannah vanaf de eerste dag aan de borst gelegd, ook al had ze toen nog geen melk. Hannah zuigreflex was nodig om de melkproductie te stimuleren. Bethany had van de borstvoedingsorganisatie La Leche League een lactatiehulp gekregen waardoor Hannah flesvoeding binnenkreeg uit een klein zakje door tegelijkertijd aan Bethany's borst en een slangetje te zuigen. Het was niet ingewikkelder dan het kapje dat zogende moeders wel eens gebruikten om af te kolven. De eerste druppel melk was verschenen toen Hannah acht dagen oud was. Kyle was in de lach geschoten toen Bethany door de keuken danste, met haar bloesje open.

'Je gaat hoop ik geen melkronde hier in deze wijk houden,' had hij plagend gezegd.

Nu produceerde Bethany ten minste honderd milliliter melk per voeding. De rest kwam uit het buisje met flessenmelk, waardoor ze de unieke vreugde kon ervaren dat ze haar eigen kind de borst kon geven.

Dit is hemels, dacht Bethany. *Dank U, God, voor deze kleine wonderen.*

28

'Kijk nou eens, wat hebben we hier?'
'Pardon?'

Dat mens keek alsof ze uit haar vel zou springen. En daar had Cade geen enkel bezwaar tegen. Ze had een prachtige huid. Ze was natuurlijk niet meer de jongste, maar ze was slank, donker, exotisch. Als een kat. En dat haar, hij kon zich voorstellen dat hij zich in die wolk zou wikkelen om daar dagenlang te blijven.

'Uw baby. Ze gaf me een knipoogje.'

'Dat denk ik niet. Dat kan ze nog helemaal niet,' zei de vrouw lachend. 'Ze begint nog maar net te glimlachen, meer niet.'

'Ik zweer het. Ze keek me recht aan en toen deed ze dit.' Hij knipoogde traag. 'Ze is echt knap, dat kleintje van u. Hoe heet ze?'

Ze verstijfde. 'Neem me niet kwalijk, ik heb een afspraak.'

Cade knikte en stapte opzij zodat ze erlangs kon. De vrouw liep snel over het trottoir, naar het grote grasveld dat Boston Common werd genoemd. Ze bewoog zich als muziek, met haar slanke benen en haar volle, zwaaiende heupen.

'Dat moet die baby zijn,' zei Hailey. Ze had aan de overkant gezeten, verstopt achter een honkbalpetje en een totoformulier.

'Echt waar? Is dat die vrouw van die Volvo? Die vrouw die je in Troy hebt gezien?'

'Madame Trieste Blik. Ja!'

'Ik zou haar aan het lachen kunnen maken. Ja, dat zou ik kunnen.'

Hailey kneep zo gemeen in zijn onderarm dat er een rode striem op achterbleef. 'We zijn niet naar haar op zoek. Weet je nog?'

Cade liet zich op de bank vallen waar Hailey eerder op had gezeten. Hij schudde een sigaret uit een pakje, stak hem op, nam een forse trek en hield de rook binnen, zodat hij een slap gevoel kreeg. Hij zou nu dolgraag een joint nemen, misschien zelfs een beetje heroïne. Maar hij moest de volgende dag terug naar Albany om in aanwezigheid van zijn reclasseringsambtenaar in een potje te pissen.

Stomme Hailey. Hij had zin haar een klap te verkopen, onder het toeziend oog van al die verwaande Beacon Hill-lui. Zij was degene die het spul mee naar huis had genomen en vervolgens zeurde dat alles binnen een minuutje op was. Als hij niet was aangehouden voor te snel rijden met die drugs op zak, zouden ze twee maanden geleden al op Pelgrim Road zijn gearriveerd. Misschien hadden ze Sable dan gevonden voordat ze ertussenuit had kunnen knijpen.

Cade had bekend en dertig dagen gezeten om er maar vanaf te zijn. Hij had immers geen geld meer voor een advocaat, niet nadat hij Bernard had betaald. Hij zat te niksen in de bak, terwijl Hailey elke week naar Boston ging en probeerde Sable te vinden op het adres dat Bernard hun had gegeven. Maar zonder resultaat. Waar was ze naartoe? Die meid was zo glad als een aal.

Maar nog belangrijker was de vraag waarom ze al meer dan twee maanden niet aan haar geld had gezeten. Ze hadden de bankrekening in de gaten gehouden, gezien dat ze regelmatig kleine bedragen opnam. Opeens, half april, was er een einde gekomen aan die transacties. Dankzij de rente die steeds werd bijgeschreven, stond er nu al veel meer dan een miljoen op. Het stond daar maar te wachten op iemand die het wachtwoord wist.

Waarom was Cade niet zo slim als Sable? Dan zou hij de puzzel al hebben opgelost of een andere manier hebben bedacht om aan het geld te komen. Maar ja, zelfs die computergek bij Rensselaer had dat wachtwoord niet kunnen kraken. Cade moest Sable vinden. Of in elk geval haar laptop. Dat zou de sleutel zijn. Die kleine computer was haar beste maatje.

Als Sable maar net zoveel van hem hield als van dat ellendige stuk elektronica, dan zou hij hier nu niet in Boston rondhangen, proberen uit te vinden waar Mevrouw Trieste Blik was. En waarom zij Sables baby had.

Kyle vond Bethany in bad, in tranen.

'Vertel,' zei hij toen hij naast haar knielde. 'Vertel wat er mis is, dan beloof ik je dat ik het in orde zal maken.'

'Ik hoop dat het mijn hormonen zijn. Zo niet, dan ben ik gek aan het worden.' Haar gezicht was gezwollen en rood, haar oogleden waren zo dik dat ze bijna dicht waren. Ze had kippenvel op haar armen en borst.

Kyle stak zijn vingers in het water. Koud. 'Kun je er nu uit komen? Dan kan ik een glas wijn voor je inschenken of iets te eten voor je maken.'

'Even denken. Heb ik zin in tortilla? Of dat restje nasi? Hm, zout of vet? Lastig...' Ze dwong zichzelf te glimlachen. 'Nee, nog niet.'

Hij draaide de warmwaterkraan open. Bethany zat voor zich uit te staren. Kyle pakte het badkussentje en legde het achter haar hoofd. 'Hier. Ontspan je maar.'

'Heb je nog bij Hannah gekeken?'

'Ze ligt lekker te slapen op de overloop. Waarom ligt ze nog steeds in de wandelwagen?'

'Iemand heeft me ten strengste verboden een slapende baby wakker te maken.'

'Beth, ik...'

'Nee, je hoeft je echt niet te verontschuldigen.'

'Waarom denk je dat ik dat van plan was? Misschien wil ik wel een discussie aangaan.' Hij spatte wat water naar haar toe.

Ze grijnsde en spatte terug. 'Je stinkt, Southie.'

'Ik heb me vanochtend nog gedoucht. Maar ik heb me natuurlijk wel de hele dag afgemat achter een vergadertafel.'

'Volgens mij moet je in bad.'

'Oké, ik geef het toe, ik stink. Ik val bijna flauw van de stank. Misschien moet ik echt in bad,' lachte hij.

'Ja, echt wel.'

'Als je erop staat.' Kyle trok zijn das los, deed zijn overhemd en broek uit, en slingerde zijn onderbroek weg. Hij gleed bij zijn vrouw in het bad, zoals altijd dankbaar dat ze hem had overgehaald een grote badkuip te laten plaatsen in plaats van de dubbele douche die hij had willen aanschaffen.

Kyle voelde zich opgefrist door het koele water, ook al was het buiten bijna dertig graden. 'Hoelang ben je hier al?' mompelde hij toen hij al een tijdje in bad zat.

'Al meer dan een uur,' zei ze met haar rug tegen zijn borst geleund. 'Het laatste halfuur was hemels.'

'En dat eerste halfuur dan? Hoe was dat?'

'Ach, niks. Ik voelde me gewoon stom.'

'Vertel eens.'

'Ach, er was een vent op de Common die tegen me begon te praten. Ik vond de manier waarop hij naar Hannah keek maar niks.'

Kyle leunde voorover zodat hij haar gezicht kon zien. 'Hoe bedoel je dat? Hoe keek hij dan naar Hannah?'

'Hij leek gewoon meer geïnteresseerd dan normaal is voor een gewone onbekende. Ach, het stelt niets voor. Ik stel me denk ik gewoon aan.'

'Een zwerver of zo?'

'Nee, helemaal niet. Hij droeg vrijetijdskleding, maar was wel goed gekleed. Eigenlijk was hij best knap, hij leek wel een acteur. Helderblauwe ogen, prachtig haar, mooie glimlach, alles...'

'En dat stuk maakte jou aan het huilen? Dan moet ik misschien wel dankbaar zijn.'

'Hij zei gewoon aardige dingen over een lieve baby.'

'Waar maak je je dan druk over? Hoewel ik nu wel ga denken dat ik veel eerder dan verwacht de mannen bij mijn dochter vandaan moet slaan.'

Ze pakte zijn handen en trok ze om haar heen. 'Ach, volgens mij draai ik soms een beetje door.'

'Als iemand mag doordraaien, dan ben jij dat, Bethany. Maar het is niet zo, echt niet. Je bent... je begint eraan te wennen dat ons leven weer normaal is.'

'Normaal? Je hebt er geen idee van, Kyle, van al die rare dingen die door mijn hoofd spoken.'

'Vertel.'

'Ik had een gruwelijk beeld van die man. Dat hij niet zomaar iemand was, maar dat hij daar op Hannah wachtte.'

'Goed, nú maak je me bang. Moet ik de politie bellen, lijfwachten inhuren?'

'Natuurlijk niet. Wat zou je moeten zeggen? Een man groette mijn vrouw toen ze met de wandelwagen in het park was? Het voelde... het voelde bijna als een waarschuwing. De manier waarop hij naar Hannah glimlachte en daarna naar mij. Ik kreeg er koude rillingen van. Ik probeer nog steeds warm te worden.'

'Wat voor waarschuwing?'

Ze zat zo stil dat een waterdruppel uit de kraan wel een donderslag leek.

'Bethany...'

'Ik had gewoon het gevoel... dat hij Hannah van ons af zou pakken.'

Kyle klemde zijn armen nog steviger om haar heen. Hij zou haar moeten zeggen dat het onzin was. Dat die filmster in het park of Laurel of iemand anders Hannah nooit van hen af zou pakken. Dat zou gewoon niet gebeuren. Dat moest hij tegen haar zeggen, nu meteen.

Maar hij durfde niets te zeggen. Zelfs al kon ze zijn gezicht niet zien, ze zou het toch aan zijn stem kunnen horen.

Hij had diezelfde angst. Dat hun geluk nooit compleet zou zijn, omdat iemand Hannah van hen af zou pakken.

'Vertel eens over die dromen, Bethany.'

Patrick zat achterover in zijn stoel geleund, met zijn voeten op zijn bureau. Altijd ontspannen, dacht Bethany. Ze voelde zich net zo op haar gemak bij hem als bij Kyle en Nora. En Hannah nu.

'Mijn dromen lijken wel een symfonie. Veel variatie, maar dezelfde melodieën en tegenmelodieën.'

'Wat is het thema dan?' Hij glimlachte, maar luisterde aandachtig.

'Twee thema's. Een huilende baby, Hannah natuurlijk. En duisternis. De locatie is verschillend, ons huis in de stad, de openbare bibliotheek of David Hemlows werkplaats. In feite is het nooit twee keer op dezelfde plek.'

'Vertel eens over je laatste droom.'

'Dat was twee nachten terug. Ik droomde over Fenway Park. Het hele stadion was donker. Ik kon de lampen wel zien, maar kon ze niet aandoen. Ik haatte de schaduwen, vooral onder de stoelen. Ik probeerde er met mijn zaklamp onder te schijnen, maar die deed het niet. Toen hoorde ik het gehuil. Eerst was het een eenzaam stemmetje. Herinner je je dat gehuil nog waar ik je vorig jaar over vertelde? Dat gejammer dat ik die avond in North Conway hoorde? Dit was net zoiets. Ik rende de tribune af, probeerde Hannah te vinden. Toen werd het luider, het echode tegen het scorebord en de muur links van het veld, dat monsterding!'

'Het Groene Monster?' vroeg Patrick glimlachend.

'Ja, die hoge muur, het gehuil kaatste gewoon naar me terug. Maar het was zo donker dat ik niet kon zien wat er op het veld gebeurde. Ik riep dat iemand het licht moest aandoen en het geluid uit moest zetten, maar niemand hielp me. Volgens Kyle werd ik gillend wakker. Zoals gebruikelijk.'

'Laten we eens beginnen met het gehuil. Hoe weet je dat het Hannah is, als je haar niet kunt zien?'

'Patrick, ik ben haar moeder. Dat weet ik gewoon.'

'Denk even goed na. Luister naar je droom, is het echt haar stem?'

Bethany deed haar ogen dicht. Ze vond het vreselijk dat ze het geluid weer moest oproepen. Die duisternis, daar kon ze wel tegen, maar dat gehuil was ondraaglijk. Uren nadat ze wakker was geworden, hoorde ze dat gehuil nog. Eigenlijk durfde ze niet meer te slapen. Ook overdag wilde ze eigenlijk niet meer samen met Hannah gaan rusten. Als ze met haar ogen open zou kunnen slapen, met haar blik naar het zonlicht in plaats van naar de duisternis, zou ze dat doen.

'Weet je, misschien is het Hannah helemaal niet. Dat nam ik gewoon aan, omdat het een baby was en zo. Maar dit gehuil klinkt lager dan Hannahs stem. Kyle zegt wel eens voor de grap dat ons kristal wel kan barsten door dat schelle geluid.'

'Is het geluid laag genoeg voor een volwassene?'

'Nee, volgens mij is het echt een kind. Voldoende longcapaciteit voor een lagere toon, maar het strottenhoofd is nog niet volgroeid.'

'Als jij het zegt.'

Ze schoot in de lach. 'Je kunt wel horen dat ik zangles geef, hè? Tenminste, dat deed ik...'

Patrick keek naar zijn handen. Hij had lange vingers, sterk, expressief. De handen van een musicus, had ze een keer tegen Kyle gezegd. 'Echt niet,' had Kyle gezegd, 'de handen van een pitcher, of een quarterback.'

Ze hadden Patrick via de kerk leren kennen, jaren geleden. Bethany had nooit verwacht dat ze een patiënt van hem zou worden.

'Het is dus mogelijk dat het Hannah niet is.'

'Wie zou het anders moeten zijn?'

'Daar moeten we over nadenken, en om bidden. Bid je nog wel?'

'Ik bid de hele dag dat Hannah veilig is en ik niet gek ben. Tot mijn schande moet ik bekennen dat er niet veel ruimte is voor iemand anders. Zelfs niet voor mijn man.'

'Ik zou het tegen je zeggen als je gek was. Maar dat ben je niet. Dat kun je dus vergeten. Dit wordt waarschijnlijk veroorzaakt doordat het zo'n stressvolle tijd is. Een jonge baby verzorgen is sowieso al vermoeiend. En jullie hebben een jaar – vier jaar eigenlijk – achter de rug waarin jullie ontzettend veel hebben meegemaakt. Daar kunnen we wel eens over praten, als je dat wilt.'

Ze wilde het verleden het liefst heel diep begraven. Ze kon er immers toch niets aan veranderen? En nu had ze Hannah. En Kyle. Altijd Kyle.

'Nee, liever niet,' zei ze. 'Maar je hebt gelijk, het kan helpen. Maar hoe zit het dan met die dromen? Wat betekenen die?'

'Dat is jouw reis, jouw ontdekking. Ik zal je helpen er te komen, als je bereid bent die reis te maken. Dan gaan we er samen naartoe.'

'Natuurlijk,' zei ze. Ze had immers geen keus?

De lach kwam Bethany bekend voor, maar ze kon de stem niet thuisbrengen en ook niet horen wát de stem zei... onbelangrijk gepraat, doorspekt met vloeken. Ze ging langzamer lopen, spande zich in om meer te horen.

De muziektent was een populaire hangplek voor daklozen geworden. Hij had een overkapping en bood een prachtig uitzicht over Boston Common. Overdag verzamelden zich hier de daklozen, vechtend om elk plekje. Op de dagen dat er een concert was, veegde de politie de boel schoon, maar verder lieten ze hen met rust.

Bethany liep er vaak langs als ze wilde winkelen, naar de sportschool of naar Patrick ging. Ook als ze met de wandelwagen liep, voelde ze zich niet onveilig. De daklozen hadden hun eigen erecode en vielen niemand lastig.

Vandaag waren er vier mensen in de muziektent. Ze bespraken hun favoriete fastfood. 'Die BigMacs vermoorden je, man! Al die trollen die erin zitten, die door je bloed rennen! Je verstikken...'

'Bedoel je cholesterol, B.J.?'

Daar hoorde ze die stem weer, een vrouwenstem. Schor maar melodieus. Bethany kon de stem bijna horen zingen, vol en sterk. Waarom klonk die stem zo bekend?

'Ik bedoel vet, man. Al dat vet!'

'Toe nou even, B.J. Gisteren heeft iemand nog twee voor je gekocht.'

'Hé, een gegeven paard...'

'Volgens jou is het dus een samenzwering? Dat mensen je gratis BigMacs geven?'

'Als ze ons om zeep willen helpen, zouden ze wel drank uitdelen, bedoel je dat?'

Nu lachten ze allemaal. Vriendschappelijk stompten ze B.J., een uitgeteerde man in een overall en met een petje op. De enige vrouw in het groepje – de stem die zo bekend had geklonken – stond met haar rug naar Bethany. Ze duwde de wandelwagen dichterbij en liep om de muziektent heen zodat ze het gezicht van de vrouw kon zien.

'Wilt u mayo bij de friet?'

'Of zullen we het supersizen?'

Het haar van het meisje was superkort. Ze had piercings vanaf haar wenkbrauw tot aan haar navel. Ze droeg een strakke korte broek die amper haar billen bedekte en een topje dat niets aan de verbeelding overliet.

En toch... Bethany herinnerde zich een meisje dat naar kauwgum en babypoeder rook, een meisje dat fantastisch kon zingen. De prachtige stem die de altsectie van het Forge Hill Chorale had gedragen.

Eeuwen geleden, leek het. 'Charissa?'

Het meisje draaide zich om, keek over de reling naar Bethany. 'O, mijn god!' Ze bloosde door de schok van de herkenning.

'Kom eens naar beneden,' zei Bethany glimlachend. 'Ik wil je aan iemand voorstellen.'

Een halfuurtje later zaten zij en Charissa in Biff's Sandwich Shop. Charissa werkte een broodje biefstuk met kaas naar binnen, terwijl Bethany in een salade zat te prikken. Hannah had gedronken en lag nu te doezelen. Bethany legde de baby tegen haar schouder en klopte op haar rug. Hannah boerde luidruchtig.

'Zie je wel dat ze op haar vader lijkt?' vroeg Bethany, lachend.

'Lijkt ze op haar vader? Want ze lijkt niet op u, mevrouw Dolan.'

'We weten het nog niet zeker.'

Hannahs ogen werden met de dag donkerder. Kyle dacht dat ze bruin zouden worden, maar Bethany was daar nog niet zo zeker van. Hannah had bij de geboorte heel donker haar gehad, maar het nieuwe haar leek veel lichter. Ze had een lichte huid, nog lichter dan die van Kyle. Bethany had al oude familiefoto's opgezocht om te zien op wie ze leek, omdat ze niet op haar leek en maar een beetje op Kyle.

Charissa had de hele tijd naar de baby zitten kijken. 'Mag ik haar even vasthouden?'

'Volgens mij wil ze nu slapen. Laten we haar maar in de wagen leggen.' Bethany zette Hannah weer in haar Maxi-Cosi, blij dat Hannah in slaap was gevallen. Ze had geen idee wanneer Charissa zich voor het laatst had gewassen. Ze had huiduitslag op haar rechterschouder en borst, en vuil onder haar nagels.

'Tuurlijk. Dat begrijp ik.'

Bethany wenkte de serveerster. 'Een kop thee alstublieft. Honing, geen melk. Wil jij ook nog iets, Charissa? Een toetje misschien?'

Het meisje keek naar haar handen. 'Nee hoor, hoeft niet.'

'Toe maar. Ik weet nog dat je dol bent op chocolade.'

'Goed dan. Oké.'

Charissa viel aan op een groot stuk chocoladetaart. Ze was veel magerder, zag Bethany, dan de laatste keer dat ze haar had gezien. Dat was al ruim een jaar geleden – eeuwen geleden voor haar gevoel. En dat gold kennelijk ook voor Charissa. Wat was er gebeurd waardoor ze haar dagen samen met de daklozen in de muziektent doorbracht?

'Hoe gaat het met je dochtertje? Tawndra heet ze toch?'

Charissa begon te huilen. Bethany hield haar adem in, ze hoopte dat het meisje zou zeggen dat haar kindje op een peuterdagverblijf was of op een crèche, dat Charissa niet bij die daklozen hoorde, hen alleen even had begroet. Maar het meisje huilde nu zo dat ze geen woord kon uitbrengen.

Bethany pakte Charissa's hand. Charissa ontweek haar blik.

'Tyler en ik, we probeerden een thuis voor haar te maken. Ik probeerde naar school te blijven gaan en hij werkte heel veel zodat we een beter huis konden huren. Het beste wat we ons konden veroorloven was een hokje in Forge Hill. Eén kamer, met een kookplaat en een koelkast. We moesten de badkamer delen, waar die achterlijke junks hun naalden lieten liggen...' Ze snikte het uit.

Bethany gaf een zacht kneepje in haar hand.

'Tyler was altijd moe. Maar een keer had hij een dubbele dienst gedraaid en ik moest naar school. Ik drukte haar in zijn armen, want ik moest de bus halen.'

Ze huilde zo hard dat ze niet verder kon praten. Bethany gaf klopjes op haar hand en wachtte. Uiteindelijk vermande Charissa zich weer.

'Hij liet haar vallen, mevrouw Dolan. Meer niet, echt niet. Ze drukte zich alleen maar omhoog in zijn armen en viel op de grond. Ze was eerst verdoofd, maar algauw leek ze weer in orde. Ze huilde niet of zo. Daarom ben ik niet met haar naar de dokter gegaan. Ik bedoel, baby's wriemelen altijd zo. Ik heb haar zelf ook een paar keer laten vallen. Dat is verschrikkelijk, maar die dingen gebeuren nu eenmaal. Ja toch?'

Bethany knikte. Dat soort dingen gebeuren, én ergere dingen.

'De volgende dag verloor ze het bewustzijn. Tyler belde het alarmnummer, maar toen werd hij bang. Hij liet haar achter in onze kamer, met de deur van het slot zodat de ambulancebroeders haar konden meenemen. Ze hebben haar meegenomen naar het ziekenhuis, zeiden dat ze een breuk in haar schedel had. Maar daaronder had ze dat ding in haar hersenen, dat bloed lekte. We wisten het niet, mevrouw Dolan, anders hadden we wel iets gedaan. We konden het niet zien. Ze wilden Tyler in de gevangenis zetten, maar ze lieten hem een cursus woedebeheersing volgen en hebben hem daarna voorwaardelijk vrijgelaten. Ze hebben Tawndra bij pleegouders ondergebracht. Ze zeiden dat ik had moeten weten dat ze zo ziek was. Ik mag haar alleen op zaterdag zien. Dat is nu een halfjaar geleden. Ze herkent me amper nog. Ik kreeg geen uitkering meer, omdat ik geen kindje meer had. Raakte die eenkamerflat kwijt. Maar dat geeft allemaal niets, omdat Tawndra er toch niet is.'

'Wat spijt me dat, Charissa. Dat wist ik niet. Helpt de school je ook, met juridisch advies en zo?'

Charissa keek Bethany eindelijk aan. 'Toe nou zeg! Zie ik eruit alsof ik naar school ga?'

'Waarom ben je gestopt met school? Je hebt zo hard gewerkt!'

'Waarom bent u gestopt met school, mevrouw Dolan? Na al úw harde werk?' Charissa duwde haar stoel achteruit en stond op. Ze pakte de broodjes uit het mandje en stopte ze in haar jaszak. 'Bedankt voor de lunch.'

'Charissa, het spijt me zo. Kan ik iets voor je doen?'

Charissa pakte alle suikerzakjes en de ongeopende zakjes saladedressing die bij Bethany's salade hoorden. 'Het is al goed hoor, mevrouw Dolan. We kunnen niet allemaal zo bijzonder zijn als Anthony. Dat begrijp ik heus wel.'

Ze draaide zich om en liep de broodjeszaak uit. Voordat Bethany de Maxi-Cosi met Hannah in de wandelwagen had vastgemaakt zodat ze achter Charissa aan kon, was het meisje de straat al overgestoken. Ze liep terug naar de muziektent.

We kunnen niet allemaal zo bijzonder zijn als Anthony. Bethany was zo in beslag genomen door het draagmoederschap en het in veiligheid brengen van de familie Martinez dat ze geen seconde meer had gedacht aan alle kinderen die ze had achtergelaten.

Ze moest bidden dat het niet te laat was voor Charissa.

29

De bel ging.

Jenny keek door het spionnetje. 'Het is een vrouw, tante Bethany.'

Bethany deed de deur open. 'Wat kan ik voor u doen?'

Op de stoep stond een gedrongen vrouw van gemiddelde lengte. Haar sprieterige bruine haar en haar gerimpelde gezicht leken helemaal niet bij haar goed gesneden marineblauwe pakje te passen. 'Ik ben op zoek naar de jonge vrouw die hier zojuist naar binnen ging. We passeerden elkaar op de stoep en toen realiseerde ik me dat ze dit heeft laten vallen. Ik riep haar nog, maar ze heeft me kennelijk niet gehoord. Hier is het.' De vrouw hield een perzikkleurige sjaal omhoog.

Bethany vroeg aan Jenny: 'Was jij net buiten?'

'Nee, ik niet.'

'Nee, zij was het niet,' zei de vrouw. 'Dat andere meisje was langer. Ze had schouderlang haar met geblondeerde banen erin. Volgens mij was ze zwanger.'

'Zei u dat u haar kende?'

'Nee hoor, ik ken haar helemaal niet. Ik wilde alleen maar haar sjaal terugbrengen. Gaat het wel goed met u? Volgens mij valt u flauw!'

Bethany verstijfde. 'Met mij gaat het prima. En hier woont niemand die op uw beschrijving lijkt.'

'Weet u dat zeker?'

Jenny ging tussen de vrouw en Bethany in staan. 'Ja, dat weten we zeker.'

De vrouw keek verbaasd van Jenny naar Bethany. 'Mag ik dit hier dan achterlaten? Ik weet niet wat ik er anders mee moet doen.'

Jenny pakte de sjaal van haar aan. 'Goed dan, bedankt.' Ze sloeg de deur voor de vrouw dicht en wendde zich toen tot Bethany. 'Dat was raar, zeg! Ze is vast lid van een sekte of zo en probeert een nieuwe manier uit om bij mensen binnen te komen.'

'Geef dat eens,' zei Bethany.

'Zal ik hem maar gewoon weggooien?'

'Nee, geef hier!'

'Oké. Tuurlijk. Hé, ik hoor Hannah. Zal ik haar halen?'

'Ja graag.' Bethany glimlachte zwakjes toen Jenny de trap op huppelde. Onbewust rook ze aan de sjaal. Hij rook naar seringen.

'Tante Bethany is geen stapelgekke maniak!'

'Dat zei ik ook niet,' zei Kate Hemlow. 'Ik zei dat ze een kwijlende idioot was.'

Jenny lachte. Typisch Kate om overal een drama van te maken. Dat was de romanschrijfster in haar. 'Ik heb zo'n medelijden met haar. Ze draait door, echt waar. Vanochtend bijvoorbeeld, toen belde er een vrouw aan die op zoek was naar iemand. Gewoon een kwestie van persoonsverwisseling. Maar toen ze weg was, stond tante Bethany te trillen als een rietje!'

'Weet je wel zeker dat je dat baantje wilt? Ze heeft al iemand in het hoofd geschoten!'

'Doe niet zo dramatisch! Ze vochten om dat pistool. En ja, ik wil dat baantje. Dan ben ik deze zomer tenminste niet in New Hampshire. In tegenstelling tot een paar provinciaaltjes die ik ken.'

'Wie noem jij een provinciaaltje?'

'Jou, Lulu. De koeienstront zit nog steeds aan je schoenen.'

North Conway had een heel eigen cultuur, wist Jenny, maar een zomer in Boston had ook zijn aantrekkelijke kanten. Daar zou Jenny ver bij haar pietje-precies van een moeder en van haar waakzame vader zijn. Het zou fantastisch zijn om in de stijlvolle stadswoning van de Dolans te wonen. Bovendien werkte ze liever als kindermeisje dan als slavin in de Burger Boss. Ze zou maar een paar uur per dag hoeven te werken en zou heel veel geld verdienen.

Wat gaf het dan dat tante Bethany af en toe een beetje raar deed? Dat mocht toch, of niet dan? Samenwonen met een echte gek die zwanger was van haar baby en dreigde iedereen te vermoorden, ook Jenny's eigen moeder, daar zou iedereen toch gek van worden?

Kate was een paar dagen in Boston, waar ze een bezoek bracht aan de universiteit en haar zus. Op deze prachtige zomerdag wandelden ze door de Public Gardens naar Copley Plaza. Ze hadden alleen maar naar de etalages willen kijken, maar oom Kyle had Jenny die ochtend een paar honderd dollar in de hand gedrukt. 'Ga maar iets leuks doen,' had hij gezegd.

Hannah lag in de wandelwagen, diep in slaap. Ze was een engel, ze sliep het grootste deel van de dag en huilde alleen als ze een schone luier moest hebben of honger had. Niet dat Jenny veel te doen had, alleen af en toe babysitten als Bethany naar de kerk ging om met haar koor te repeteren. Verder was Bethany een bijzonder alerte moeder.

Kate keek naar een goedgebouwde knul die op een bankje zat te zonnebaden. Hij droeg alleen maar een afgeknipte broek en verder niets. Hij was prachtig gespierd en heel knap. 'Wat een stuk, hè?'

'Volgens mij is hij nog maar net droog achter de oren.'

'Ja hoor. Nou, ik hou wel van jongens die wat pit hebben. Niet van die trillerige knulletjes op wie jij zo dol bent!'

'Ik hou van volwassen mannen,' zei Jenny. 'Iets op tegen?'

Ze hoorden een mannenstem vragen: 'Waar iets op tegen? Dat je een knap kindje hebt?'

Jenny schrok. Er hing een knappe vent over de wandelwagen en hij glimlachte tegen Hannah. De baby was wakker en glimlachte terug.

Kijk, dat bedoel ik nou, wilde Jenny tegen haar zus zeggen. *Wat een stuk!* Hij had prachtige ogen, blauwer dan de Caribische Zee. Jenny dacht eraan hoe heerlijk het moest zijn om daarin te duiken en er een beetje in rond te dobberen. Zijn haar had lichte banen van de zon en het zat netjes, maar net niet te netjes. En zijn glimlach! Zelfs als hij zo lelijk als de nacht zou zijn geweest, zou Jenny in de ban van zijn glimlach zijn geraakt.

'Is ze van jou?' vroeg hij aan Jenny.

'Nee, ik ben haar kindermeisje.'

'Is dat zwaar, kindermeisje zijn? Word je niet helemaal gek van haar ouders?'

'Haar ouders zíjn gek!' zei Kate lachend. 'Tenminste, één van hen.'

'Luister maar niet naar haar hoor!' zei Jenny. 'Het is echt een gemakkelijk baantje. Ik heb heel veel vrije tijd!'

'Echt waar?' Hij trok zijn wenkbrauwen op alsof hij zich misschien wel interesseerde voor haar vrije tijd. Jenny keek snel even – nee, geen trouwring.

'Ze heeft heel veel vrije tijd,' zei Kate giechelend.

Jenny ging op Kates voet staan. 'Ik kom uit New Hampshire. Daarom vind ik het zo heerlijk om in de stad te zijn,' zei ze, op zoek naar een manier om het gesprek te rekken.

'Dan zien we elkaar vast wel weer,' zei de jongen. 'Ik werk daar, op Boylston, maar ik kom hier vaak om na te denken.'

'Echt? Wat doe je dan?'

Glimlachend haalde hij zijn schouders op. 'Plezier maken, meestal. Ik ben filmproducer.'

'Wow,' zei Kate.

Hij boog zich over de wandelwagen. 'Dag liefje. Tot gauw. Jullie ook, trouwens.

Wow, dacht Jenny toen ze hem nakeek.

Bethany was goed in heel veel dingen, maar het verbaasde Kyle dat ze ook zo goed kon organiseren. Een week geleden had ze hem verteld over haar ontmoeting met Charissa. En dat ze zich zo schuldig voelde omdat ze het koor in de steek had gelaten.

'Je hebt hen niet in de steek gelaten,' zei hij. 'Je hebt immers een vervanger geregeld?'

'Geoffrey Aaltonen is een begaafd musicus, maar een slechte docent. Dat wist ik, maar ik had het zo druk met mijn eigen problemen...'

'Ik wil niet dat je je hier zo druk over maakt. Vanaf nu moet je alleen maar vooruitkijken.'

Ze had hem omhelsd en verteld wat ze wilde doen. Hij gaf haar een knuffel en was er vervolgens getuige van dat ze een kerkzaaltje regelde voor elke middag, musici en docenten inhuurde die volgens haar goed met kinderen konden opschieten, telefoontjes pleegde, iedereen vertelde wat ze van plan was – en de eerste repetitie van het nieuwe Forge Hill Chorale was een feit.

Nu ze niet langer aan de school verbonden waren, konden ze hymnen en gospelsongs zingen, en allerlei andere muziek die ze leuk vonden, als het maar netjes en vrolijk was.

Bethany had de beroemde rockmuzikant Stan Todd overgehaald om te dirigeren. Stan was bovendien een klassiek geschoold pianist en saxofonist, maar dat wisten de kinderen niet. Ze waren meer onder de indruk van het feit dat ze mochten zingen voor de frontman van Weeping Willow dan van Stans jaren op Juilliard. Stan zou twee jaar lang in Boston zijn om een nieuwe cd te produceren en vond het geweldig om met de kinderen te werken.

Kyle hoorde hun inzingoefening, gekke geluiden om hun luchtpijp te openen en hun mond-, keel- en borstspieren te strekken. Kyle herkende heel veel kinderen van het oude Forge Hill Chorale, maar zag ook nieuwe gezichten. In totaal waren er dertig kinderen die in het koor zouden zingen en daarnaast individueel les zouden krijgen van de grote schare vrijwilligers die Bethany in deze zeven korte dagen bij elkaar had gekregen.

De enige die ontbrak was Charissa. Bethany was weer naar de muziektent gegaan en had Charissa's oma gebeld, maar ze was verdwenen. Kyle had Harry Stevens ingehuurd, een privédetective, om haar te zoeken. Ze hoopten dat het niet te laat was.

Eindelijk zag Bethany Kyle. Ze kwam naar hem toe rennen en begroette hem met een zoen. De kinderen van het koor joelden. Hij boog haar naar achteren en zoende haar hartstochtelijk om de toeschouwers waar voor hun geld te geven. 'Nou, ik moet dus maar vaker weggaan,' zei Bethany toen ze even adem kon halen.

'Dan is thuiskomen zelfs nog fijner. Hé, die kinderen zijn geschift.'

'Je had ze moeten horen toen Stan het podium opkwam. Even was het doodstil en daarna begonnen ze als een gek te klappen. Hij zei dat ze dat applaus maar voor zichzelf moesten bewaren, als ze dat verdienden.'

Kyle schoot in de lach. 'Je hebt hem goed afgericht.'

'Kon ik jou maar net zo africhten!'

'Hoezo? Zit er mosterd op mijn das of zo?'

'Nee, maar wel chocolade op je hemd. Een ijsje zeker?'

'Weinig vet. Echt waar!'

'Zou zonder vet moeten zijn, weet je nog? Straks ben je zelfs te dik om Hannah te leren fietsen!'

'Ik ben nooit te dik om jou te leren...'

'Kyle Dolan! Niet waar de kinderen bij zijn!'

'O ja. Hoewel, die kinderen zouden ons nog wel wat kunnen leren!' Hij sloeg zijn arm om haar heen en keek samen met haar naar Stan, die de kinderen vertelde wat het eerste muziekstuk was.

'Heb je nog even bij Hannah gekeken?'

'Ik vroeg me al af wanneer je dat zou vragen.'

'Ik heb zeker vijf minuten gewacht. Ben je niet trots op me?'

'Altijd.' Hij zoende haar haar. 'Ja, ik ben even langs huis gegaan voordat ik hierheen ging. Jenny en Kate hadden haar in de wandelwagen gelegd. Ze wilden meedoen aan de Beacon Hill-race. '

Bethany gaf hem een stomp.

'Hé, ik heb mijn best gedaan hen te laten winnen. Ik heb een paar stenen in de wagen gelegd zodat Hannah als eerste beneden is!'

Bethany maakte zich van hem los.

'Ik maak maar een grapje!'

'Dat weet ik wel. Ik bedoel, mijn hoofd weet dat, maar de rest van mijn lichaam zou je het liefst wurgen.'

'Door al die frisse lucht is ze straks uitgehongerd als ze weer thuiskomt. Verlangend naar haar mama.'

Bethany leunde tegen hem aan. 'En dan verlang ik naar haar.'

Kyle stond een uur samen met haar te kijken naar Stan, die met de kinderen werkte, en te luisteren naar de muziek in wording, God dankend voor de muziek van zijn leven.

Voor Hannah en haar mama.

30

Hoe kón ze hem dit aandoen? Wist ze dan niet dat hij dit verschrikkelijk vond?

'Jij bent nu een man, Anthony,' had zijn moeder gezegd. 'De hoogste tijd dat je ook eens wat verantwoordelijkheid op je neemt.'

Anthony wilde alles voor de Dolans doen. Ze betaalden hem goed om op de boerderij te passen. Hij was naar het gastenverblijf op de eerste etage verhuisd. Onder geen beding zou hij in dat appartement gaan wonen. Hij deed van alles, hij wiedde het onkruid, maaide het gras, hij had zelfs de boerderij geverfd. Maar dat ze dát van hem vroeg?

'Ik ben bekaf door die keelontsteking,' had Joan geklaagd. 'Met al die virussen kan ik niet naar Maine rijden, dat zou niet eerlijk zijn tegenover al die mensen hier in Hale.'

'Dan doe je het toch volgende week, dan ben je weer beter,' had Anthony gezegd.

'Kyle wil dat ik elke week ga. En we laten die man niet vallen.'

Daarom was Anthony nu dus in zijn eentje onderweg naar Maine, in Kyles oude pick-up. Hij deed een cassettebandje in de taperecorder om zijn Italiaans te oefenen. Hij wilde alles doen – zelfs huiswerk – als hij maar niet hoefde te denken aan wat hem te wachten stond.

Laurel leefde nu al bijna drie maanden als een kasplantje. Ze verdiende die levende hel, vooral door wat ze de Dolans had aangedaan. Maar ook voor de manier waarop ze Jacob had overgehaald om drugs voor haar te scoren van die enge Switch en om dat pistool te kopen.

Ze verdiende dat ook voor wat ze Anthony had aangedaan, door al die liefde in zijn hart te pompen en hem toen te laten vallen alsof het niets was.

Het wás ook niets, voor haar niet in elk geval. Anthony had het weggestopt door zich, als voorbereiding op zijn conservatoriumopleiding, op zijn muziek en taalcursussen te storten. Hij probeerde te vergeten hoe ze om zijn grapjes had gelachen en hoe haar huid had aangevoeld tegen de zijne. Hij probeerde te vergeten, omdat hij haar niet kon vergeven. En zichzelf ook niet.

Laurel zocht contact met hem vanuit het graf. Dat moest wel, dacht Jacob nadat hij het e-mailtje had geopend. Goed, ze lag natuurlijk nog niet onder de groene zoden, maar dat had net zo goed wel zo kunnen zijn nu ze als een rotsblok in dat verpleeghuis lag. Behalve dan dat een rotsblok geen luier droeg of met behulp van een machine moest ademhalen.

Jacob was bij Sean thuis toen hij die e-mail kreeg. Switch was de stad uit gevlucht, maar de rechter had Jacob goed te grazen genomen, hem gedwongen scoutinglid te worden! Sean Richards had hem onder zijn hoede genomen en probeerde Jacob alles zo snel mogelijk te leren, zodat hij tijdens het dagkamp geen flater zou slaan als het tijd werd om een vuurtje te stoken of zo. Ha! Hij zou deze sukkels wel iets kunnen leren over het stoken van vuurtjes! Maar goed, dat was een totaal ander leven...

Een dagkamp was veel beter dan de Inrichting voor Jonge Criminelen, dacht Jacob, hoewel hij had gehoord dat je in een van de IJC-huizen gemakkelijker aan dope kon komen dan op straat.

Anthony was het huis uit gegaan. Ze zeiden dat hij dat had gedaan om de Dolans te helpen en hem een beetje ruimte te geven, maar in werkelijkheid was het natuurlijk een smoesje zodat mama haar kleine jongetje helemaal voor zichzelf zou hebben. Zij had het idee dat ze Jacob niet genoeg aandacht had gegeven en dat hij daarom in de problemen was gekomen. De enige plaatsen waar ze hem in zijn eentje naartoe liet gaan, waren het scoutinghonk en Seans huis.

O ja, Seans huis. Met drie computers, allemaal met een snelle internetverbinding, had Jacob zijn zaken door kunnen laten gaan. En hij had die nerd van een Sean geleerd dat ook te doen. Behalve die middag... Jacob moest bijna kotsen toen hij die e-mail van Laurels e-mailadres voorbij zag komen.

'Wat is er, man?' Sean zat aan zijn werktafel en probeerde een katapult te maken. Jacob leerde Sean allerlei coole dingen, zoals straattaal en hoe hij waterballonnen moest lanceren en vanaf Cathedral Ledge rotte tomaten naar toeristen moest gooien.

'Gewoon iemand die wat onzin verkoopt, en een e-mail van iemand die in coma ligt.'

'Grapje zeker? Wat zegt hij?'

'Zij. Ik heb 'm nog niet geopend. Moet wel vals zijn, ja toch?'

'Nee, misschien is het een vertraagde transmissie.'

'Hè, wat zeg je?'

'Dan instrueer je je server om hem op een later moment te versturen,' zei Sean. 'Maanden later, of misschien wel jaren later. Zolang je account maar actief is.'

'Oké, maar hoe kan ze haar account actief houden als ze dat zelf niet is?'

'Dan heeft ze of van tevoren betaald of een automatische incasso op een creditcard gebruikt. Wat zegt ze?'

'Niets.' Jacob stuurde de e-mail rechtstreeks naar de printer zonder hem zelfs maar te lezen. Hij zou hem pakken en meenemen naar een stil plekje. Dit ging alleen hem aan. Alleen hem.

'Laurel?'

Haar ogen waren geopend maar leeg, half weggedraaid. Haar hand voelde warm aan, maar lag er even bewegingloos bij als een stuk dood vlees.

Anthony vond het vreselijk om naar Laurel te kijken, maar hij kon zijn blik niet afwenden. Laurel, maar toch niet Laurel. Ze wisten zelfs niet hoe ze echt heette. Ze was nog steeds knap, ook zonder make-up en met het buisje van de beademing op een gat in haar keel geplakt.

Haar haar was gekamd en ze had lipgloss op. Aan een standaard hing een zak witte, lobbige vloeistof, die druppelde in een buisje dat onder het laken verdween. Het buisje met de kunstmatige voeding verdween in een gat in haar maag.

Zijn moeder had hem wel verteld wat hij zou zien, maar niet wat hij zou voelen. Anthony werd gek van het geklik van het beademingsapparaat.

'Hallo!' Er kwam een verpleegkundige binnen. 'Jij bent zeker de zoon van Joan. Anthony, hè? Ik ben Laurels verpleegkundige, Marjorie Owens.'

'Hallo. Ja, mijn moeder heeft keelontsteking. Daarom ben ik hier om even te kijken hoe het met... haar gaat.'

'Helaas is er geen verandering sinds vorige week.'

Anthony wilde net opstaan toen Marjorie voor hem ging staan om Laurels buisjes te controleren.

'Niemand verwacht natuurlijk dat er iets is veranderd,' zei hij. Hij wilde dat ze opschoot, zodat hij hier weg kon.

'Je hebt de hoop toch nog niet opgegeven?'

'Niemand heeft toch nog hoop?'

Met een verbaasd gezicht draaide de verpleegkundige zich om. 'Zowel dr. McDonald – zij is de geneeskundig directeur van Hale – als dr. Chasse, de neuroloog, heeft nog hoop. Ik ook trouwens. Heeft je moeder uitgelegd wat er precies met haar aan de hand is?'

'Ja, ze ligt in coma.'

'Ze ligt niet in coma.'

'O? Doet ze dan net alsof ze dood is of zo?'

'Nee hoor, wat er met haar gebeurt is wel echt, maar het is gewoon geen echt coma. Haar ecg's zijn bijna normaal. In feite lijkt haar toestand meer op een diepe slaap dan op een coma.'

'Dat heeft niemand ons verteld.'

Marjorie zei met gefronste wenkbrauwen: 'Dat is de Dolans wel verteld. Als zij niet willen dat anderen dat weten...' Ze wendde zich van hem af.

Anthony zat een minuut lang roerloos, luisterde naar het geklik van het beademingsapparaat. 'Ik zou wel meer willen weten,' zei hij toen.

Marj keek achterom. 'Echt waar?'

Anthony knikte.

Ze ging zitten, pakte Laurels hand en wreef erover. 'Het is ook goed dat jij dit hoort, Laurel. De kogel schampte over haar schedel, heeft die een beetje beschadigd, maar niet echt veel schade aangericht. Hij is vooral in het bot blijven steken en niet in de hersenen. Uit het ecg blijkt dat haar hersenfunctie bijna normaal is. We hadden verwacht dat ze een paar uur na de operatie door de neurochirurg wakker zou zijn geworden.'

'Maar dat is niet gebeurd,' zei Anthony.

'We hebben alles geprobeerd, we hebben haar zelfs even van de beademing gehaald. Het is net alsof ze ergens anders naartoe is gegaan en gewoon niet terug wil komen. Of misschien kan ze dat niet. Dat weet niemand precies.'

Anthony wreef over zijn armen, in een poging zijn koude rillingen te verdrijven. 'Weet mijn moeder dit ook?'

'Natuurlijk weet ze dat. Ik heb tegen haar gezegd dat het goed zou zijn als ze wat langer bleef, tegen het meisje zou praten.' Marjorie boog zich dicht naar hem toe. 'Maar ze zei, in niet mis te verstane woorden, dat ze haar niets te zeggen heeft.'

'Daar heeft ze haar redenen voor. Echt.' Anthony dacht terug aan de woede-uitbarstingen van zijn moeder. *Jij had beter moeten weten, Anthony. Maar Jacob is nog maar een kind. Het is al erg genoeg dat zij hem heeft overgehaald hasj voor haar te laten kopen, maar om hem een pistool voor haar te laten kopen! Dat is duivels, punt uit!*

'Wij proberen wat tijd bij haar door te brengen,' zei Marjorie. 'Maar we hebben nog zoveel andere patiënten. Misschien kun je tegen haar praten over dingen die jullie samen hebben gedaan. Je kende haar toch?'

'Ja, een beetje.'

'Vertel haar dan wat je allemaal doet. Wat zij zou kunnen doen als ze wakker werd.'

'Dat weet ik niet hoor, ik moet...'

'Alsjeblieft! Ik vind het zo verschrikkelijk dat ze hier maar ligt.' Marjorie knipperde haar tranen weg en rolde Laurel op haar zij.

'Nou ja, misschien. Ik ben hier nu toch...'

'Ontzettend bedankt!' Ze trok het laken over Laurel heen, schonk Anthony een brede glimlach en verdween.

Wat moest hij in vredesnaam zeggen? *Weet je nog dat je Kyle Dolan liet denken dat ik je verkrachtte? En dat je dreigde mevrouw Dolan neer te schieten en daarna Hannah probeerde dood te schieten?* Dit was stom. Laurel was misschien wel een moordenaar! Anthony wist één ding wel zeker: ze was ergens uit een smerige goot gekropen.

Maar ja, dat gold natuurlijk ook voor hem. En *híj* had dat niet eens in zijn eentje gedaan. Dat was te danken aan de Dolans, zij probeerden hem en zijn familie een duwtje in de goede richting te geven.

Hij wist hoe het leven eruitzag voor bepaalde kinderen in Forge Hill. Sommigen waren bij hun geboorte al verslaafd aan drugs. Sommigen werden geslagen. Anderen werden verkracht. Mishandeld, verwaarloosd, verbrand, neergestoken, doodgeschoten. Was dat de reden dat Laurel in coma bleef? Was het daar beter voor haar dan waar ze vandaan kwam?

Wat kon hij zeggen tegen dit meisje dat hij niet echt kende? Een meisje dat niemand kende. Anthony kon geen woorden vinden. Daarom begon hij te zingen.

Als je dit leest, ben ik dood.

Wat bizar, dacht Jacob. *Echt wel cool.*

Bethany heeft me opengesneden en de baby eruit gehaald. Dat is het waarschijnlijkst. Dat mens is gestoord.

Ja hoor, de pot verwijt de ketel...

Of híj heeft me te pakken gekregen, hij zit al heel lang achter me aan. In dat geval heeft het heel lang geduurd. Ik hoop maar dat het niet te veel pijn heeft gedaan. Maar weet je man, ik kan heel veel verdragen. Pas maar op voor hem, man. Hij is slecht, veel slechter dan je je kunt voorstellen.

Wow, griezelig gewoon! Misschien kon hij deze e-mail maar beter aan Anthony laten lezen. Of hem gewoon verscheuren.

Hoe het ook zij, ik wilde je bedanken omdat je de enige vriend ben geweest die ik ooit heb gehad. Daarom ga ik je iets geweldigs geven. Iets waardoor je de rest van je leven stinkend rijk bent.

Nou ja, misschien moest hij eerst maar eens verder lezen.

Ik kan het niet openlijk opschrijven, voor het geval dit in verkeerde handen valt. Ik heb alles zo geregeld dat je het legaal kunt krijgen. Ik heb jou als mijn erfgenaam benoemd, met Anthony als je voogd. Dat moet iemand van boven de achttien zijn. Niet je moeder. Zij haat me, dat weet je. Dat kan ik haar niet kwalijk nemen. Ik wil dat je naar haar luistert. Er zijn dingen die je zult willen doen, dingen die je mij hebt zien doen, die je maar beter niet kunt doen. Luister naar haar, zelfs als je gek wordt van haar.

Wat dat geweldige is wat ik voor je heb nagelaten, kan ik je alleen in code vertellen. Je moet er misschien heel goed over nadenken, maar je ontdekt het gauw genoeg. Dit is het spoor dat je moet volgen.

Stap 1: speel de game die we het eerst hebben gespeeld, tot het kasteel-level. Denk goed na over de picknick op de Dag van de Arbeid. De game die we die dag hebben gespeeld.

Oké, als je bij dat level bent, moet je doorspelen tot je boven op de toren bent. Daarboven zie je iets hangen. Daarin vind je iets waardoor je dat ongelooflijke... Nou ja, dat weet je gauw genoeg. Vertrouw me maar gewoon.

Stap 2: nu je weet wát je moet zoeken, zal ik je vertellen wáár je het kunt vinden.

Weet je nog welke game je met Kerstmis van me hebt gekregen? Het waren er vijf. Deze past bij de sfeer van deze feestdagen, als je begrijpt wat ik bedoel. Ja, nu weet je het, hè?

Speel deze game tot het hoogste level. Je bent dol op deze game, dus daar ben je waarschijnlijk toch al bijna. Als je daar bent en ontdekt wie de schurk van die game is, schrik je je rot. Deze game is de bom, echt waar. Maar goed, kijk goed hoe die vent zijn entree maakt. Daardoor kan hij ongestraft al die erge dingen doen.

Daar heb ik dat ding verstopt dat je in die andere game zult zien. Ik weet dat het ingewikkeld klinkt, maar dat moet wel om te zorgen dat jij de enige bent die het kan krijgen.

Stap 1: zoek uit WAT je moet zoeken.

Stap 2: zoek uit WAAR ik het heb verstopt.

Stap 3: zorg dat je de rest van je leven gelukkig bent.

Je moet je uiterste best doen het te vinden, man. Ik heb geprobeerd iets speciaals voor mezelf te regelen. Maar natuurlijk had ik moeten beseffen dat dit me niet was vergund. Nooit zo geweest. Maar als ik het niet kan hebben, wil ik dat jij het hebt. Ik gun je dat geld, man. Echt.

Geniet ervan, J. Ik bedoel, iemand moet dat toch doen, ervan genieten, dus waarom jij niet?

Ik heb het namelijk niet gedaan.

31

Bethany kon Kyle wel wurgen. 'Hé Southie. Kom eens hier.'

Kyle liep de babykamer in met een handdoek om zijn middel en zijn gezicht vol scheerschuim. 'Wat is er?'

Ze wees naar Hannah, die vrolijk in haar babystoeltje zat te kirren.

'Ja, ze is mooi. Dat wist ik al. Mag ik me nu verder scheren?'

'De veiligheidsstang staat omhoog,' zei Bethany.

'En?'

'Ik heb je gezégd dat je die naar beneden moest doen.' Kyle had met Hannah gespeeld terwijl zij onder de douche stond. Daarna had hij haar in haar stoeltje gezet zodat hij kon douchen.

'Dat heb ik ook gedaan. Dan heb jij hem omhoog gedaan.'

'Nee, ik was bezig met de was,' zei Bethany. 'Jij hebt het dus gedaan. Behalve dan dat jij het dus niet hebt gedaan.'

'Ik heb haar in haar stoeltje vastgemaakt, toen de stang naar beneden gedaan en ben daarna naar de badkamer gelopen,' zei Kyle geïrriteerd. 'Toen ik daar was, heb ik mijn scheermes en scheerschuim van de hoogste plank gepakt, van een plekje waar een klein kind er absoluut niet bij kan...'

'Ik wilde je er gewoon aan herinneren dat je voorzichtig moet zijn. Meer niet.'

'En ik zeg je dat jij hem omhoog moet hebben gedaan... Ach, laat ook maar zitten. Ze zit vast. Niks aan de hand.'

'Misschien vergeet je haar de volgende keer ook vast te zetten.'

'Ik ben die stang niet vergeten!' riep Kyle.

Hannah schrok en begon te huilen.

'Kijk nou wat je hebt gedaan,' snauwde Bethany.

'Nee, kijk wat jíj hebt gedaan. Neem me niet kwalijk, maar nu ga ik weer verder met scheren.'

'Goed.' Ze maakte de bandjes los en tilde Hannah uit haar stoeltje.

'Goed.' Kyle liep de kamer uit.

Even later was hij alweer terug en sloeg zijn armen om Bethany heen. 'Nee, het is niet goed. We zouden niet tegen elkaar moeten schreeuwen, en al helemaal niet waar de kleine bij is. Het spijt me.'

'Mij ook. Het spijt me dat ik zo'n zeur ben geworden.'

Hij zoende haar, toen Hannah. 'Zeur maar zoveel als je wilt.'

'Weet je zeker dat jij dat niet hebt gedaan?'

'Wat maakt dát nou uit? Een van ons is dat vergeten. Het is niet belangrijk.'

'Misschien is het iets anders.' Bethany haatte zichzelf om wat ze zou gaan zeggen, maar ze kon zich niet beheersen. 'Kyle, weet je zeker dat ze nog in coma ligt?'

'Anthony was gisteren nog bij haar. Ons gezin is veilig. Geloof me maar.'

'Ja, dat doe ik. Ik hou van je, Kyle.'

'En ik van jou. En van jou, pluizebolletje!' Hij zoende Hannah weer en ging zich toen aankleden.

'Kom maar, kleintje, dan zullen we je vieze luier even verwisselen.' Bethany legde Hannah op de commode. Hannah trapte en kirde. De vorige avond had Kyle haar laten schateren, voor het eerst.

Dat was zo bijzonder met kinderen, dacht Bethany. Al die verbazingwekkende eerste dingen. Hannah kwijlde nu zo dat haar eerste tandje binnenkort wel zou doorkomen, ook al was ze nog maar drie maanden. Nog even en dan zou ze dat eerste tandje kwijtraken, een beugel dragen, haar eerste zoen krijgen, haar eerste baby verschonen. Soms ging het leven gewoon te snel. Nu Hannah er was, wilde Bethany dat tempo wel vertragen om van elk moment te kunnen genieten.

Nadat ze Hannah had verschoond, strooide ze wat poeder op Hannahs ruggetje – het zou een klamme dag worden. Bethany plakte de luier dicht, tilde Hannah op en knuffelde haar even. Voor de geboorte van Hannah had Bethany de pest gehad aan de geur van babypoeder, omdat het haar herinnerde aan wat ze niet kon hebben. Maar nu rook het lekkerder dan het duurste parfum.

Wat een smeerboel had ze ervan gemaakt. Bethany maakte Hannah vast in haar stoeltje, deed de stang omlaag en ging een doekje halen. Toen ze terugkwam, met een vochtig doekje in de hand, was de stang weer omhoog.

'Kyle? Kyle!'

Ze hoorde dat de kraan beneden werd opengedraaid. Kyle was vast koffie aan het zetten. Ze klopte op Jenny's deur. Jenny deed de deur open, met een slaperige blik. 'Was jij zonet in de babykamer?'

'Nee. Is er iets mis?'

'Nee hoor, ga maar weer slapen.'

Bethany liep terug naar de babykamer. Hannah bewoog haar handjes en keek ernaar alsof ze bijzonder fascinerend waren. Misschien overdreef ze gewoon. Waarschijnlijk was ze gewoon zelf vergeten de stang naar beneden te doen.

Ze liep naar de commode om hem schoon te maken, maar haar hand bleef in de lucht hangen. Er stonden letters in het laagje babypoeder...

MAMAMAMAMA

Cade trof Jenny Hemlow elke middag in de Boston Public Gardens. Het meisje was onopvallend, mollig en slim. En verliefd. Daar had Cade wel voor gezorgd.

'Waar ben je vandaag mee bezig?' vroeg Jenny. De baby lag in de wandelwagen tussen hen in met haar voetjes te spelen.

'Ach, net als anders, met die film over die paranormale non.'

'Ik dacht dat je had gezegd dat ze psychopathisch was.'

Die meid luisterde té goed. 'Ja, dat denkt iedereen, dat komt door die visioenen van haar. Hé, ik heb Megs agent vandaag gesproken. Ze is heel erg geïnteresseerd. Reese zit ook achter ons aan, maar ik vind haar eigenlijk een beetje te arrogant. Maar goed, zodra we de financiering rond hebben zal ik haar het script wel geven. Maar ja, dan hebben we natuurlijk wel twee keer zoveel geld nodig! Als je die topacteurs inhuurt, moet je opeens ook betalen voor hun kapper, kok, manicure, stylist, masseur, astroloog...'

Jenny lachte. Cade lachte met haar mee en keek haar bewust diep in de ogen.

'Geweldige baan,' zei Jenny.

'Nee hoor, hetzelfde baantje als jij hebt.'

'Kinderoppas?'

'Ja, behalve dan dat mijn baby's harder huilen, meer troep maken en in plaats van melk drank opgeven.' Cade pakte Jenny's hand. Hij voelde dat ze verstijfde maar weer ontspande toen hij haar handpalm streelde.

'Ik vind het zo opwindend. Ik wil dolgraag doorbreken.'

'Je zou heel natuurlijk overkomen, Jen.'

'Maar niet voor de camera.'

'Het gaat niet om acteren. Een knap snoetje is niets meer dan dat. Waar het echt om gaat, is het verhaal goed op het scherm krijgen. Produceren.'

'Hoe zou ik dat moeten aanpakken?'

'Nou, je zou jezelf als sloofje kunnen aanbieden aan een producer, iemand zoals ik, wat betekent dat je zijn auto moet wassen, zijn was van de stomerij haalt en misschien, heel misschien, een paar beroemde mensen ontmoet. Of...'

'Of wat? Mijn ziel aan de duivel verkopen?'

'De tweede optie is een goed verhaal vinden. Knappe snoetjes zijn vergankelijk, maar een boeiend, fascinerend verhaal is altijd interessant.' Ze cirkelde al om zijn aas, dat kon hij zien aan haar dromerige blik.

'Misschien heb ik wel een verhaal waar je een verbazingwekkende film over zou kunnen maken,' zei ze ten slotte.

'Echt waar? Vertel!'

'Het heeft iets te maken met...' Ze wees naar de wandelwagen.

'Niet over een pratende baby, hoop ik!'

'Nee hoor, over een tragedie. Ongelooflijk eigenlijk.'

'Een gezin in nood of zo? Dat zouden we goed kunnen verkopen.'

'Absoluut. Maar mijn ouders zijn al eeuwen bevriend met de

ouders van deze baby. Ze zijn zelfs mijn peetouders. Het zou een vorm van verraad zijn...'

'Je kunt locaties en personages vermommen, voldoende feiten veranderen zodat niemand het kan herkennen.'

'O, mijn god, het is echt een geweldig verhaal, maar... ach, ik weet niet...'

'Vertel eens. Als er echt een film in zit, kan ik je helpen het verhaal te ontwikkelen en je daarna voorstellen aan een paar mensen met geld. Stel je voor, volgend jaar zou je je eigen film al kunnen produceren!'

'Op mijn leeftijd?'

'Hoe oud ben je dan?'

'Twintig... Eenentwintig.'

Cade nam haar gezicht tussen zijn handen. 'Hollywood verafgoodt de jeugd. Je bent precies waar je moet zijn.' Hij keek haar weer diep in de ogen, liet haar zijn oprechtheid indrinken. 'Op dit moment.'

'Dat weet ik,' zei ze dromerig, met gesloten ogen.

Hij drukte zijn lippen op haar voorhoofd. Dat zou haar teleurstellen, maar er wel voor zorgen dat ze terugkwam om meer.

Zuchtend zei ze: 'Misschien... als ik het tegen niemand zeg...'

'Het blijft onder ons, ik zweer het!'

'Oké.' Ze schoof naar hem toe, met een heldere blik in haar ogen. Ze wil het dolgraag vertellen, begreep Cade. Wat het verhaal ook was, hij was ervan overtuigd dat Sable er de hoofdrol in speelde. 'Dit is er gebeurd. De mensen voor wie ik werk, konden geen kindje krijgen. Daarom huurden ze een draagmoeder in...'

's Nachts was het in Forge Hill altijd ongelooflijk gevaarlijk. Jacob was op de vlucht geslagen voor de politie, was overvallen door junks in steegjes en had met hoertjes op straathoeken gedanst. Hij was vroeger zelfs aan een paar kogels ontsnapt.

Maar die avond in North Conway wilde Jacob het liefst naar huis rennen en zich tot zonsopgang onder zijn bed verstoppen. Hij liep om het huis van de Dolans heen, terwijl een stuk of honderd vleermuizen als dorstige demonen om hem heen fladderden. Hij sloeg ze van zich af en hield zijn adem in. Toen hoorde hij *oehoe* vanuit de grote eik, alsof de uil Jacob helemaal niet als een te grote prooi beschouwde. Hij had inmiddels gewend moeten zijn aan het geluid van de wind door de bomen, maar in het donker kreeg hij door het geruis van de wind door de bladeren het gevoel alsof een grote hand langs hem heen schoot, klaar om hem te slaan.

Jacob stak de sleutel in het slot, wrikte hem heen en weer en kon hem toen omdraaien. Het appartement was donker en stil. *Ga naar buiten*, schreeuwde zijn maag. *Ga aan het werk*, schreeuwde zijn geest terug. Joan had zijn PlayBox weggehaald en daarom moest hij die van Laurel gebruiken om de aanwijzingen die ze hem had gegeven te kunnen ontcijferen. Dit was een goed tijdstip om dat te doen, nu Anthony tot de volgende ochtend in Boston zou blijven voor zijn pianoles.

Laurels geur hing er nog steeds, net als de geur van junkfood en zoete shampoo.

Seringen, had ze hem een keer verteld toen hij aan haar haar had gesnuffeld. *Hé J*, kon hij haar horen vragen, *denk je dat je me kunt verslaan met* Reign of Chaos*?*

Gelukkig! De PlayBox was nog steeds aangesloten! Misschien kon hij hem beter mee naar huis nemen. Nee, zijn moeder zou hem al binnen een minuut ontdekken. Hij zou hem mee kunnen nemen naar Seans huis, maar daar zou hij nooit genoeg tijd hebben om een voldoende hoog level te bereiken. Hij kon de game maar beter hier spelen. Het was immers niet moeilijk om 's nachts het huis uit te sluipen omdat zijn moeder dan in het ziekenhuis werkte. Zijn oppas was een stomme boerenmeid, die sliep om tien uur al. Ze zou het niet eens merken als hij een knalfuif zou geven.

Tijd om aan het werk te gaan. Dit zou zijn leven kunnen veranderen, het leven dat Laurel hem gratis wilde schenken als hij haar aanwijzingen kon ontcijferen. Hij wist dat het een fantastisch leven zou zijn, omdat Laurel hem vier dagen na de eerste e-mail nóg een mailtje had gestuurd. Zonder woorden. Die waren niet nodig, omdat de cijfers in de tweede alles zeiden.

$897.909

Het wás geen droom. 'Mijn god, mijn god!' schreeuwde Bethany. Waar was Hannah?

Ze waren net thuisgekomen na het eerste concert van het koor, gevolgd door een etentje met Stan Todd en zijn vriendin. Het eerste wat Bethany deed toen ze thuiskwamen, was naar de baby kijken. Maar ze lag niet in haar ledikantje. 'Kyle. Kyle!'

Kyle rende naar binnen en trok bleek weg toen hij de lege babykamer zag. 'Ik ga haar zoeken. Haal jij Jenny!'

Bethany rende door het huis en ontdekte Jenny na een tijdje slapend in de woonkamer. 'Wakker worden!' Ze greep het meisje bij de schouders en schudde haar heen en weer. Jenny knipperde amper met haar oogleden.

Kyle rende de kamer in met een wanhopige blik. 'Zei Jenny wa...'

'Ik krijg haar niet wakker!'

Kyle klapte zijn mobieltje open. 'Ik heb een ambulance nodig op Pilgrim Road 6. Ons kindermeisje reageert nergens op. Ja, ze ademt wel, maar we krijgen haar niet wakker. De politie moet ook komen. Nee, dat niet, maar onze baby is verdwenen.'

Kyle keek naar haar. 'Bethany, niet doen!'

Bethany keek naar haar handen en ze schudde Jenny zo hard heen en weer dat haar tanden klapperden. Ze liet Jenny los en rende door de gang naar de keuken.

Ze trok deuren en laden open, ze keek zelfs in de koelkast, vriezer en magnetron. *De carport*, dacht ze en ze rende naar de achterveranda. Ze bleef doodstil staan toen ze de gasbarbecue zag staan. Het deksel was zo groot dat je er wel een wasmand onder kon verstoppen. Ze tilde hem op. Gelukkig, niets!

Ze rende de trap van de veranda af en wilde naar de carport rennen toen ze ergens over struikelde. De wandelwagen. Hannah zat in haar Maxi-Cosi, diep in slaap.

Jenny weigerde in de ambulance te stappen. 'Ik ga nergens naartoe tot mijn ouders hier zijn.'

De eerstvolgende vlucht vanuit Harrisburg ging niet voor zes uur de volgende ochtend, dus waren ze nu met de auto onderweg vanuit Pennsylvania.

'Ze wil niet met ons mee,' zei de ambulancebroeder tegen Kyle.

Jenny lag op bed, gedroeg zich als slachtoffer. Kate was met de auto vanuit North Conway gekomen. 'Doe de deur dicht,' fluisterde Jenny.

Kate ging op het bed van haar zus zitten. 'Tante Bethany draait helemaal door. Papa en mama zijn woedend op jou én op hen. Wat is er gebeurd?'

Jenny schudde haar hoofd. Dat had ze niet moeten doen: haar hoofd klopte niet langer, maar leek nu te ontploffen! Ze had misschien toch mee moeten gaan naar het ziekenhuis voor een giftest, zodat ze wisten waarmee ze was verdoofd. Maar ja, dan zouden ze ook ander spul vinden. Spul waar niemand iets van mocht weten.

'Je moet zweren dat je dit niet verder vertelt. Als papa en mama hier iets van horen, laten ze me nooit in september naar Brown gaan. Dan denken ze dat ze me niet kunnen vertrouwen. Zweer je het?'

'Ik zweer het.'

Ze haakten hun vingers in elkaar en toen begon Jenny te vertellen. 'Kun je je die vent nog herinneren die we laatst zagen?'

'Hollywood Harry?'

'Hij heet Cade.'

'Ja hoor, alsof hij echt zo heet.'

'Je bent gewoon jaloers omdat ik een stuk heb en jij...'

'Mijn boeken houden me warm. Echt waar. Maar goed, was jij vanavond bij hem?'

'Ja.'

'Ik bedoel mét hem.'

'Nee, dat niet. Echt niet. Het was trouwens een heerlijke avond. We waren in het park. Overal bloemen. Allemaal zwanen in de vijver, de mensen liepen allemaal hand in hand...'

'Sterren, maanlicht en violen. Tuurlijk!'

'Weet je, ik kon er niets aan doen. De Dolans waren weg voor dat concert, weet je wel, dat zij georganiseerd heeft. Ik ben met Hannah in de wandelwagen naar het park gelopen en Cade had picknickspullen voor ons meegenomen.'

'Terwijl ik de hele avond in de bieb heb gezeten, zit jij te zoenen onder de sterren? Maar wat is het grote geheim dan?'

'Cade bijvoorbeeld. Ik heb niemand verteld dat ik hem regelmatig zie. Tante Bethany zou zijn achtergrond willen controleren. En als zij wist dat ik Hannah in het donker mee naar buiten neem, zou ze me wurgen!'

'Wat nog meer?'

'Hoe bedoel je, wat nog meer?'

'Dat is niet genoeg om te weigeren mee te gaan naar het ziekenhuis,' zei Kate.

'Nou, hij had wat hapjes bij zich en een heerlijke fles champagne.'

'Champagne? Nou, dat is lekker! Je mag nog niet eens drinken! Wat een rotzak.'

'Zijn schuld niet. Ik heb hem verteld dat ik eenentwintig ben.'

'Lieve help, Jenny! Goed dan. Jij was dus bang dat ze alcohol in je bloed zouden vinden.'

Jenny voelde dat ze bloosde. 'Dat ja. En hasj.'

'Wat!'

Jenny sloeg haar hand voor Kates mond. 'Ach, dat stelt toch niets voor. Iedereen doet dat!'

'Maar wij niet,' zei Kate.

'Ach, doe normaal!'

'Doe zelf normaal! Wij zouden beter moeten weten.' Kate stond op, ze wilde weggaan.

'Wacht. Niet doen. Alsjeblieft! Je hebt het beloofd!'

Met een zucht ging Kate weer zitten. 'Dus je bent dronken geworden en zat onder de drugs en bent buiten westen geraakt. Nou, dat is echt iets om trots op te zijn.'

'Echt niet! Ik was niet eens high, ik voelde me gewoon lekker, meer niet. Pas later is er iets gebeurd. Volgens mij heeft iemand me zo'n verkrachtingsdrug gegeven.'

'O, mijn god, Jenny, ben je...!'

'Nee. Echt niet!'

'Waarom zou Cade zoiets dan doen?'

'Wie zegt dat het Cade is geweest? Onderweg naar huis hebben we koffiegedronken. De vent die achter de bar stond, was een leeghoofd. Misschien vond hij dat grappig. Hoe dan ook, ik kan me alleen nog herinneren dat ik de achterdeur van het slot deed, meer niet. Ik moet flauw zijn gevallen voordat ik Hannah naar binnen bracht.'

'Waarom heeft Cade dan geen ambulance gebeld?' vroeg Kate.

'We hadden bij het hek afscheid genomen. Hij weet van niets.'

'Als jij dat gelooft, heb ik nog wel een oude auto in de aanbieding.'

'Dat geloof ik echt. Daarom doe ik net alsof ik dom ben.'

'Je bént dom. Ik kan bijna niet geloven dat je over een paar maanden al gaat studeren!'

'En jij bent naïef, zusje!'

'Liever naïef dan dom! Vertel het dan in elk geval aan oom Kyle.'

'Nee! Wat niet weet, wat niet deert.'

'Dat mag je hopen,' zei Kate.

32

'Trek die pumps maar aan,' zei Cade. 'Ik vind die stilettohakken opwindend.'

Het was niet eenvoudig geweest om in een winkel iets te jatten wat bij Hailey paste. Maar het was de moeite waard geweest. Dure wol was net zijde. Hailey showde haar marineblauwe pakje en pareloorbellen.

'Goed, wat nu?' vroeg hij en hij begon aan Haileys oorlelletjes te knabbelen. 'De voogdij over Sable opeisen zodat we al haar "bezittingen" in handen krijgen?'

'Doe niet zo stom! Straks geven ze Sable echt aan ons! Je wilt de rest van je leven toch niet opgescheept zitten met een kasplantje?'

'Hoe moeten we haar spullen dan in handen krijgen?'

Hailey grinnikte. 'Ik heb een idee.'

'Vertel!'

'Eerst zal ik je iets laten zien.'

Cade glimlachte alleen maar.

'Geesten?'

'Kan dat, Patrick?' Bethany hoorde zelf de hysterische ondertoon in haar stem.

'Tja, ik heb nog nooit een quark gezien en toch weet ik dat ze bestaan. Geloof jij in geesten?'

'Hou op met psychiatertje spelen! Vertel me wat je weet!'

Patrick legde zijn voeten op zijn bureau en leunde achterover in zijn stoel. 'Koning Saul huurde een spiritist in om de geest van Samuel tot leven te wekken. We weten niet of het echt Samuels geest was die zij tot leven wekte of dat God een geest op de een of andere manier toestemming gaf door een verschijning te spreken. Hoe dan ook, Samuel was woedend omdat hij werd gestoord en de spiritist was doodsbenauwd voor waar Saul haar had in geluisd. Hij herhaalde ook Gods oordeel over Samuel.

Dus geesten kunnen bestaan, net als allerlei andere bovennatuurlijke verschijnselen, als instrumenten van de duivel of, in zeldzame gevallen, als de stem die onder leiding van God aan Balaäms ezel was gegeven. Maar de manier waarop geesten in films worden voorgesteld, als zielen die zweven tussen leven en dood, met onopgeloste problemen, is domweg niet zoals de Bijbel het beschrijft. We dansen nooit tussen straf en Genade van God. Het is wat het is. En daar mogen we God wel dankbaar voor zijn.'

Bethany stond op, ze begon te ijsberen. 'Hoe moet ik deze gebeurtenissen dan zien? Er zijn te veel vreemde dingen gebeurd, dat kan geen toeval meer zijn. De vrouw die bij ons aanbelde, beschreef onze draagmoeder tot in detail. Die beelden komen steeds weer naar boven.'

'Was er nog iets anders dan het babypoeder?'

'Gisteren was ik brood aan het bakken. Ik had het aanrecht met bloem bestrooid en liep even weg om het deeg te pakken. Toen ik terugkwam, stonden die krabbels in de bloem: weer *MAMAMA*!'

'Heeft Jenny of Kyle dat ook gezien?'

'Het is altijd verdwenen tegen de tijd dat ik hen heb opgehaald. Een paar dagen geleden stonden er letters op de beslagen spiegel van de badkamer. Toen Kyle binnenkwam, waren er alleen nog druppels te zien. En o, Jenny is trouwens weg.'

'Hoe bedoel je, weg?'

'We praten nergens over, proberen onze vriendschap met de Hemlows niet te laten bederven door dit incident. Kyle wil het een tienermisstap noemen. Volgens hem is Jenny flauwgevallen voordat ze Hannah naar binnen kon brengen.'

'En wat is er volgens jou gebeurd?'

'Hoe laat is het?' Bethany's lach bleef in haar keel steken. Ze liep naar het raam. 'Ik wil Kyles theorie graag geloven, maar hij is net zo bang als ik dat er iets naars aan de hand is. Hij kan het alleen beter verborgen houden.'

'Maar zonet zei je dat hij de zaak wil laten rusten.'

'Hij wil dat ik dat denk. Maar gisteravond heb ik hem horen praten, hij heeft een privédetective opdracht gegeven dit uit te zoeken. Volgens Kyle was dit een poging tot kidnapping.'

'Daar moet je inderdaad rekening mee houden. Niet overdreven reageren, maar wel alert blijven.'

'Dat weet ik. We zijn zo gezegend dat we door onze financiële vrijheid kunnen doen wat we willen, maar al die zegeningen maken van Hannah wel een doelwit.'

'Zou je minder bang zijn als Kyle bodyguards zou inhuren? Misschien alleen voorlopig?'

'Harry Stevens begint vandaag. Maar zijn aanwezigheid kan nog niet alle mogelijke risico's uitsluiten.'

'O? En die zijn?' Patrick boog zich voorover in zijn stoel.

'Dan zijn we weer terug bij het bovennatuurlijke.'

'Goed. Verklaar je nader.'

'Er blijven maar vreemde dingen gebeuren. Dat vreemde gehuil, eerst in North Conway en toen in mijn dromen. Die vrouw die dacht dat ze Laurel ons huis binnen zag gaan. Het feit dat Jenny flauwviel en Hannah weg was.' Bethany sloeg haar blik neer. 'Ik raak de controle kwijt, over alles, en over mezelf.'

'Bethany, hier ben je veilig. Dat weet je.'

'Dat is zo. Dank je wel Patrick, ik vind het heel fijn dat je me niet vreemd aankijkt.'

'Dat zou ik nooit doen. Waarom vertel je me niet wat je echt denkt over die vreemde gebeurtenissen?'

'Dat zei ik toch... bovennatuurlijk.' Bethany keek over zijn schouder naar het raam, durfde hem niet aan te kijken. Ze voelde zijn hand op de hare.

'Wees eens specifieker.'

Ze bleef zijn blik ontwijken. 'Ik denk dat ik... ik weet het niet...

word lastiggevallen door een geestverschijning.'

'Een geestverschijning,' herhaalde Patrick rustig. 'Daar is een geest voor nodig. Maar eh... over wiens geest hebben we het dan?'

'Dat weet je best.'

'Voor een geest is een dode nodig. Jouw draagmoeder leeft.'

Bethany sloeg haar handen voor haar gezicht. Haar wangen waren dieprood, haar handpalmen ijskoud.

'Bethany? Gaat het wel goed met je?'

Ze keek op naar Patrick. 'Technisch gezien leeft ze, maar eigenlijk is ze zo goed als dood. Als ik lastig word gevallen door een geest moet ik wel geloven dat zij het is. Want het alternatief is nóg erger.'

'Welk alternatief?'

'Patrick? Stel dat het mijn baby's zijn? Dat mijn baby's me achtervolgen? En Hannah ook, omdat zij leeft en de doden niet?'

33

Dit is de hemel, dacht Kyle: Hannah op zijn schoot, Bethany achter de piano. Vanaf de Atlantische Oceaan waaide een zacht briesje, waardoor Boston afkoelde.

De bel ging. Bethany stopte met spelen.

'Nee, niet ophouden,' zei Kyle. 'Laat mama eens zien hoe mooi we haar muziek vinden.' Kyle klapte met de handjes van de baby.

De bel ging weer. Bethany keek naar buiten.

'Harry doet de deur wel open. Hé, kijk eens wat Hannah-panna al kan? Kom op, pluizebolletje, laat mama eens zien wat je kunt!'

Hannah klapte in haar handjes. Kyle kweelde: 'Is ze niet knap?'

'Dat is ze zeker,' zei Bethany.

'Heeft ze van haar papa.'

'Tuurlijk.'

'Ze is ook heel mooi.'

'Absoluut,' zei Bethany.

'Heeft ze van haar mama.'

'Echt niet! Ze heeft geen Italiaans botje in haar lijf. Ze zou een Celtics-shirt moeten dragen, met die lichte huid van haar.'

'Hé, ze heeft wel een mediterraan uiterlijk! Dat zit gewoon verstopt onder al dat babyvet!'

Harry Stevens kwam binnenlopen. 'Sorry dat ik stoor. Hier is iemand die u wil spreken, meneer Dolan. Over zaken.'

'Ik doe thuis geen zaken. Dat weet je best.'

'U moet deze man ontvangen. Echt, meneer Dolan,' zei Harry zacht.

'Goed, dan kom ik wel even mee naar buiten.' Kyle gaf de baby aan Bethany en Hannah begon onmiddellijk op de toetsen te slaan.

'Wie is dat, Kyle?'

'Even wat papieren tekenen, ik ben zo terug. In die tijd kun je Hannah toonladders leren spelen. En leren tapdansen. Toe maar, en als je toch bezig bent, kun je haar meteen zindelijk maken.'

'Ik doe mijn best.'

Kyle zoende zijn twee meiden en liep toen achter Harry aan naar buiten.

Harry Stevens was een ex-politieman, hij was groot, sterk en trouw. Kyle kende hem uit zijn oude buurtje en wist dat hij door de wol geverfd was.

'Goed, wie is die vent die ik moet zien?'

'Hij heet Cade Parker. En hij beweert... het spijt me, meneer Dolan...'

'Zeg het nu maar.'

'Hij zegt dat hij de vader van de baby is.'

'Van welke baby?'

'Van uw baby, meneer Dolan. Deze man beweert dat hij de echte vader is van kleine Hannah.'

Dolan zag eruit alsof hij hem verrot wilde slaan. Probeer maar, dacht Cade. Het zou fijn zijn om een beetje stoom af te blazen. Maar Dolans spierbal had zijn hand in zijn jasje. Streelde zijn .38 natuurlijk. Nog een reden waarom Cade het straatvechten liever overliet aan beroeps.

'Wie ben je?' vroeg Dolan.

'Meneer Kyle Dolan, neem ik aan?'

'Geef antwoord op meneer Dolans vraag,' gromde de spierbal, te achterlijk om zich te realiseren dat hij zojuist Cades vraag had beantwoord.

'Cade Parker. Uit Albany.'

'Goed dan, Parker. Je hebt zestig seconden om me te vertellen waarom ik meneer Stevens geen opdracht zou geven je terug te slepen naar de goot waar je uit bent gekropen.'

'Ik ben Sable Lyndes echtgenoot.'

'Dat zegt me niets.'

'Volgens mij kent u Sable als Laurel Bergin.' Cade overhandigde hem een foto van twee jaar terug: Sable met haar armen om zijn hals geslagen, een beetje aangeschoten en heel gelukkig.

'Meneer Dolan! Gaat het?' Stevens zag eruit alsof hij hem wilde reanimeren.

'We kunnen maar beter naar mijn kantoor gaan,' zei Dolan en hij liep de gang door. Cade volgde hem op de voet. Hij moest zich beheersen om niet te gaan schreeuwen, dansen of springen. Dat zou niet erg beleefd zijn.

'Ik dacht dat ze van me hield,' zei Parker. 'Zij kon iedereen alles wijsmaken, zoals u weet.'

'Het gaat je niets aan wat ik weet,' zei Kyle. Ja, het meisje was een gruwelijke leugenaar. En dat betekende dat iedereen die iets met Sable Lynde te maken had dat ook kon zijn.

'Ik heb altijd gezegd dat ik heel graag kinderen wilde, een heleboel. Zij was het er wel mee eens, maar als het juiste moment gekomen leek, bedacht ze altijd allerlei smoesjes. Bijvoorbeeld dat we dan een huis moesten hebben. Daarom draaide ik overuren, werkte zestien uur per dag. Toen begon ze 's avonds op stap te gaan. Zei dat ze een computercursus volgde en het druk had in het lab. Nou, ze had het wel druk, maar niet met school. Er waren mannen. Heel veel mannen. Ze lachte alleen maar als ik haar erop aansprak. "Waarom?" vroeg ik dan. "Omdat zij niet allemaal proberen me zwanger te maken," zei ze en ze lachte me in mijn gezicht uit. "Ze neuken alleen maar met me."

Ik heb haar eruit gegooid. Daarna miste ik haar verschrikkelijk, maar ik kon gewoon niet meer tegen al haar seksuele uitspattingen. Misschien kan een andere man dat wel, maar ik niet. Ik dacht dat liefde iets bijzonders was.' Er liep een traan over Parkers wang.

Kyle wilde die traan het liefst van zijn gezicht slaan. 'Heb je even bij mevrouw Dolan gekeken?' vroeg hij aan Stevens.

'Ze heeft de baby mee naar boven genomen om haar in bad te doen.'

'Oké. Bedankt. Ga door, meneer Parker.'

Parker snoof en veegde zijn gezicht af. 'Toen was ze dus weg, maandenlang. Maar vorige zomer was ze weer in New York.'

'Wanneer?'

'Juli volgens mij. Eind juli.'

Toen Kyle en Bethany in North Conway waren, druk bezig met het opknappen van het appartement. Ze hadden Laurel – Sable – bijna twee weken alleen gelaten.

'Hoe dan ook, ze smeekte me haar te vergeven. Zei dat ze heel graag een baby van me wilde. Dat ze gewoon niet kon wachten. Ik bedoel, u weet toch hoe ze was? Ze kon iedereen het hoofd op hol brengen. En dus gingen we meteen met elkaar naar bed. Ik dacht dat ze zou blijven als ik haar meteen zwanger kon maken.'

'En, bleef ze?'

'Drie dagen. Daarna ben ik haar gaan zoeken. Ik heb overal in Albany naar haar gezocht, zelfs in Brooklyn in een paar tenten waar we samen wel naartoe gingen. Niemand had haar gezien. Ik werd bijna gek toen ik ontdekte dat ze zwanger was.'

'Hoe wist u dan dat ze zwanger was, als ze nooit contact met u opnam?'

'Een van mijn vrienden is makelaar. Zij heeft foto's gemaakt van een bedrijfspand in Troy. Kijk maar.'

Parker gaf Kyle een foto. Het was een foto van Bethany die Laurel omhelsde, op een parkeerplaats. 'Als je er niet op let, zou je denken dat ze gewoon een beetje dik was. Maar als je haar vroeger hebt gekend, die strakke buik van haar kende, dan moest je wel denken dat ze zwanger was. Ja toch?'

'Hoe heeft u ons gevonden?'

'Ik heb er een privédetective op gezet. Hij heeft deze foto overal laten zien. Niemand herkende Sable, maar uw vrouw wel. Ze is beroemd, hè? Pianiste? Het leek heel onlogisch allemaal, tot ik u eindelijk had gevonden.'

'Wat leek onlogisch?'

'Dat Sable thuiskwam, zwanger werd en me toen weer in de steek liet. Maar nu begrijp ik het. Ze heeft ons kindje verkocht, nietwaar?'

Niet reageren, zei Kyle tegen zichzelf. *Vermoord deze man niet.* 'Hoeveel wilt u?' vroeg hij na een tijdje.

'Pardon?'

'Leuk verhaal. Compleet verhaal ook, maar het zou mijn vrouw en mij last kunnen bezorgen. Hoeveel wil je, Parker?'

'Ik begrijp u niet.'

De man zag er heel onschuldig uit. Maar zo kon Laurel ook kijken, nietwaar?

'Hoeveel geld wilt u om weg te gaan?'

'Ik wil helemaal geen geld, meneer Dolan.'

'Wat wilt u dan wel?'

'Het enige wat ik altijd heb gewild: mijn baby.'

34

Kyle wilde Hannah niet loslaten.

'Ik moet haar voeden,' smeekte Bethany. 'Ze heeft vanaf vier uur al niets meer gehad!'

'Als ze flesvoeding kreeg, kon ik haar voeden.' Kyle wiegde de baby in zijn armen. Na twee uur geslapen te hebben, werd ze wakker.

'Je maakt me bang, Kyle. Waarom geef je haar niet aan mij?'

'Omdat ik nu Laurels echte naam ken, Bethany. Ze heet Sable. Sable Lynde Parker.'

'Hoe weet je dat?'

Twee minuten later had Kyle haar alles verteld. Bethany's eerste reactie was: 'Ik ga nog liever dood dan dat ik iemand mijn baby van me af laat pakken.'

'Nu weet je het,' zei Kyle.

'Misschien moeten we Nora bellen.'

'Waarom?'

'Zij heeft de implantatie gedaan, alle zwangerschapstests...'

'Ze heeft altijd duidelijk gezegd dat niets zeker is bij dit soort dingen,' zei Kyle.

Bethany had altijd vertrouwd op Kyles kracht, maar nu realiseerde ze zich dat hij door de gebeurtenissen van het afgelopen jaar evenzeer uit het lood geslagen was als zij.

'Hou jij onze baby maar vast,' zei Bethany en ze zoende hem op zijn hoofd. 'Dan maak ik een flesje voor haar klaar.'

Een minuutje later was ze terug en hield haar man vast terwijl hij hun dochter de fles gaf. Daarna maakten ze plannen.

'Ben je er alweer?' vroeg Marjorie.

Anthony haalde zijn schouders op. 'Ja.'

'Waar is je moeder? Toch niet weer ziek, hoop ik?'

'Nee, ze is opgeroepen als jurylid voor een rechtszaak in Concord. Ze moet daar vannacht blijven. Daarom ben ik gekomen, maar ik snap niet waarom. Laurel ziet er net zo uit als de vorige keer.'

'We moeten keihard werken om haar zo te houden.'

'Wat bedoelt u?'

De verpleegkundige trok het laken van Laurel af. 'Kijk maar.' Er zaten plastic beugels om Laurels benen die met klittenband waren vastgemaakt. 'Deze houden haar benen recht. Omdat ze niet beweegt, krijgt ze last van spierdystrofie. Dat betekent dat haar spieren en pezen verschrompelen. 's Nachts fixeren we haar handen ook. Elke dag komt er een fysiotherapeut die haar ledematen strekt en buigt zodat haar spieren zich moeten inspannen. Hij masseert zelfs haar vingers. We proberen haar in conditie te houden, snap je.'

'Waarom?'

Marjorie rolde Laurel op haar zij. 'Voor het geval ze wakker wordt.'

'Wanneer is het dan zover?' vroeg Anthony.

Marjorie trok het laken omhoog tot Laurels kin. 'Zodra zij besluit dat het veilig is, neem ik aan.'

Wat was het leven toch cool!

Nu zijn moeder de stad uit was en zijn broer niet op hem lette, kon Jacob zo vaak hij maar wilde naar een schitterend appartement waar niemand naar binnen wilde, om de beste videogames ter wereld te spelen. Ja man, dit was het echte leven!

Jacob had het kasteel-level van *Reign of Chaos* bereikt. Laurel had gezegd dat hij daar een aanwijzing zou vinden. En dat was zo. Het was een bel. Nou ja, niet eentje, maar tientallen. Groot, klein, tingelend, dreunend – tientallen bellen en belletjes. Dit was dus de eerste aanwijzing. Laurel had de instructies hoe hij aan het geld moest komen ergens in een bel verstopt.

Hij had het hele appartement uitgekamd. Hij had zelfs de deurbel gedemonteerd, maar dat was het niet. Hij was zo wanhopig dat hij die ochtend zelfs had aangeboden om het grote huis schoon te maken, zodat hij ook daar alles kon doorzoeken. Hij had zijn eerste bel in de woonkamer gevonden, een kristallen bel op de schoorsteenmantel.

Anthony was zich doodgeschrokken toen hij zag dat Jacob hem ondersteboven hield. 'Dat is geen speelgoed! Als jij hem kapotmaakt, maak ik jou kapot!'

Zijn zoektocht was tijdverspilling, wist Jacob. Laurel had gezegd dat die bel verstopt was. Als hij wilde weten waar, dan moest hij de game spelen die ze hem met kerst had gegeven. *Winter Slaughter*. Het was een game met allemaal witte sneeuw en rood bloed en creatieve wapens, zoals ijspegels en slede-ijzers. Zijn moeder had de game weggegooid.

Toen hij dat aan Laurel vertelde, had ze een nieuwe voor hem gekocht. 'Speel het hier maar,' had ze gezegd. 'Dan oefen ik ook een beetje en kunnen we daarna tegen elkaar!'

Jacob startte de game op. Was Laurel er maar om tegen hem te spelen. Hij moest nog heel lang oefenen voordat hij het hoogste level zou bereiken, waar hij de ultieme slechterik kon vinden en kon zien waar deze binnenkwam. Daar had Laurel het belletje verstopt, en daarin had zij haar instructies verstopt. Heel veel aanwijzingen, heel veel werk, maar Jacob was bijzonder gemotiveerd.

Met meer dan 897.000 dollar kon je heel veel videogames kopen.

35

Hailey was vijftien jaar ouder en achttien kilo zwaarder dan Cade, had veel meer levenservaring en ze was slim. Ze verwachtte dat de Dolans Boston zouden willen verlaten. Daarom had ze ervoor gezorgd dat Cade en zijn advocaat – een vent uit Somerville die Paul Leonard heette – hen in hun carport opwachtten.

Het was vroeg in de ochtend, maar de zon brandde al. Een hete augustusdag. Strandweer. Maar als Hailey gelijk had, zouden de Dolans veel verder weggaan dan Cape Cod of Maine.

Achter het huis stond een zwarte SUV. Cade en Leonard zaten op de motorkap van de Mercedes. Cade rookte de ene sigaret na de andere en zorgde ervoor dat hij vanuit het huis niet te zien was.

De achterdeur ging open. Stevens kwam als eerste naar buiten, met twee grote koffers. Kyle Dolan was de volgende, met een babystoeltje en een schoudertas. Bethany verscheen als laatste, in een wijde jurk die in de ogen van Cade haar verrukkelijke lichaam niet verborg, met de baby in haar armen.

Cade liet zich van de Mercedes glijden. 'Op reis?'

De vrouw schrok, liep instinctief terug naar het huis.

Cade stapte tussen haar en de achterdeur. 'Goedemorgen, mevrouw Dolan. We hebben nog niet kennisgemaakt. Ik ben Cade Parker. En dit is mijn advocaat, Paul Leonard.'

'De man in het park,' zei ze.

'Betrapt! Maar de vraag is natuurlijk waar we u op hebben betrapt!'

'We gaan op vakantie!' snauwde Kyle. 'En u bent niet uitgenodigd.' Hij opende het achterportier van de SUV en zette het babystoeltje erin.

Stevens liet de koffers vallen en balde zijn vuisten. 'Zal ik zorgen dat ze verdwijnen, meneer Dolan?'

'Dat zou ik heel fijn vinden.'

Nu bemoeide Leonard zich ermee. 'Dat zou niet verstandig zijn.' Hailey had een Italiaans pak voor hem opgesnord, zijn vingernagels laten manicuren en zijn haar laten knippen. Hij leek nu precies op de vijfhonderd-dollar-per-uur-advocaat die hij nooit zou zijn.

'U heeft meneer Dolan gehoord, dus wegwezen!' Stevens greep Leonards arm.

'Meneer Dolan, het is onverstandig om ervandoor te gaan,' zei Leonard.

'U kunt ons niet tegenhouden,' zei Kyle.

'Nee, maar een rechter wel.'

Kyle bleef geschrokken staan. 'Harry, wacht!' Stevens liet Leonard los.

'Wat wilt u?' vroeg de vrouw met schrille stem.

'Een DNA-test zal uitsluitsel geven,' zei Cade, hoewel hij dacht dat het wel leuk zou zijn om dit spelletje zo lang mogelijk te rekken. Het zou geweldig zijn een kat-en-muisspelletje met Bethany Dolan te spelen.

'Nee,' zei Kyle. 'En nu opzij, anders haal ik de politie erbij.'

'Waarom? Omdat ik mijn rechten als vader opeis?'

'Omdat u zich op verboden terrein bevindt.'

'Meneer Dolan...' begon Leonard.

Cade viel hem in de rede. 'Mevrouw Dolan, weet u heel zeker dat dit uw baby is?'

'Heel zeker,' zei ze. Maar haar ogen verrieden haar, ze knipperde te snel.

'En ik weet heel zeker dat het mijn kind is,' zei Cade. 'Dus u begrijpt wel dat ik u niet kan laten vertrekken.'

'Ik herhaal: u kunt ons niet tegenhouden,' zei Kyle, die eruitzag alsof hij met hem op de vuist wilde gaan.

Cade lachte, het leek hem wel een leuk idee om dat kantoorpikkie te grazen te nemen onder het toeziend oog van zijn aantrekkelijke vrouwtje.

'Vindt u dit grappig of zo?' vroeg ze.

'Natuurlijk niet. Neem me niet kwalijk. Het is alleen maar zo ironisch: zelfs nu Sable in coma ligt, trekt ze de touwtjes steeds strakker aan. Ja toch?'

Leonard ging tussen Cade en Kyle in staan, nadat Cade het codewoord 'touwtjes' had uitgesproken. Dat had Hailey bedacht. 'Mevrouw Dolan, meneer Dolan, we willen u op geen enkele manier problemen bezorgen of u nog meer verdriet doen. Maar als we dit niet informeel kunnen regelen, heb ik voor vanochtend een afspraak bij de rechtbank gemaakt waar we de tijdelijke voogdij over de baby zullen opeisen.'

'O nee! Alstublieft niet!' riep Bethany.

'We weten dat de rechter rekening moet houden met de wens van een wanhopige vader om te worden herenigd met zijn kind. Daardoor zal de rechter, ook gezien uw duidelijke vluchtpoging, zeer waarschijnlijk besluiten de baby bij een pleeggezin onder te brengen tot dit allemaal afgehandeld is.'

'Pleeggezin!' Bethany drukte de baby nog dichter tegen zich aan.

'Wij bieden u een prettiger oplossing,' vervolgde Leonard. 'Wij stellen voor...'

'Zeg het nu maar... Hoeveel wilt u?' vroeg Kyle.

Cade schudde zijn hoofd, probeerde bijzonder geduldig over te komen. 'Het enige wat we willen, is een oplossing vinden. Wij zouden willen doen wat u bij Sable heeft laten doen: een bloedonderzoek om uit te zoeken wie de ouders zijn. Als ik me vergis, zal ik u mijn verontschuldigingen aanbieden en vertrekken.'

'Dat hoeft u niet te regelen,' zei Kyle. 'Mijn vrouw en ik kunnen ons bloed wel in Boston laten testen.'

'En mij bij mijn vrouw vandaan houden?' *Het juiste moment om de verguisde echtgenoot te spelen*, dacht Cade.

'Nee. We zullen u met alle plezier haar adres geven. Maar waarom zou u haar van streek maken met een onnodig medisch onderzoek?' vroeg Kyle.

'Alleen maar onnodig als de baby van u is,' zei Cade. 'Ik zie het zo. Sable heeft een miskraam gehad toen ze zwanger was van uw baby. Meteen daarna is ze zwanger van mij geworden zodat ze uw geld kon incasseren. De baby was toch heel klein toen ze werd geboren?'

'Wie heeft u dat verteld?' vroeg Bethany.

'Ik heb dus gelijk. Misschien was ze klein omdat ze klein gebouwd is. Maar misschien ook wel omdat ze een paar weken te vroeg is geboren.'

'We hebben de uitslagen van urine- en bloedonderzoeken waaruit blijkt dat de zwangerschap niet is afgebroken,' zei Bethany.

Cade lachte. 'Sable kan heel goed manipuleren, ook uitslagen van bloedonderzoeken.' De Dolans keken elkaar snel aan. *Bingo!* dacht Cade, Sable had ook bij hen haar ouwe trucjes uit de kast gehaald.

'Hoe dan ook, we hoeven het meisje hier niet bij te betrekken. Of u. Wij kunnen bewijzen dat wij de ouders zijn zonder dat wie dan ook zich ermee bemoeit,' zei Kyle.

'Tenzij er sprake is van de derde optie,' zei Leonard.

'Wat? Dat de ooievaar haar heeft gebracht of zo?' vroeg Kyle.

Cade glimlachte en knikte naar Leonard. Tijd voor de genadeslag, voor een verrukkelijke wending. 'Er is een derde optie, en daarvoor is absoluut een bloedmonster van Sable Lynde nodig,' zei Leonard.

'Lieve help, waar hééft u het over?' riep Bethany uit.

'U weet hoe mijn vrouw was, mevrouw Dolan,' zei Cade snel. 'Sable is, was, een aantrekkelijke bedriegster. Heel overtuigend. Het kan natuurlijk zijn dat meneer Dolan inderdaad de vader is en Sable de moeder.'

Bethany haalde uit.

De striemen van haar vingers zouden nog dagenlang op zijn wang te zien zijn. Maar Cade moest erom lachen. Nog een extra reden om hen te laten boeten. En dat zouden ze doen ook. Daar zouden hij en Hailey wel voor zorgen.

'Jullie hadden kunnen weten dat je hier last mee zou krijgen,' zei Peter Muir.

Nora zweeg. Er lag een meelijwekkende, spijtige blik op haar gezicht.

'We waren wanhopig,' zei Kyle. 'Als we een bureau hadden ingeschakeld, hadden we geen zeggenschap meer gehad...'

'... en je had iemand gekregen die helemaal gekwalificeerd zou zijn. Niet een of andere criminele bedriegster.'

'Ja, je hebt gelijk,' zei Kyle. 'Je mag me overal van beschuldigen, Peter, van onethisch of zelfs van illegaal gedrag, maar dat heb ik zelf ook allang gedaan. Ik heb er al ontzettend veel spijt van.'

'Nou, ik niet!' zei Bethany. 'We hebben Hannah nu toch? Wat deze man ook allemaal beweert, Hannah is ons kleine meisje, in elke vezel van haar lichaam!'

'Dan moeten we die stomme bloedtest maar doen en de zaak afhandelen!' zei Kyle.

Peter schudde zijn hoofd. Hij was een kleine man, bijna parmantig. Hij had een snelle juridische geest en was absoluut loyaal naar Kyle en Dol-Pak, wat precies de reden was waarom Kyle hem níet bij het draagmoederschap had betrokken. De vergoeding en de voorwaarden die Kyle had voorgesteld waren veel hoger en veelomvattender dan gebruikelijk, zelfs buiten de grenzen van de wetten van Massachusetts en New Hampshire. Kyle had de contracten zelf opgesteld, omdat hij niet wilde dat Peter zich gecompromitteerd zou voelen. Nu verwachtten ze van Peter dat hij hen zou redden uit de ellende die Kyle had veroorzaakt.

Ze zaten in het kantoor van Peters partner in Sanford, Maine, vijftien kilometer bij het verpleeghuis vandaan waar Laurel – of Sable – in coma lag. Nora was er vanuit North Conway naartoe gereden en Peter vanuit Boston, samen met Kyle en Bethany.

Parker en Leonard liepen in de wachtkamer te ijsberen, omdat ze de Dolans absoluut niet uit het oog wilden verliezen. 'Als jullie ervandoor gaan, klaag ik jullie aan voor kidnapping,' had Leonard gedreigd.

Als dit allemaal voorbij was, dacht Kyle, zou hij Parker het liefst aanklagen voor afpersing, pesterij en wat voor aanklachten Peter nog maar kon bedenken. Of misschien moest hij die vent maar gewoon verrot slaan.

'We kunnen twee dingen doen,' zei Peter. 'Eén: deze vent in zo veel juridische knopen wikkelen dat hij een vermogen kwijt is om eruit te komen. Daarna kun je hem dwingen zijn prijs te noemen.'

'En het tweede?' vroeg Kyle.

'Proberen hem af te troeven. Doe dat bloedonderzoek en die ouderschapstest – vader en moeder – en besluit daarna wat je gaat doen. Als Hannah niet jouw kind is...'

'O, lieve help, Peter. Zég dat alsjeblieft niet! Ze ís van ons!' riep Bethany.

Peter keek Nora doordringend aan, wilde een reactie.

'Ik zou het met Bethany eens zijn,' zei Nora, 'als die meid ons niet met die drugstests had bedrogen. Het zou helemaal niet vreemd zijn als Laurel de urine van iemand anders heeft gebruikt om te bewijzen dat ze zwanger was. Misschien heeft iemand zelfs wel de buisjes met bloed verwisseld. Kyle, je hebt het haar financieel zo aantrekkelijk gemaakt dat ze álles had willen doen om je draagmoeder te blijven.'

'Ik wilde er alleen maar voor zorgen dat ze zou meewerken. Het was niet bedoeld om fraude uit te lokken.' Het was pijnlijk duidelijk dat wat volgens Kyle een verstandige gang van zaken was in feite roekeloos was geweest.

'Hannah kan toch niet twee weken ouder zijn dan de implantatiedatum?' vroeg Bethany. 'Alle echo's klopten toch?'

'Ja, maar hoe oud een foetus is kun je nooit precies zeggen. Weet je nog dat Laurel – Sable – de eerste echo moest overslaan omdat ze diarree had, of net deed alsof? De diagnose is daardoor pas later gesteld en zou daardoor best tien dagen kunnen afwijken. Er is een minuscule kans dat die vent de waarheid vertelt.' De tranen sprongen Nora in de ogen.

Bethany gaf Hannah aan Kyle en sloeg daarna haar armen om Nora heen. 'We doen het alweer, jou bij onze puinhoop betrekken. Sorry hoor!'

Nora zei met een geforceerde glimlach: 'Dat kan gebeuren. We overleven dit wel.'

'Die meid heeft de adoptiepapieren ondertekend, Peter,' zei Kyle. 'Kunnen we daar nog iets mee doen?'

Peter schudde zijn hoofd. 'Ten eerste zijn ze niet legaal. Zij heeft ze ondertekend als Laurel Bergin. Ten tweede, als de baby van haar en Parker is...'

Wat doet dit pijn, dacht Kyle. *Alsof ze een mes in mijn hart steken.*

'Dan kan ze de baby niet afstaan voor adoptie zonder toestemming van Parker.'

'We moeten dus wel zo'n DNA-ouderschapstest doen?'

'Dat ziet er wel naar uit,' zei Peter.

'Laten we dat dan maar doen. Zo snel mogelijk,' zei Kyle. 'Ben jij het daarmee eens, Bethany?'

'Nee, dat ben ik niet. Het is gemeen en afschuwelijk en onbegrijpelijk. Maar we hebben geen keus, hè?'

'Nog iets,' zei Peter. 'Ze vertrouwen het dr. Hemlow niet toe dat zij het bloed afneemt en het bloedonderzoek uitvoert. Leonard en ik moeten samen contact opnemen met een laboratorium en regelen dat ze ons daar allemaal ontvangen.'

'Ik kom toch mee,' zei Nora.

Kyle zoende haar op de wang. 'Dat hoeft niet, hoor. Ga maar naar huis. We bellen je later wel, oké?'

Nora knikte en pakte haar tas. 'Ik zal voor jullie bidden.'

'Dank je wel,' zei Kyle, ook al leek hem dat zinloos.

Het was nu wel duidelijk dat God Zijn handen van hen had afgetrokken. Hij verdiende dat, maar Bethany niet.

Alstublieft God, laat niet toe dat ze onze baby van ons afpakken.

36

Kyle wist dat hij eigenlijk medelijden met Sable moest hebben. Haar ogen zagen niets, haar huid was wasachtig, haar handen waren bij de polsen gebogen. Het enige aan haar wat bewoog, was haar borstkas, elke keer dat het beademingsapparaat voor haar ademde.

Maar woede liet geen ruimte over voor medelijden. Dat een onbekende, Cade Parker, hun dochter kon claimen was onvergeeflijk. En daar kwam het immers op neer? Van Kyle als gelovig mens kon je vergevingsgezindheid verwachten, maar Kyle de echtgenoot en vader was net zomin vergevingsgezind als meelevend.

De laborante was klaar met het afnemen van bloed bij Parker. Ze zette het buisje in haar mandje en zei toen tegen Kyle: 'Nu ben ik toe aan de baby.'

Kyle liep naar de hal waar Bethany met Hannah zat te wachten. 'Het is zover.'

Als een verschrikt dier deinsde ze achteruit. 'Zeg maar dat ik met Hannah in de auto zit en haar de borst geef. Zeg maar dat je me gaat ophalen. We moeten naar het noorden, Kyle. Als het nodig is steeds maar doorrijden. Alsjeblieft.'

Kyle wreef met zijn wang tegen de hare. Hij was gloeiend heet, zij ijskoud. 'Ze zouden ons al aanhouden voordat we bij de grens zijn.' Hij legde zijn hand onder Hannah, probeerde haar van Bethany af te nemen.

'Waarom kunnen ze het hier niet doen? Ze zou niet naar Laurels kamer hoeven gaan.'

'Die vrouw van het lab heeft alles daar klaarstaan. Laten we dit dus maar zo snel mogelijk afhandelen.'

Parker lachte toen ze binnenkwamen. Hij gedroeg zich charmant en de laborante reageerde daarop en drukte haar arm even tegen de zijne.

'We zijn zover,' zei Kyle.

De laborante bloosde. 'Prima. Leg haar daar maar even neer.'

Ze gebaarde naar het andere bed, dat leeg was omdat Kyle om een beetje privacy had gevraagd. Bethany legde Hannah neer en liet haar hand rusten op het buikje van de baby. Kyle liep naar de andere kant van het bed. Parker zat grijnzend aan de andere kant van het vertrek. *Hij heeft zelfs niet één keer naar Hannah gekeken*, dacht Kyle. *Als hij niets om haar geeft en ook geen geld wil, wat wil hij dan?*

'Is het lastig om bloed van een baby af te nemen?' vroeg Bethany.

De laborante kneep even in Hannahs bovenarm en tikte daarna op de binnenkant van haar elleboog. 'Soms wel. Gelukkig heeft dit kleintje een prachtige ader.'

'Doet het pijn?'

'Ze voelt een klein prikje. Ze schrikt er eerder van dan dat het pijn doet. Als u haar stil kunt houden, is het zo klaar.'

'Pak jij haar beentjes?' vroeg Kyle. Bethany legde haar handen om Hannahs heupen. Kyle glimlachte naar Hannah en drukte haar armpjes op het bed. 'Hallo, kleintje.' Hannah glimlachte terug, met haar hele lijfje. Op dat moment haatte Kyle Cade Parker zo intens dat hij hem zonder enige wroeging had kunnen wurgen.

De laborante trok latex handschoenen aan en drukte daarna een naald op een buisje. Ze wikkelde een bandje om Hannahs arm. Hannah bleef Kyle strak aankijken. Kyle wist wanneer de naald in haar ader prikte doordat ze even naar adem hapte.

'Ja, gelukt,' mompelde de laborante. Het buisje vulde zich langzaam met bloed.

Hannah jammerde even. Kyle had het liefst zijn hoofd naar achteren gegooid en ook gejammerd. Hij wist niet op wie hij het kwaadst was, op Sable Lynde vanwege haar bedrog of op Cade Parker omdat hij hen lastigviel.

Op geen van beiden, realiseerde hij zich. Hij was woedend op God, die het in Zijn innige liefde en genade had goedgevonden dat ze eerst de baarmoeder uit zijn vrouw hadden gehaald en daarna had toegelaten dat ze in deze vicieuze cirkel van wanhoop en ellende terechtkwamen. *Vertel eens, God, hoe kan iets van dit alles Uw wil zijn?*

Bethany liep snel het vertrek uit, met de baby in haar armen. Kyle liep met haar mee. Ze zag dat hij kookte van woede. Hij was bereid alles voor haar te doen, en voor Hannah. Die primitieve drang troostte haar. Hij zoende de baby, daarna hield hij haar stevig vast.

De anderen kwamen nu ook Sables kamer uit. 'Wanneer krijgen we de uitslag?' vroeg Peter.

'Over een paar weken,' zei de laborante. 'Iemand uit Huntington zal contact met u opnemen over de uitslag.'

'Bedankt dat u zo snel kon komen,' zei Peter. 'Laat de rekening maar naar mijn kantoor sturen.'

De laborante knikte en liep weg. Toen ze bij Kyle was, streelde ze de baby even over haar wangetje en zei: 'Sorry, snoepje.'

'Onze volgende stap...' begon Leonard.

Peter viel hem in de rede: 'Niet hier. Laten we naar de lobby gaan om de verdere gang van zaken te bespreken.'

'Ik ben mijn tas vergeten,' zei Bethany. 'Kyle, neem jij Hannah even mee naar buiten? Ga maar een frisse neus halen.'

Hij knikte. Niemand wilde dat de baby daar langer was dan noodzakelijk.

Toen Bethany de kamer weer binnenkwam, zag Sable er precies zo uit als toen Bethany de eerste keer was binnengekomen. Het enige verschil was de pleister op haar arm op de plek waar haar bloed was afgenomen. Bethany keek nog eens beter en zag twee natte plekjes op de voorkant van Sables nachtpon.

'Dat kán niet.' Diezelfde vochtplekjes had ze 's ochtends zelf ook wel eens, als haar borsten lekten.

'Wat kan niet?' Een verpleegkundige met donker haar en een

brede glimlach was binnengekomen. 'O lieve help, haar borsten lekken alweer.'

'Hebben jullie haar melkproductie niet onderdrukt?' vroeg Bethany, vol afschuw.

De verpleegkundige zei schouderophalend: 'Dat hebben we geprobeerd, op allerlei manieren. De melkproductie had vanzelf moeten stoppen omdat er geen baby is, omdat het niet gestimuleerd wordt. Maar ja, na de operatie heeft ze bromocriptine gekregen om de afgifte van prolactine te onderdrukken. We hebben zelfs naar barbaarse middelen gegrepen en haar borsten afgebonden. Dit zou helemaal niet mogen gebeuren!'

'Waardoor gebeurt het dan wel?'

'Het is iets neurologisch, volgens dr. Chasse. Of misschien een primitieve drang, iets in haar hypofyse wat we niet kunnen onderdrukken.'

De verpleegkundige trok Sables nachtpon omhoog en droogde haar borsten met een washandje. 'Kijk nou toch! Waarom is het opeens zoveel?' De melk stroomde uit Sables borsten en druppelde langs haar buik.

Waar Bethany heel veel moeite voor had moeten doen, had Sable geen enkele moeite gekost.

37

'Hij is er alweer,' zei Harry Stevens. 'Wat wil die rotzak nu weer?'

Stevens overhandigde Kyle een document.

Hij las het snel door en probeerde niet te vloeken. 'Oké. Als je even wacht, ga ik naar boven. Breng hem dan naar de woonkamer, maar laat hem daar geen seconde alleen, Harry. Straks probeert hij het tafelzilver nog te jatten.'

'Zal ik hem even mee naar achteren nemen, meneer Dolan? Hem een lesje leren?'

'Een verleidelijk aanbod, dat wel. Maar nee, dat past niet bij ons.'

Nog niet, dacht Kyle.

Hij liep naar boven en belde Bethany op haar mobiel. Ze was boodschappen aan het doen, met Hannah. 'Parker eist bezoekrecht!'

'O nee, geen sprake van! Die man raakt mijn baby met geen vinger aan!'

'Precies wat ik dacht! Ik wil dat je met haar naar... ach, je weet best waarheen gaat, terwijl Peter en ik naar de rechtbank gaan en deze vent door de mangel halen.'

'Nova Scotia is prachtig in juli,' zei ze. In haar gedwongen lachje klonk de wanhoop door.

'Nee. In elk geval nu nog niet. Ga gewoon ergens naartoe waar we mensen kennen, waar ik weet dat je veilig zult zijn. Hij zal ons daar nooit kunnen vinden. Bel me als je er bent.' Hij gaf haar het nummer van Stevens' mobiele telefoon en het telefoonnummer van Peters kantoor.

'Ik hou van je, Kyle.'

'Ik hou ook van jou. Zeg maar tegen mijn Hannah dat ik ook van haar hou.'

'Dat zal ik doen, Kyle. Ik hou van je.'

'Dat zei je al, liefje.'

'Ik kan het niet vaak genoeg zeggen.' Haar stem veranderde, hij hoorde haar glimlachen door haar tranen heen.

Ze verbraken de verbinding. Kyle bleef nog even staan, met de telefoon tegen zijn wang. Hij vroeg zich af hoe het zover was gekomen dat hij Bethany vroeg hem te vertrouwen. Vroeger zou hij haar hebben gevraagd God te vertrouwen. Vroeger zou hij God hebben vertrouwd.

Bethany's handen trilden toen ze de dop op de pen drukte. Ze was blij dat Hannah sliep, zodat ze haar angst en Kyles woede niet zou opvangen. Ze stopte de pen weer in haar tas en wilde haar aantekenboekje dichtdoen. Onder de twee telefoonnummers die ze van Kyle had gekregen, stond een krabbel die ze inmiddels maar al te goed kende:

MAMAMAMAMA

Cade Parker was er zo dichtbij dat hij het bijna kon proeven.

'Nog heel even,' zei hij tegen Hailey. 'Dan hebben we een miljoen in handen!'

'Je bedoelt Sables miljoen.'

'Ach, wat van haar is, is van mij. Dat was altijd al zo.'

Lachend stak Hailey haar handen in de zakken van Cades spijkerbroek. 'En wat van jou is, is van mij. Dat zal altijd zo blijven. Zorg jij er nu maar voor dat die laborante-vriendin van je dat ook weet.'

'Hé, ik ben met haar meegelopen naar haar auto en heb haar telefoonnummer gevraagd. Meer tijd had ik niet nodig om te doen wat ik moest doen.'

'Oké, ik begrijp dat je alleen het bloed en niet het telefoonnummer hebt verwisseld.'

'Je weet maar nooit wanneer ik in Maine ben, hè?'

Hailey gaf hem een klap. Cade greep haar beet en drukte zijn neus tegen haar nek. 'Heb je die kleren die ik uit het ziekenhuis heb meegenomen al bekeken?'

'Die zwangerschapsbroek en dat veel te grote T-shirt? Ik heb alle naden opengeknipt, maar daar zat niets in. Dat zei ik toch al. We moeten al haar spullen hebben, vooral haar laptop.'

'Inderdaad,' zei Cade. 'Ik word zo irritant dat ze me straks alles willen geven om maar van me af te zijn.'

Hailey lachte. 'Kijk maar uit dat ze je die baby niet geven.'

38

North Conway bruiste van leven. De mais was hoog opgeschoten, de weilanden stonden vol wilde bloemen en de vogels en eekhoorntjes maakten een herrie van jewelste. De winkels en uitkijkpunten waren boordevol toeristen, en natuurliefhebbers waren aan het fietsen, wandelen, kanoën en kamperen.

Bethany had maar twee dagen nodig gehad om van de boerderij weer een thuis te maken. Ze vulde vazen met bloemen, zette de ramen open en liet de frisse lucht naar binnen stromen. Zelfs Hannah voelde de vredige sfeer. Ze sliep beter, lachte luider en at meer.

Anthony had op het huis gepast en woonde al sinds Hannahs geboorte in het gastenverblijf. Ze hadden gezegd dat hij ook wel in het appartement mocht wonen, maar dat aanbod had hij afgewezen. 'Dat kan ik niet. Ik vind het daar gewoon doodeng.'

Dat konden Bethany en Kyle wel begrijpen.

Bethany had hazelnootkoekjes gebakken en was de keuken aan het schoonmaken. Ze wilde een paar naar Kyle sturen en Anthony vragen de rest mee te nemen voor Jacob. Anthony had gezegd dat zijn broer de hele zomer heel erg op zichzelf was geweest. Het was gewoon griezelig in hoeveel levens Sable Lynde haar klauwen had gezet.

Maar daar wilde Bethany niet over nadenken. Ze boende het aanrecht schoon en genoot van de fysieke inspanning en de bevrediging weer in haar eigen keuken bezig te zijn. Ze was al snel weer helemaal gewend in North Conway. Onderweg naar het noorden had Bethany luiers, kleertjes en zelfs speelgoed gekocht. Ze hadden veel eerder naar het noorden moeten gaan... misschien zou dat gedoe met Cade Parker dan nooit zijn gebeurd.

Bethany hoorde via de babyfoon dat Hannah wakker was geworden. Ze waste haar handen, droogde ze af en liep naar de babykamer.

De telefoon ging. Bethany pakte Hannah uit haar ledikantje en rende via de overloop naar de slaapkamer. Het was Kyle.

'Hoe is het met mijn baby?'

'Heel goed. Wil je wat tegen haar zeggen?'

'Later.'

'Wat is er aan de hand, Kyle?'

'Kun je haar even neerleggen? We moeten praten.'

'Gaat het over dat bloedonderzoek?'

'Zet haar even in haar stoeltje zodat we een paar minuutjes rustig kunnen praten, oké?'

Bethany liep terug naar de babykamer. 'Zo terug, liefje,' zei ze en ze maakte Hannah vast in haar stoeltje.

De baby begon met haar armpjes te zwaaien en te jammeren, niet blij dat ze al zo snel weer alleen werd gelaten. Bethany pakte de doos met speelgoed die ze net had gekocht en haalde er een setje letterblokjes uit. Ze gaf Hannah een in elk handje. 'Kauw daar maar even op.'

Hannah gehoorzaamde, blij met haar plastic blokjes.

'Wat is er, Kyle?' vroeg Bethany.

'Ga naar de overloop.'

'Waarom?'

'Omdat ik niet wil dat Hannah ons gesprek hoort. Ze begrijpt misschien niet waar het over gaat, maar de spanning voelt ze wel.'

Bethany liep als verdoofd naar de overloop. 'Oké. Vertel op.'

'Het lab is Hannahs bloed kwijt.'

'Belachelijk!'

'Nou ja, ze hebben jouw bloed, dat van mij, Parker en Sable... maar niet dat van Hannah.'

'Wat nu?'

'Ik heb gezegd dat Nora wel bloed van haar wil afnemen, maar dat heeft Parker geweigerd. Hij wil met eigen ogen zien dat het bloed van Hannah is. Toen ik hem niet wilde vertellen waar je was, dreigde hij naar de politie te gaan. Hij wilde zeggen dat we Hannah hebben gekidnapt.'

'Nu is het genoeg. Ik neem Hannah mee naar Londen.'

Kyle dwong zichzelf te lachen. 'Zover zijn we dus al gezonken? Dat we op de vlucht slaan?'

'Ik weet dat het belachelijk klinkt, maar wat moeten we anders doen?'

'Parker vraagt de hele tijd om Sables spullen. Misschien laat hij ons een paar dagen met rust als we hem zijn zin geven, zodat we tijd hebben om ons eigen plan te trekken. Ik wil dat je alles in het appartement inpakt en dat vandaag nog verstuurt. Anthony moet je maar even helpen. Goed?'

Ze drukte de telefoon tegen haar slaap. Nee, dat was niet goed. Helemaal niet zelfs. Maar wat moest ze zeggen?

In de babykamer hoorde ze Hannah huilen, omdat ze haar blokjes had laten vallen. De baby verzette zich tegen de bandjes waarmee ze vastzat en keek naar de vloer alsof ze de blokjes zelf kon pakken.

'Nou, ik ben blij dat je ze leuk vindt,' zei Bethany afwezig. Het idee dat ze Sables appartement in moest, joeg haar angst aan. Ze kreeg er de rillingen van, zelfs op deze warme augustusdag. Ze bukte zich om Hannah uit haar stoeltje te tillen, maar stopte halverwege.

Bethany klemde haar handen in elkaar om het plotselinge trillen ervan tegen te gaan. *Doe niet zo stom*, zei ze tegen zichzelf. *Dit betekent niets. Het is gewoon stom toeval.* Van de zesentwintig blokjes was ze erin geslaagd de letters M en A te pakken. Dat was alles.

Ze smeet de blokjes terug in de doos. Te hard... De doos viel om, zodat alles eruit viel. Ze bukte zich om het speelgoed op te rapen, maar stopte halverwege en draaide zich om.

Het zijn gewoon letterblokjes, zei ze tegen zichzelf. Ze tilde Hannah op en liep snel naar beneden. *Elk blokje heeft een andere letter van het alfabet, net zoals in de advertentie stond.* Daarom was het onmogelijk dat ze had gezien wat ze dacht te zien... alle blokjes op de grond vormden de woorden MAMAMAMA...

Jacob schrok zich dood toen Anthony opeens het appartement binnenstapte.

Twee weken geleden was hij gestopt met naar scouting te gaan, omdat hij zo dicht bij de oplossing van Sables raadsel was dat hij scouting maar tijdverspilling vond. Zijn maat Sean had een brief opgesteld waarin stond dat Jacob aan zijn voet geopereerd was. Op kamp dachten ze dat hij in het ziekenhuis lag. Zijn moeder dacht dat hij op kamp was. Jacob was precies daar waar hij wilde zijn. Waar hij moest zijn.

Sable vond *Winter Slaughter* dan misschien wel een makkie, maar Jacob vond de game heel moeilijk. Hij had nog steeds niet ontdekt wie de slechterik was. Dat betekende dat hij nog steeds niet wist waar hij het belletje moest zoeken.

En nu stond Anthony op de veranda met de sleutels te rammelen. Snel pakte Jacob de PlayBox en rende naar het balkon. Hij hoopte maar dat Anthony vlug klaar was met wat hij wilde doen, anders zou het een heel lange dag worden!

Bethany's handen trilden zo hevig dat ze Hannah bijna niet vast kon houden. Hoe was het mogelijk dat Hannahs bloed zomaar was verdwenen? Had Cade Parker het weggenomen of de laborante omgekocht om dat te doen? Of waren ze weer terug bij een halfdode geest? Misschien moest ze een exorcist of zo bellen? *Nee, ik ben een christen,* zei ze tegen zichzelf. *Ik geloof in een soevereine God, ik geloof in een genadige Redder van mijn leven. En van het leven van mijn dochter. Alstublieft God, sterk me in mijn geloof.*

Wat had Patrick de laatste keer dat ze hem had gesproken ook alweer gezegd? 'We kunnen alleen lastig worden gevallen door een bovennatuurlijke verschijning als God dat toestaat. En als dat zo is – en Bethany, dat is bijzonder onwaarschijnlijk – dan moeten jij en Kyle daarover bidden en proberen te ontdekken wat Gods bedoeling is.'

O, God, alstublieft. Vertel me welke bedoeling U met dit alles heeft.

Cade was woedend. 'Het is er niet! Allemaal dozen met rotzooi, en het is er niet!'

'Dat is jouw schuld!' snauwde Hailey. 'We hadden Dolan meer onder druk moeten zetten.'

'Ik wil die baby niet, ik wil Sables laptop!'

'Laat me eens kijken. Je hebt Sables deodorant, haar ondergoed, haar programmeerboeken, haar tandenborstel. Kleding ter waarde van zo'n vierduizend dollar. Kijk eens naar die labels! Zwangerschapskleren van Liz Claiborne? Ik moet proberen de Dolans zover te krijgen dat ik hun baby mag krijgen!'

Cade pakte een trui van haar af. Hij wilde hem net kapottrekken toen hij de geur rook. Seringen. Hij drukte hem tegen zijn gezicht en verdronk even in herinneringen aan Sable. Haar grappige glimlach. Haar ogen, zo helder dat je dacht dat ze dom was, tot ze haar mond opendeed. Ze spuide continu ingewikkelde en intense ideeën, het grootste deel van de tijd waren ze onbegrijpelijk. Maar dan was haar gezichtje zo levendig, haar stem zo geanimeerd dat Cade haar opwinding goed kon begrijpen.

Hij had het verschrikkelijk gevonden haar in het ziekenhuis te zien liggen met al die slangetjes en draadjes. Maar toen realiseerde hij zich dat zíj het niet was, dat het alleen maar een lichaam was dat zij had achtergelaten. Cade had geen idee waar Sable was – in de hemel, de hel, een kerker – wie weet? Misschien was ze wel in cyberspace. Voor haar zou dat het paradijs zijn.

'Denk je dat Dolan die bankrekening in handen heeft gekregen?' vroeg Hailey.

'Niemand heeft die bankrekening in handen. Ik heb die vanochtend nog gecontroleerd. Al het geld staat er nog op. Ze groeit gestaag met die twee procent rente, maar verder is er niets veranderd. Je denkt toch niet dat Dolan zich interesseert voor een miljoentje? Hij heeft zelf geld, hij heeft ons geld niet nodig.'

'Ons geld? Sables geld zul je bedoelen,' zei Hailey lachend. 'Je moet niet net doen alsof jij dat bij elkaar hebt geschraapt.'

'Maar ik ben Sables erfgenaam. Dat kan ik bewijzen met ons trouwboekje, dankzij jouw slimme computervriendje. Vertel me nog een keer waarom we niet gewoon naar de bank kunnen gaan om dat geld eraf te halen... Vooral nu ik kan bewijzen dat ze onbekwaam is en ik haar naaste familie ben.'

Hailey pakte de trui van hem af. 'Stomkop! Ontzettende stomkop! Ik kan gewoon niet geloven dat ik me ooit met jou heb ingelaten.'

Cade stormde op haar af en Hailey balde haar vuisten. 'Toe dan, slome! Sla maar zo hard je kunt!'

Cade bleef staan. 'Nee, dat pleziertje gun ik je niet! Wat voor stoms heb ik dan gezegd?'

'Denk toch eens na! Stel dat die accountants de bank nog altijd in de gaten houden? Of dat de overheid of iemand anders een tip heeft gekregen over dat voicemailgedoe en die bankrekening in de gaten houden? We kunnen wel in de bak terechtkomen! En ook al zou niemand erachter komen, jij hebt toch ook geen zin om belasting over al dat geld te betalen?'

'O ja, belasting!'

'Hèhè! Bovendien moeten we nog met iets anders rekening houden,' zei Hailey.

'Waarmee dan?'

'We hebben er steeds grapjes over gemaakt dat ze ons met die baby zouden opschepen...'

'Zullen ze nooit doen.'

'Nee. Maar jij roept steeds dat jij Sables naaste familie bent en ze kunnen ons dus wel met háár opschepen. Heb jij er zin in om de rest van haar leven met een kasplantje rond te zeulen?'

'Nee.' Dat kon hij Sable niet aandoen. Hailey zou het buisje van dat beademingsapparaat zo snel dichtknijpen dat...

'Denk eens goed na, Cade. Wat kan Sable met die laptop hebben gedaan?'

Cade probeerde zichzelf in Sable te verplaatsen. Ze was zowel slim als paranoïde. 'Als ze hem niet gebruikte, verstopte ze hem ergens. Bang dat iemand zou inbreken, hem zou stelen.'

'Precies. Dus gaan we zelf even kijken.'

'Alsof Dolan ons binnenlaat in dat chique huis van hem in Boston.'

'Ze hebben nog een tweede huis, in New Hampshire.'

'Hoe weet je dat?'

Hailey zei grijnzend: 'Omdat ik de postbode een volledig verzendbewijs voor die doos heb gevraagd. Dus nu weten we dat.'

'Dus nu weten we dat,' echode Cade. 'Dus nu gaan we daarheen.'

Bethany was in de voortuin onkruid aan het wieden. Ze had Sables spullen naar Cade Parker verstuurd, dus zou hij hen nu wel met rust laten. Een paar dagen geleden was ze weer naar Hannahs kamer gegaan en toen waren alle blokjes zoals ze moesten zijn: van A tot en met Z. Door de stress had ze dingen gezien die er niet waren. Ze moest gewoon vaker naar buiten, zich fysiek inspannen, genieten van de zomer in New Hampshire. Dit was een goede therapie, met haar handen in de warme aarde wroeten.

Hannah lag vlak bij haar te slapen, met een klamboe over de kinderwagen gespannen. Bethany was geschrokken van de nieuwe waarschuwingen voor het West-Nijlvirus. Bovendien kwam de ziekte van Lyme in dit gebied voor en daarom moest ze ervoor zorgen dat de kinderwagen niet te dicht bij de bosjes stond, waar teken in konden zitten. Het leven was heerlijk, maar ook gevaarlijk.

Hannah zuchtte in haar slaap. Bethany keek naar haar en glimlachte. Haar baby was vier maanden oud en elke dag was een ontdekking.

Ze hoorde Anthony een aria zingen. Hij was achter op het terrein de boerderij aan het verven. Hij had zijn talenstudie serieus opgevat en zong nu operamelodieën alsof ze door zijn aderen stroomden. Van hiphop via Händel tot Mozart – wat een verbazingwekkende reis.

Ze neuriede mee, samen met de bijen op de bloemen. Toen hield Anthony op met zingen, midden in een zin. Even later rende hij de hoek om naar Bethany.

'Ik hoorde het. Haar.'

Ze kreeg er de rillingen van, ook al was het warm. 'Wat?'

'Ik weet het niet. Ik hoorde gewoon...' Hij leek in de war. 'Kom mee, luister zelf maar. Volgens mij is het Laurel.'

‘Ik ben niet van plan Hannah daarmee naartoe te nemen. Zeg maar waar het was. Dan ga ik wel alleen.’

‘Achter de boerderij, waar ik aan het verven was. Volgens mij moet u de ladder op om het te kunnen horen. Voorzichtig, hoor!’

‘Oké. Maar je mag Hannah geen minuut alleen laten.’ Bethany keek voor de zoveelste keer of de baby vastzat en of de rem wel op de kinderwagen zat.

De ladder stond tegen de achterkant van het appartement, tussen de ramen van de badkamer en de slaapkamer. Anthony’s kwast lag op de grond en er zaten felrode spatten op het gras.

Bethany klom langzaam naar boven tot ze bij de plek was waar Anthony was gestopt met verven. Ze bleef staan om te luisteren. Een briesje liet de bladeren ruisen. In de verte gierde een motor. Van de overkant van de rivier hoorde ze het gedempte getoeter van het toeristentreintje dat door het dal reed.

En toen... een kinderstem, hoog en onvast.

Sing to me, mama, so I’ll know you’re still there.

Bethany klopte op het slaapkamerraam. ‘Wie is daarbinnen?’

Nu hoorde ze gezang... een bekend liedje, maar het was Bethany’s stem niet.

When the birds of spring come alive to sing, in the golden wonderland... I will dance for you under skies of blue...

‘Wat wil je? Geef antwoord!’

Because I will love you forever and I’ll be here, with you, for always.

Bethany smeet de verfemmer door het badkamerraam. Een gigantische dreun en de verf spatte alle kanten op.

Toen hield het zingen op.

39

Jacob baalde als een stekker.

Waarom moest iedereen hier nu zo nodig rondhangen, nu hij er zo dichtbij was? Net die ochtend had hij een kudde vuurspuwende rendieren neergeschoten en in *Winter Slaughter* de geheime grot bereikt. Jacob wist zeker dat hij hem daar zou zien, de vent die Laurel de 'ultieme slechterik' had genoemd.

Hij had net een minuutje pauze genomen toen iemand een pot verf door het raam smeet. Hij was zich kapot geschrokken, dacht dat hij terug was in Forge Hill en hij vanuit een rijdende auto werd beschoten. Maar hij was cool gebleven. Hij zag dat Anthony in de voortuin was en dat mevrouw Dolan naar zijn broer toe rende. Dan had zij die verfpot door het raam gesmeten! Maar waarom?

'Ze is labiel,' had Joan fluisterend tegen Anthony gezegd. Knappe diagnose. Je hoefde heus niet gestudeerd te hebben om te zien dat mevrouw Dolan gespannen was. En nu had ze het raam van de badkamer ingegooid, zodat het bad onder de rode verf zat. Het leek wel bloed!

Daardoor moest hij weer aan Laurel denken en dat zij een kogel in haar hoofd had gekregen. Hij stelde zich voor hoe ze in een bed lag met een beademingsbuisje in haar keel. Daardoor voelde hij zich zo ellendig dat hij zelfs een schietgebedje zei. *Zorg dat iemand op haar let, oké, God?*

Jacob sloot de game af, verstopte alles en wachtte tot Anthony en mevrouw Dolan het huis binnenliepen. Daarna klom hij via de ladder naar buiten en rende het bos in om daar te wachten. Hij hoopte maar dat ze zich gedeisd zouden houden. Hij moest alles in de gaten houden. Dat zou Laurel willen.

'Ik kan gewoon niet geloven dat ik helemaal vanuit Boston hiernaartoe ben gereden om een spook te zoeken.' Kyle stond in de keuken. 'Ik heb elke centimeter doorzocht. In het appartement is niemand.'

Anthony en Bethany zaten tegen elkaar aan op de trap. Geen van beiden durfde het appartement in te gaan. Hannah was in de boerderij bij Kate Hemlow.

'Mag ik je eraan herinneren dat je dat zelf hebt aangeboden? Misschien heb je niet goed genoeg gekeken. Een geest kan zich heus niet in een keukenkastje verstoppen,' zei Bethany.

'Hoe moet ik dat nou weten? Ik heb geen idee,' zei Kyle geërgerd. 'Weet je wel zeker dat het niet gewoon...'

'Wat? Mijn verbeelding? Of mijn psychose?'

'Stop! Wacht even! Ik heb het ook gehoord!' zei Anthony. 'Jullie hadden al genoeg aan je hoofd, maar toen jullie in Boston waren, zijn hier allemaal rare dingen gebeurd. Laden die openstonden. Dingen die verplaatst waren, boeken en lampen. Licht aan in het appartement. Ik heb zelfs een keer iets gehoord wat op een videogame leek. Ik weet dat ik had moeten gaan kijken, maar ik vind dat appartement doodeng. Het spijt me, ik heb jullie in de steek gelaten.'

'Je hebt niemand in de steek gelaten,' zei Kyle. 'Zijn er nog meer dingen die ik zou moeten weten?'

Anthony haalde zijn schouders op, om zijn spieren te ontspannen. 'Toen ik maandag het appartement binnenging om die spullen te halen, ben ik even gaan zitten. Toen ik mijn hand op de bank legde, voelde ik een warm plekje op de zitting. Alsof er iemand had gezeten.'

'Wat denk je, Kyle?' vroeg Bethany. 'We kunnen toch niet allebei gek zijn!'

Kyle had geen idee wat hij moest denken. Hij had nu eigenlijk een afspraak met Parkers advocaat in Boston. Na Bethany's hysterische telefoontje was hij echter vertrokken bij Dol-Pak en had drie uur in de auto gezeten om op zoek te gaan naar... wat? Een geest? Of een of andere gezamenlijke hallucinatie?

Kyle sloeg zijn armen om haar heen. 'We gaan dit uitzoeken, Bethany, dat beloof ik. Sorry dat ik zo kortaf tegen je deed.'

'Mijn schuld. Ik had je moeten bedanken omdat je bent gekomen. Dank je wel dus,' zei Bethany. 'Hoe zit het met die afspraak?'

'Misschien is het zelfs wel beter dat Peter met die rotzak en zijn advocaat praat zonder dat ik erbij ben.' Kyle haatte het gevoel dat hij Cade Parker verrot wilde slaan. Maar het was immers een door God gegeven impuls dat een vader zijn gezin wilde beschermen?

'Laten we het over iets anders hebben,' zei Anthony.

'Goed idee,' zei Kyle. 'Wat eten we vanavond?'

Bethany glimlachte. 'Ik heb de eerste aubergine van het seizoen geplukt. En hij is prachtig.' Ze zoende Kyle en liep de trap af. 'Over een uurtje gaan we eten. Aubergine met parmezaan. Misschien wat fettuccine. En een salade van verse spinazie.'

Anthony liep achter haar aan. 'U heeft me overgehaald. Ik kan niet koken en ik heb het helemaal gehad met macaroni met kaas.'

'Anthony, wacht!' Kyle gebaarde dat hij zijn mond moest houden tot Bethany weg was.

'Sorry, meneer Dolan, ik wilde haar niet nog banger maken.'

'Nee, dat is het niet. Het is gewoon... ik heb je nooit verteld hoe erg ik het vind wat er is gebeurd, in februari...'

'Zeker wel.'

'Niet echt. Ik ben veel te ver gegaan, heb je veel te snel beschuldigd. Ik kan je niet zeggen hoe erg het me spijt wat ik heb gedaan.'

'Hé man, Sable was er heel goed in om mensen te laten geloven wat ze wilde dat ze geloofden.'

'Ik had je nooit mogen slaan, Anthony. Ik hoop dat je het me kunt vergeven.'

Anthony haalde zijn schouders op. 'Tuurlijk. Zand erover.'

'Dank je. Ik heb er heel lang over nagedacht. Nu weet ik dat ik me heb laten verblinden door wat ik wilde.'

'Hé, ik was er ook bij hoor! Ik deed wat goed voelde, niet wat juist was.'

'Ik ben blij dat je ons nog een kans hebt gegeven.'

'Ik ook.' Ze gaven elkaar een hand en liepen samen de trap af.

'Wat denk jij van dat vreemde gedoe?' vroeg Kyle.

'Mevrouw Dolan denkt dat het haar – jullie – dode baby's zijn.'

'Dat kan niet! Dat zou God nooit goedvinden. Nooit!'

'Amen! Maar ik snap wel waarom ze dat denkt. Dat meisje dat we hoorden klonk zo jong. Heel jong. Maar weet je...' Anthony wendde zijn blik af.

'Zeg het maar.'

'Ik heb een goed geheugen voor stemmen, meneer Dolan. Dit meisje klonk heel jong, echt waar. Maar toch leek het Laurel... ik bedoel Sable.'

Kyle schudde zijn hoofd. 'Die meid weet wel hoe ze je moet bezighouden. Geniaal in dat opzicht. Maar ik zou niet weten hoe ze dat voor elkaar moet krijgen terwijl ze in coma ligt.'

'Ik ga dus écht een baby voor de Dolans krijgen!'

'Hou je bek,' snauwde Cade.

Hailey danste door de woonkamer. 'Kijk toch eens! Wat een luxe! Vanbuiten een kast van een boerderij, vanbinnen een prachtig optrekje. Heb je gezien hoe groot die tv is? Een bad met whirlpool en een enorme doucheruimte. Meer kan een vrouw niet wensen. Die Kyle Dolan ziet er zelf trouwens ook niet slecht uit.'

Cade greep haar bij de keel. 'Hou je bek toch eens! We moeten aan het werk!'

Hij had voor die avond een afspraak gemaakt met Kyle, zodat hij zeker wist dat hij in Boston was en zij alle tijd hadden om het appartement te doorzoeken. Tegen de tijd dat Kyle tot de conclusie kwam dat Cade niet kwam opdagen, zouden zij de laptop al hebben gevonden en zich uit de voeten hebben gemaakt. Als ze dat stomme ding tenminste konden vinden! Waar was dat onding? Hij had al Sables gebruikelijke verstopplekjes doorzocht: op de bodem van de boxspring, achter de koelkast, onder de wastafel in de badkamer. Niets.

Hailey gleed met haar handen over zijn borstkas.

'Ga door met zoeken,' gromde hij.

'Zo langzamerhand ben je wel heel saai geworden.'

En jij heel voorspelbaar, dacht Cade. Misschien moest hij hun relatie verbreken – zodra ze dat miljoen in handen hadden. Hij trok de achterkant van de stereo-installatie los. Alleen maar draden en stof.

'Hier!' Hailey riep hem vanuit de computerkamer. 'Onder de onderste la. Het voelt als een laptop, maar ik kan mijn arm er net niet helemaal in krijgen!'

Cade probeerde zijn hand erin te krijgen. Te krap – alleen een kind zou daarin kunnen komen. 'Dan moeten we het bureau maar optillen.' Hij tilde hem omhoog, terwijl Hailey er iets onderuit trok.

'Het is een videogamespeler.'

'Waarom zou ze die verstoppen?' vroeg Cade.

'Die Dolans zijn echte christenhonden hè? Misschien vonden ze het niet goed dat ze die stomme games speelde. Wacht eens. Ik voel nóg iets!' Ze scheen met haar zaklamp naar binnen. 'Een cassetterecorder. Met een bandje erin.'

'Misschien heeft Sable een berichtje voor ons achtergelaten, zodat we haar laptop kunnen vinden. Of misschien geeft ze ons op deze manier al haar wachtwoorden.'

Hailey schoot in de lach. 'Droom maar lekker verder, liefje. Dit is zeer waarschijnlijk een bandje met haar favoriete nummers.'

Cade pakte de cassetterecorder en drukte op PLAY. En kon zijn oren niet geloven.

Kyle kon zich niet herinneren wanneer Bethany voor het laatst een hele nacht had doorgeslapen. Toch had ze geen vin verroerd toen Hannah geluidjes maakte, ook al had ze erop gestaan dat ze haar ledikantje in hun slaapkamer zetten.

'Ziezo, kleintje,' fluisterde hij nadat hij haar luier had verschoond. 'Hoe kan zo'n lief klein meisje zoveel troep maken?'

Hij wiegde haar een paar minuutjes, zoende haar en legde haar terug in haar wieg. Bijna meteen stopte ze een handje in haar mond.

Ze is van ons allemaal de enige die onschuldig is, dacht Kyle. Hij zou een hele tijd biddend op zijn knieën moeten doorbrengen als dit alles achter de rug was.

Maar niet vanavond. Geen tijd voor. Hij moest eropuit om dat spook te vinden.

De nacht was vol geluiden van kikkers en krekels, een enkele kreet van een uil en in de verte zelfs het geroep van een coyote. De maan wierp lange schaduwen over het gras. Kyle liep op zijn sandalen om de achterkant van de boerderij heen, waardoor zijn voeten vochtig werden van de koude dauw.

Toen hij nog klein was, speelden hij en zijn broers altijd op straat. Ze moesten al voetballend en honkballend de vrachtwagens ontwijken. Het kleine tuintje van zijn ouders was in gebruik als parkeerplaats. Het had dan ook jaren geduurd voordat hij gewend was geraakt aan hun leventje in North Conway. Hij werd nog altijd onrustig bij de gedachte dat er slangen en spinnen om zijn voeten heen konden kruipen.

Vanuit de boerderij hoorde hij een vage kreet. *De vleermuizen zijn terug*, dacht hij toen hij de trap op liep. Hij zou een mannetje moeten bellen om de zolder te controleren. Misschien had Anthony ze opgeschrikt toen hij aan het verven was. Net als al die andere gebeurtenissen waren ze waarschijnlijk het product van de fijngevoelige artistieke geest van Anthony en Bethany.

Cade had het gevoel alsof iemand hem met een scheermesje van zijn ingewanden had beroofd.

'Zet dat ding uit!' zei hij.

Hailey liep bij hem vandaan. 'Dat is Sable, hè?'

'Ik duw dat ding door je strot als je het niet uitzet!'

Sing to me, mama, so I'll know you're still there.

De stem op de tape begon te zingen. *When the birds of spring come alive to sing...*

'Dat is zij toch? Zo te horen is ze moedertje aan het spelen,' zei Hailey smalend.

Cade haalde naar haar uit. Ze vloog naar de badkamer en deed de deur op slot.

'Doe open, dom rund! Ik sla je verrot, echt waar!' Nu hoorde hij het nog, Sables stemmetje, zingend. *I will bring a light to your darkest night...*

Hij hoorde Kyle Dolan pas toen het al te laat was.

'Wat doe jíj hier!'

Parker draaide zich om en haalde naar hem uit. Meer had Kyle niet nodig.

'Wanneer houdt dit eindelijk eens op?' jammerde Bethany.

'Dat weet alleen God,' zei Kyle. 'Ik weet het niet.'

Bethany was aan het bidden toen de politie Kyle meenam om te worden verhoord. Cade Parker werd in een ambulance afgevoerd.

40

Anthony bleef achter om de troep op te ruimen. Hij was geschokt door al het bloed op de whirlpool. Nee, geen bloed. Dat was de rode verf van de dag ervoor toen mevrouw Dolan de pot verf door het raam had gesmeten. In hun paniek waren ze kennelijk vergeten de ladder weg te halen. Zo was Parker natuurlijk binnengekomen.

Wat deed die cassetterecorder daar? Die was kapot, maar de cassette die erin zat leek nog intact. Gewoon weggooien, dacht Anthony. Hij had genoeg andere dingen om zich zorgen over te maken, belangrijke dingen, zoals meneer Dolan die gearresteerd was en Parker die had geprobeerd Hannah mee te nemen.

En bovendien dat spook, natuurlijk. Mevrouw Dolan had haar ook gehoord. Er waren te veel dingen om zich zorgen over te maken om zich ook nog eens te bekommeren over een cassetterecorder. Maar een stemmetje vanbinnen zei dat hij dat wel moest doen. Dus drukte hij op PLAY.

'Hij probeerde me te vermoorden!' lispelde Parker tussen zijn gezwollen lippen door.

Jammer genoeg is me dat niet gelukt, dacht Kyle.

'Genoeg!' zei Peter Muir. Hij was samen met Parkers advocaat Paul Leonard vanuit Boston hiernaartoe gereden. 'Wees maar blij dat rechter Potter je persoonlijk wil horen voordat de openbaar aanklager je officieel in staat van beschuldiging kan stellen.'

Bethany kwam binnen, met Hannah stevig in haar armen. Ze liep meteen naar Kyle. 'Ik had het belachelijke idee dat ik je nooit meer terug zou zien.'

Hij omhelsde haar, rook de scherpe geur van haar angst, zou die het liefst wegwassen met zijn tranen en beloften, en... *God vergeef me, ik zou haar angst met mijn vuisten wegvegen als dat kon door Cade Parker verrot te slaan.*

Het kostte hun een uur om hun verhalen aan rechter Potter te vertellen, die vervolgens een pauze van een halfuur inlastte. Peter bestelde koffie met muffins.

Kyle had niet veel zin om iets te eten, maar hij dwong zich ertoe. Dat was de enige manier waarop hij Bethany zover kon krijgen iets te eten. Toen ze terugliepen naar de kamer van de rechter was Nora daar ook.

'We gaan dit nu voor eens en voor altijd regelen,' zei rechter Potter. 'Dr. Hemlow zal van iedereen bloed afnemen, dat meenemen naar het ziekenhuis en het daar laten onderzoeken. Niemand verlaat mijn kamer voordat de uitslag binnen is. Daarna zullen we de strafrechtelijke aanklachten bespreken.'

'Ik begrijp er niets van,' zei Peter Muir 'Tegen ons is gezegd dat de uitslag van een DNA-test wel een paar weken duurt.'

'Misschien kunnen we een of meer van de claims weerleggen, alleen al door de bloedgroepen te bepalen. Dat is ouderwets, maar het zou kunnen werken,' zei Nora.

'En Sable Lynde?' vroeg Leonard. 'Moeten we haar bloedgroep dan niet weten?'

'Dat staat al in het dossier over de schietpartij. Zij heeft O-negatief,' zei Nora.

'Nora, jij weet al welke bloedgroep ik heb,' zei Bethany.

'Ik wil het toch overdoen. Zodat er geen vragen onbeantwoord blijven. En er geen bloed uit het lab verdwijnt.' Rechter Potter keek naar Parker. 'Daar bent u het toch mee eens, meneer Parker?'

'Laat die bloedonderzoeken maar zitten. Ik wil weten wat u van plan bent hieraan te doen!' Hij gebaarde naar zijn gebroken neus en gekneusde gezicht.

'Hij heeft bij me ingebroken en viel mij aan!' zei Kyle.

'Zo is het genoeg!' zei rechter Potter. 'Deze beschuldigingen bespreken we pas nadat ik heb gekeken of ik kan ontdekken wat de waarheid is. Wat heeft u hierop te zeggen, meneer Parker? Gaat u akkoord met een bloedonderzoek?'

Parker keek naar Kyle. 'Als ik jullie nu eens eventjes alleen liet, zodat iedereen even tot rust kan komen? Het enige wat ik op dit moment wil, is Sables spullen bij elkaar zoeken, zodat dat deel van de zaak in elk geval afgehandeld is.'

'Hou je bek!' siste Leonard. 'Zo hadden we het niet afgesproken!'

'U geeft dus toe dat de baby niet van u is, meneer Parker?' vroeg Muir.

'Helemaal niet. Ik zeg alleen maar dat we nu allemaal ontzettend opgefokt zijn. En Sable schiet daar niets mee op. Laat mij haar spullen nou maar mee naar huis nemen en alles hier afhandelen.'

'Maar we hebben u haar spullen gestuurd,' zei Bethany.

Parkers ogen vernauwden zich. 'Sable had wat foto's en brieven van de familie waar ik aan gehecht ben. Enkele daarvan stonden op haar laptop. En die wil ik niet kwijtraken door al dit gedoe. Ik wil dit kunnen afsluiten.'

Hij probeert onder dat bloedonderzoek uit te komen, begreep Kyle. 'Luister, Parker. Ik geef je alles wat in het appartement staat, zelfs de meubels, als jij meewerkt aan dit bloedonderzoek.'

Bethany hapte naar adem, trok hem naar zich toe. 'Ben je gek geworden? Hij heeft net aangeboden weg te gaan.'

'Vertrouw me nu maar,' fluisterde Kyle.

'Alles wat ze had?' vroeg Parker. 'Ongeacht het resultaat van de bloedtest?'

'Ja. Alles.'

'Goed dan,' zei Parker.

'Dat is dus afgesproken?' vroeg rechter Potter.

Peter Muir vroeg: 'Wil je het echt zo doen, Kyle?'

'Ja.'

'Bethany?'

Ze gaf een kneepje in Kyles hand. 'Ja.'

‘Oké, dr. Hemlow,’ zei Potter. Nora maakte haar dokterstas open.

Kyles maag trok samen. Had hij Parkers aanbod om stilletjes te verdwijnen moeten accepteren? Hij had vertrouwd op zijn instinct toen hij aandrong op dat bloedonderzoek.

Of misschien, God, misschien vertrouw ik nu eindelijk wel op mijn geloof.

Anthony kreeg geen gewoon woord over zijn lippen, dus zong hij. Rock-’n-roll. Rhythm and blues. Variétéliedjes. Ballads. Opera. Hymnen. Niets scheen te werken.

Ze is net een ouwe vrouw, al bijna dood, dacht Anthony. Maar dat voelde niet goed, te hopeloos. Misschien meer zoiets als een pasgeboren baby, alleen nog niet alert. Misschien kon hij het slaapliedje nog eens zingen dat mevrouw Dolan vaak voor Hannah zong.

When you’re tucked in bed and all your prayers are said,
and you wait with joy for a brand-new day,
Close your eyes and sleep, dream of wishes sweet,
Because I will love you forever and I’ll be here, with you,
for always.

Sables verpleegkundige kwam binnen, maar zei niets. Ze deed alleen maar wat ze moest doen en ging toen weer weg. Sable lag alleen in haar vergetelheid. Er zou niets veranderen. Hij had geprobeerd te bidden en zelfs geprobeerd te vergeven. Maar dat leek allemaal niets uit te maken.

Het was belachelijk dat hij dat hele stuk had gereden. Ze zou toch niet wakker worden. Hij stond op en rekte zich uit. Het was een lange nacht geweest, en een nog langere ochtend. Hij moest zorgen dat hij in North Conway was voordat meneer en mevrouw Dolan thuiskwamen.

‘Ik kom weer terug, Sable,’ fluisterde hij zachtjes in haar oor. Maar zij bleef slapen.

Ze zaten de hele ochtend en een groot deel van de middag te wachten. Bethany sloeg een plaid om haar schouder. Het was vreemd, vond ze, om Hannah in de kamer van rechter Potter de borst te geven, maar niemand zou een kind van de borst van zijn moeder halen.

Lieve God, ik wil alles doen om Hannah niet kwijt te raken. Alles!

Rechter Potter kwam binnen en liep meteen door naar zijn bureau. Nora liep achter hem aan het vertrek in.

Bethany wist het meteen. Nora's gezicht was uitdrukkingsloos, maar de blik in haar ogen was blij, triomfantelijk bijna. Kyle beet op de binnenkant van zijn wangen, probeerde niet te glimlachen. Nu zag Bethany het ook, Hannah was hun kind, helemaal.

Dank U, God. Ik wil alles doen, dat heb ik beloofd. Vertel me maar wat ik moet doen!

Cade Parker leek niet verbaasd toen rechter Potter zei: 'Dr. Hemlow heeft me verteld dat uit het bloedonderzoek blijkt dat juffrouw Lynde en meneer Parker niet verwant zijn met Hannah Dolan. Uit het bloedonderzoek blijkt dat het zeer waarschijnlijk is dat meneer en mevrouw Dolan haar ouders zijn. Om geen enkele twijfel te laten bestaan, zal ik opdracht geven ook Hannahs bloed te onderzoeken. Ondertussen blijft het kind onder de hoede van de Dolans.'

Parker keek naar zijn voeten, zonder iets te zeggen.

Zijn advocaat Paul Leonard liep rood aan. 'Ik eis een verklaring! Eerst verkondigde u die onzin dat er DNA nodig was om te bepalen wie de ouders waren en nu zegt u dat een bloedonderzoek alleen voldoende is?'

'Mag ik hierop reageren, meneer de rechter?' vroeg Peter.

Potter knikte.

'Ik wil meneer Leonard er graag aan herinneren en de rechtbank informeren over het feit dat meneer Parker degene was die aandrong op een bloedonderzoek. Als meneer Parker dagen geleden had ingestemd met een voorlopig onderzoek, hadden deze beschuldigingen toen al afgehandeld kunnen zijn. Maar nu zou ik graag dr. Hemlows uitleg van de uitslagen horen.'

Toen pas glimlachte Nora. 'Hannah heeft bloedgroep AB-positief. Dat betekent dat haar ouders bloedgroep A, AB of B hebben, en bovendien zou een van hen ook Rh-positief moeten zijn, omdat die factor het dominante gen is. Mevrouw Dolan heeft B-negatief en meneer Dolan A-positief. Daardoor hebben zij de bloedgroepencombinatie die nodig is voor een AB-positief kind.'

'En hoe zit het dan met mijn cliënten?' vroeg Leonard. 'Dit is allemaal abacadabra.'

'We wisten juffrouw Lyndes bloedgroep al. O-negatief. Meneer Parker suggereerde dat meneer Dolan haar misschien zwanger heeft gemaakt,' zei Nora.

'Intens gemeen,' snauwde Bethany.

Rechter Potter knikte meelevend.

'Een A-positieve ouder en een O-negatieve ouder kunnen alleen kinderen krijgen met bloedgroep A of O. Maar nu Sable Lynde bloedgroep O heeft, is het onmogelijk dat meneer Dolan en juffrouw Lynde samen een AB-kind hadden kunnen krijgen. Bovendien weet iedereen die de Dolans kent dat het sowieso onmogelijk is dat hij juffrouw Lynde zwanger zou hebben gemaakt.'

'Vergeet Dolan. Hoe zit het met mijn cliënt?' vroeg Leonard. 'Welke bloedgroep heeft hij?'

'Dat is interessant,' zei Nora. 'Meneer Parker is ook O-negatief.'

'Dus? O komt toch vaak voor? De universele donor?' vroeg Leonard.

'Hou je bek,' fluisterde Parker.

'Ja. O-positief komt veel voor en O-negatief heel zelden. Twee O-negatieve ouders zouden een kind krijgen dat O-negatief is. Een andere mogelijkheid is er niet, omdat zowel O als Rh-negatief recessieve genen zijn en dat betekent dat ze geen enkel ander genotype – A of B bijvoorbeeld – bezitten.'

'Sable heeft zich dus vergist toen ze naar mij toe kwam. Of misschien wilde ze wat meer zekerheid,' zei Parker. 'Dan had ik het dus bij het verkeerde eind. Ze heeft mij dus ook voor de gek gehouden. Dat is toch geen misdaad?'

Bethany wilde de grijns wel van Parkers gezicht vegen. Die man had hun zoveel ellende bezorgd en nu wilde hij het afdoen als een onschuldig geintje?

'Dat is nu juist het probleem,' zei rechter Potter. 'Volgens mij heeft ze u helemaal niet voor de gek gehouden.'

'Sable zei dat ze een baby wilde. En ik heb geprobeerd haar daarbij te helpen. Dat is toch geen misdaad?'

'Zou u dat onder ede willen verklaren?' vroeg rechter Potter. 'Dat u en juffrouw Lynde vorige zomer geslachtsgeenschap met elkaar hebben gehad?'

'Ja, natuurlijk.'

Potter zei met een uitgestreken gezicht: 'Dr. Hemlow? Wilt u verdergaan?'

Nora haalde diep adem en zei: 'O-negatief is zo zeldzaam dat ik me afvroeg of het wel toeval was dat meneer Parker en juffrouw Lynde dezelfde bloedgroep hadden. Daarom heb ik de mensen die het DNA-onderzoek hebben verricht opgebeld. Ook al was het bloed van de baby...' – Nora schraapte haar keel – '... per ongeluk verdwenen, ze waren toch alvast begonnen aan het bloed van de anderen. En zij hadden al een paar voorlopige uitslagen. Ze hadden veel overeenkomsten ontdekt in het DNA van meneer Parker en juffrouw Lynde.' Ze keek Cade Parker recht aan. 'Er is een woord voor geslachtsgemeenschap tussen broer en zus, meneer Parker. Kent u dat?'

'Waar hééft u het over?' riep Leonard uit. 'Broer en zus? Wat is hier aan de hand?'

Iedereen keek naar Cade Parker. 'Goed dan! Ze is mijn zus!' riep hij.

'Wát!' Leonards ogen puilden uit hun kassen. 'Wie is jouw zus?'

'Wie dacht je, slome! Sable Lynde is mijn zus! Zijn jullie nu tevreden?' schreeuwde Parker. 'Niet mijn vriendinnetje of mijn vrouw of mijn minnares. We hebben dezelfde bloedgroep omdat we dezelfde kloterige ouders hadden.'

'Nu begrijp ik het,' zei Peter. 'U ging ervan uit dat de baby van Sable was. U dacht dat het DNA van de baby voldoende op dat van u zou lijken om twijfel bij de Dolans te zaaien en dat ze u zouden betalen om uit hun leven te verdwijnen.'

'Ik wilde helemaal geen geld!' schreeuwde Parker. 'Het enige wat ik wilde, waren Sables spullen!'

Leonard sloeg zijn handen voor zijn gezicht. Zelfs zijn nek was donkerrood.

'Meneer Parker wist dus heel goed dat hij met geen mogelijkheid de vader kon zijn,' zei Peter tegen de rechter. 'Toch heeft hij de Dolans op een gruwelijke manier lastiggevallen.'

Rechter Potter gebaarde naar de politieagent, die zich zwijgend afzijdig had gehouden: 'Arresteer meneer Parker. Ik verwacht dat de openbaar aanklager hem zal aanklagen wegens afpersing.'

'Afpersing!' Parker vloekte toen de agent hem handboeien omdeed.

Bethany negeerde alle ophef. Ze leunde tegen Kyle aan. Hannah lag tussen hen in, vredig aan Bethany's borst. Nora glimlachte naar hen. Leonard schreeuwde iets en Peter Muir deed zijn best niet te grijnzen. Rechter Potter schudde zijn hoofd en zuchtte.

Bethany had het gevoel dat alle donkere wolken boven hun hoofd uiteen werden geblazen.

'Goddank,' zei Kyle.

'Ja, goddank,' zei Bethany.

41

Dus Cade Parker had het verknald en zat in de bak.

Cade was de suiker in Haileys koffie, de glans op haar zilver. Leuk om te hebben, maar ze kon best zonder. Als de politie langskwam om zijn troep uit te zoeken, moest ze voorkomen dat er vuile spetters op haar terechtkwamen. Ze maakte zich echter geen zorgen, want Cade ging nergens naartoe, omdat ze niet van plan was zijn borg te betalen.

Vroeg of laat zou hij proberen onder zijn straf uit te komen in ruil voor haar veroordeling. Daar ging ze natuurlijk niet op zitten wachten, daar was ze te slim voor. Hailey zou zich een tijdje gedeisd moeten houden. Bovendien moest toch íemand op Sables geld passen, als het vrijkwam.

Haar mannetje bij Rensselaer Polytech had beloofd nog een poging te doen de code van de bank te kraken. Daarvoor had ze hem een deel van de opbrengst moeten beloven. Tien procent, maar dat gaf immers niets. Ze vond negentig procent van een miljoen ook best acceptabel, vooral nu ze dat niet met Cade hoefde te delen.

'Wat zit jij te grijnzen!' zei Bethany.

'Natuurlijk! En hier heb je een potje met goud,' zei Kyle en hij blies kusjes naar Hannahs buikje. De baby giechelde en greep naar zijn haar.

Bethany's mobieltje ging over. Ze klapte hem open. 'Anthony, wacht even tot je... Wat! Zeg dat nog eens!' Ze keek Kyle aan, met een woedende blik. 'O, lieve help.'

Nee, dacht Kyle. *Niet nog meer verrassingen.* 'Wat is er?'

Bethany klapte haar mobieltje dicht. 'Anthony wil dat we meteen komen. Hij heeft het spook gevonden.'

'Laat het alsjeblieft niet nog een keer horen,' zei Bethany. 'Ik kan er niet tegen!'

'Dát heeft u gehoord, hè?' vroeg Anthony.

Bethany knikte.

'Ik ook,' zei hij.

'Dat slaapliedje heb ik geschreven en voor Hannah op een bandje gezet. Ik had Sable gevraagd het regelmatig voor haar af te spelen zodat Hannah mijn stem zou leren kennen.'

'Het lijkt erop dat ze haar stem over die van jou heeft opgenomen,' zei Kyle.

'Waarom zou ze dat hebben gedaan?' vroeg Bethany.

'Op het laatst was ze in de war, door die bloedvergiftiging,' zei Kyle.

'Dat van dat zingen kan ik begrijpen,' zei Anthony. 'Maar wat heeft de rest te betekenen? Dat kleinemeisjesstemmetje, dat mamagedoe?'

Bethany trok het bandje uit de recorder. 'Kan me niets schelen. Ik ben gewoon blij dat ze weg is.'

'Mevrouw Dolan, niet doen!' schreeuwde Anthony.

Te laat. Ze had de tape losgetrokken.

'We moeten nog een ander mysterie oplossen,' zei Kyle. 'Wie speelde het bandje af?'

'Daar wil ik niet eens aan denken,' zei Bethany.

'Dit vond ik onder het bureau,' zei Anthony en hij haalde een paar snoeppapiertjes uit zijn zak.

'Was Sables bloedsuikerspiegel daardoor zo hoog?' vroeg Kyle. 'Had ze snoepjes verstopt?'

'Nee, Sable niet,' zei Anthony. 'Een andere kwelgeest.'

Jacob had maar een paar snoeppapiertjes in het appartement laten slingeren en nu zat hij in het verdomhoekje en zaten zijn moeder, Anthony en meneer en mevrouw Dolan hem aan te kijken. Als die loser van een Parker in zijn eigen straat was gebleven, zou Jacob nog steeds de bus besturen. Maar ze hadden hem betrapt, en zijn moeder was alweer over Alaska begonnen. Daar was haar broer gelegerd, een grote, gemene drilsergeant. Lange nachten, lange winters. Koud, maar zeker niet cool.

Jacob begon te huilen. *O ja, goed van je*, zou Laurel zeggen. *Toe maar, doe je best...*

'Wat nou!' zei zijn moeder. 'Spijt zeker? Denk je nou echt dat we dat geloven?'

Jacob snifte, veegde zijn tranen weg. 'Nee, ik heb helemaal geen spijt. Iemand moest het toch doen.'

'Wat doen?' vroeg meneer Dolan.

'Iemand moest toch voor Laurel opkomen.'

Verbijsterde blikken.

'Ten eerste heet die slet Sable en geen Laurel. Ten tweede betalen de Dolans voor de best mogelijke zorg,' zei zijn moeder.

'Denk je soms dat dat genoeg is?' vroeg Jacob met grote ogen.

Zijn moeder keek terug, woedend. Meneer Dolan zat te wiebelen. Mevrouw Dolan keek bedachtzaam. Anthony was kapot. Zelfs de baby zat naar hem te staren. Dat kind kende Laurel beter dan wie dan ook. Jammer dat ze niet kon praten om hem eruit te redden.

'Je vraagt niet wat ik denk, je doet gewoon wat jij wilt. Zoals mij van de straat houden.' Nu deed hij niet langer alsof, de pijn kwam vanuit Jacobs borstkas. 'Alsof ik hier wil wonen in dit achterlijke North Conway. Met bergen die eruitzien alsof ze zomaar op me kunnen vallen. Kinderen die me negeren alsof ik een tweekoppige slang ben. Anthony gaat naar die chique school van hem en iedereen houdt van hem en glimlacht naar hem omdat hij zingt. Niemand trekt zich ook maar iets aan van wat ik wil. Behalve Laurel. Jullie denken allemaal dat ze een of andere misdadige crimineel is, maar zij gaf tenminste om me.' De tranen stroomden nu over zijn wangen.

'Jacob, ze heeft een paar heel erge dingen gedaan,' zei meneer Dolan.

'Mag u de eerste steen wel gooien, meneer Dolan?'

Meneer Dolan keek verbaasd, maar sloeg toen zijn blik neer.

Die uren op zondagsschool hebben toch nut gehad, dacht Jacob. *Hij die zonder zonden is, werpe de eerste steen...*

Hij stond op en begon heen en weer te lopen. 'Jullie hebben haar allemaal gebruikt en haar daarna weggegooid alsof ze niets was. En perfecte Anthony geeft me geld om te verdwijnen zodat hij in het geniep naar haar toe kan. Mama, je sleept me wel mee naar de kerk, maar ik zie niet dat jij Laurel ook maar iets vergeeft. En meneer Dolan, u heeft heel veel geld uitgegeven zodat u haar kon gebruiken om een kindje te krijgen.'

'Zo is het wel genoeg! Je gaat veel te ver, jongeman!' snauwde zijn moeder.

'Nee, Joan. Laat hem maar,' zei Bethany. 'Dit moet gezegd worden.'

'En u, mevrouw Dolan. Al die spelletjes die u met haar speelde.'

'Ik begrijp je niet, Jacob. Leg eens uit alsjeblieft?' Ze keek hem met haar donkere ogen onderzoekend aan.

'Net doen alsof ze bij het gezin hoorde. U heeft haar laten wandelen en haar allemaal salades opgedrongen alsof ze een of andere prijskoe was. Ze wist heus wel dat het allemaal alleen maar voor de baby was en niet voor haar!'

'Denk je echt dat we dat allemaal hebben gedaan?' vroeg Bethany, met een zwak stemmetje. 'Haar gebruikt en daarna vergeten?'

'Nou, dat lijkt er wel op. Daarom ging ik soms naar haar appartement en luisterde dan naar dat bandje dat ik had gevonden. Dan zat ik af en toe een tijdje aan haar te denken. Jullie deden allemaal net alsof ze een monster was, maar ze was ook een echt mens.'

Hij bleef staan en keek dwars door de Dolans heen, alsof ze van glas waren. 'Jullie hebben gewoon nooit de moete genomen om haar te leren kennen,' zei Jacob ten slotte. 'Ondanks al jullie gewauwel over liefde en zo hebben jullie dat zelf nooit in de praktijk gebracht.'

Donkergrijze wolken pakten zich samen boven Mount Washington. 'Het gaat regenen,' zei Bethany.

In het westen zagen ze de eerste bliksemflitsen, gevolgd door gerommel. 'Het is nog heel ver weg,' zei Kyle.

Bethany opende het achterportier van de Mercedes en zette Hannah in haar autostoeltje.

'Dat was niet mis, hè?' zei Kyle, terwijl hij achteruit de oprit afreed. 'Ik ben blij dat het voorbij is.'

'Is dat wel zo, Kyle?' Bethany had kippenvel op haar armen. Ze draaide haar raampje omhoog.

'Natuurlijk wel! Nu we weten dat er volkomen rationele verklaringen waren voor het licht en die stemmen, kunnen we ons ontspannen.'

Bethany was daar nog niet zo zeker van. Jacob was in het appartement geweest, had het bandje afgespeeld, een paar zaken verklaard. Maar ze had nog steeds geen verklaring voor al die keren dat ze *MAMAMAMA* had gezien. En dan had je die huilende baby nog. Lang voordat ze Sable of Jacob zelfs maar kende, had ze dat al gehoord. De donder kraakte, bliksemflitsen schoten door de lucht. Kyle zette de ruitenwissers aan en reed door. Ondertussen zong hij gekke liedjes voor Hannah.

Bethany zat stilletjes naast hem naar het noodweer te kijken.

42

W*at een rotklus!*

Anthony had opdracht gekregen de dakgoten schoon te maken, maar eigenlijk was het daarvoor al te laat in het seizoen. Hij woonde nog steeds bij de Dolans en werkte in de weekends niet alleen als klusjesman, maar ook als kinderoppas. Een maand geleden was de school weer begonnen en deze klus had hij voor zich uit geschoven.

Hij duwde de schoffel erin, schepte dikke plakken dood blad op die verschrikkelijk stonken. Slangen kropen toch niet zo hoog, of wel? Anthony wilde dat hij eraan had gedacht zijn discman mee te nemen. Van de Maestro moest hij 'La fleur que tu m'avais jetée' uit *Carmen* oefenen. Zijn bereik was goed, maar de ademhaling was lastig. Als zijn vrienden uit Forge Hill wisten dat hij nu opera zong, zouden ze... Nee, eigenlijk had hij geen idee wat ze dan zouden doen.

Hij neuriede, maakte zijn eigen muziek. En toen hoorde hij het... een huilende baby. Vast Hannah, dacht hij. Maar nee, in de achtertuin zag hij Bethany met Hannah. Het hart klopte hem in de keel.

Bethany keek omhoog, geschrokken. Zij had het ook gehoord. 'Ik ga Kyle halen,' riep ze.

De baby huilde weer. Zo snel hij kon, klom Anthony de ladder af.

Kyle kon het gewoon niet geloven, maar hij stond in Hannahs babykamer te luisteren naar een huilende baby. Zoals Bethany de hele tijd al had gezegd, was het geluid het best te horen als je in de babykamer was of buiten, onder het raam van de babykamer.

Hij klopte op de muur. Het geluid werd harder. Hij volgde het geluid naar de hoek van de kamer, waar de buitenmuur in verbinding stond met de muur tussen zijn kantoor en deze kamer. 'Hebbes!'

'Wat? Heeft u het gevonden?' riep Anthony vanuit de gang.

'Misschien wel. Kom mee naar buiten.'

Beneden in de tuin stelde Bethany dezelfde vraag.

Het enige wat Kyle wilde zeggen, was: 'We zien wel.' Hij plaatste de ladder onder de overkapping van het dak. Hij beklom de ladder, zocht steun aan de hoek van het dak en zwaaide op de richel. 'Anthony, geef me de schoffel eens aan.'

Anthony gaf Kyle de schoffel. Kyle stak de schoffel in het latwerk aan de voorkant van de overkapping en trok. De denkbeeldige baby jammerde, een onaards geluid waar hij kippenvel van kreeg.

'Pas op,' zei Bethany.

Hannah ontdekte dat Kyle op het dak zat. 'Pa-pa,' brabbelde ze.

Kyle boog achterover en gebruikte de schoffel als hefboom om kracht te kunnen zetten. Het latwerk bewoog. 'Anthony, ga naar beneden. Bethany, ga achteruit voor het geval alles naar beneden komt!'

Kyle trok harder. Het latwerk ging los, viel op de grond. Kyle werd aangevallen door iets harigs. Hij schrok, maar hield zich goed vast toen een monster met gele ogen naar hem grauwde.

'Dat is je spook,' zei hij terwijl hij de ladder afklom.

'Wat is het dan?' vroeg Bethany.

'Wilde katten. Een stuk of drie, vier. Ik durf te wedden dat een vrouwtje in de boom is geklommen en via het dak op zolder is gekomen. Daarna heeft ze een plekje gevonden, lekker warm naast de schoorsteen. Daarna vond ze het daar zo prettig dat ze haar kittens daar heeft gekregen. En daar heeft ze sinds die tijd gewoond. Ik denk dat ze in de winter diep in huis is gekropen, vlak bij de kinderkamer. Daarom kon je het geluid daar zo goed horen. Waarschijnlijk praatte ze met een paar eekhoorntjes als jij ze hoorde.'

'Wat voel ik me stom,' zei Bethany.

'Helemaal niet nodig hoor. Jij hoorde gehuil, dat klopt. Alleen was het niet van een mens. Deze volwassen katten kunnen echt krijsen. Ik zal het dierenasiel bellen, misschien weten zij hoe we deze dieren naar de schuur kunnen krijgen, want daar zijn ze wel nuttig.'

'Dan is alles dus opgelost?' vroeg Anthony. 'Het cassettebandje was Sable, het gehuil waren de katten, en het licht en al die verplaatste dingen in het appartement waren dat achterlijke broertje van me?'

'Ziet er wel naar uit.' Kyle zwaaide Hannah op zijn schouders. 'Wie wil er een ijsje?'

Hannah kirde: 'Pa-pa!'

Dat was goed genoeg voor hen allemaal.

Kyle en Bethany liepen hand in hand langs de rivier de Saco. Hannah bekeek de wereld vanuit de babydrager op de rug van haar vader. Het was oktober en de bomen in de Mount Washington Valley waren nu op hun mooist. De bossen straalden van de kleuren: vlammende geeltinten, felle rode kleuren, levendige goudtinten. De lucht was helder en eindeloos, en vergeleken daarmee leken de bergen maar klein.

'Ze zit zich weer op te drukken,' zei Kyle.

'Ze wil gewoon over je hoofd heen kijken.'

'Logisch. Mooie dag, hè?'

Bethany haakte haar arm door de zijne. 'Alle dagen zijn mooi.'

Hannah uitte een blij kreetje toen een mountainbiker hen voorbijfietste.

'Lieve help,' zei Kyle. 'Het is al erg genoeg dat ik me zorgen moet maken over beugels en vriendjes, maar is ze nu ook al van plan zich aan extreme sporten te wagen?'

'Volgens mij moet ze eerst maar eens leren lopen,' zei Bethany lachend.

Hannah was twee dagen eerder zes maanden geworden. Ze kon al omrollen, gaan zitten en leek al te gaan kruipen. Ze speelde kiekeboe met haar moeder en gaf kusjes aan haar vader.

En o, wat is ze lief, dacht Bethany. *Dank U God, dat U onze wensen toch heeft vervuld.*

Over een uur hadden ze een afspraak met pastoor Woodward om Hannahs inzegening te bespreken. Bethany en Kyle hadden iets kleins in gedachten gehad, maar Anthony had iets totaal anders bedacht. 'Ik heb wat muziek geschreven en naar Stan Todd gestuurd,' had hij tegen Bethany gezegd. 'De kinderen van het koor hebben er de hele maand september op geoefend.'

Bethany voelde zich een beetje schuldig. Ze had zich weer op het koor gestort, maar had het even snel weer in de steek gelaten door al dat gedoe met Cade Parker. Ze hadden zich allebei aan allerlei verplichtingen onttrokken. Belangrijke zaken, zoals het koor. Essentiële zaken, zoals hun vriendschap met Nora en David Hemlow. Andere dingen, zoals Dol-Pak. Het bedrijf liep goed en groeide nog steeds, maar ze hadden veel te weinig aandacht aan de werknemers besteed. Nu ze hadden besloten in North Conway te gaan wonen, dacht Bethany, moeste ze veel meer hun best doen om contact met deze mensen te onderhouden, net als met de klanten van het bedrijf.

Bethany trok Kyle naar zich toe. '*What's up, Doc?*'

Hij zoende haar wang. 'Korte rokjes. Niet dat ik dat erg vind. *What's up, Doc?*'

'Het doek in het theater. Het seizoen begint dit weekend. *What's up?*'

'Jij bent hier veel te goed in. Hmmm. Ik weet het: de gasprijs! *Doc?*'

'Je vriend, Roger Clemens. Zou in de Hall of Fame opgenomen moeten worden. Zie je, ik lees het sportkatern wel. Bal zit in je handschoen, *Doc*.'

Ze pakte zijn hand. 'Kom, laten we even gaan zitten.'

Ze zetten Hannah tussen hen in op het gras. De rivier stroomde langs hen heen, schitterde met rode en gouden kleuren. Zwijgend keken ze er een paar minuten naar. Zelfs Hannah was gefascineerd door het schouwspel.

'Oké, vertel me nu maar wat er echt aan de hand is,' zei Kyle. 'Je zit al dagenlang ergens op te broeden.'

Bethany deed haar ogen dicht. 'Ik heb God een belofte gedaan.'

Kyle lachte. 'Denk je soms dat jij de enige bent? Jacob zou zeggen: Wow, mama! Ik heb met Hem onderhandeld, zoals: Lieve God, als U dit voor me doet, zal ik in december gekleed in niet meer dan een zakdoek door Boston Common wandelen.'

Ze lachten. Hannah keek naar hen en nam een hapje van haar cracker.

'Nee, maar echt. God weet wat er in onze harten leeft. Als je iets hebt beloofd...'

'Ik heb beloofd – met heel mijn hart – dat ik, als uit de bloedtest bleek dat Hannah ons kind is, alles zou doen wat God wilde.' Ze leunde tegen hem aan. 'Ik ben alleen bang voor wat dat alles zal zijn...'

Kyle tilde Hannah op en blies op haar buikje. Ze drukte haar mondje tegen zijn wang en probeerde het ook. 'Ik heb dat ook beloofd, alles,' zei hij.

'Echt?'

'Natuurlijk. Wel duizend keer. Maar Bethany, God is niet zo'n valse vent van een incassobureau die schulden komt incasseren.'

'Dat weet ik wel. Natuurlijk wel, maar ik ben bang... Ik hoop...'

'Wat, Beth?'

'Ik heb God de laatste jaren zo vaak gemeden. Ik hoop dat ik nog altijd welkom ben...'

Hij legde zijn hoofd op haar haren. 'Natuurlijk wel.'

Er kwam een kajakker voorbij. Hannah begon met haar voetjes te trappelen en te lachen. Bethany pakte haar handje en hielp haar zwaaien. De kajakker spatte bij wijze van groet met zijn peddel en maakte Hannah weer aan het lachen. De baby was veranderd. Ze had nu donkerbruine ogen, goudkleurig haar, Bethany's lange vingers en Kyles vrolijke karakter.

'Weet je wat we nog niet hebben gedaan, Beth?'

'Wat dan?'

Hij legde Hannahs handjes in Bethany hand en legde de zijne eroverheen. 'We hebben nog nooit als gezin gebeden.' Hij sloot zijn ogen en legde zijn kin op Hannahs hoofdje.

Bethany keek nog even naar de prachtige blauwe middaglucht.

'Ik hou van U, God,' begon Kyle.

Bethany sloot haar ogen. 'Ik hou van U, God.'

43

'Kyle! Kyle!' Bethany schudde hem wakker.
'Wat?'
'Luister!'
'Wat?' Hij drukte zich op zijn ellebogen overeind en probeerde iets te zien met zijn slaperige blik. De hand op zijn schouder was ijskoud, terwijl ze toch onder het dekbed lagen.
'Luister...'
Ssssj...
'Dat is gewoon de wind door de bomen,' mompelde hij.
'Nee. Het is iets... in huis.'
Kyle ging rechtop zitten en zwaaide zijn voeten over de rand van het bed. Hij wreef in zijn ogen. De wekker gaf *middernacht* aan.
Niet *12.00*, maar *middernacht*.
'Wat is... Beth, maakt de wekker dat geluid?'
Ze keek naar zijn nachtkastje. 'Nee. Kyle...'
'Wacht even.' Hij deed zijn ogen dicht en telde tot zestig. Bethany lag onrustig naast hem. De wekker bleef *middernacht* aangeven. Kleine letters, fel oplichtend tegen een donkere achtergrond.
Ssssj...
'Daar is het weer!' fluisterde Bethany.
'Ik droom.'
Bethany sloeg haar armen om hem heen. 'Kyle, je droomt niet. Ik zweer het je. Ik ben bij je, en ik hoor het ook!'
Ssssj...
'Hannah.'

'Ik ga haar halen,' zei Kyle.

Op de wekker stond nog steeds *middernacht.*

Kyle bleef veel te lang weg.

'Kyle?' Bethany riep hem nog een keer. Waarom had hij Hannah nog niet hier mee naartoe genomen?

Ssssj...

Dichterbij nu. Te dichtbij.

Kyle had gezegd dat ze in bed moest wachten, dat hij Hannah snel op zou halen. Hoelang was hij al weg? Al zeker vijf minuten. Ze keek naar de wekker.

Middernacht.

Ze sprong het bed uit en rende naar de deur.

Er kronkelde iets om haar benen...

Er kwam geen einde aan de overloop...

Hannahs deur was naast die van hen. Kyles voeten vlogen over de eiken vloer, hij kwam razendsnel vooruit. Maar toen hij opkeek, was Hannahs deur geen centimeter dichterbij.

Zijn hart dreunde tegen zijn borstkas, alsof het zo meteen uit zijn lijf zou springen.

'Dit moet een droom zijn!' Zijn stem echode door de overloop en terug naar hem: *Geen droom.*

Hij zag iets, boven aan de trap. Een gigantische schaduw.

Ssssj...

De schaduw liep over de overloop, sleepte duisternis met zich mee. Het had de vorm van een man en toch was het hoofd misvormd en zijn ledematen leken te wriemelen als slangen. De ogen keken Kyle aan. Zwarte dingen, eindeloze oogkassen die het licht opzogen en duisternis uitspuugden.

Toen glimlachte het...

Kyle wilde dat wezen van de trap duwen, maar zijn voeten leken vastgevroren. 'Wat wil je van ons?' schreeuwde hij.

Het enige licht in de duisternis was de vlijmscherpe rand van veel te veel tanden. Toen een tong, lang en glibberig, snel heen en weer schietend.

Kyle strompelde achteruit. Dat was hij niet van plan geweest, maar hij had in die keel kunnen kijken. Hij was dertig meter verderop. *O god, Hannah...*

Hij rende zo hard hij kon, maar met elke stap kwam hij geen centimeter dichterbij...

Bethany kon zich niet bewegen.

De hand hield haar stevig vast. Geen hand, wist ze, hoewel ze amper durfde te bedenken wat het wel kon zijn. Zijn ijzige greep verdoofde haar benen en toch voelde ze de vingers langs haar kuit omhoogkruipen.

'Kyle!' fluisterde ze, bang hem aan het schrikken te maken. Wat zou het willen?

Liefje.

'Wat?' hijgde ze.

Je hoorde me wel.

Ze móést naar Hannah, ook al moest ze daarvoor haar eigen been afhakken. Ze begroef haar vingers erin, maar het leek wel of ze geen grip kreeg op de huid van het wezen. Haar vingers zakten steeds dieper in iets wat aanvoelde als braaksel.

Bethany rukte, probeerde hem van zich af te stoten, maar hij hield haar vast, trok haar naar de vloer. Toen ze op de grond viel, sloeg hij zijn ijzige armen om haar lichaam. Het verdoofde gevoel dat ze ervoer, was erger dan de ergste pijn die ze ooit had gevoeld.

'Wat wil je!' schreeuwde ze.

Voldoening.

Hij loerde naar haar, een wezen dat een man wilde zijn, een walgelijke berg happende tanden en een heen en weer schietende tong.

Ze stompte hem. Hij deinsde achteruit. Ze stompte hem weer. Het wezen was er nu op verdacht, verzwolg haar arm, zoog haar in een omhelzing.

Nee! God, nee, nee! Lieve Jezus, red me!

Het laatste wat Bethany zag toen ze de duisternis in werd getrokken, was de wekker.

Daarop stond: *Voor altijd.*

Kyle had allang geen adem meer. Hij rende zo snel hij kon, gedreven door angst en vrees, dicht genoeg bij Hannahs deur om er met zijn vingers langs te strijken maar te ver weg om naar binnen te kunnen.

Maar dicht genoeg bij om te voorkomen dat het wezen naar binnen glipte. Het wezen draaide zijn smalle rug naar Kyle en had zo'n hongerige blik dat Kyle het amper kon bevatten.

'Wat wil je!' schreeuwde Kyle met het kleine beetje adem dat hij nog had.

Liefje.

'Nee!' huilde Kyle.

Het wezen glimlachte naar hem. Toen glipte het door de deur van de babykamer.

44

Bethany en Kyle werden in het donker wakker, klampten zich aan elkaar vast en schreeuwden van angst.

Kyle legde zijn hand op Bethany's mond. Ze kalmeerde toen ze zich realiseerde dat hij het was. 'Goddank! O, jezus!'

Nog meer geschreeuw, vanaf de overloop. Hannah.

Kyle was uit bed, Bethany ook. Ze renden naar de babykamer en zagen dat ze rechtop in haar ledikantje zat.

'Hannah-panna,' zei Kyle toen hij haar optilde. Haar gejammer stierf weg toen ze haar hoofdje tegen zijn borst legde. Bethany omhelsde haar van achteren, drukte allemaal kusjes op haar hoofdje.

Ze namen haar mee naar hun bed en legden haar tussen hen in. Kyle pakte Bethany's hand. Ze vlochten hun vingers in elkaar en legden hun handen op de borst van Hannah, die weer in slaap viel.

Toen de baby langzaam en regelmatig ademde, diep in slaap, zei Kyle: 'Ik had een nachtmerrie.'

'Ik ook,' zei Bethany.

'Vertel eens,' zei hij.

'Dat kan ik niet,' zei ze, terwijl haar gezicht nat werd van de tranen.

'*Hij* was er, hè?' vroeg Kyle.

Hij voelde haar verstijven, toen rillen.

Ze vroeg: 'Zag jij hem ook? Of het, wat het ook was?'

'Ja,' fluisterde hij.

'Het was maar een droom, Kyle. Ja toch?'

'We hadden allebei dezelfde droom.'

Bethany schudde haar hoofd en veegde de tranen van haar gezicht. 'Zeg alsjeblieft dat dit wel moest gebeuren, na alles wat we hebben meegemaakt. Dat ik mijn angsten en bezorgdheid op jou heb overgedragen.'

'Nee. Het was meer dan dat,' zei Kyle.

'Nee. Alsjeblieft. Dat kán niet.'

'Het gruwelijke van het – van *hem* – was zo intens.'

Hannah bewoog zich even in haar slaap. Kyle drukte zijn lippen tegen haar wang, genoot van het gevoel van haar huid.

'Maar nu is alles weer oké,' zei Bethany.

'Ja.' Hij glimlachte en liet een streng haar van Bethany door zijn vingers glijden.

Ze knuffelden elkaar even in het donker, luisterden naar Hannahs ademhaling. Een paar minuten later realiseerde Kyle zich dat hij naar zijn eigen ademhaling luisterde, naar het gekraak van de plinten toen het warmer werd in de kamer, naar een enkele auto die voorbijreed. Dat hij luisterde naar het leven. Het leven zoals het hoorde te zijn.

'Het was maar een nachtmerrie,' zei hij opeens.

'Echt?'

'Echt. Laten we maar gaan slapen.'

'Kyle, de baby heeft geplast. Ik moet haar even verschonen.'

'Ze slaapt eindelijk. Laat haar toch.'

'Dan krijgt ze luieruitslag. Met die Ierse huid van jou.'

'Oké. Dan haal ik wel een luier. Als we haar verschonen zonder het licht aan te doen, wordt ze misschien niet wakker.'

Bethany zwaaide haar benen over de rand van het bed. 'Ik haal hem wel. Blijf jij maar hier. Let jij op haar?' Ze stond op en liep de slaapkamer uit.

Kyle draaide zich om, wilde zijn waterflesje pakken. Op de wekker las hij: *Voor altijd.*

Kyle greep Hannah en sprong uit bed.

Op de overloop gilde Bethany.

Ze bleef gillen.

Anthony kon zijn ogen niet geloven.

Hij had Bethany horen gillen en daarna Kyle. Hij was de overloop op gerend en deed het licht aan. En bleef stokstijf staan toen hij de muur tussen het gastenverblijf en de keuken zag.

De muur stond vol letters. Steeds dezelfde letters, steeds dezelfde. Bloedrode krabbels.

Terwijl Anthony de achtertrap op rende, zag hij nog steeds diezelfde letters op de muur, zelfs op het plafond. Hij zag de Dolans in de kinderkamer, waar Bethany huilde alsof de wereld zou vergaan. *En dat zou best eens zo kunnen zijn*, dacht Anthony. Hannah begon te huilen, als reactie op het gehuil van haar moeder. Kyle zei kortaf: 'Dit moet nu maar eens ophouden.'

Anthony liep de babykamer in. Dezelfde letters. Boven het ledikantje waren de woorden zo dieprood dat het leek of ze in de muur waren gebrand. Het leek wel een M, en waren die andere letters een A? *MAMAMAMAMAMA*, steeds herhaald.

'Zie jij het ook, Anthony?' vroeg Bethany, snikkend. 'Zij denkt dat de baby van haar is.'

'Het staat overal,' zei Anthony. 'Niet alleen hier.'

Kyle stormde de babykamer uit. 'Blijf hier.'

'Nee! Laat ons niet alleen!' gilde Bethany.

'Anthony blijft wel bij je!' riep Kyle vanaf de overloop.

'Ik begrijp het niet,' zei Anthony. 'Wie heeft dit gedaan? Is er nóg iemand in huis? We moeten de politie bellen...'

'Wat kan de politie nou tegen haar doen? Anthony, begrijp je het dan niet? Het is Sable,' zei Bethany. 'Een verschrikkelijke nachtmerrie, een spook, een duivel, wat dan ook. Een kwelling!'

Kyle kwam binnen, half aangekleed. Hij drukte een camera in Anthony's handen. 'Maak foto's. Nu. De letters worden vager. Snel, zodat we kunnen bewijzen wat we hier zien.'

De letters werden al lichter, maar waren nog steeds te zien. Anthony deed de camera aan en maakte zoveel mogelijk foto's.

'Pak Hannahs luiertas,' zei Kyle tegen Bethany.

'Waarom? Wat gaan...'

'Pak hem nou maar. Alsjeblieft.'

Ze trok de kast open en haalde de luiertas eruit.

'Kom mee. Jij ook, Anthony. Maar blijf foto's maken.'

Kyle pakte Bethany bij de arm en trok haar de babykamer uit. De baby huilde, keek angstig van haar vader naar haar moeder.

Anthony liep achter hen aan de trap af. Het was kil, ook al hoorde hij het warme water van de centrale verwarming door de leidingen stromen. Zelfs de gang was helemaal volgekrabbeld, maar het vervaagde al alsof iemand had geprobeerd het weg te vegen.

Buiten was de maan nauwelijks zichtbaar door de wolken heen. Toen ze naar de garage liepen, sprongen de buitenlampen aan en verlichtten de zijkant van de boerderij. De buitenmuren stonden ook vol snel verdwijnende grijze letters.

Kyle reed de auto achteruit de garage uit. 'Stap in.'

'Maar Hannahs autostoeltje...' begon Bethany.

'Stap zelf maar achterin en hou haar vast. We gaan naar Joans huis. Zij woont het dichtst bij.'

Bethany stapte achterin met Hannah. Anthony stapte voorin. De voorruit condenseerde vrijwel meteen. Daarop verschenen ook letters.

Bethany begon te huilen.

'Niet doen,' zei Kyle en hij zette de blower aan.

Door de warme lucht loste de condens van het raam op. Zwijgend reden ze door de nacht. De rit van drie kilometer naar Conway leek een eeuwigheid te duren. Anthony belde zijn moeder vanuit de auto.

Toen ze de oprit opreden, rende zijn moeder de veranda af, hysterisch. 'Wat is er aan de hand?'

Jacob liep achter haar aan, met een vragende blik.

Kyle zei dat ze uit moesten stappen. Hannah was in slaap gevallen. 'Pas op hen, Joan. Anthony legt het wel uit.' Toen liep hij weer naar zijn auto.

'Waar ga je naartoe?' vroeg Bethany.

Hij draaide zich om en keek hen aan. 'Ik ga hier een einde aan maken. Voor altijd!'

Kyle Dolan reed weg en verdween in het donkerste uur van de nacht.

45

Dit had *hij* van haar gemaakt. Een vacuüm.

Zo was het beter. Alles verliezen en niets winnen.

Liefj...

Iets bewoog zich in het niets. Een flits van gouden wonderland.

Als ze haar ogen maar open durfde te doen om het te zien.

Kyle klemde zijn vingers zo stevig om het stuur dat ze gevoelloos werden. Hij weigerde na te denken. Weigerde te voelen. Weigerde bang te zijn. Hij weigerde zeer zeker te vergeven.

Als Sable Lynde dacht dat ze Hannah van hen af kon pakken, dan dacht ze verkeerd. Als ze dacht dat ze hen kon kwellen, dan dacht ze dat verkeerd.

Helemaal verkeerd.

Het leek wel een film. Alleen had Jacob nog nooit een film gezien die zo ontzettend griezelig was. Zijn moeder liep heen en weer als een dol geworden kat. Anthony zat roerloos naar zijn handen te staren. Mevrouw Dolan zag eruit alsof zij ook in coma was. Ze bewoog zich alleen als de baby, die op de bank lag te slapen, zich bewoog.

Anthony had Jacob en zijn moeder alles verteld, behalve de dromen. Dat moest mevrouw Dolan maar vertellen, maar die stortte in voordat ze haar verhaal kon afmaken. Maar ze hadden genoeg gehoord. *Er zijn wel heel rare dingen gebeurd*, dacht Jacob. *Ontzettend rare dingen.*

Zijn moeder dacht dat ze allemaal gek waren geworden, totdat Anthony de foto's van de camera op de computer zette. Ze wachtten niet tot ze waren uitgeprint, maar bekeken ze op het scherm. Overal stonden letters, in het huis, op de muren, zelfs op de buitenmuren van de boerderij. Overal. En elk woord was hetzelfde: *MAMA*.

De griezeligste foto was de foto die Anthony per ongeluk had gemaakt toen hij in de auto stapte. De lens had naar de lucht gewezen. Er hing een schaduw voor de maan, in de vorm van een M. Anthony bleef heel lang stil toen hij dat had gezien.

Zo bleven ze een hele tijd zitten. Jacob snapte er niets van. 'Hoe kan ze nu een spook zijn?' vroeg hij na een tijdje. 'Laurel leeft toch nog steeds?'

Opeens ging mevrouw Dolan rechtop zitten. Haar ogen flikkerden, alsof iemand een te felle lamp had aangedaan.

'Wat is er?' vroeg zijn moeder en ze pakte haar hand.

'Joan, ik heb je auto nodig.'

'Lieve schat, je bent niet bepaald gekleed om op stap te gaan.'

De koude rillingen liepen Jacob over de rug toen hij mevrouw Dolans schrille lachje hoorde. Ze zei: 'Dat maakt niet uit voor waar ik naartoe ga.'

Ze bukte zich en gaf Hannah een kusje. Ze keek naar Joan en toen naar Anthony. 'Wat er ook gebeurt, laat haar niet alleen.'

Jacob liep achter haar aan naar de deur en zag haar wegscheuren.

'Wat een onchristelijk geluid,' mompelde zijn moeder.

Jacob rilde, deed de deur dicht. *Onchristelijk, zeg dát wel!*

De voordeur was niet op slot. Dat had wel zo moeten zijn, twee uur voor zonsopgang, maar het was niet zo. Kyle liep door de gang. Hij werd niet tegengehouden door een bewaker. *Dit moest zo zijn.*

Kyle vond de trap meteen. Hij had hem al gebruikt toen ze hier waren geweest om hun bloed af te laten nemen. Hij was namelijk niet van plan geweest om samen met die rotzak van een Parker in een lift te gaan staan.

Die man had zijn verdiende loon gekregen. Hij was aangeklaagd wegens afpersing en verschillende overtredingen tijdens zijn voorwaardelijke invrijheidsstelling en wachtte op zijn rechtszaak. Hij zou heel lang moeten zitten.

Maar Sable bleef wel een gevaar. Hij ging dit alleen maar doen om zijn gezin te beschermen. Als God hun draagmoeder niet tegenhield, moest hij het zelf maar doen.

Sssj...

Kyle hoorde *hem* toen hij de trap op liep.

Hij kon zowaar de moed opbrengen om in alle hoeken te kijken, op de trap en zelfs onder de traptreden. Niets. Natuurlijk zou hij dat wezen niet *zien*. Dat liet zich alleen zien in nachtmerries en was hem alleen achterna gekomen omdat zijn meesteres hem had bevolen om Kyle bezig te houden.

Kyle zou hem naar dezelfde gribus sturen als waar Sable vandaan kwam.

Bethany móest Kyle tegenhouden. Als Sable Lynde vanuit haar coma al zoveel macht had, hoeveel macht zou ze dan hebben nadat hij haar had vermoord?

Ze reed te hard. Joans auto slipte en gleed naar de vluchtstrook.

Ze moest langzamer rijden, dacht Bethany toen ze de auto achteruit de weg weer op reed. Takken en struiken schampten langs de portieren. Ze moest Joans auto opnieuw laten spuiten als dit allemaal voorbij was.

Maar eigenlijk was dat allemaal niet belangrijk. Ze trapte het gaspedaal diep in. Ze moest er op tijd zijn om te voorkomen dat Kyle Sable zou vermoorden. Dat was precies wat die meid wilde: hen dwingen haar naar de plek te duwen waar ze met wijd open mond van de fontein van waanzin kon drinken.

Ze reed door, de minuten tikten veel te langzaam weg. Eindelijk, het bord van de afslag voor de afdeling Spoed. Bethany ging langzamer rijden, nam de afslag en reed door tot ze bij de hoofdingang was.

Ze sprong uit de auto, rende naar de voordeur en duwde hem open. Niemand te zien. Ze stapte de lift in.

Andere mensen beschouwden Kyle misschien als een slecht mens, als iemand die een knap, jong meisje – een hulpeloos, knap, jong meisje – dat in coma lag te grazen wilde nemen. Maar zij wisten de waarheid niet. Ze zagen niet dat dit meisje zó keihard was dat ze zelfs nu ze in coma lag anderen nachtmerries kon laten doormaken.

Maar haar dood zou alleen maar andere gruwelijke gebeurtenissen veroorzaken.

Op de vierde verdieping gleed de liftdeur open. Bethany kon zich niet bewegen.

Ssssj...

Sable was vervaagd tot bijna niets.

Haar huid was zo bleek dat Kyle het bloed in haar handen kon zien stromen. Ze haalde zelf geen adem, dat deed het apparaat. Haar haren waren dun, eronder was haar schedel wit.

Haar macht was afkomstig van het onzichtbare, natuurlijk. Zo was ze al geweest toen ze nog leefde, in een of andere fantastische en gewelddadige cyberworld. Was dat de plek waar ze verbleef, ook toen al? Had ze op een of andere manier contact gelegd met die verborgen wereld van elektrische impulsen? Kyle wist niet veel van computers, maar wel dat het uiteindelijk neerkwam op *aan* of *uit*, *ja* of *nee*, *1* of *0*.

Net als in het echte leven. *God* of *niet*. Sable had duidelijk gekozen voor *niet*. Het was aan hem die keuze af te ronden. Maar hoe?

Een kussen op haar gezicht had geen zin, wist Kyle. Ze ademde door het buisje in haar keel. Als hij dat eens losmaakte? Dan zou het alarm afgaan. Hij kon het buisje ook uit haar keel trekken. Maar het alarm zou ook afgaan als het apparaat geen weerstand ondervond.

Het was bepaald geen pretje, nadenken over de beste manier om een ander mens te vermoorden.

Als hij het buisje nou eens uit haar keel haalde en in zijn eigen mond stopte? Dan zou het apparaat blijven functioneren. Dat zou het toppunt van ironie zijn, haar vermoorden door haar zuurstof in te ademen. Een simpele, maar elegante manier. Als het voorbij was, kon hij het buisje weer in haar keel stoppen. Niemand zou het ooit weten. Niet dat dit iets uitmaakte. Maar het zou alles wel gemakkelijker maken voor Bethany als de ophef tot een minimum beperkt bleef.

Kyle pakte het buisje vast.

Bethany stond stokstijf in de lift, ze kon zich niet bewegen. Alsof ze gevangenzat in een ijsblokje.

Ik heb op je gewacht.

Ze ademde duisternis in. Haar volgende ademteug zou haar laatste zijn, dan zou ze voor altijd gevangenzitten. *Laat me hier niet achter, Jezus. Ik ben van U. Stuur een engel naar me toe. O, alstublieft, het is veel te koud hier alleen.*

Kyle wankelde achteruit en viel op zijn knieën. *Lieve God, kunt U me ooit vergeven?*

46

Haar dag was vier uur te vroeg begonnen. Marjorie Owens was midden in de nacht opgebeld door Julia. Ze had versterking nodig.

'Het is heel vreemd,' had ze gezegd. 'Ze zijn allemaal ongelooflijk onrustig, trekken slangetjes los, activeren het alarm... De enige die zich rustig houdt, is jouw lievelingetje.'

Marjorie had haar gezicht natgemaakt met water, had haar ziekenhuiskleding aangetrokken en was naar het ziekenhuis gereden. Haar lievelingetje. Dat meisje Bergin, van wie ze nu wisten dat ze eigenlijk Sable Lynde heette.

De liftdeur gleed open. In de hoek van de lift stond een vrouw met een verwilderde blik in haar ogen. Julia had gezegd dat de patiënten getikt waren, maar dat gold misschien ook wel voor hun familieleden. Marjorie hield de deur open. 'Wilt u er hier uit?'

De vrouw zette een stap naar voren, keek in de gang en ging toen weer in een hoek van de lift staan. Marjorie liet de deur dichtglijden.

'Waarheen?' vroeg ze, met haar vinger boven de knopjes.

'Laurels kamer.'

Marjorie drukte op het knopje voor de vierde verdieping. 'U weet toch dat buiten het vaste bezoekuur geen bezoek is toegestaan?'

'Ik kan niet wachten.'

Marjorie herkende haar. Zij was een van de mensen van die DNA-test. Dit was de vrouw die de voogdij had over Laurels baby. De vrouw die Laurel had beschoten. 'Mevrouw Dolan?'

'Ja.'

'Herkent u me? Marjorie Owens. Ik zorg voor Laurel.'

De deur gleed open. Bethany stapte de gang in en knipperde tegen het neonlicht. Marjorie overwoog de beveiliging te bellen. Maar er was iets met deze vrouw waardoor ze dacht dat een zachte aanpak meer effect zou hebben dan eentje volgens het protocol.

'Laten we Laurel maar eens opzoeken,' zei ze.

Bethany zag Kyle uiteindelijk in een hoekje, op zijn knieën. Zij en Marjorie brachten hem naar een stoel.

'Meneer Dolan, hoe is het met u?'

Hij kon geen woord uitbrengen. Knikte alleen maar.

'Kan ik iets voor u doen?' vroeg Marjorie.

Zijn ogen gingen wijd open. Doodsangst, zag Bethany.

'Wat?'

Sable zag eruit als altijd: ze lag in bed, roerloos, behalve haar borstkas, die op- en neerging bij elke klik van het beademingsapparaat. Kyle staarde naar de monitor.

'Nou zeg, dat is vreemd,' zei Marjorie.

'Vreemd? Dat is belachelijk!' zei Bethany. 'Griezelig gewoon. Waarom blijft u daar staan?'

'Mevrouw Dolan, ik heb hier al zoveel meegemaakt – tragische en wonderbaarlijke dingen – dat ik nergens meer van opkijk.' De verpleegkundige boog zich dichter naar de monitor en las hardop: 'M. A. M. ... Nou zeg, daar staat "mama"!'

'Zij zegt dat de baby van haar is!' Kyle klemde zijn hand zo stevig om Bethany's vingers dat ze dacht dat hij ze zou breken.

Woede vlamde in Bethany op. 'Zij is niet de moeder. Dat ben ik!'

Marjorie streelde Sables voorhoofd. 'Mevrouw Dolan, volgens mij begrijpt u haar verkeerd.'

'U ziet het toch zelf! Ze beweert dat zij de moeder is!'

Marjorie wreef over Sables hand. 'Ze is nog zo jong. Te jong om hier alleen te zijn. Heeft u er wel eens aan gedacht dat ze misschien roept om háár mama?'

'Ik kón het niet,' zei Kyle.

'Stil maar.' Bethany kamde zijn haar met haar vingers. Ze wilde de orde herstellen, op welke manier dan ook. Marjorie had een kamertje voor hen opengemaakt zodat ze even alleen konden zijn.

'Ik heb gebeden, God gesmeekt me te vergeven.'

'Wat vergeven? Zij is degene die óns kwelt!' zei Bethany.

'Me vergeven dat ik haar wílde vermoorden! Me vergeven dat ik het lef niet had haar te vermoorden. Ik weet niet welke mislukking, welke zonde erger is.' Hij boog zijn hoofd, streek met zijn handen door zijn haar, dat Bethany zojuist had gladgestreken. 'Zo ontzettend laf dat ik een vrouw die in coma ligt iets wil aandoen. Zo laf dat ik niets kan doen om mijn gezin te beschermen.'

Bethany sloeg haar armen om zijn hals. 'Kyle Dolan, je bent van alles, maar zeker niet laf!'

Bethany staarde naar buiten, waar de lucht eerst lichtgrijs en later lichtroze werd. Wat wilde God nog meer van hen? Ze hadden geprobeerd hun leven te delen met Sable, maar zij had daar niets van willen weten. Maar wat hadden ze echt met haar gedeeld? De juiste woorden misschien wel. Dankzij hun eigen verwachtingen en hun intense verlangen naar een kind.

Hoe zat het met Sables wanhoop? Waarvoor was zij op de loop?

Ssssj...

Wat was dat walgelijke wezen dat zij en Kyle in hun dromen hadden gezien? Was Sable in haar coma met *hem* verbonden? Stel dat Marjorie Owens gelijk had? Stel dat die griezelige krabbels een schreeuw om hulp waren?

'Kyle? Stel dat het helemaal niet om ons gaat?'

'Waar héb je het over?'

'Ik weet het niet. Ik weet het echt niet. Maar volgens mij moeten we dat wel te weten zien te komen.'

47

Bethany staarde naar haar kop thee, waar ze amper iets van had gedronken. Joan had Hannah meegenomen voor een lange wandeling. Het was een warme, bijna voorjaarsachtige dag – ongebruikelijk voor november. Kyle liep in de keuken heen en weer, terwijl Patrick Drinas de foto's bekeek die Anthony had geprint.

Patrick was hier vanuit Boston naartoe gereden om de letters met eigen ogen te kunnen zien. De enige plek waar nog wat restanten van de krabbels te zien waren, was boven Hannahs ledikantje en ook die vervaagden snel.

'Dat is zeker weten een M. En een A,' zei hij.

'Zie je, het is dus wel bovennatuurlijk!' riep Bethany uit, niet eens triomfantelijk. 'Geloof je nu in geesten?'

'Ik geloof in God,' zei Patrick.

'Wat bedoel je daarmee? Dat God nu Zijn geesten stuurt om Zijn smerige werk te doen?' Door Kyles uitputting heen laaide de woede weer in hem op.

'Ik zeg dat God de leiding heeft. Altijd. En Hij gebruikt alles wat Hij nodig vindt om onze aandacht te trekken.'

'Het woord MAMA op alle muren?' vroeg Kyle, die zijn best deed niet tegen Patrick te snauwen.

'Dat kan. Weet je nog wie Belsassar was?' vroeg Patrick.

Kyle schudde zijn hoofd.

'Uit het Bijbelboek Daniël?' drong Patrick aan.

'Het handschrift op de wand,' zei Bethany.

'God had iets te vertellen wat Belsassar moest weten.'

'Oordeel.' Nu wist Kyle het weer. 'God verkondigde Zijn oordeel over Belsassar. Dat was de betekenis van de woorden op de wand. Is dat wat hier gebeurt? Worden wij veroordeeld?'

Patrick zei glimlachend: 'Jullie ontvangen Zijn genade. Begin eens met de aanname – de absolute zekerheid – dat jullie diepgelovig zijn. Vraag je dan af wat God jullie wil laten weten.'

'Ik denk al maanden dat iemand ons kwelt. Die verschrikkelijke dromen. Die spookachtige verschijningen,' zei Bethany.

'Voor het meeste bleek een logische verklaring te zijn,' zei Patrick. 'Als we dat buiten beschouwing laten, wat blijft er dan over?'

Duisternis. Kyle kon dat zien, zelfs met zijn ogen open. Het geluid, dat *Sssj*. Het teken, een wekker met de tekst *Voor altijd*. 'Een meisje in coma. Maar ik heb geen idee wat ik daarvan moet denken.'

'Ik heb met dr. Chasse gesproken,' zei Patrick. 'Er is geen medische reden waarom ze in coma ligt. Haar hersenletsel was geneeslijk, haar eeg is bijna normaal.'

'Waarom wordt ze dan niet wakker?' vroeg Bethany.

'Precies,' zei Patrick.

'Hè, hoezo precies?' Kyle wilde een warm bad nemen, naar een basketbalwedstrijd kijken, in de zon liggen, alles, als hij maar niet langer over deze waanzin hoefde na te denken.

'Precies de vraag die we al maanden geleden hadden moeten stellen,' zei Bethany opgewonden. 'Maar daar hebben we nooit aan gedacht, nooit!'

'En daarvoor?' drong Patrick aan. 'Voordat ze in coma lag, wat hebben jullie haar toen gevraagd?'

'We vroegen haar wie ze was,' antwoordde Kyle.

'Nee, dat hebben we geëist,' zei Bethany. 'We hebben geëist, beschuldigd, gedreigd. En we waren bang. Ik was zo bang voor wat haar bedrog voor ons zou betekenen dat ik nooit aan haar heb gedacht. Waarom ze moest liegen. Waarvoor ze zich verstopte.'

Haar opwinding joeg Kyle angst aan. Hij moest zorgen dat Bethany haar mond hield, een ander onderwerp aansnijden. 'Patrick, waarom wij? Als God iets voor haar wilde doen, waarom zou Hij ons dan gebruiken? We hadden toch al genoeg meegemaakt?'

'Waar hadden jullie nog meer genoeg van?' vroeg Patrick zacht.

'Zegeningen,' fluisterde Bethany. 'Zegeningen en voorrechten.'

Ze keek Kyle aan. Afwachtend.

Kyle liep naar het raam. De grote eik zat nog steeds in blad, maar het was nu bruin en dor. De bladeren zouden eraan blijven tot de eerste sneeuwstorm ze er af zou rukken. Was dat ook met hem en Bethany gebeurd? Waren zij van hun houvast losgescheurd? Kyles vingers waren er af gegleden, hadden het losgelaten.

Maar Gods hand hield hen stevig vast. Toen voelde Kyle het terugvloeien, in elke porie van zijn pijnlijke lichaam: de zekerheid van zijn leven en zijn geloof. 'Zegeningen, voorrechten en liefde,' zei hij ten slotte. 'En genade.'

'Maar daar hebben we nooit op vertrouwd,' zei Bethany. 'We waren te gekwetst, te bang.' Ze stond naast Kyle en hield zijn handen in de hare.

'Vertel eens,' zei Patrick. 'Voordat dit allemaal begon, voor de implantatie... waar hebben jullie als het om Sable ging voor gebeden?'

'Het gebruikelijke,' antwoordde Bethany. 'Een geslaagde implantatie. Gezondheid en nog meer gezondheid. Elke fase, elke maand dat de zwangerschap zou duren. Maar toen we op de hoogte waren van haar bedrog, baden we om veiligheid. Bescherming voor ons, voor Hannah.'

Kyle sloot zijn ogen. Waar had hij om gebeden? 'Gebruik dit meisje om een gezin van ons te maken. En zoiets als: verwelkom haar in ons huis.'

'En dat God haar net zo zou zegenen als zij ons zegende,' zei Bethany.

Nu stond Patrick bij hen en legde een hand op hun schouders. 'God beantwoordt onze gebeden soms veel overvloediger dan we hadden gedacht. En Hij schenkt altijd meer genade dan wij ons zelfs maar kunnen voorstellen.'

Bethany kneep in Kyles hand. 'Het gaat dus helemaal niet om ons.'

'Het gaat nooit om ons,' zei hij. 'Maar dat vergeten we altijd.'

Marjorie Owens had gebeden dat iemand de verantwoordelijkheid voor Laurel zou opeisen. Ze had alleen nooit verwacht dat dit de Dolans zouden zijn. Zelfs na al die jaren kon iemand haar dus toch nog verbaasd doen staan. *Dank U, zoals altijd, lieve Vader.*

Marjorie stond erbij toen de Dolans tegen Sable begonnen te praten. Kyle zat aan de ene kant van het meisje en Bethany aan de andere, met haar handen in de hare.

'Sable, ik ben het, Bethany. Ik wilde je vertellen hoe erg het me spijt. Het spijt me wat er met je is gebeurd. Dat we je zo in de steek hebben gelaten. En... dat we je pijn hebben gedaan. Dat ik je pijn heb gedaan. Ik hoop dat je het me wilt vergeven.' Ze zweeg even, legde haar wang tegen Sables hand. 'Ik wil het begrijpen. Ik wil helpen. Maar, en dat is nóg belangrijker, ik vergeef het je. Daar kun je op rekenen. Bij ons ben je veilig, Sable.'

Ze keek op naar haar man, knikte.

'Hallo, meid, ik ben het, Kyle. Je ligt nu al een tijdje te slapen. Je hebt het einde van het seizoen gemist. Het was een geweldig seizoen! De Red Sox hebben de play-offs bereikt. Maar ja, het ging niet zo goed. Ze hebben het in de zevende game verknald. Ik kan je wel vertellen wie de Series hebben gewonnen, maar dan zou je nooit weer wakker willen worden! En weet je Sable, ik wíl dat je wakker wordt. Dit ben jij niet. Jij bent dat meisje dat om mijn stomme grapjes lacht, dat slimmer is dan alle andere mensen die ik ken. Het meisje dat alles weet van computers en honkbal en Jacobs straattaal. Jacob mist je, hij heeft het steeds over je. Ik weet wel dat het soms niet goed ging tussen ons. We hebben steeds maar weer geblunderd. Maar met Gods hulp gaan we door. We willen dat je terugkomt, bij ons komt. We willen je helpen om weer beter te worden. Ik vergeef je. Ik wil een kans hebben om jou te vragen – als je helemaal wakker bent – of je mij ook wilt vergeven. Kom alsjeblieft terug, Sable. Het is veilig. Echt!'

Daarna bleven ze nog heel lang zitten. Marjorie liep af en toe even weg, als ze iets voor de andere patiënten moest doen. Een paar uur later moest ze Sable omdraaien.

'Mag ik je helpen?' vroeg Bethany.

'Weet je dat zeker?'

Bethany knikte.

'Goed dan. We laten de helft van het laken onder haar liggen, dan gaat het gemakkelijker. Ik trek het laken naar me toe, dan leg jij je hand op haar schouder en heup en draait haar naar je toe. Oké?'

'En dat slangetje dan? Dat gaat er dan toch niet uit?'

'Nee hoor, dat zit stevig vastgeplakt,' zei Marjorie. 'Klaar?'

Bethany knikte. Ze legde haar handen op de goede plek.

'Oké, ik tel tot drie. Eén, twee, drie.'

Marjorie trok en Bethany rolde. Nu lag Sable op haar zij, met haar gezicht naar de deur.

'Ze reageert niet eens.' De tranen sprongen Bethany in de ogen.

Haar man liep naar haar toe, sloeg zijn armen om haar heen. Ze keken over het bed heen naar Marjorie.

'Dat komt nog wel. Geloof me maar.'

Als ik zeg: 'De duisternis zal me verbergen
En het licht wordt nacht om me heen,'
zal voor u de duisternis toch niet donker zijn;
De nacht zal schijnen als de dag,
Want voor u is de duisternis even licht als de dag.

PSALMEN 139, VERS 11 EN 12

48

Cade Parker leek verbaasd hen te zien. Verbijsterd zelfs. *Natuurlijk is hij dat,* dacht Bethany. Dankzij hen was hij immers hier.

Stafford leek meer op een buurthuis dan een gevangenis. De bezoekersruimte zag eruit als een grote woonkamer, vol stoelen, banken, tafels, zelfs games en een tv. Via een glazen schuifwand kon je naar een grote veranda. Daarachter lag een kleine tuin met speeltoestellen en picknicktafels. Daar weer achter waren het harmonicagaas en prikkeldraad.

Kyle stond op en stak zijn hand uit naar Parker.

Parker aarzelde even, maar stak zijn hand ook uit. 'Het verbaast me jullie hier te zien.'

'Ons ook,' zei Kyle.

Parkers gezicht werd rood. 'Sable? Is ze...?'

'Geen verandering,' zei Kyle. 'Daarom zijn we hier ook.'

Ze gingen aan een metalen tafel zitten. Parker draaide zijn stoel zo dat hij Bethany kon aankijken, zijn glimlach was bijna flirterig. *Dat is zijn manier van doen,* realiseerde Bethany zich. *Hij probeert de eerste de beste vrouw te versieren, zodat ze alles voor hem doet. Die arme Jenny Hemlow maakte geen enkele kans tegen hem.*

'Jullie willen zeker dat ik iets onderteken, hè?' vroeg Parker. 'Ik vroeg me al af wanneer jullie haar aan de overheid wilden overdragen. Dat verpleeghuis moet jullie wel een bom duiten kosten.'

'Nee. We laten haar niet gaan,' zei Kyle.

'Integendeel zelfs. We willen haar helpen wakker te worden,' zei

Bethany ongeduldig. Nu ze dat hadden besloten wilden ze alles zo snel mogelijk doen. Als hun gezamenlijke droom ook maar iets leek op wat Sable doormaakte en als de letters op de muren een smeekbede waren om hulp, dan moesten ze iets doen.

'Volgens haar arts is er een psychologische barrière die haar herstel tegengaat,' zei Kyle. 'En dat kunnen we niet verklaren, omdat we niets van haar weten.'

'Ze heeft gelogen, gestolen en bedrogen. En dat deed ze allemaal stukken beter dan haar broer ooit had gekund,' zei Parker. 'Wat wilt u dan nog meer weten?'

'Waarom ze dat allemaal heeft gedaan.'

Parker haalde zijn schouders op. 'Ze moest toch íets doen in haar vrije tijd.'

Kyle klemde Bethany's vingers nog steviger vast. Ze wreef met haar duim over de rug van zijn hand, probeerde hem zwijgend te kalmeren.

'We weten niet eens hoe oud ze is,' zei Bethany.

Parker vroeg lachend: 'Hoe oud denkt u dat ze is?'

'Tegen ons zei ze dat ze drieëntwintig was. Maar volgens mij is ze ouder. Ze kan immers heel goed voor zichzelf zorgen. Je moet wel heel slim zijn om iemands identiteit te stelen.'

'Ze is – was – heel erg slim. Zorgt nu al een paar jaar voor zichzelf,' zei Parker. 'En dat is verrassend als je nagaat dat ze nog maar achttien was toen jullie haar zwanger maakten.'

Bethany hapte naar adem. 'Achttien? Hoe oud was ze dan toen ze dit allemaal voorbereidde? En waar was ze voor op de vlucht?'

Parker rekte zich uit en zei gapend: 'Gaat je niks aan.'

'Alsjeblieft! We willen haar helpen!' zei Bethany. 'Dat vind je toch zeker goed?'

'Wat schieten jullie daarmee op?'

'Niets,' zei Kyle. 'Behalve dan dat we haar uit haar coma willen halen en haar willen helpen haar leven weer op te pakken.'

'Denk je soms dat ik achterlijk ben, Dolan? Jullie stoppen haar natuurlijk zo snel mogelijk achter de tralies! Ze kan maar beter blijven waar ze is.' Parker stond op, lachend. 'Ik weet wel wat jullie echt willen. Jullie zijn al zo rijk, dan zou je toch denken dat jullie er geen behoefte aan hadden...'

'Ik begrijp je niet,' zei Kyle.

'Ik trap er niet in hoor, in jullie zogenaamde goede bedoelingen. Jullie zitten achter het geld aan zeker?' Parker lachte niet meer. 'Luister, Dolan, ik ben haar broer, al Sables bezittingen zijn van mij.'

Hij liep naar de deur.

'Wacht!' Kyle sprong overeind en probeerde hem bij de arm te grijpen.

'Geen fysiek contact!' brulde de bewaker.

'Help ons toch, meneer Parker,' riep Bethany hem achterna.

Cade Parker vloekte en liep terug naar zijn cel.

Hailey Slonik was in de stemming om iemand helemaal verrot te slaan. Helaas was er niemand in de buurt. Die vent van Rensselaer was allang verdwenen, helemaal in paniek geraakt toen de FBI daar had rondgesnuffeld. Cade zat achter de tralies en Sable was een kasplantje.

Hailey had vrijwel al haar bezittingen verpand, maar ze was niet van plan haar computer op te geven. Die had ze nodig om op haar miljoen dollar te passen. Ze lag op de vloer van de slaapkamer en zocht onder het bed. Daar lag allemaal troep, maar ze móest nog wat spullen hebben die ze kon verkopen. Ze voelde iets van hard plastic.

De PlayBox! Toen ze Sables appartement had verlaten, had ze de cassetterecorder laten staan – waardeloze troep – maar ze had de PlayBox onder haar jasje verstopt voordat ze de ladder af was geklommen. Het had niet goed gevoeld om Cade zomaar achter te laten, maar een strategische aftocht leek het verstandigst. Dolan was zo kwaad geweest dat hij haar ook te grazen zou hebben genomen als ze was gebleven.

Het was een duur apparaat. Volgens haar zou die wel voldoende geld opbrengen om het nog een paar dagen uit te zingen en een nieuwe aanpak te bedenken. Maar er hoorde toch ook een joystick bij? Misschien zat die erin. Ze wrikte hem open, zag een cartridge en een opgevouwen papiertje. Het was een stomme e-mail aan een stom joch.

Maar ze begon te glimlachen toen ze zich realiseerde wat ze las:

> Je moet je uiterste best doen het te vinden, man. Ik heb geprobeerd iets speciaals voor mezelf te regelen. Maar natuurlijk had ik moeten beseffen dat dit me niet was vergund. Nooit zo geweest. Maar als ik het niet kan hebben, wil ik dat jij het hebt. Ik gun je dat geld, man. Echt.

Nu werd alles duidelijk. Hailey moest die kleine *man* van Sable vinden. Hem vinden en hem vervolgens eens stevig door elkaar schudden.

49

N*iet bepaald een fijne buurt om in op te groeien*, dacht Kyle. Hij was blij dat Harry Stevens met hen mee was gegaan én heel blij dat Hannah niet mee was. De baby was in het hotel achtergebleven met Kate Hemlow, die de strikte opdracht had gekregen in de hotelkamer te blijven tot ze terug waren.

Harry had zijn contacten bij de politie van Boston ingeschakeld' die op hun beurt contact hadden opgenomen met de politie in Albany. In Parkers dossier bij Jeugdzaken stond de naam van zijn moeder, Angela Lynde, die zeven jaar eerder was overleden. Parker was toen zeventien geweest en gebruikte toen nog zijn eigen naam, Cade Lynde. Op dat moment zat hij in een jeugdgevangenis omdat hij een oude vrouw met mooie praatjes duizend dollar lichter had gemaakt.

Het andere kind kwam onder bescherming van de staat. Jeugdzaken weigerde nog meer informatie te verstrekken, maar ze wilden wel bevestigen dat haar voornaam inderdaad Sable was.

'Het enige wat ik zeker weet, was het adres waar ze woonden toen die vrouw werd vermoord,' zei Harry verontschuldigend.

Niet veel aanknopingspunten dus, maar Kyle hoopte dat het voldoende was. Harry had met de eigenaar van het huis afgesproken dat ze elkaar daar zouden ontmoeten.

'Dit huis is iets minder slecht dan de andere huizen hier,' zei Bethany toen ze op de stoep voor het huis stonden. Het was een huis van drie verdiepingen dat dringend een verfje nodig had. Maar het hek dat om het tuintje stond, was helderwit. Er hingen een bloemenkrans aan de voordeur en windorgels op de veranda.

Even later waren ze binnen en dronken warme chocolademelk met Lisa Latham, een vrouw van middelbare leeftijd met diepe lachrimpeltjes en felrood haar.

'Moeder woont in een aanleunwoning. Ze heeft me verboden het huis te verkopen en bovendien kan ik me niet voorstellen dat iemand dit huis zou willen kopen. Ik hoop dat er een keer yuppies intrekken en het opknappen.'

Bethany haalde de foto van Sable uit haar zak die ze vorige kerst had gemaakt. Op deze foto had ze glanzend haar en een vol, rozig gezicht.

'Angies dochter?'

'Volgens ons wel,' zei Bethany.

Lisa begon te huilen.

Hailey vond alles aan Bernard DuBois leuk. Zijn diepe stem met die schorre klank wond haar op. Pikzwart haar met zilveren draden, naar achteren gekamd. Het lichaam van een bokser bij wie zij prima zou passen.

'Ik begrijp niet goed wat je wilt,' zei Bernard.

'Activa. Ik zou natuurlijk wel een privédetective kunnen inhuren, maar ik heb liever een partner. Iemand die weet hoe hij mensen kan opsporen en die weet wat hij moet doen zodra hij ze heeft gevonden.'

'Waar gaat het om? En hoe groot is mijn aandeel?'

Hailey glimlachte. Dit zou geweldig zijn, zelfs voor hem. 'Een miljoen dollar op één rekening, een paar honderdduizend op een paar andere rekeningen. Ik heb nog niet alle benodigde toegangscodes en wachtwoorden om erbij te kunnen komen. Ik ken iemand die ze heeft, maar ik weet niet hoe hij heet en hoe ik hem moet vinden. Als jij hem vindt en die informatie te pakken krijgt, krijg je een derde.'

Hij bewoog geen spier. Dat was ook niet nodig – ze kon het ruiken. Ja, hij deed mee. En waarom ook niet? Zij en Bernard DuBois zouden een perfect team vormen.

Cade zou woedend zijn, maar dat kon haar niets schelen. Laat hem maar verrotten, en Sable ook, ze gingen hun gang maar. Ze waren al een goed eind op weg: Cade in de bak en Sable in coma.

Daar mochten ze eeuwig blijven, wat haar betreft.

Lisa nam Kyle en Bethany mee naar achteren. 'Angie had dit appartement, hier rechts. Ik kan jullie niet binnenlaten, want er woont iemand. Een gemene vent, maar hij betaalt wel op tijd. Via deze deur kun je naar buiten. De tuin stelt niet veel voor, nu niet meer. Als je een stoel buiten laat staan, is die binnen tien minuten weg. Het is veiliger om binnen te blijven.'

'Is dit het huis?' Bethany legde haar hand op de enige deur in de gang. Het was er koud, in elk geval te koud voor een kind.

'Dat klopt. Wij waren in Okinawa toen het gebeurde. Hadden net ons eerste kind gekregen.' Lisa fronste haar wenkbrauwen. 'Ze zit nu op school. Als haar net zoiets zou overkomen, dan zouden we...' Ze maakte haar zin niet af, schudde haar hoofd.

Bethany raakte haar arm even aan. 'Ik weet het. Wij hebben ook een dochtertje.'

'Ze hebben heel veel mannen ondervraagd. Angie had altijd mannen op bezoek, maar ze hebben hem nooit te pakken gekregen.' Lisa kwam dichter bij Bethany staan en zei zachtjes: 'Hij zou hier best nog kunnen zijn...'

'Wat voor moeder zou dat soort kerels binnenlaten?' vroeg Kyle.

'Het is niet zoals je denkt. Angie was dol op haar kinderen. Dat kon ik wel zien, die enkele keer dat ik hier was, voordat het allemaal gebeurde. Cade, die kleine hartenbreker, kon praten als Brugman. Sable was zo knap en zo slim. Maar niet zo'n charmeur als haar broer. Stilletjes. Zat altijd met haar neus in een wetenschappelijk of wiskundeboek. Angie zong vaak voor het kind. Ze had een prachtige stem, tot de drank daar een einde aan maakte. Ze had een goed hart. Maar ze was te aardig, als je begrijpt wat ik bedoel. En ze hield van pleziertjes. En daardoor kwamen ze op het idee van die kast. Angie wist wel dat haar pleziertjes niet zo goed waren voor die kleine meid, omdat er maar één slaapkamer is. Oud huis, dunne muren, iedereen hoort alles. Volgens mijn moeder was de kast Sables idee.'

Bethany dwong zichzelf naar binnen te kijken. Het was een grote ruimte, met gepleisterde wanden en versleten zeil op de vloer. In een hoekje stonden twee sneeuwschuivers en een hark.

'Het is gewoon een kast,' zei Kyle. 'Ik snap niet waarom je ons dit laat zien.'

'Het was bedoeld als een soort... ja, hoe noem je zoiets? Een bijkeuken misschien. Voor de wasmachine en de droger en wat voorraad. Mijn moeder vond dat kind hier een keer, ze zat op een emmer, probeerde te lezen. Mijn moeder had zo'n medelijden met haar! Daarom bracht ze alle schoonmaakspullen naar de kelder en zei tegen Sable dat dit haar verstopplekje mocht zijn. Als het feestje in het appartement te... luidruchtig werd, ging Sable hiernaartoe.'

Kyle stapte naar binnen. 'Achterin zit een kruipruimte.'

Bethany keek over zijn schouder. Langs de achterwand was een kleine opening, iets hoger dan een halve meter en bijna twee meter breed.

Kyle trok een luikje los, waarna ze twee leidingen op de vloer achter in de kruipruimte zagen.

Bethany stapte ook naar binnen.

Lisa vertelde verder: 'De politie dacht dat een of andere vent achter Angie aan zat, in het appartement. Daar begon het bloedspoor... Misschien hoorde Sable al die herrie en het geschreeuw, en verstopte ze zich in de kruipruimte. Of misschien zat die kerel haar ook achterna. Wie weet? Ze denken dat Angie haar is gaan zoeken, of misschien wilde zij zich ook ergens verstoppen. Ze bloedde, hij had haar behoorlijk in haar buik gestoken. Misschien dacht ze dat Sable haar kon helpen. Of, dat denkt mijn moeder, misschien wilde Angie alleen maar afscheid van Sable nemen. Hoe dan ook, ze is in deze kast gekropen, bewusteloos geraakt en hier uiteindelijk gestorven. Het heeft waarschijnlijk een paar uur geduurd, zeiden ze.'

'Waarom heeft Sable geen hulp gehaald?' vroeg Kyle.

'Dat kon ze niet,' mompelde Bethany. Het bloed voelde eerst warm aan. Net zoals Sables bloed vlak nadat het pistool was afgegaan.

Maar het was natuurlijk snel afgekoeld, waarna het zo'n metalige geur krijgt die diep in je neus doordringt, zo'n sterke geur dat je het elke keer dat je inademt proeft.

'Bethany? Kom eruit.' Kyle trok haar met zich mee de gang op.

'Zie je? Haar moeder viel tegen het luik voor de kruipruimte. Sable zat binnen, daar had ze zich verstopt. Ze moet doodsbang zijn geweest. Ontzettend...' Bethany snikte het uit.

'Het is al goed,' zei Kyle en hij nam haar in zijn armen.

'Nee, het is niet goed,' zei ze en ze maakte zich los. 'Het lichaam van haar moeder blokkeerde de kruipruimte. Sable kon het luik niet openmaken, niet met dat gewicht ertegenaan. Ik kan me niet... het is te erg... dat bloed... dat over de grond stroomt, haar verstopplekje binnenstroomt. Sable die erin ligt, doodsbang. Ze ligt in het bloed van haar moeder. Hoort haar moeder doodgaan.'

Bethany kon haar stemmetje horen. *Sing to me, mama, so I'll know you're still there.*

Kyle keek haar met grote ogen aan. 'Hoelang heeft ze daar gelegen?'

'Drie dagen,' zei Lisa Latham. 'En ze lag de hele tijd in het bloed van haar moeder.'

'Drie dagen in het donker,' zei Bethany. 'Drie dagen waar geen einde aan kwam.'

50

Die avond, met Kyles armen om haar heen geslagen, zei Bethany één simpel gebed: *Laat het me zien, God.*

En ze begon te dromen...

Mama's nieuwste vriendje rook naar bier en koude pizza. Hij was de hele week elke avond langsgekomen. Hij had een slecht gebit en zijn tanden staken over zijn onderlip heen als hij glimlachte.

Als ze 's nachts bleven, verstopte Sable zich altijd in de kast. Daar was het stiller dan in de gang. Ze hield van mama, maar ze haatte dat smakkende geluid dat mannen altijd maakten als ze haar kusten. Alsof ze haar helemaal opslokten. Mama vond die kast ook een goed idee. Daar had Sable haar boeken en haar deken en een zaklamp, alles wat ze nodig had.

Slecht Gebit had die avond eten van Ling Pao meegenomen. Hij en mama hadden zich op de bank voor de tv geïnstalleerd. 'Hé meissie, wil je ook wat?' had hij gevraagd. Sable schudde haar hoofd. Haar avondeten had bestaan uit cornflakes, met sinaasappelsap omdat er helemaal geen melk was. Sable fluisterde iets over dat ze even naar achteren ging. Mama wist dat ze daarmee bedoelde dat ze naar de kast ging; ze keek niet eens toen Sable naar de keuken liep om via de achterdeur te verdwijnen. Sable had haar hand al op de deurknop toen de deur openzwaaide. Ze schrok zich rot.

Er stormde een grote man naar binnen; hij was zelfs nog groter dan die gorillaman van het benzinestation. Grote Man keek niet eens naar haar, hij stormde de woonkamer binnen alsof die van hem was. Sable rook hem toen hij haar passeerde: zweet, drank, veel sigaretten. De geur van haar hele leven, leek het.

Wat haatte ze die.

Ze kon horen dat Slecht Gebit probeerde Grote man over te halen om te vertrekken. 'Hé man, je moet een nummertje trekken en later terugkomen.'

'Ik had een afspraak. Ja toch, Angie?'

'Wacht een minuutje.' Toen kwam mama de keuken in en stak zachtjes vloekend een sigaret op. Grote Man kwam haar achterna, met gebalde vuisten en een rode kop. Sable maakte zich zo klein mogelijk, probeerde in de muur achter het fornuis te kruipen.

'Hé, cowboy, sorry hoor,' zei mama. 'Ik heb twee avonden door elkaar gehaald. Als je heel even wacht, stuur ik die klojo wel weg.'

Grote Man greep mama's arm. 'Ik kan hem er veel sneller uit gooien dan jij.'

'Alsjeblieft, liefje. Geen problemen. Ik zorg wel dat hij... Wat is er? Waar kijk je naar?'

Sable. Hij keek naar Sable.

'Kom eruit, zodat ik je kan zien,' zei Grote Man.

'Laat haar toch. Ze is nog maar klein.'

Grote Man kwam iets dichterbij. 'Groot genoeg voor mij.'

Mama trok aan zijn jasje. 'Hé, kom op, dan bouwen we samen een feestje.'

Grote Man sloeg haar dwars door de keuken. Slecht Gebit kwam de keuken binnenlopen, met een verbaasde blik op zijn gezicht. Maar na één blik op Grote Man liep hij weer naar buiten, met zijn handen omhoog.

Grote Man kwam vlak bij Sable staan. 'Jij en ik gaan een feestje bouwen. Je houdt wel van feestjes, hè? Ja toch, liefje?'

Ze zat verstijfd op haar plekje. Ze wilde dat haar maag bevroor zodat ze niet misselijk werd. Ze wilde dat haar voeten ontdooiden zodat ze kon wegrennen.

Hij sloeg zijn hand achter haar nek en trok haar naar zich toe. Haar huid kromp door zijn aanraking, wilde zich binnenstebuiten keren.

'Mama,' fluisterde ze.

Mama stond rechtop, tegen de keukentafel geleund. Ze keek alleen maar.

'Mama.'

'Kom eens bij papa, liefje.' Hij drukte zijn lichaam tegen haar aan, stonk naar zout en rook. Ze kreeg geen adem. Wilde niet ademen, zag geen uitweg... behalve... op het fornuis...

Een mes. Het grote mes dat mama had gebruikt om een kip in stukken te snijden.

Ze stak haar hand uit. Te ver weg... Grote Man drukte haar tegen de muur. 'Blijf van haar af!' schreeuwde mama.

Ze zag mama's hand, die het mes pakte.

'Blijf van haar af, zei ik je!' schreeuwde mama.

Grote Man ging rechtop staan en zette een paar stappen achteruit. Mama had hem zeker vastgegrepen. Ze gleed opzij, keek naar de achterdeur. Achter zich hoorde ze iets vallen, maar ze durfde niet te kijken. Ze was al in de gang toen mama gilde.

Toen gilde mama weer, Sable voelde het geluid tot in haar botten. 'Mama!' schreeuwde ze en ze draaide zich om.

'Rennen, Sable! Verstop je!'

Ze duwde de deur van de halkast open en glipte naar binnen.

Iemand kwam haar achterna.

Grote Man was nog niet klaar met haar. Hij wist niets van die kruipruimte. Niemand wist daar iets van, alleen Cade. Ze glipte naar binnen en trok het luik goed dicht.

De kastdeur ging open. Sable hield haar adem in. Ze hoorde gehijg. Toen een bons. Er stroomde iets warms de kruipruimte binnen.

Wie zou haar nu komen redden?

Ssssj...

Bethany schrok wakker. Waar was ze? Ja, in het hotel. Kyle draaide zich om en keek naar haar, met die liefdevolle blik van hem die ze al twintig jaar kende.

'Hallo,' zei hij.

'We mogen het niet opgeven,' zei ze. 'We moeten alles doen wat nodig is.'

'Ja, ik weet het,' zei hij.

'Ik hou van je, Kyle.'

'Ik ook van jou, Beth.'

Hannah draaide zich om in haar campingbedje. Ze keek om zich heen, verbaasd. Ze deed net haar mond open om te gaan huilen toen Kyle haar optilde. 'Pa-pa,' kirde ze.

'Ik hou ook van jou, schatje,' zei hij. Hij nam haar mee naar hun bed en legde haar tussen hen in.

Hannah legde haar vingertjes op Bethany's wang. 'Mama.'

'Ja hoor, mama is hier.' Bethany sloeg haar armen om Hannah heen en begon te zingen.

51

'We hebben dit al eens geprobeerd,' zei dr. McDonald, 'verwacht er dus maar niet te veel van.'

'Deze keer gaat het wel lukken,' zei Bethany. 'Dat weet ik gewoon.'

Marjorie Owens stond naast de arts en Kyle zat in de hoek te bidden. Er zat een laagje rijp op het raam. De winter, die volgens de kalender pas over een maand zou beginnen, had dat deel van Maine al in zijn greep.

Bethany pakte Sables hand. 'Als je zelf adem kunt halen, kun je met ons mee naar huis. Alsjeblieft, Sable, we willen dat je met ons meekomt. Probeer of het deze keer wel lukt. Alsjeblieft!'

Dr. McDonald keek naar Marjorie. 'Klaar?'

Marjorie knikte, met de ambuballon in haar hand voor het geval Sable die nodig had om adem te halen.

De arts trok de stekker uit het beademingsapparaat. Daarna stapte Marjorie naar voren en legde het masker op Sables mond.

'Geef haar vijf pufjes,' zei de arts. 'Zodat ze weer weet hoe het moet.'

Marjorie kneep vijf keer in de zak en trok hem daarna van Sables gezicht.

Bethany gaf Kyle een hand. Hij hield zijn hoofd gebogen en zijn ogen gesloten. Ze hadden besloten dat hij zou bidden en dat zij Sable zou aanmoedigen.

Sables borstkas bewoog niet.

'Nog vijf,' zei dr. McDonald.

'Kom op, Sable,' zei Bethany. 'Je kunt het best.'

Kom op, God, bad Bethany. *Adem leven in dit kind.*

Marjorie gaf weer vijf pufjes, stapte achteruit. Sables borstkas bewoog niet.

'Niet opgeven,' zei Bethany. 'Nog niet.'

'Nog vijf.'

Marjorie herhaalde het proces en stapte achteruit. Ze hoorden iets gorgelen, achter in Sables keel. Toen haalde ze diep adem.

'Halleluja!' riep Bethany.

Marjorie grijnsde van oor tot oor.

Joan wilde weten wat Jacob voor zijn verjaardag wilde.

Ze had gezegd dat ze een nieuwe cd-speler voor hem wilde kopen, dat hij op karate mocht, zelfs dat hij mocht leren drummen. Toen hij haar vertelde wat hij wilde, had ze haar aanbod opgewaardeerd: skiën of snowboarden. Maar hij bleef bij zijn standpunt.

'Ik wil een PlayBox,' zei hij.

Nadat Cade Parker had ingebroken, was het apparaat uit het appartement verdwenen. Jacob wilde er zelf een hebben. En die kreeg hij, drie weken voor kerst. Joan had geen uitvluchten meer kunnen bedenken. Jacob had zijn rapportcijfers opgekrikt, was naar de scouting blijven gaan en had niet langer gezeurd over het feit dat hij naar zondagsschool moest.

Nu hoefde hij alleen nog maar het hoogste level van *Winter Slaughter* te bereiken. Het zou wel even duren voordat het zover was, want hij kon pas spelen als zijn moeder in bed lag. Misschien was hij met oud en nieuw wel miljonair! Toch zou zijn moeder het nooit goedvinden dat hij aan het geld kwam. Maar Sable had Anthony aangewezen als zijn voogd, dat had ze in haar laatste e-mail geschreven. Jacob zou een handeltje voorstellen: universiteit voor Anthony, vrijheid voor Jacob.

Hij was het aan Sable verschuldigd om dit voor elkaar te krijgen. Ze verwachtte grote dingen van hem en hij wilde haar niet teleurstellen. Ze zou al teleurgesteld genoeg zijn als ze wakker werd en ontdekte dat hij naar zondagsschool ging.

Bethany had wel geweten dát het moeilijk zou zijn, maar ze had zich niet gerealiseerd hóe moeilijk.

Tussen luiers verwisselen en vloeibare voeding klaarmaken, wassen en wandelen, in bed leggen voor een slaapje en uit bed halen voor actieve bezigheden, was Bethany uitgeput. En dat was alleen nog maar de verzorging van Sable.

Daarnaast moest Hannah worden verzorgd en gekoesterd en gevoed.

God, gebruik dit meisje om een moeder van me te maken, had Bethany gebeden op de dag dat het embryo was geïmplanteerd. God zou dat gebed ruimschoots beantwoorden, had Patrick beloofd. Voor Hannah zorgen was heerlijk. Hannah groeide en lachte en hield van hen. Voor Sable zorgen was een daad van geloof en een dagelijkse oefening in onvoorwaardelijke liefde. Sable sliep maar door, alsof het niet uitmaakte wat ze allemaal voor haar deden.

Op de dag na Thanksgiving hadden ze haar meegenomen naar de boerderij. Marjorie Owens en Joan Martinez waren fulltime werknemers geworden die meehielpen met de verzorging. Dan waren er de dagelijkse bezoekjes van de fysiotherapeut, de wekelijkse controles van dr. McDonald en een enkele keer een bezoek van dr. Chasse, die Sables neurologische situatie in de gaten hield. *Stabiel* was bijna een vloek geworden voor Bethany.

Zij en Kyle brachten elke dag wat tijd bij Sable door, praatten tegen haar, zongen, baden, lazen voor. Kyle bekeek alle Patriots- en Bruinsgames in Sables kamer, en daarbij juichte hij alsof Sable het samen met hem deed. Bethany gunde haar elke middag één uur van haar geliefde talkshows en zette de rest van de tijd oude films op of liet muziek horen. Elke dag lunchte ze samen met Hannah bij Sable, zodat ze de *Veggie Tales*-video samen konden bekijken. Hannah giechelde en klapte samen met Bethany in haar handjes tijdens die gekke liedjes.

Sable sliep door en reageerde nergens op.

Bethany was in Sables kamer, samen met Marjorie, die haar leerde hoe ze het slangetje van de kunstmatige voeding moest schoonmaken. Eerder die dag was er ruim tien centimeter sneeuw gevallen, maar de avondlucht was helder. Door het licht van de vollemaan was de met sneeuw bedekte tuin zo licht alsof het dag was.

Kyle kwam binnen met een zak chips.

'Slaapt Hannah?' vroeg Bethany.

'Verschoond, geknuffeld en nu in dat gouden wonderland van haar,' zei Kyle.

'Je bent drie pond afgevallen. Je gaat die chips nu toch zeker niet opeten, Kyle?'

'O, maar die zijn niet voor mij. Die zijn voor Sable.'

'Je gaat ze echt niet in haar mond stoppen, hoor!' zei Marjorie. 'Dan stikt ze.'

'Dat weet ik wel, maar ik wilde haar gewoon een beetje lekker maken.' Hij hield een stukje chips onder Sables neus. Daarna stopte hij het in zijn eigen mond en kauwde er luidruchtig op, vlak bij haar oor. 'Jammie!'

'Dat is gewoon een smoesje om ongestraft junkfood te kunnen eten,' zei Bethany lachend.

'Hoor je dat, Sable? Misschien heeft ze wel gelijk en kun je maar beter wakker worden voordat ik alles opheb.' Kyle raakte haar tong aan met een stukje chips.

'Haar ogen,' zei Bethany. 'Kijk!'

Sables oogleden trilden.

'Hm, het lijkt of ze reageert,' zei Marjorie. 'Kyle, haal dat stukje chips weg. Ik wil niet dat ze het doorslikt.'

'Toe nou, Sable,' zei Bethany. 'Je mag de hele zak zelf opeten. Word nou wakker.'

Kyle ging naast het bed zitten en legde zijn hand op Sables arm. 'Het is bijna Kerstmis. Je moet ons helpen met de boom.'

Niets.

'Hebben we het ons alleen maar verbeeld?' vroeg hij.

'Nee hoor,' zei Marjorie. 'Het was niet veel, maar wel iets.'

Chips, dacht Bethany. *Ze reageert eerder op junkfood dan op onze belofte dat we haar willen helpen beter te worden. Wat moeten we doen om haar wakker te krijgen en haar te bewijzen dat ze ons kan vertrouwen? Lieve God, laat ons zien wat we moeten doen.*

Kerstmis. Gewapend met een kettingzaag in de ene en een machete in de andere hand. Maar hoe moest de ultieme slechterik van *Winter Slaughter* deze verschrikkelijk smerige klus uitvoeren en ontsnappen voordat hij werd gepakt?

Via de schoorsteen! Natuurlijk!

Jacob was ziek geworden door het spelen van de game. Doodziek als hij de game speelde, doodziek als hij droomde. Hij had geen idee waarom; hij was de coolste man die hij kende nu hij zo'n hoog level had bereikt! De meeste kinderen die hij kende, mochten deze game niet eens spelen, laat staan dat ze het hoogste level bereikten.

Waarom had hij dan het gevoel dat hij iets was wat je van de rand van een toiletbril kon schrapen? Niet gemeen of vals, maar smerig, alsof al het bloed uit het spel over hem was uitgegoten en was opgedroogd. De vorige avond had hij de game bijna helemaal uitgespeeld en zich daarna gedoucht. Daarna had hij de antibacteriële zeep van zijn moeder gepakt – dat spul dat ze hem dwong te gebruiken als hij verkouden was – en daar zijn handen mee afgeboend. Na al dat geboen had hij gedacht dat hij schoon was. Maar toen hij naar bed was gegaan, kon hij niet slapen. Hij bleef die slachtpartij maar zien. Uitgerukte harten. Afgehakte hoofden, rollend over de grond, gillend. Stapels armen en benen. Bloed – spuitend, spattend, alle kanten op stromend.

Als hij op zichzelf woonde, moest hij maar eens ophouden met die videogames. Op de een of andere manier waren ze nu lang niet meer zo cool. Eigenlijk waren ze behoorlijk stom.

52

Of je bent briljant, of helemaal getikt, dacht Kyle toen hij de sneeuwmobiel voltankte.

Totaal geschift, had Bethany gezegd toen hij de tuin binnen kwam rijden met de grootste sneeuwmobiel die ze ooit hadden gezien. Het had hem drie dagen gekost om er een trekhaak op te monteren. Daarna had hij een trekkabel gemaakt voor de slee die hij van de ouwe Will Lucey had gekocht.

'We kunnen ook naar de stad gaan en een boom kopen,' had Bethany gezegd.

'Hé, het is jouw familietraditie om op kerstavond de boom om te hakken.'

'Hannah hoeft geen boom. Zij vindt alleen de lichtjes mooi,' zei Bethany.

'We halen een boom voor Hannah en we halen een boom voor Sable. Marjorie heeft dit besproken met dr. McDonald, zodat we nu zeker weten dat zoiets haar ademhaling niet zal bemoeilijken.'

Bethany zoende hem. 'Dat is lief van je, Kyle, maar ze weet immers niet eens dat die boom er is.'

'Maar ik wel! En daarom gaan we doen wat we altijd doen,' zei Kyle. 'We gaan naar het bos en hakken de grootste en mooiste bomen om die we kunnen vinden. En we gaan met het hele gezin.'

Hailey glimlachte naar Bernard. Hij zat achter het stuur, stak zijn hand uit, kneep even in haar dij en liet zijn hand daar liggen. Mooi.

Bernards contacten hadden een naam genoemd: Sean Richards. Na enkele e-mails, waarin Hailey zich voordeed als een meisje van veertien, hadden ze de echte gebruiker van de accountnaam ontdekt: een joch dat Jacob Martinez heette. Daarna was het ontzettend eenvoudig geweest, doordat er in het telefoonboek van North Conway maar één Martinez stond.

En nu waren ze op weg naar New Hampshire.

Bernard had besloten om tot kerstavond te wachten voordat ze ernaartoe gingen. Dan was niemand op zijn hoede. Met de juiste druk zou die knaap hun alles vertellen wat ze wilden weten. Daar zou Bernard wel voor zorgen.

Hoera, dacht Hailey.

Hannah vond de wind in haar haar zo heerlijk dat ze steeds haar gebreide muts van haar hoofd trok.

'Hou daarmee op, Hannah. Straks word je verkouden en dan mis je het kerstfeest,' waarschuwde Bethany.

Hannah had alleen maar gelachen. Anthony draaide zich zo ongeveer elke minuut om en zwaaide naar Hannah, waardoor ze begon te schateren.

Ze hadden Marjorie die dag vrij gegeven. Joan en Jacob zouden later langskomen voor het kerstdiner. Zodoende moesten Bethany en Kyle Sable zelf in haar rolstoel snoeren en daarna in de slee.

Kyle zat naast Sable en kletste maar raak. 'Kijk, daar staat die oude berk waar jij een stuk schors vanaf hebt gehaald om een piratenboodschap voor Jacob op te schrijven. Weet je nog?' Een paar minuten later: 'Daar is de afslag naar Thor's Falls. Als je wakker wordt, kan ik je op de sneeuwmobiel meenemen naar de watervallen. Dát zou leuk zijn!'

De hele tijd dat ze op de sneeuwmobiel door het bos reden, bleef hij tegen haar praten. Bethany had bewondering voor zijn doorzettingsvermogen en zijn optimisme.

Ongeveer drie kwartier later gaf Kyle aan dat Anthony moest stoppen. 'Daar staan een paar sparren, voorbij dat beekje. Daar hebben Sable en ik de boom van vorig jaar gevonden.'

Dat leek eeuwen geleden, dacht Bethany. De vorige kerst was Sable vijf maanden zwanger geweest. Toen was ze nog Laurel Bergin, een lief, knap meisje dat later zou gaan studeren. Nu hielden ze niet meer van de knappe en vrolijke Laurel Bergin, maar smeekten ze God of Hij hen wilde helpen van Sable Lynde te houden. Smeekten of Hij hen wilde gebruiken om haar uit die onverklaarbare duisternis te trekken waarin ze dag en nacht sliep.

Zou *hij* ook bij Sable zijn, dat gruwelijke wezen met die zuigende mond en prikkende tong? Bethany kende het antwoord al. Natuurlijk was dat zo. Anders had God haar en Kyle dat wezen niet laten zien toen ze die afschuwelijke nachtmerrie hadden. Wie was hij? De Grote Man die Bethany in haar droom had gezien, de man die Sables moeder had vermoord? Een of ander duivels wezen dat later naar binnen was gestormd? Of een of ander diep gezetelde psychose die vorm kreeg als Sables geest het opgaf?

Wat deed Sable nu in die duisternis? Rende ze net als Kyle door de gang terwijl ze het einde ervan nooit kon bereiken? Of was ze net als Bethany door de diepe schaduwen opgeslokt, verlamd van angst?

Alleen al de herinnering – de herinnering aan wat God hen had laten doormaken – maakte Bethany aan het rillen. Elke dag zorgde deze herinnering ervoor dat ze de mensen van wie ze hield niet losliet. We laten Sable niet los, dacht ze, ik hoop alleen maar dat we sterk genoeg zijn om haar te helpen.

Dit was perfect! Jacobs moeder had hem alleen gelaten in de boerderij van de Dolans. Nu had hij de aanwijzingen die hij nodig had: een bel en een schoorsteen. In het belletje zou hij alle nummers vinden die hij nodig had om bij Sables geld te kunnen komen. Hij wist dat het belletje zich niet in het appartement bevond, want er was geen schoorsteen in de schuur en het appartement had centrale verwarming. Hij moest verstopt zijn in of vlak bij een van de schoorstenen in de boerderij. En nu wás hij daar opeens, helemaal alleen.

God wilde natuurlijk dat hij het geld kreeg. Ja toch? Waarom zou het anders zo perfect geregeld zijn? De Dolans waren samen met

Anthony naar het bos gegaan om een kerstboom te halen. Gelukkig hadden ze Sable meegenomen. Jacob vond het verschrikkelijk dat hij dit dacht, maar als hij eerlijk was, vond hij haar doodeng.

Vlak daarvoor was zijn moeder begonnen met het klaarmaken van de kalkoen voor het avondeten. Ze had Jacob gedwongen mee te gaan. Ook al mocht hij nu al een tijdje naar scouting, ze vertrouwde hem nog niet voldoende om hem alleen thuis te laten.

Hij zat een beetje te suffen in de woonkamer, na te denken over de manier waarop hij de schoorstenen kon doorzoeken zonder dat zijn moeder het merkte.

Toen hoorde hij een gilletje in de keuken. De slagroom was bedorven.

'Zonder slagroom kan ik geen chocolademousse maken,' zei ze. Ze pleegde een paar telefoontjes en vond na een paar pogingen een winkel die nog open was.

Ze liep de woonkamer binnen. 'Opstaan. We gaan een eindje rijden.'

Jacob deed net alsof hij sliep.

Even later drukte zijn moeder een kusje op zijn wang. 'Ik hou van je, jochie van me,' fluisterde ze.

Jacob bleef doodstil liggen, tot hij de auto achteruit van de oprit hoorde rijden. Ze bleef zeker een uur weg, dacht hij, misschien wel langer omdat ze ook nog moest tanken.

Hij ging rechtop zitten, verbaasd omdat hij het opeens zo'n eng idee vond dat hij in alle schoorstenen moest kijken. Hij moest weer denken aan die scène in *Winter Slaughter*, waarin de kerstman opeens uit een schoorsteen springt en een heel gezin vermoordt dat kerstcadeautjes aan het uitpakken is.

Maar dat was maar een game. Ja toch? Dit was het echte leven. In Forge Hill gebeurden natuurlijk wel nare dingen, maar dit was North Conway. Dat soort dingen gebeurden hier niet.

53

Ze hoefde alleen nog maar los te laten. Wat, daar had ze geen idee van, behalve dan dat *hij* het niet was.

In één leven had dat hoop kunnen zijn. Maar dat was één leven te veel geleden. Nu was er geen hoop meer.

Zeg maar dag en kom bij papa, liefje.

Goed...

Ze begon...

... los te laten...

'We kunnen Sables boom pas omhakken als zij hem heeft goedgekeurd.'

Kyle zag wel dat Bethany en Anthony vonden dat hij nu echt overdreef. Maar hij had een bondgenoot en hij bezegelde hun bondgenootschap met een knipoogje. 'Zie je wel! Hannah-panna is het met me eens!'

'Goed. Maar hoe krijgen we Sable zover dat ze een boom uitzoekt?' vroeg Bethany.

'We lopen er samen met haar naartoe.'

'Kyle, ze kan niet lopen,' zei Bethany.

'Wel hoor, als we haar helpen,' zei Kyle. 'Ja toch, Anthony?'

'Ja hoor.' Anthony keek naar de grond. Hij vond het nog steeds moeilijk, realiseerde Kyle zich. De jonge knaap had nog altijd bepaalde gevoelens voor dit meisje.

De boom voor de woonkamer hadden ze al omgehakt, een

prachtige spar. Ze zouden zich moeten haasten om hem te versieren voordat ze naar de kerk moesten, maar omdat Joan had aangeboden het kerstdiner voor te bereiden, moest het allemaal wel lukken. Kyle had voor Sable een schitterende boom gevonden, met lange zachte naalden. Ze zouden er witte lichtjes in hangen en misschien een ster.

Als Sable hem goedkeurde. Hij maakte de riemen los waarmee ze haar hadden vastgebonden en liet haar in zijn armen vallen.

'Kyle, straks krijg je nog een hernia!' zei Bethany.

'Nee hoor,' beloofde hij, hoewel hij daar niet helemaal zeker van was. Thuis hadden ze allerlei apparaten om hen te helpen haar te tillen, plus Marjorie en Joan, die ervaring hadden met dit soort dingen.

'Oké, Sable. Jij, Anthony en ik gaan een wandelingetje maken.' Kyle sloeg haar arm om zijn schouder, sloeg zijn vrije arm om haar middel en gebaarde dat Anthony hetzelfde moest doen. Ze hing loodzwaar tussen hen in.

O dennenboom, o dennenboom, zong Anthony terwijl ze het bos inliepen.

Bethany viel in en liep met hen mee, met Hannah in haar armen. Ze staken een beekje over dat helder en koud onder broze ijsbruggetjes door stroomde. De lucht was nog steeds zachtblauw, maar de zon stond al heel laag.

Kyle keek op zijn horloge, nog een uur tot zonsondergang. Ze hadden nog tijd genoeg. 'Dit is 'm,' zei hij. 'Perfect toch?'

'Ik dacht dat Sable dat moest beslissen,' zei Anthony geïrriteerd.

Kyle kon zichzelf wel slaan. Dit was de eerste keer dat Anthony Sable in zijn armen had sinds dat afschuwelijke moment waarop hij Anthony een verkrachter had genoemd. Sinds die middag had Sable gezwegen. Nu zweeg ze ook, ironisch genoeg, en tragisch. Hadden haar bedrog en smerige trucjes haar er op de een of andere manier onder gekregen?

Kyle zei vlak bij haar oor: 'Ik vergeef je. God vergeeft je. Geloof dat alsjeblieft.'

Stilte.

'Ik neem haar wel, Anthony.'

Kyle tilde Sable op, als een baby. Wat had hij ook alweer gebeden? *Vader, gebruik dit meisje om een gezin van ons te maken.* Kyle had verwacht dat God Hannah in zijn armen zou leggen, niet dit meisje. Maar kijk hem nu eens!

'Bij ons ben je veilig, baby,' fluisterde hij.

Hij hield haar zo dicht bij de boom dat de naalden over haar gezicht streken. 'Ruik je dat, Sable? Verse sparren doen me altijd aan kerst denken. Ruik maar eens goed. Ruik je de zuivere winterlucht? De krakende sneeuw?'

Had hij haar neusvleugels zien bewegen? Heel even maar?

'Stel je eens voor dat er lichtjes in deze boom hangen! Als je dan in bed ligt en je ogen half dichtknijpt, vloeien de witte lichtjes over in het groen. Dan denk je dat je droomt, omdat het zo wazig is en zo sprookjesachtig. Maar dat is niet zo, Sable. Deze boom is echt. Wij zijn echt, en wat wij je vertellen is waar. We willen dat je samen met ons Kerstmis viert. Dat je bij ons bent. Alsjeblieft, Sable, ik beloof je dat je veilig bent bij ons.'

Anthony draaide zich om en liep weg.

'Kyle, wat een prachtige boom,' zei Bethany. 'Waarom hakken we hem niet om, dan kunnen we daarna naar huis.'

'Laat maar zitten. Het was een stom idee. Misschien was het goed om Sable even mee naar buiten te nemen, zodat ze wat frisse lucht krijgt. Maar verder... stom van me om te denken... laat maar zitten.'

Kyle droeg Sable zelf terug naar de slee. Anthony zat op de sneeuwmobiel naar het bos te staren. Bethany dekte Sable toe met de thermische deken, waarna Kyle haar vastsnoerde.

Bethany hapte naar adem.

'Wat is er?'

'Kijk!' Ze tilde Sables gehandschoende handen onder de deken vandaan. In haar vingers hield ze de naald van een spar.

Kyle zei grijnzend: 'Gaan jullie alvast maar zitten, ik moet nog even een boom omhakken.'

Het klonk als onweer.

Laatloslaatloslaatlos...

Laat...

Los...

Laat er...

Niets zijn...

Voor altijd...

Altijd...

Toen.

Ging dat gaatje open, een flikkering in de leegte. Dat ding was zij niet en *hij* al helemaal niet.

Néé! Hij gilde en jammerde en klauwde en kauwde en spuugde en stikte en...

Misschien. Misschien wel.

Alles liep op rolletjes. Ze hadden het huis gevonden en reden door de stad achter dat mens van Martinez en haar zoontje aan. Toen de vrouw deze oprit opreed, wist Hailey precies waar ze waren: bij de boerderij van de Dolans.

Die rijke smeerlappen hadden alles, zo te zien. Toen Hailey hier met Cade naartoe was gegaan, was het donker geweest. Maar nu was het nog licht genoeg om alles te kunnen zien: de kronkelende oprijlaan, het grote koloniale huis met het overstekende dak en de torentjes, de veranda om het hele huis heen, de rode schuur die een eindje van de weg stond, en heel veel bomen en lege ruimte. Het enige wat nog ontbrak voor een burgerlijk kerstfeest was Bing Crosby.

Ze hadden écht mazzel: dat mens van Martinez reed nu weg en liet haar zoontje daar. Hailey belde het telefoonnummer dat ze een paar weken geleden op de pakbon had gezien. Hoezo geheim nummer! Er werd niet opgenomen. Daarna controleerde Bernard het erf. In het huis en in het appartement brandde geen licht en ze zag niets bewegen.

Bernard parkeerde de auto bij een boerenkraampje een paar honderd meter verderop. Dat was afgesloten voor de winter, maar voor het geval er een nieuwsgierige agent langskwam schreef Hailey een briefje: *Accu leeg. Zo terug met startkabels.*

'Ben je er klaar voor?' vroeg Bernard.

'Helemaal! Laten we dat rotjoch maar eens te grazen nemen!'

Zodra zijn moeder weg was, rende Jacob het huis door. Er was een open haard in de zitkamer, in de woonkamer, in de keuken en in Kyles kantoor. Hij controleerde de buitenkant, verplaatste zelfs alles wat op de schoorsteenmantel stond voor het geval Sable het belletje achter een foto of in een vaas had verstopt. Niets.

Toen kreeg hij een idee! Hij klom in de schoorsteen. Niets.

Boven was er een open haard in drie slaapkamers en in de muziekkamer. Ook deze controleerde hij vanbinnen en vanbuiten. Niets.

Wat nu? De kelder, dacht hij. In de kelder kwamen de vier schoorstenen natuurlijk bij elkaar en daar zouden metalen roosters voor zitten. Hij maakte de roosters voorzichtig open. Drie zaten vol roet. De vierde zat vol hooi en kleine skeletjes. Muizen, dacht hij.

Geen tijd om te griezelen, hij moest opschieten. Zijn moeder zou nog zeker een uur wegblijven, maar wanneer de anderen thuiskwamen wist hij niet.

Er was nog één plek waar hij nog niet had gekeken, en dat was de zolder. Jacob rende weer naar boven en opende deur van de smalle trap naar de zolder. Hij drukte op het lichtknopje, waarna overal lampen aan sprongen. De zolder van de Dolans was bijna even mooi als de rest van het huis. Hoge plafonds, ramen met gordijnen ervoor en veel meubels: hutkoffers, bureaus, een kristallen lamp, een houten muziekstandaard.

Overal lag een dun laagje stof op. Jacob durfde er alles onder te verwedden dat links van hem allerlei spullen opgeslagen waren; daar waren voetafdrukken en sleepsporen te zien. En hij durfde te wedden dat de schoorsteen die hij zocht rechts van hem was, waar maar één stel voetafdrukken naartoe leidde. Het spoor was al bijna vervaagd, maar nog net zichtbaar.

Hij zette zijn voet in de eerste voetstap. Die was maar een beetje groter dan zijn eigen schoen. Vast die van Laurel. Hij verbeterde zichzelf: 'Sable,' zei hij hardop.

Hij had haar vorige week gezien, op de bovenverdieping hier in huis. Het ziekenhuisbed en de witte kast waren de enige dingen waaraan je kon zien dat het geen gewone slaapkamer was. Dat, en het feit dat Sable daar in bed lag.

'Wakker worden, meid,' had hij toen gefluisterd. Hij zou dat geld met liefde opgeven als zij maar wakker werd.

Het spoor liep achter een pilaar langs naar een schoorsteen die van beneden kwam. Hij bekeek de stenen, maar zag geen rooster of luikje zoals in de kelder.

Toen keek hij omhoog. Wow, dát was simpel! Het zilveren klokje hing aan een blauw lintje, vlak boven zijn hoofd, glanzend als een ster aan de hemel.

Het klokje hing heel hoog, te hoog. Hij sprong, zijn vingers raakten het klokje even aan en het bewoog nu en rinkelde en rinkelde.

I heard the bells on Christmas Day...

Wel verdorie... hoe kwam dat stomme liedje opeens in zijn hoofd? Te vaak naar de kerk geweest natuurlijk. Als hij eenmaal miljonair was, zou niemand hem meer kunnen dwingen naar de kerk te gaan. De meiden op de zondagsschool zouden hem natuurlijk wel missen. Misschien ging hij nog wel een keer langs zodat ze konden zien wat ze misten.

Hij keek naar het zwaaiende klokje en luisterde naar het *getingel* dat vervaagde tot *tingel* en tot *ting*. Toen was het stil. Goed, dat rotding moest los. Eén grote sprong, één stevige dreun en dan had hij hem.

Jacob liep een stukje achteruit, nam een aanloop, sprong en... TING!

54

Vlak voor zonsondergang waren ze thuis.

Bethany keek op haar horloge. Kwart over vier. Joan zou de kalkoen nu wel in de oven hebben staan. Ze moesten Hannah voeden, haar wassen, met haar spelen. En vroeg in bed doen, zodat ze haar op tijd wakker konden maken voor haar late voeding.

Datzelfde moesten ze met Sable doen: voeden, wassen, spelen. Maar hoeveel ze ook voor haar zongen, tegen haar praatten en hoeveel grapjes ze ook tegen haar maakten, hoe vaak ze haar armen en benen ook bewogen, haar met allerlei verschillende dingen aanraakten, Sable werd niet wakker. Was die sparrennaald een teken? Of toeval?

Anthony zette de sneeuwmobiel vlak bij de achterveranda stil. 'Waar is mijn moeder?'

'Die moest misschien even weg,' zei Kyle. 'Je hebt namelijk altijd te weinig vulling voor de kalkoen.'

'Ik zet Hannah alvast in de box,' zei Bethany tegen Kyle. 'Dan kom ik jou en Anthony wel even helpen met Sable.'

'Opschieten, want je moet ons helpen haar door de achterdeur te tillen.'

Bethany zag Joans briefje in de keuken liggen. 'O jee. Dat is niet best, Hannah. Misschien moeten we vanavond wel koekjes eten.' Ze bracht Hannah naar de zitkamer en zette haar in de box. 'Ik moet even de deur openhouden voor papa en Anthony, zodat ze Sable naar binnen kunnen tillen. Hier blijven, hoor!'

Hannah ging meteen aan de slag en sloeg met een houten blokje op een speelgoedautootje.

Vorig jaar kerst hadden de Dolans Sable het klokje gegeven. Jacob schrok zich rot toen hij de inscriptie las.

God zegene je, Laurel, omdat je ons zoveel vreugde schenkt. Kyle en Bethany.

Maar ze wás Laurel niet, en ze hád hun geen vreugde geschonken. Maar ze hadden Sable weer in huis genomen en verzorgden haar elke dag alsof ze een baby was. Hoe konden ze dat opbrengen? Misschien wel om dezelfde reden als zijn moeder een oogje op hem hield, dag in dag uit, om te zorgen dat hij goed was in plaats van *de man*.

Nee, daar kon hij nu even niet aan denken, hij moest iets doen. In het klokje had hij een papiertje gevonden. Hij rende hij de trap af en deed snel het licht op de overloop aan zodat hij beter kon lezen wat erop stond.

> Jacob, jij bent echt té gek als je dit hebt gevonden! Gefeliciteerd en zo. Dit zijn de bankrekeningnummers, de gebruikersnamen en de wachtwoorden. Dit moet je doen...

'Hallo.' Koud metaal klapte tegen Jacobs slaap.

'Perfecte timing.' Een andere lage stem, maar die was van een vrouw.

'W-w-wat willen jullie?' Jacobs knieën werden slap. Deze kerel was beresterk, hij had de spierballen van een straatvechter. De glimlach van de vrouw deed hem denken aan een valse hond, zo'n beest dat je niet losliet als hij zijn kaken eenmaal in je had gezet.

De vrouw zei recht in zijn gezicht: 'Hetzelfde als jij: Sables miljoen dollar.'

De man drukte het pistool nog steviger tegen zijn slaap. 'Bezwaar?'

Ja, natuurlijk had Jacob daar bezwaar tegen. Maar hij begreep wel dat dit een vent was die voor zijn ontbijt drie losers om zeep hielp en tegen lunchtijd al niet meer wist hoe ze heetten.

Jacob had geen zin een van die losers te worden.

Bethany hield de achterdeur open, terwijl Kyle en Anthony Sable naar binnen tilden. Het duurde langer dan ze hadden verwacht, maar ze moesten voorzichtig zijn. Sables botten waren broos door al die maanden op bed liggen. Toen ze binnen was, knoopte Bethany Sables jas los en trok hem uit. Daarna tilden Kyle en Anthony haar langzaam naar de keuken en vervolgens naar het gastenverblijf.

Bethany trok de achterdeur dicht. Het hout rondom het slot was versplinterd. Hadden zij dat net gedaan, toen ze Sable naar binnen tilden? Ach, daar zou ze zich later wel druk over maken. Ze had Hannah al veel te lang alleen gelaten.

Jacob lag met zijn gezicht op de grond. De vrouw met die valse hondenkop had haar voet op zijn rug gezet en hield het pistool tegen zijn achterhoofd gedrukt. De man was naar beneden gegaan, maar Jacob hoorde hem de trap weer op lopen.

'Wat ben je daarmee van plan?' snauwde de vrouw. Jacob verstijfde, probeerde te zien wat het was, maar de vrouw had zijn hoofd goed klem.

'We hebben een probleem. Ze zijn thuisgekomen. Volgens mij kan dit hier ons wat zekerheid verschaffen.'

'We hebben dit joch toch? Hij kan onze zekerheid zijn.'

'We zullen een paar dagen nodig hebben om dat geld weg te sluizen en het dan nog een keer over te schrijven om het spoor te onderbreken. We moeten zorgen dat we wat extra tijd krijgen.'

'Begrepen. Goede oplossing.'

Waar hádden ze het over! Zij waren van plan Jacobs miljoen te stelen, dat begreep hij wel. Maar als ze hem wilden gijzelen, wat waren ze dan van plan? Wat wás die goede oplossing waar die vrouw het over had?

Jacob hoorde een kreetje. Een jong poesje of zo? Hij probeerde weer zijn hoofd op te tillen en draaide zijn hoofd opzij om te zien wat de man had dat een betere oplossing was dan hem gijzelen.

O nee! Geen jong katje dus!

Hannah was niet in haar box.

Bethany rende de zitkamer uit en keek in de gang. Ze was natuurlijk uit de box geklommen. Ze was nog maar negen maanden, maar gisteren had ze al op de tweede trede van de trap gezeten voordat ze haar had kunnen pakken.

'Hannah?' Bethany keek in de eetkamer en in de woonkamer. Terug naar de keuken, ze keek zelfs in de bijkeuken. Waar wás ze? 'Kyle!'

Hij was nog steeds in de logeerkamer, bezig Sable in bed te leggen. Hij liep naar de gang. 'Wat is er?'

'Heb jij Hannah opgehaald? Ik had haar in de box gezet en...'

Hij werd lijkbleek. 'Nee...!'

Ze duwde hem opzij, rende de trap op.

Kyle rende achter haar aan. 'Ze kan niet uit de box zijn geklommen. Ze kan nog niet eens lopen!'

De overloop was leeg. 'Ik zoek hier. Zoek jij beneden.'

'Goed.'

Bethany rende naar de gang.

Een man met een gemeen gezicht had Hannah vast. Een forse vrouw richtte een pistool op Jacob, die met zijn gezicht op de vloer lag. Zonder er zelfs maar over na te denken, stapte Bethany over Jacob heen om Hannah te pakken. 'Geef me mijn...'

Ze kreeg een klap op haar oog. Ze wankelde naar achteren, struikelde over Jacob en kwam naast hem op de grond terecht. Er liep bloed in haar oog en ze probeerde erlangs te turen. De vrouw stond boven haar, met een gebalde vuist. Ergens achter zich hoorde Bethany het gepiep van Kyles mobieltje.

'Dat zou ik niet doen, Dolan.' De man had Hannah nog steeds vast en haalde een pistool uit zijn zak. 'Kom tevoorschijn, zodat ik je kan zien.'

Kyle hielp haar opstaan. Bethany trok Jacob mee overeind en hield hem met één hand vast terwijl ze met haar andere op haar wenkbrauw drukte om het bloeden te stoppen.

'Jou heb ik eerder gezien,' zei Kyle. 'In mijn huis in Boston. Bernard.'

'Klopt helemaal. Sorry dat ik je nooit heb bedankt voor het doorgeven van de boodschap.'

Die inbreker, dacht Bethany. Wat had hij tegen Kyle gezegd? *De volgende keer zal minder prettig zijn.* Haar maag kneep samen. Was dít de volgende keer?

'Wat moet je?' Kyles stem was scherp, als een vioolsnaar die te strak gespannen was.

'Samenwerking,' zei de man.

'Als je mij de baby geeft, zal ik alles voor je doen,' zei Kyle.

'Ze willen Sables geld,' fluisterde Jacob.

'Wat?' vroeg Bethany.

'Ze heeft bijna een miljoen dollar. Ze wilde dat ik het kreeg en heeft me een paar aanwijzingen gegeven zodat ik erbij kon. En dat was me eindelijk gelukt. Maar zij willen het stelen.'

'Hou je bek.' Hailey hield de loop van het pistool tegen Jacobs gezicht. Hij glipte achter Bethany.

De man – Bernard heette hij, volgens Kyle – wiegde Hannah. Ze keek van Bethany naar Kyle, maar begon vreemd genoeg niet te huilen.

'Waar is die knaap die je hielp die meid naar binnen te tillen?'

'Beneden, in Sables kamer.'

Anthony heeft zo'n uitstekend gehoor, dacht Bethany. Misschien had hij de geluiden gehoord en de politie al gebeld. Maar hoe? Ze hadden de stekker uit de telefoon van de logeerkamer getrokken, zodat Sable er niet door zou worden gestoord.

'Oké, dan gaan we daar nu naartoe,' zei Bernard. 'Ik wil ervoor zorgen dat hij geen problemen gaat veroorzaken.'

'Geef mij de baby alsjeblieft,' zei Bethany.

De man lachte alleen maar en gebaarde naar de trap.

Ze liepen naar beneden, Bethany en Jacob voorop, daarna Kyle, gevolgd door de vrouw met het pistool. Bernard liep achteraan, met Hannah. Bethany had de baby het liefst uit zijn handen gerukt. *Lieve God, zorg alstublieft dat die man haar niet laat vallen of haar van me afneemt!*

In de logeerkamer zat Sable nog steeds in de rolstoel, nog steeds vastgebonden zodat ze er niet uit kon vallen.

'Is dat die meid van Lynde?' vroeg Bernard. 'Dat was altijd zo'n stuk...'

'Hé, dit is wel een verbetering,' zei de vrouw. 'Geen slimme opmerkingen meer...'

Wat gemeen, dacht Bethany! Maar wat kon ze verwachten van een vrouw die een pistool op het hoofd van een kleine jongen gericht hield? Nóg belangrijker, wat kon ze verwachten van die Bernard, die Hannah vasthield alsof ze een zak wasgoed was?

'Waar is hij, dat magere joch?' Bernard keek naar Kyle.

Kyle haalde zijn schouders op. 'Misschien is hij naar buiten gegaan om de sneeuwmobiel in de garage te zetten.'

'En die meid zo achterlaten? Ik geloof er niks van!' Bernard keek in de kast, toen in de badkamer en woonkamer. Anthony was nergens te zien.

Bernard zei tegen de vrouw: 'Pak een tas in voor de baby, met veel luiers. Voor een dag of drie, misschien wel vier.'

'Nee!' zei Bethany geschrokken. Kyle, die naast haar stond, verstijfde. Hij zou dit niet veel langer tolereren, wist ze. Maar wat kon hij doen? Het zou waanzin zijn zich te verzetten tegen een man met een pistool.

Net zoals het waanzin zou zijn hen samen met Hannah te laten vertrekken.

'Neem die halvegare ook mee,' zei Bernard met een gebaar naar Jacob. 'Laat hem dat spul maar inpakken terwijl jij een oogje in het zeil houdt. En snel. Ik wil hier binnen drie minuten weg zijn!'

Jacob liep langzaam voor de vrouw de kamer uit.

'Doe dit alsjeblieft niet!' zei Kyle. 'Geef de baby aan mijn vrouw. Als je dan toch een gijzelaar nodig hebt, neem mij dan!'

Hannah keek van Bethany naar Kyle en terug. Ze had rode wangetjes, haar mondje vertrok. Nog even en ze zou gaan krijsen.

'Dit kleine schatje is veel makkelijker te tillen.'

'Ik kan niet toestaan dat je haar meeneemt,' zei Kyle.

'Je kunt me toch niet tegenhouden, klojo.'

Kyle viel naar hem uit. Bernard stapte snel opzij en sloeg daarna met zijn pistool tegen de zijkant van Kyles hoofd. Hij viel op zijn knieën, met wijd open ogen van schrik. Bernard sloeg hem nog een keer.

'Nee!' schreeuwde Bethany.

Hannah jammerde, wriemelde in Bernards greep.

Kyle viel opzij en het bloed droop langs zijn gezicht. Bethany wilde hem overeind helpen, maar bedacht toen dat hij misschien beter tegen een muur kon leunen. Hij rolde op zijn buik. Bethany draaide hem om, zodat hij op zijn rug lag.

'Da-da-da,' brabbelde Hannah steeds weer. Bethany stapte naar voren om haar te pakken. Met een zwaai van zijn pistool dwong Bernard haar achteruit te gaan.

Op Kyles voorhoofd zat een flinke scheur en een dikke bult. Kyle kreunde even, werd weer stil, zijn gezicht had een gruwelijke grijze kleur. Bethany legde haar hand op zijn borst om te controleren of hij wel ademde.

Hannah friemelde en trapte.

'Hannah. Papa is in orde, hoor. Wees alsjeblieft lief.' Bethany dwong zichzelf te glimlachen, probeerde oogcontact met Hannah te houden.

'Mevrouw Dolan, ik wil niemand hier iets aandoen. Maar als het moet, zal ik het doen. Nu even goed luisteren allemaal. Dit gaat er gebeuren.' Bernard bleef maar zeuren over dat ze de politie niet moesten bellen en dat ze zich een paar dagen koest moesten houden tot hij en die vreselijke vrouw klaar waren met wat ze wilden doen.

Het woord 'dagen' bleef maar in Bethany's hoofd malen. Drie, misschien vier eindeloze dagen. Hoe moest Hannah dat volhouden, bij die afschuwelijke mensen, zo lang gescheiden van haar ouders? Ze kon wel stikken of uit een raam vallen, of misschien lieten ze haar wel uren in een natte luier liggen. Werd ze niet gevoed. Niet vastgehouden. Niet verzorgd.

En straks vonden ze het nog te veel moeite om haar terug te brengen als ze haar niet meer nodig hadden!

Dit was allemaal Sables schuld, deze vloedgolf ellende uit haar verleden die over hen heen stroomde. En zij zat gewoon maar in haar rolstoel, een berg ademend vlees die zich nergens iets van aantrok.

Bethany werd woedend. Hoe zou ze het Sable ooit kunnen vergeven als er iets met Hannah gebeurde?

Hannah, hartendief! God, help me!

Bethany keek naar Sable, het kind dat verdwaald was in de duisternis. Het kind dat zij en Kyle bij zich in huis hadden genomen.

Hannah, hartendief, Sable ons kind. Lieve God, ons lot ligt in Uw handen.

De vrouw kwam terug, met haar hand als een klauw om Jacobs nek geslagen. Ze struikelde bijna over Kyle. 'Wat is er met Superman gebeurd?'

'Ik heb hem een plezier gedaan. Die onzin uit z'n kop geslagen.'

'Oké. We gaan nu naar de auto met de spullen, ik en deze knaap hier.'

'Neem ook dat babystoeltje mee, zodat we haar vast kunnen zetten. Ik kom zo, nog even iets met mevrouw Dolan bespreken.'

'Moet ik de baby nemen?'

'Nee. Die is inmiddels erg aan me gehecht geraakt,' zei Bernard.

De vrouw lachte weer en duwde vervolgens Jacob voor zich uit.

Bernard keek glimlachend naar Hannah en kietelde haar onder de kin met de loop van zijn pistool. Dat was het wreedste wat hij tot nu toe had gedaan.

Jacob deed het bijna in zijn broek. Hij was nog nooit zo bang geweest. Hij had gezien wat die vent met meneer Dolan had gedaan. Die arme man was bewusteloos op de grond gevallen, met een snee in zijn voorhoofd en een lijkbleek gezicht. Misschien zou zijn moeder terugkomen terwijl zij door de tuin naar de auto liepen. Maar wat kon zij doen tegen een pistool?

Waar was die stomme broer van hem gebleven? Die was bij de Dolans geweest, maar nu verdwenen. Maar ja, ook Anthony kon natuurlijk niets doen tegen een pistool.

En hij ook niet. Hij had gedacht dat hij de man was, maar hij was gewoon een stom kind. Hij zat altijd te dagdromen over dat hij iedereen wel aankon. Maar dat metaal tegen zijn rug was echt, het was geen dagdroom. Wie kon hem nu redden, nu hij niet in een stomme videogame in de problemen zat, maar in het echte leven? Het echte leven, dat afschuwelijk was en gemeen?

O, God, alstublieft. Nu moet U de echte man zijn, want ik ben het nu even niet!

Bernards blik dwaalde over Bethany, over haar halslijn, haar borsten, haar heupen, haar benen. Ze had het gevoel dat ze naakt voor hem stond.

'Alsjeblieft,' zei ze. 'Laat Hannah hier. Neem mij maar mee.'

Bernard likte langs zijn lippen, hield zijn hoofd scheef, dacht na over dit aanbod.

'Alsjeblieft, ik zal alles doen.'

'Alles?'

Dat had ze God beloofd, ja toch? Was dit het *alles* wat hij verlangde?

Ze begreep wel waarom Bernard Hannah wilde. Dan wist hij zeker dat ze hun mond hielden. Een baby kon mensen en plaatsen niet beschrijven. Als hij Bethany meenam, zou hij haar misschien moeten vermoorden als hij klaar was met dat wat er met Sables geld moest worden gedaan. Maar wat Bernard met haar deed was toch niet belangrijk als Hannah veilig was?

'Alles. Als je de baby maar hier laat.'

'Kom eens hier,' zei hij. 'Laat maar eens zien wat ik dan krijg.'

'Waarom leg je de baby niet even neer? Ze zit je maar in de weg.' Ze probeerde haar stem zangerig te laten klinken. Tijd te winnen.

Bernard hield zijn blik strak op haar gericht en legde Hannah op de grond. Ze rolde opzij en lag bij de wielen van Sables stoel. Niet reageren, dacht Bethany. *Er ligt tapijt op de vloer, ze heeft zich geen pijn gedaan.* Ze hoorde een geluidje. Hannah begon op haar vingertjes te zuigen.

Muziek, dacht ze. *Componeer het, speel het. Verkoop het.*

Bernard stak zijn hand naar haar uit en raakte haar gezicht aan. Het kostte haar moeite niet terug te deinzen. Het kostte evenveel moeite zich te laten aanraken en hem aan te kijken. Hij legde zijn hand op haar keel, daarna omvatte hij haar hals in zijn handen. Hij kon haar binnen een tel vermoorden, wist ze.

'Een mooie vrouw is als een goede wijn. Die krijg je hoogst zelden, maar als dat wel gebeurt, moet je er ten volle van genieten,' zei Bernard.

Bethany hield haar blik op hem gericht. Het maakte niet uit wat er met haar gebeurde, zolang Hannah maar veilig was. Hannah en Kyle. *En alstublieft God, Sable ook.*

Licht nu, langs de randen naar binnen sijpelend.

Licht en stemmen.

Je kunt niet ontsnappen.

Hij was daar ook. Maar er was ook...

... ook...

... hoop?

Misschien.

Misschien wel.

Bernards hand gleed over haar hals, haar sleutelbeen. Verder naar beneden, met één hand omvatte hij haar borst. 'Mooi. Heel mooi.' In de andere hand hield hij nog steeds het pistool.

Bethany's huid krijste een protest, de zenuwuiteinden schreeuwden dat zijn hand ergens was waar die niet hoorde te zijn. *Voel de muziek, niet de angst, dacht Bethany. Voel het geloof, niet de twijfel.*

Ze hoorde een klap toen hij het pistool op het blad van Sables rolstoel liet vallen. Bernard trok haar met beide handen naar zich toe. Hij drukte zijn lippen op de hare, probeerde haar mond open te duwen met zijn tong. Bethany wilde zijn tong het liefst afbijten, uitspugen. Maar in plaats daarvan liet ze zich door hem zoenen, terwijl haar hand op zoek ging naar het pistool.

Opeens hield Bernard ermee op, hij duwde haar lachend van zich af. 'Ik zou je het liefst helemaal verslinden, maar mijn vriendin zou me castreren.' Bernard tilde Hannah op. 'Zeg maar dag tegen mama.'

Het pistool lag, nog geen dertig centimeter van haar af, op het blad van Sables rolstoel.

'Nee,' smeekte Bethany. 'Alsjeblieft niet! Neem mij mee! Ik zal alles doen, je alles geven, neem mij mee! Niet mijn baby, alsjeblieft!'

'Ma ma ma ma!' jammerde Hannah zo hard ze kon.

Mamamamamama...

Vergeet mama. Kom bij papa, liefje.

Nee!

KIND.

Schaduwen springen in vlammen, vlammen in as... een enorme windvlaag blies *hem* in het niets dat hij is.

Ze ademt. Ze hoopt. Ze hoort.

Ze ziet.

Licht nu, verblindend, gouden, een wonderland.

MIJN KIND.

Ja?

MIJN KIND, KOM ERUIT!

Hannah wist dat ze werd meegenomen en verzette zich met heel haar kleine lijfje, steeds maar schreeuwend: 'Ma ma ma ma...'

Bethany rende naar voren.

'Je weet toch hoe snel ik het nekje van dit monster kan breken?'

Lieve God, bad Bethany.

'Ik heb er nu meer dan genoeg van.' Bernard sloeg zijn hand voor Hannahs mondje.

'Mama!'

Geschrokken liet Bernard de baby uit zijn handen glippen. Bethany ving haar op voordat ze de grond raakte.

'*Mamamamama.*' Dat was Hannah niet. Een woeste kreet, bijna waanzinnig door de plotselinge vreugde. Sable, haar ogen opeens verbazingwekkend wijd open, schreeuwde *mama*, steeds maar weer.

Bernard wilde het pistool pakken. Sables arm schoot naar voren, alsof ze een attaque had, sloeg het pistool van het blad. Bethany schopte het onder het bed. Bernard schoof naar het bed, maar veranderde van richting, wilde Hannah pakken.

Bethany duwde Hannah in de rolstoel bij Sable en schermde hen af met haar lichaam. Ze balde haar vuisten, hield ze voor zich – belachelijk, dat wist ze wel, maar ze zou alles doen om deze man tegen te houden.

Bernard greep haar pols en trok die naar achteren, zodat er een felle pijnscheut door haar arm trok.

Opeens ging de deur van de badkamer open en klapte tegen Bernards achterhoofd.

Anthony haalde uit en smakte een verfblik tegen Bernards hoofd. Anthony haalde nóg een keer uit en raakte Bernards hoofd nog een keer, voordat het blik openbarstte en de rode verf in het rond spatte.

Bernard viel op zijn knieën. Anthony sprong boven op hem en drukte zijn knieën op Bernards keel. Instinctief draaide Bernard zijn schouders, maar Bethany gaf een stomp tegen zijn arm voordat Bernard Anthony kon vastpakken. Bethany liet zich op Bernards benen vallen, hielp Anthony hem klem te leggen.

Buiten hoorde ze sirenes. Ze hoorde een kakafonie van geluiden: Bernards gevloek, Anthony's gehijg, Hannahs gekrijs, de sirenes, dichterbij nu. En boven dat alles uit die onmogelijke, bizarre, miraculeuze stem.

Sables stem, krijsend: 'Mama!'

55

'Wat is er gebeurd?' vroeg Kyle.

'Sst, we praten er morgen wel over.' Bethany stopte de plaid onder zijn schouders.

De pijnstillers begonnen eindelijk te werken en zijn rillingen – zowel van de adrenaline als van de pijn – werden al minder. Kyle had die nacht eigenlijk in het ziekenhuis moeten blijven, maar Nora had niet echt tegengestribbeld toen hij erop had gestaan naar huis te gaan.

De nacht had een eeuwigheid en een flits geleken. *Dank U, God, voor Anthony*, had Bethany gebeden. *En dank U, lieve God, voor Sable.*

Anthony had de indringers gehoord, was door het badkamerraampje geklommen en had met Kyles autotelefoon de politie gebeld. Daarna was hij weer naar binnen geklommen en had bovendien een verfblik uit de garage meegenomen als wapen. Nadat ze Bernard hadden gevloerd, waren Anthony en Bethany op hem blijven zitten tot de politie binnenkwam.

Later vertelde de politie aan Bethany dat ze Jacob in de berm hadden gevonden, met zijn handen voor het gezicht geslagen.

'Niet huilen, knul,' had de politieman gezegd.

'Ben je soms blind of zo? Ik huil helemaal niet!' had Jacob geschreeuwd. 'Ik zit te bidden!'

Niemand wist hoe die gemene vrouw heette of waar ze naartoe was gevlucht.

Toen Joan Martinez thuiskwam met de slagroom verbaasde ze zich over alle politieauto's, maar ze maakte zich pas echt zorgen toen ze de ambulance ontdekte. Ze keek eerst of haar zonen in orde waren en had daarna Hannah onder haar hoede genomen, zodat Bethany met Kyle mee naar het ziekenhuis kon. Jacob zat bij zijn moeder en hield niet op met praten, vertelde Joan later aan Bethany.

Harry Stevens reed zo snel mogelijk vanuit Boston naar de boerderij. Hij hield urenlang een oogje in het zeil om te controleren of er nog meer indringers op de loer lagen.

Anthony stopte Sable in bed. Sable zei niets meer, maar ze bleef Anthony strak aankijken. Haar ogen stonden zo helder, zei Anthony, dat hij zeker wist dat ze beter zou worden. Hij hield haar hand vast en bleef zingen tot ze sliep.

Bethany kon niet slapen. Ze zat nog boordevol adrenaline.

Zoals ze wel had verwacht, had Kyle de deken van zich af gegooid. Ze legde haar hand op zijn huid om te controleren of hij het warm genoeg had, gaf hem daarna een zoen en liet hem alleen om te slapen.

In de babykamer drukte Bethany haar lippen op het wangetje van de baby, die onschuldig lag te slapen.

Joan sliep in de logeerkamer.

Bethany hoorde Anthony in zijn kamer, neuriënd in zijn slaap. Ze kon Jacob niet vinden, tot ze in Sables kamer keek. Hij zat in de rolstoel te slapen, met zijn hoofd op het blad.

Bethany wilde Sable omdraaien, maar voordat ze aan het laken kon trekken, draaide Sable zichzelf al om. Ze rolde van haar rug op haar zij. Daarna trok ze haar handen op tot aan haar gezicht, op dezelfde manier als Bethany dat Hannah zojuist had zien doen.

Bethany's huid prikte en haar spieren brandden. Dat kwam niet van de adrenaline, wist ze. Ze begon weer te leven. Ze begon weer te leven nadat ze zo lang zo bang was geweest en zo boos en zo ver verwijderd van God. Ze zou het liefst bij Thor's Falls naar boven rennen en tegen de wind en het water dat van de berg af stroomde in roepen. Of keihard pianospelen tot de muziek de zon dwong vroeg op te komen, omdat hij met haar mee moest zingen. Of de hoogste berg beklimmen, haar armen naar de hemel uitstrekken en dan een nóg hogere berg beklimmen en haar armen weer omhoog strekken.

Ik heb tijd genoeg, dacht ze. *Als de tijd gekomen is, als God de tijd gekomen acht, zal ik dat allemaal gaan doen.*

Ze liep naar de veranda, glipte in haar laarzen en liep naar buiten. Die avond moest ze nog één ding doen.

Het kostte niet veel tijd.

Toen Bethany klaar was, maakte ze nog een laatste ronde door haar huis. Ze kuste Kyle, kuste Hannah, dankte Joan, dankte Anthony, knuffelde Jacob, die nog steeds met zijn hoofd op het blad in de rolstoel zat te slapen.

Toen gleed ze in bed bij Sable. Bethany legde haar arm op Sables schouder, drukte een kus op haar wang en zong zichzelf in slaap.

I will bring a light to your darkest night.
Because I will love you forever and I'll be here, with you, for always.

De wind bleef waaien, een golf gelach en muziek en plezier.

Elk hoekje schoon, elke duisternis licht.

Niet meer verstoppen. Niet meer nodig.

Voor hoelang?

VOOR ALTIJD, KIND.

'G-goede-morgen.'

Bethany werd wakker. Sable glimlachte, weliswaar nog maar met de helft van haar gezicht, maar toch was het een prachtige glimlach.

'Jij ook goedemorgen. Hoewel het nog midden in de nacht is.' Bethany streek wat haar uit Sables gezicht. 'Lekker geslapen?'

Sable sloot haar ogen. 'S-s-slecht,' zei ze toen. 'Tot... je... wakker... m... maakte...'

'Tot ik je wakker maakte?'

Het kostte veel moeite, maar Sable knikte. 'Je... riep... kind, kom eruit.'

Kind, kom eruit.

Bethany was ook zo geroepen, te midden van een storm van muziek en twijfels aan zichzelf en eenzaamheid. 'Iemand die groter is dan ik heeft je geroepen, Sable,' zei ze. 'Maar ik ben ontzettend blij dat je eruit bent gekomen. Ontzettend blij dat je thuis bent gekomen.'

'V-v-voor...' Het gevecht om woorden te vinden was vermoeiend voor Sable.

'Voor altijd?' vroeg Bethany.

'Ja.'

Bethany sloeg haar armen nog steviger om Sable heen. 'Ja. Voor altijd.'

Sables hoofd leunde zwaar tegen Bethany's schouder. Nog geen minuut later vertraagde haar ademhaling en sliep ze. Bethany stond op, maakte nog een rondje door het huis en liep weer terug naar Sables kamer.

Ze deed het licht aan. Er verschenen witte vonkjes in de boom die ze een uur geleden had versierd. Bethany liet de kerstboomlichtjes aan. Ze wilde dat deze lichtjes het eerste waren wat Sable zag als ze weer wakker werd.

Maar dat bleek het tweede dat Sable zag. Het eerste wat ze zag toen ze haar ogen opensloeg, was Bethany die naast haar op bed lag te slapen.

Met haar hand in de hare alsof ze Sable nooit meer los wilde laten.

Als ik ontwaak,

Ben ik nog altijd bij je.

PSALMEN 139, VERS 18

FOR ALWAYS
(Hannahs slaapliedje)

When the birds of spring come alive to sing
in their golden wonderland,
I will dance with you under skies of blue.
Because I will love you forever and I'll be here, with you,
For always.

And when geese fly by in the autumn sky
gliding above the earth in her lunar glow,
I will bring a light to your darkest night.
Because I will love you forever and I'll be here, with you,
For always.

When you're tucked in bed and all your prayers are said,
and you wait with joy for a brand-new day,
close your eyes and sleep, dream of wishes sweet.
Because I will love you forever and I'll be here, with you,
For always.

www.victoriajamesmusic.com

Dankwoord

Veel dank aan Janice McDonald Freeman, voor een stil plekje om te schrijven en voor haar medisch advies; aan Mary Potter, voor het uitlenen van haar kleinkinderen; aan Beth Confrancisco, voor haar bereidwillige hulp; aan Marjorie Overhiser, voor informatie over psychische afwijkingen; aan dominee David Rinas, voor zijn informatie over religieuze zaken; aan mijn priester Richard Woodward, voor zijn trouwe aanmoediging; aan Victoria James, voor het schrijven van Hannahs slaapliedje; en aan Debi Bailey, Kate Bergquist, David Daniel, Judith Loose, Beverly McCoy, Joan Pena, Robert Sanchez en Patricia Thorpe, omdat ze alle eerste pogingen hebben verdragen en hun vertrouwen niet verloren. Heel veel dank aan een liefhebbende en gulle God die me heeft gezegend met Jenny Baumgartner, een inspirerende, geduldige en wijze redacteur, en met Lee Hough, een agent die mijn werk beter kent dan ikzelf.

Lees ook van Karakter Uitgevers B.V.

Corine Hartman – *In vreemde handen*

Houdt hij genoeg van je om voor je te sterven?

Als een toerist laat ze zich op een terrasje bedienen en ze kiest voor een glas Vernaccia. Deze ochtend hoeft ze helemaal niets. Het zal druk genoeg worden, zodra de eerste gasten zich aandienen, mag ze alsjeblieft genieten van het hier, en nu?

De witte wijn glijdt zacht door haar keel, en met de aangenaam warme voorjaarszon op haar gezicht sluit ze even haar ogen.

Ze zal bewijzen dat ze het kunnen. Een succesverhaal maken van deze versie van "Het roer om" die van hoger niveau is, die niet te vergelijken is met de meelijwekkende figuren die op tv worden gevolgd bij hun internationale afgang.

Haar twijfels en angsten lijken met elke slok in toenemende mate onwerkelijk, overbodig en onzinnig. Robbert en zij verdienen deze kans. Ze hebben er keihard voor gewerkt en wie in godsnaam zou hun deze stap misgunnen?

Niemand.

Ze heeft geen vijanden. Geen enkele.

Het roer om. Een mooier leven. Dat is wat Diana voor ogen heeft. Samen met haar man Robbert en dochter Lieke emigreert ze naar het idyllische Toscane om daar een hotel te gaan runnen. Ze hebben zich perfect voorbereid. Ze kennen de taal, hebben alles zorgvuldig geregeld en niets staat hun geluk in de weg… denkt ze.

De droom van een zorgeloos bestaan in een aangenaam klimaat verandert echter in een angstaanjagende nachtmerrie als iemand hun plannen dwarsboomt. Als Diana ontdekt wie er verantwoordelijk is voor het leed dat haar gezin treft, betekent dat niet het einde van het drama. Integendeel: Diana wordt op een gruwelijke manier met zichzelf en haar verleden geconfronteerd. Een verleden, dat ze juist wilde ontvluchten.
Is ze in staat om, koste wat het kost, haar gezin te redden? En zichzelf?

'Een knap bedacht, prachtig geschreven verhaal met een hartverscheurende ontknoping.' – *Loes den Hollander*

ISBN 978 90 6112 579 2